현대시와 문화의식

문선영(文善英)

1965년생으로 부산에서 태어나 부산대학교 국어국문학과 및 동 대학원을 졸업했다(문학박사). 1990년
『문학예술』 제1회 신인상 시부문 당선, 1991년 『심상』에 평론으로 등단했으며, 주요 저서(공저)로 『한
국 현대시와 패러디』『한국 서술시의 시학』『한국 현대문학의 성과 매춘』『몸의 역사와 문학』 등과 주
요 논문으로 「한국 현대시에 나타난 키치 현상 연구」「1950년대 전쟁기 장시 연구」「1950년대 전쟁기
시의 실존 의식 연구」「1950년대 전쟁기 시와 저항 의식」 외 다수가 있다. 현재 부산대학교에 출강하고
있다.

청동거울 문화점검 ❷❸

현대시와 문화의식

2003년 4월 2일 1판 1쇄 인쇄 / 2003년 4월 9일 1판 1쇄 발행

지은이 문선영 / 펴낸이 임은주
펴낸곳 도서출판 청동거울 / 출판등록 1998년 5월 14일 제13-532호
주소 (137-070) 서울 서초구 서초동 1360-28 익산빌딩 203호 / 전화 02)584-9886~7
팩스 02)584-9882 / 전자우편 cheong21@freechal.com

편집장 조태림 / 편집 조은정 / 북디자인 김세희 서유정 / 영업관리 정재훈

값 13,000원

ISBN 89-88286-91-X

현대시와 문화의식

문선영 지음

청동거울

곡우를 보름 남짓 앞두고 전남 보성의 차밭을 찾았습니다. 다향각에서 차밭의 이랑들을 한눈에 담을 때도 그러하거니와 앞다퉈 피워 올리는 연둣빛 이파리들 가득한 차밭 고랑을 거닐면서 참으로 눈 맑고 귀 밝게 트여 오는 바를 알겠습니다. 이 화안한 생명의 경이 속에서 고단한 속내를 쉬이 드러낼 수 없었던 학문살이를 생각했습니다.

학문에 첫발을 내딛으면서 관심을 둔 분야는 '문화'였습니다. 세기말 문화를 현대의 주요 화두로 여기고 현대시에서 문화의식을 찾고자 많은 세월을 감당했습니다. 문학을 통해 세상을 이해하는 자연스런 눈길이었던 셈입니다. 석사학위 논문인 「한국 현대시에 나타난 키치 현상 연구」와 이 책에 실은 글들은 모두 현대시에 나타난 문화 현상과 의의를 살핀 글이라 하겠습니다. 돌이켜 생각할 때 남다른 즐거움이 따랐지만 회의 또한 적지 않았습니다.

십여 년 동안 이저리 기웃거리며 쓴 글들을 『현대시와 문화의식』으로 묶어 내놓습니다. 십 년 남짓한 학문살이의 흔적인지라 세심한 손

4

길이 필요했지만 그즈음의 글쓴이가 감당했거나 추슬러 왔던바, 소중한 내력과 기억으로 남기고자 손질 없이 그대로 묶었습니다. 더러는 머뭇거리기도 했지만 글쓰기가 내 삶의 설렘으로 자리잡는 한 과정이었다는 데 남다른 깨달음을 얻었습니다. 이즈음의 시각과 논리로 보아 기워야 할 자리 또한 만만치는 않습니다. 하지만 오랜 신경통 떨쳐내듯 묶으면서 문학사 속에 깃든 혼돈의 언어가 내 삶을 애매하고 혼탁하게 만드는 일을 허용하기 싫다는 생각을 했습니다.

1부에서는 현대시에서 문화를 중요한 담론으로 잡는 데 마음 쏟은 글들을 모았습니다. 문화를 중심으로 시의 지형도가 다양하게 짜여지는 데 눈길을 주었고, 문화비평을 주요 잣대로 '문화시'의 가능성을 묻고자 했습니다. 모방의 문예학이 부유하는 세기말 현대시의 자리를 살피면서 지녔던 관심사는 현대시의 주요 이데올로기와 정체성이었습니다.

2부에 올린 글들은 현대시가 말하는 다양한 목소리에 귀 기울이며 쓴 글들입니다. 문화시를 현대시의 한 갈래로 보고 문화시의 구체적 사례들을 살폈습니다. 키치적 상상력이 현대시와 만나는 발랄한 자리를 점검했고, 여성시의 서사 전략과 다양한 삶의 자리에 얽힌 애환들을 덧붙였습니다.

학문살이 다져 나가는 길 한 켠에서 쓴 글들이라 부끄러운 자식 숨기듯 내내 마음자리 편치 않았습니다. 그러나 아무리 못난 자식이라도 자식은 자식이라는 가까운 벗의 권유로 부끄러움을 무릅씁니다. 문학마당을 함께 일구며 속정 아낌없이 준 동료들에게 고마운 마음 전합니다. 이들로 말미암아 학문살이가 내내 즐겁고 깊이와 너비를 가늠할 수 없는 문학사의 흐름에 기꺼이 몸을 맡길 수 있었습니다. 문화라는 문제틀에서 문학사의 큰 틀과 남들이 쉬이 눈길 주지 않는 분야로 세세한 눈길 줄 수 있었던 바, 성실한 학문살이로 이들과 더불어 견뎌내리라 다짐합니다.

사방에서 퍼져 나오던 차향이 여전한 향기와 일깨움을 줍니다. 곡우전에 따는 우전을 최상품이라 생각하는 세속의 잣대에서 비켜 서 문학의 자리와 학문살이를 생각합니다. 곡우를 넘겨 5월 초까지 자란 가는 잎의 세작, 5월 초순에서 중순 사이 잎으로 만든 중작, 5월 중순에서 6월 초까지 자란 굵은 잎으로 만든 대작들이 모여 차밭의 풍경을 이루듯이, 세속적인 잣대로 가늠되는 상품의 코드는 날려 버리고 세련된 우전은 물론이고 다소 거친 대작까지도 남다른 눈길을 마다하지 않을 일입니다.

2003년 곡우를 앞둔 봄날
동래에서 문선영 적음

차례

책머리에 * 4

제1부. 현대시의 문화적 변용

제1장 현대시와 문화비평

1. 왜 문화비평인가 * 13

2. 문화비평의 의의 * 17

 1) 대중문화의 정치경제학 2) 문화 주체 형성의 메커니즘 3) 문화비평의 개념과 범주

3. 현대시와 대중문화 * 27

 1) 포스트모더니즘과 대중문화 2) 문화 속에 나타난 이미지와 욕망의 상관성

4. 패러디와 문화비평 * 32

 1) 포스트모더니즘과 문화비평 2) 패러디와 문화비평의 역학 3) 패러디와 문화의 시대

5. 문화비평과 문화시 * 40

제2장 현대시와 모방의 문예학

1. 개성과 몰개성의 주장 * 47

2. 시뮬라시옹과 변형의 미학 * 49

 1) 세기말 문학, 과연 위기인가 2) 현대 문학과 모방의 다양한 층위

3. 현대시의 정체성 * 59

제3장 현대시의 이데올로기적 수사학
—현대시의 대중문화 수용과 서사구조를 중심으로

1. 문제제기 * 60

2. 문화 주체와 욕망 * 63

3. 문화시의 이데올로기 * 66

 1) 이데올로기적 문화 산물들의 이중성 2) 문화시와 대항담론 3) 문화시의 수사학

4. 문화시의 서사구조와 정체성 * 91

5. 마무리 * 93

제2부 대중문화와 현대시의 서사

제4장 문화시의 담론과 담론 지형

1. 왜 문화시인가 * 97

2. 문화시의 전략과 실재 * 100

 1) 문화시의 소유 방식 2) 문화시의 유형(영화와 영화시/텔레비전과 TV시/광고와 광고시/유행가

  와 유행가시/컴퓨터와 컴퓨터시/연극과 연희시)

3. 문화시의 담론 지형 * 128

4. 마무리 * 130

제5장 현대시의 키치적 상상력

1. 들머리 * 132

 1) 문제제기 2) 연구목적 3) 연구범위와 방법

2. 산업사회와 키치문학 * 138

 1) 키치문학의 개념 2) 대중문화에 대한 가치론적 인식 3) 한국 사회 대중문화의 확충

3. 한국 현대시의 키치 현상과 키치적 상상력 * 150

 1) 1980년대 한국 사회와 키치시의 대두 2) 키치의 구조와 지향성(키치문학의 이중성/일단 빠져

  들기/위악적 태도와 숨 고르기/탈승화와 우회적 공격)

4. 대중문학과 현대시의 키치적 상상력 * 224

제6장 일상성과 욕망의 사회학

1. 자본주의와 키치시 * 229
2. 현대의 일상성, 문화적 억압과 빈곤 * 232
3. 호모 코티디아누스와 욕망의 사회화 * 240
4. 문화와 민주주의 * 248

제7장 현대시와 여성성

1. 포스트모더니즘과 여성성 * 252
2. 여성시의 문체 전략—주체로서 말하기 혹은 존재로서 말하기 * 255
   1) 해사체와 여성시 2) 고백체와 여성시(고백의 현상학——이연주론/분열과 비동일성의 시학—박서원론) 3) 대화체와 여성시
3. 여성시의 정체성 * 301

제8장 여성시와 삶의 서사

1. 여성시의 서사 전략 * 304
2. 꿈 또는 환상으로 말하기 * 306
3. 깨어진 언어로 말하기 * 311
4. 이단의 언어로 말하기 * 315
5. 진정한 자아로 말하기 * 323
6. 거듭 말하기—도플갱어, 여성의 몸으로 말하기 * 330

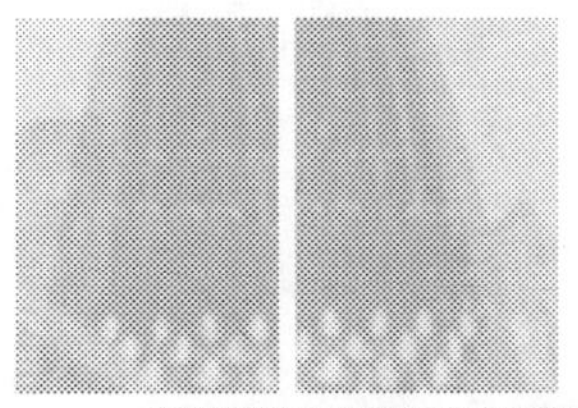
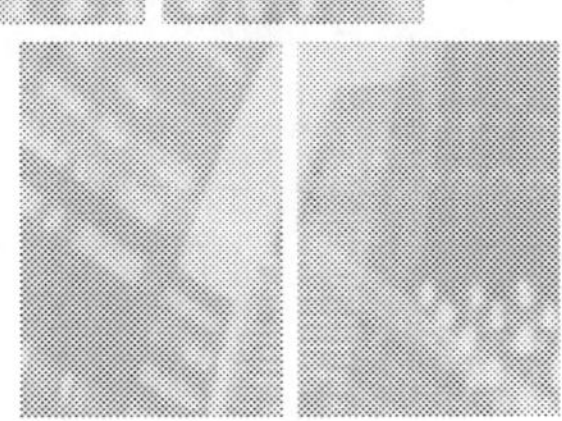

제1부

현대시의 문화적 변용

제1장 현대시와 문화비평

제2장 현대시와 모방의 문예학

제3장 현대시의 이데올로기적 수사학
　—현대시의 대중문화 수용과 서사구조를 중심으로

제1장
현대시와 문화비평

1. 왜 문화비평인가

21세기를 문화의 시대라 하고, 그 가장 중심 되는 화두로 문화 정체성이 거론된다. 인간은 무릇 어느 지역에 터해서 살기에 자신의 뿌리를 알아야 그 존재를 바르게 세우고 사람답게 살아갈 수 있다는 인식이 그것이다. 이렇듯 문화는 한 민족이나 사회 전반적인 삶의 모습이다.

오늘날 문화에 대한 관심이 부쩍 높다. 특히 대중문화의 활성화는 21세기 삶의 화두를 문화로 매김하는 데 상당한 기여를 하였다. 우리 삶을 총망라하고 주제화하는 용어가 문화이고, 이러한 문화가 우리에게 이론적인 문제로까지 부각된 것은 문화가 사회적으로 이미 문제성을 띠게 되었다는 사실을 의미한다. 이 글은 이러한 문화 의식에서 출발한다. 곧, 특정한 사회적 실천들이 어떻게 문화로 인식되는지, 문화는 무엇인지, 문화라는 통념을 구성하는 관념들은 어떤 것이며 그것들의 관계나 혹은 거기에 게재된 문제는 무엇인지, 이러한 문화는 과연 우리에게 무엇인지 등등의 의문들로부터 이 글은 시작한다. 오늘날 문화가 축이 되는 삶을 이해하고 나아가 '문화비평'이라는 이론적 틀을 해명하는 것이 이 글의 목적이다.

문화는 우리의 상징적 우주를 구성하는 모든 제도, 인공물, 실천을 가리키는 다소 광범위한 개념이다.[1] 오늘날 우리의 문화 상황은 '자유로운' 전세계적인 문화 유통구조로 인해 거의 대부분 외부의 입김에 노출되어 있다. 여기서 문화 유통을 위한 소통 문제로는 문화의 이미지화 혹은 기호화가 대두된다.[2] 이러한 문화를 중심으로 하는 우리 시대의 문화이론은 사회 발전의 비대칭성과 문화적 갈등이라는 사회 현상에서 비롯되었기 때문에 결코 하나의 권위 있는 담론 체계를 이루고 있지는 않다. 오히려 그것은 서로 경쟁적인 관계에 있는 여러 개의 서

---

1) 널리 알려진 대로 문화는 의미가 매우 복잡한 단어들 가운데 하나다. 부분적으로는 몇 개의 언어권에서 이 단어가 얽히고 설킨 채 역사적 발전을 거쳐 왔기 때문이기도 하지만, 주요하게는 이 단어가 몇몇 다른 지적 분과와 몇 개의 변별적이고 양립할 수 없는 사상 체계 속에서 중요한 개념으로 사용되어 왔기 때문이다. 윌리엄스의 논의에 의하면 '문화 개념의 변천사'는 다음과 같다. ①문화는 토지를 경작하거나 곡식을 재배하고 가축을 기르는 행위이다. ②문화는 정신· 예술·문명의 배양으로서, 즉 지적·정신적·심미적 발전의 일반 과정이다. ③문화는 사회 발전의 일반적 과정 그리고 보편적 과정으로서의 문화, 즉 지적, 특히 예술적 활동의 산물이나 실천이다. ④문화는 특정 민족이나 시대, 집단이 공유하는 특정한 삶의 방식이다. ⑤문화는 하나의 사회적 질서가 반드시 그것을 통해(비록 문화가 유일한 수단은 아니나) 전달, 재생산, 체험되고 탐구되는 의미화 체계이다. 즉, 문화는 의미를 생산하는 '실천'이다. R. Williams, *Sociology of Culture*(Schocken Press, 1982), *Keywords*(Flamingo edition : Fontana Paperback, 1983) 참조.
   최근에 출현한 문화라는 어휘의 다섯 번째 의미는 모든 사회과학과 인문학에 대해서 상당한 충격을 주었다. 이것은 사회인류학에서 파생되었고, 네 번째 정의와 마찬가지로 집단과 민족내의 공유된 의미를 언급한다. 그러나 이 다섯 번째 정의는 좀더 상징적 차원에, 그리고 '문화가 무엇인가'보다는 '문화는 무엇을 하는가'에 집중한다는 점에서 네 번째 접근과는 강조점을 달리한다. 이 정의는 문화를 하나의 사물(예술)이나 상태(문명)라기보다는 오히려 사회적 실천으로 간주한다. 이러한 의미화 체계로서 문화는 문화비평에서 핵심으로 삼고 있는 개념이 된다.
2) 문화의 이미지화는 문화를 그것이 속해 있던 원래의 장소에서 해방시켜 준다. 문화는 한 지역에 특수한 상징으로만 남아서는 자유롭게 유통될 수 없다. 상징으로서 문화는 유일무이하기 때문에 다른 장소로 옮겨지는 순간 그 독자적인 분위기를 상실한다. 즉 한 장소에 국한되는 문화는 다른 장소에서는 반복이 불가능하다. 이 난점을 극복하는 외길은 문화를 반복할 수 있도록 만드는 일이다. 따라서 이미지화는 한 장소의 문화를 다른 장소에서 반복하여 나타날 수 있게 하는 중요한 방식이다. 이에 대한 자세한 설명은 본 글에서 상술될 것이다.

사적 패러다임에 붙여진 이름에 지나지 않는다. 따라서 문화이론이라는 이름이 붙은 여러 개의 담론 체계는 서로 양립되지 않고 그 자체에 모순을 지니고 있는 경우가 많다.

오늘날, 특히 포스트모더니즘이 현실적이든 이론적이든 난무하는 현실에서 보드리야르와 같은 문화주의자가 언급한 '과잉 현실' 개념은 '지금 여기'의 상태를 정확히 말해 주고 있어 주목된다. 오늘날 과잉 현실 자체가 우리의 현실이 되고 있다는 점을 부정할 길은 없다. 서울의 로데오 거리, 유흥가를 무색케 하는 대학가의 저녁 거리 — 그 거리를 에워싸고 있는 화려한 까페들, 쉼없이 먹어 삼키는 맥도날드·KFC의 원귀들을 떠올려 보라. 10대 가수들의 현란한 율동과 랩 일색인 귀청 찢어지는 듯한 노래들, 갖가지 유행어를 비롯해 덩달이 시리즈, 허무 개그 시리즈 등등을 떠올려 보라. 이상의 내용들이 지금 우리의 문화 현실을 구성하고 있는 것이다. 그래서 보드리야르의 '과잉 현실' 개념은 우리에게 아주 자명한 사실을 환기하고 있는 셈이다.

그런데 자명한 사실을 자명하다고 말하는 것은 동어반복일 뿐, 인식론적으로 아무런 기여도 할 수 없다. 우리에게 필요한 것은 문화 현실의 구성 요소를 식별하는 데서 나아가 문화에 대한 '체계적인' 설명이다. 다시 말해서 문화에 대한 인식의 과학화가 필요하다. 문화는 무엇인가? 문화가 수행하는 사회적 기능은 무엇인가? 문화는 인간에게 있는 본유적 능력인가, 아니면 노동의 결과물인가? 문화는 인간에게 해방인가, 억압인가, 아니면 둘 다인가? 이상은 문화를 이해하는 데 중요한 질문들이다. 하지만 이런 질문들도 정연하게 던질 필요가 있다. 그러기 위해서는 무엇보다 먼저 무엇이 또는 어떻게 문화를 문화로 만드는지 깊이 따져야 한다. 즉 문화라는 개념이 어떻게 설정되고 있는지에 대한 이해가 선결되어야 한다. 문화는 우리에게 그저 주어지는 것이 아니라 문화라는 개념과 함께, 다시 말해 그것을 문화로 인식하도록 만드는 특정한 인식틀과 함께 주어진다. 따라서 문화는 그 개념이 설정되는 방식을 파악하지 않고서 이해할 수 없다.

우리가 어떻게 문화라는 개념을 갖게 되었는지 살펴보자. 현재 우리가 가진 문화 개념은 저절로 생겨난 자생물이 아니다. 문화 개념은 문화를 특정한 방식으로 이해하게 하는 여러 장치들을 통해 관장되고 온존되고 있다. 특히 문학과 다른 예술에 대한 특정한 이해 방식을 주입시키는 예술교육 제도와 학교 교육을 통해 주입된 문화 개념을 일정한 변화를 통해 유지시키는 대중매체는 문화 개념을 생산하고 재생산하는 중요한 장치들이다. 이런 기제를 통해 문화 개념이 생산되고 유지된다는 것은 문화라는 개념이 지극히 물적인 존재 방식을 가지고 있다는 것을 의미하며, 관념론에서 주장하는 것과는 달리 문화라는 개념은 따로 존재하지 않는다는 것을 말해 준다. 문화에 대한 과학적인 인식은 이러한 사실, 즉 문화는 유물론적으로만 이해될 수 있다는 사실에 대한 인식의 형태로 출발한다. 오늘날 우리 사회를 지배하고 있는 것은 자본주의 체제라는 점, 이 점을 인식하고 특히 현 단계 우리 사회의 자본주의 생산 양식의 특징이 무엇인지 이해해야만 오늘날 문화의 특징이 어떤 의미를 가지는지 가늠할 수 있다.[3]

문화이론을 중심으로 한 문화비평의 목적은 어떤 특정한 문화 형태를 계승하자는 것이 아니라 우리 시대를 특징지워 주는 여러 사회적 모순을 담론화하자는 것이다. 이러한 작업이 중요한 이유는 우리 시대의 사회적 모순이 여전히 이 시대 삶의 경험을 조직화하고 있기 때문이다.

---

3) 여기서 문제가 되는 것은 오늘날 우리 사회의 문화를 자본주의의 어떤 점과 연결시켜 말할 것인가 하는 점이다. 이에 대해서는 「포스트모더니즘과 대중문화」에서 살펴볼 것이다.

2. 문화비평의 의의

1) 대중문화의 정치경제학

오늘날 문화의 주류는 대중문화이다. 대중문화는 욕망과 소비를 둘러싼 '다수' 대중들의 삶의 방식의 문제다. 그러므로 이 글에서 문화는 곧 대중문화를 가리킨다. 이때 대중문화에 대한 가치 판단은 별 의미가 없다. 대중문화가 고급 문화에 상반되는 저질 문화라는 비판론, 그리고 대중문화야말로 현대인의 문화 양태를 가장 여실히 보여준다라는 예찬론의 대립은 그러므로 소모적인 논의에 불과하다. 따라서 '다수' 대중들의 삶의 방식의 문제가 대중문화인만큼 대중문화를 질의 개념이 아닌 양의 개념으로 보는 것이 타당하겠다.[4] 두루 알려진 대로 대중의 삶은 한 마디로 규정되어질 수 없는 다양하고도 복합적인 양태로 구성되어진다. 자잘한 일상의 개념에서부터 그들의 삶의 준거체에 이르기까지 그 얼마나 많은 갈등과 반목과 질시와 화해와 사랑이 있을 것인가. 그러므로 명확하고도 단일한 논리로써 대중의 삶을 규정짓는다는 것은 무리일 뿐만 아니라 또 가능하지도 않다.

대중문화론은 문화상품을 생산하는 이들의 제작 의도와 가치관, 생산물들의 유통 과정과 분배 구조, 그리고 수용자들의 생활 세계에 파급되는 효과들을 밝혀내야 한다. 문화적 표현물들이 기존의 사회 질서를 더욱 고착화시키며 재생산하는 기능을 함으로써 인간의 사회·정치적 의식의 변화를 사상하여 버리는 은폐된 의도(물론 그것이 직접적이거나 의도적이라고 말할 수는 없겠지만)를 지니고 있다.

이렇듯 대중문화는 상승하는 계층이나 새로운 세대의 문화적 표현이

---

4) 대중문화를 질의 문제가 아닌 양의 문제로 보자는 의견은 문화평론가 강내희도 이미 언급한 바 있다. 『문화론의 문제 설정』(문화과학사, 1996) 참조.

면서 동시에 보수적이고 지배적인 집단 이해의 고착화이기도 하고, 대중들을 위한 위안과 오락, 해방과 계몽의 기능을 지니기도 한다. 따라서 다양한 욕구와 갈등의 각축장으로서 논의의 중심 장소가 대중문화의 터인 셈이다. 이상들이 정치경제학으로서 대중문화를 보는 근거다.

대중문화를 정치경제학으로 파악하는 데 핵심적인 사안은 자본주의 대중문화를 자본주의 인구 정책의 일환으로 파악하는 일과 대중문화의 이데올로기적 실천의 문제들이다. 이는 자본이 필요로 하는 노동력 확보를 위해 인구의 이동과 교육, 통제 등에 개입하는 과정에서 필연적으로 파생하는 문화적 효과, 또는 문화 효과 생산과 관련된 것이라고 할 수 있다.[5]

한국에서 대중문화는 1980년대에 들어와서 급속도로 확산되었다. 이러한 사실은 인구 변동과 무관하지 않다. 자본주의 대중문화는 도시 중심일 수밖에 없는데 농촌 인구 해체, 학생 인구 증가로 도시형 문화 주체가 형성된 것이다. 하지만 1980년대에는 새로운 대중 통제의 기제들이 개발되었는데 우선 그 초기에 등장한 것이 프로스포츠의 확산, 컬러 텔레비전의 등장들이다. 그러나 대중문화는 1980년대 말에 이르러 질적인 도약을 이룬 것으로 보인다. 1987년 이후, 그리고 1988년 올림픽 개최를 전후로 하여 '과소비' 현상으로 지칭되는 소비의 새로운 도약 때문이다. 현재 서울의 상업용 건물의 78%가 1980년대 이후에 지어졌다는 사실은 소비 생활의 기초가 1980년대에 이루어졌음을 알려 주는 중요한 지표이다. 건축붐은 1983년 시기와 1988~90년 시기로 나뉘는데, 특히 최근의 도시 경관을 구축하는 데 결정적으로 작용한 1988~90년의 건축붐은 1986~88년의 '3저 호황'으로 내수 시장이 크게 확대된 이후의 결과물로서 1980년대의 74%가 건축되었다.[6]

---

5) 대중인 프롤레타리아를 노동 계급으로 전환시키는 정치경제학의 관점에서 볼 때, 대중문화는 노동력 확보와 재생산에 필요한 메커니즘이다.

오늘날 대중문화는 이때 그 물적 기반을 구축했다고 할 수 있다.

이 시기 도시 거주자들의 주말 야외 나들이 등 여가 문화 또는 행락 문화가 크게 팽창했다는 것도 눈여겨볼 만한 변화다. 이런 것들은 자동차 보급 증가를 포함한 넓은 의미의 유통구조 확대와 일상 소비재의 생산을 전제로 한다. 한국의 대중문화가 본격적으로 등장하기 위해서는 독점자본의 기반이 국내에 구축되고 그 지배력이 일상생활에까지 영향을 미치는 단계에 이르러야 했던 것이다. 이 기반은 물론 1970년대에 놓였지만 특히 1980년대에 내구재 상품의 내수상품이 확대되면서 더욱 굳어졌다. 여기서 중요한 것은 이런 변화가 대규모 군중의 이동과 그들의 생활 습관 변화를 야기한다는 사실인데, 이런 대규모화는 대중매체의 발달과 맞물려 생기는 현상으로서 크게 보면 우리 사회의 조직화와 맞물려 있다.

이렇듯 다양한 의식과 욕구를 지닌 주체들과 사회 계층의 이해가 상충되고 있는 장이 대중문화다. 그러므로 현대 문화의 여러 양상들이 지니고 있는 정치적 중요성을 연구하는 작업은 나아가 문화 제도와 기구, 특정한 역사적 혹은 사회경제적인 상황에 있어서 인간의 의식이나 상식, 계급과 권력의 관계에까지 연계되어 있는 것이다. 한편, 일체의 가치 판단을 배제한 가치 중립적 연구로서의 실증주의적 대중문화론은 이러한 정치 실천적 과제를 논외로 한다. 후기 구조주의와 포스트모더니즘의 이론은 대중문화 연구에 많은 기여를 하지만, 결국 그것이 지니고 있는 상대주의적 특성으로 인하여 어떤 변혁의 가능성이나 실천성을 상정하지 않는다고 보기 때문이다.

따라서 대중문화를 단순히 사회현상으로만 볼 것이 아니라, 지배적인 정치 신념의 체계와 사회경제적인 맥락에서 형성된 것으로 간주해

---

6) 최홍준 외, 「서울 도시경관의 이해」, 『서울연구 : 유연적 산업화와 새로운 도시·사회·정치』(한울, 1993), 419쪽.

야 한다. 인간 행위의 근본적인 원인을 의식적인 욕구·신념·의도로서, 그리고 지배적인 헤게모니로의 창출 과정과 현상을 합법화하고 지지하는 지배 문화 내지는 규범적 질서로서 이해되어야 한다. 대중문화가 유통되는 주요 정치적·사회적·경제적 제도 역시 빠뜨릴 수 없는 문제인데, 말하자면 지배 계급의 사상과 문화가 전체 사회의 규범적 구조로서 어떻게 제도화되었는가 하는 문제와 제도화된 가치들이 어떻게 실제적으로 나타나고 있는가, 아울러 그런 가치가 초래하는 문화적 수용 내지 반응은 대중문화를 비판적으로 바라보는 입장에서는 중요한 영역인 것이다.

어쨌든 대중문화는 어떤 시대든 대중, 즉 다수의 인간들이 원하든 원하지 않든 간에 누리거나 포섭되고 있는 문화다. 억압적일 수도 있고 한편으로는 저항적일 수도 있는 구체적인 삶의 방식으로서 대중문화는 결국 경험적 대상으로 여겨지기보다는, 대중을 지배하는, 즉 삶의 방식을 생산하는 메커니즘으로 파악해야 옳은 일이다. 다시 말하면, 우리가 흔히 대중문화라고 하는 것은 우리가 '그러한 것'으로 수용한 것, 즉 우리가 대중문화로 인지하는 현상들과 대상들의 체계라는 것이다. 이런 맥락에서 보면 대중문화 문제에서 핵심은 정작 대중문화를 대중문화로 만드는 것이 무엇인지, 대중의 삶의 방식을 수용하는 메커니즘이 무엇인가 하는 문제이다.

2) 문화 주체 형성의 메커니즘

대중문화의 장은 억압의 장이기도 하고, 또 한편으로는 대중의 진출이 활발하게 이루어지는 곳, 그러나 대중의 진출이 언제나 지배의 효과와 맞물려 어떤 새로운 실천의 가능성과 한계를 제시하는 곳이기도 하다. 여기서 우리는 문화의 주체 문제에 맞닥뜨리게 된다. 문화의 생산과 재생산의 문제, 그리고 그것의 주체 문제는 대중문화 영역을 가늠하는 데 가장 중요한 문제이기 때문이다.

인간 주체의 형성은 언어적 과정과 욕망의 프로그램이 상호 교류하는 지점에서 가능하다. 여기서는 알튀세의 주체 형성 이론과 페쇠의 담론 과정이 전자의 설명으로 도움이 되고, 니체, 바따이유, 푸코, 들뢰즈·가타리 등의 욕망 이론이 후자의 조언으로 작용한다.

먼저 언어적 과정으로서 인간 주체의 형성 문제를 보자. 알튀세는 주체 형성 이론에서 프로이트 맑스주의 문제 설정, 그 가운데서도 특히 언어학적 문제 설정에 주목한다. 그는 프로이트를 언어학의 관점에서 재해석한 라깡의 정신분석학에 기댄 '주체 호명' 테제를 제안했다. 라깡에 의하면, 한 아이는 '아버지의 이름'이라는 법을 수용함으로써 가족의 한 구성원으로서 인정을 받고 가족내에서 합법적 지위를 얻는다고 하는데, 이는 그가 주체의 형성을 언어적인 상징적 질서에 편입됨으로써 일어나는 것으로 본 것에 다름 아니다. 알튀세는 라깡의 기본 전제를 수용하면서 한 걸음 더 나아가 이론을 심화시켰다. 아이가 가족내에서 이름을 부여받는 것은 가족적 질서에 귀속되는 일일뿐만 아니라 호적에 등재된다는 것이며, 따라서 법제도 등 사회 체제의 관리를 받게 된다는 것이다.[7] 알튀세는 결국 인간의 정체성을 문제삼았고, 이것이 주체 호명 테제로 나타난 셈이다.

알튀세의 제자 페쇠는 알튀세의 언어 과정으로서 주체 형성 과정을 좀더 심화시켰다. 페쇠는 주체 호명이 반드시 담론 과정을 통하여 이루어진다고 보았다. 그는 담론 구성체라는 개념으로 하나의 담론에서

---

7) 알튀세의 라깡 수용은 1960년대 말에 나온 그의 유명한 논문 「이데올로기와 이데올로기 국가장치」에서 정식화되었고, 1970년대 초 그의 제자들의 작업에서 구체화되었다. 그는 이데올로기가 주체를 호명하되 이 호명의 메커니즘은 구체적으로 '이데올로기 국가장치'라고 하였다. 알튀세, 「프로이트와 라깡」, 『아미앵에서의 주장』(솔, 1991), Louis Althusser, *Lenin and Philosophy and Other Essays*(New Left Books, 1971) 등 참조.

등장하는 주체는 거기서 등장하는 단어들, 명제들, 표현들(곧 주체들에게 명백한 의미)이 당연한 것으로 받아들이게 되는 위치라는 점을 강조하고 있다. 알튀세가 말한 주체 호명의 비밀은 바로 이 의미와 주체의 동일화에 있다는 것이 페쇠의 주장이다.[8]

대중문화에서 주체의 문제는 이러한 언어 과정만으로는 불충분하다. 여기에 욕망의 문제가 중요한 변수로 작용한다. 왜냐하면 욕망의 해방구로서 대중문화의 영역, 곧 대중문화의 영역이 일상의 축제 영역과 일치하거나 겹치기 때문이다.[9] 주체의 문제로서 욕망을 이야기한 사람 가운데 푸코를 대표적으로 살펴보자.

푸코는 주체 형성을 위에서 살핀 이데올로기로 보지 않았다. 대신 그는 '육체'를 사용한 주체 형성의 과정을 면밀히 고찰하고 있다. 푸코는 주체 형성을 일종의 억압의 결과로 보는 프로이트와 라깡에 맞서 오히려 그 '양생'의 결과로 본다. 주체는 억압에 의한 메커니즘의 결과물이 아니라 '자기 관리'라는 메커니즘을 통해 형성된다는 사실이 그것이다.[10] 여기서 우리는 푸코의 의견에서 대중문화가 대중을 억압하는 것으로만 볼 것이 아니라는 사실을 시사받는다. 언어 체계의 억압보다는 주체의 양생이라는 관점은 대중이 보살핌, 욕망 창출, 육성, 훈련 등의 형태로 관리될 수도 있다는 점을 알려 주며, 나아가 문화의 주체 형성이 언어보다는 더 넓은 층위, 다시 말해서 욕망의 근원지인 육체의 문제임을 시사한다. 먼저 살핀 언어적 과정 능력이 지적 능력이라면 욕망의 배출구인 육체는 그것을 포함하여 지각과 감각 등 무수히 많은 능력들을 지니고 있고, 인간 주체의 형성이란 바로 이런 것을 아우른다. 그러므로 대중문화를 하나의 감성의 실천, 욕망 창출의 장으로 새

---

8) Michel Pêcheux, *Language, Semantics, and Ideology*(St. Martin's Press, 1982), 111쪽.
9) 문화와 욕망과의 긴밀한 상관 관계는 다음 장에서 구체적으로 살필 것이다.
10) Michel Foucault, *The History of Sexuality, Vol. 1 : An Introduction*(Vintage Books, 1980), 에티엔 발리바르, 「푸코와 맑스」, 『이론』, 1992년 겨울호.

로이 규정하는 데 그 이론적 근거를 확보해 주는 타당성으로 작용한다. 인간적 가능성의 확장, 욕망의 억압이 아닌 억압된 욕망의 해방을 위한 프로젝트가 바로 대중문화의 장이고, 바로 이곳에서 주체의 형성 문제가 발원되어야 하는 것이다.

3) 문화비평의 개념과 범주

삶의 모든 영역으로 문화가 침투해 들어가는 현상, 곧 기호들, 이미지들, 생활 방식들로 이루어지는 문화 생산이 삶의 대부분을 지배하고 있는 것이 오늘날의 현실이고, 이러한 문화적 현실을 전범으로 삼는 문화비평은 삶이 곧 문화라는 등식을 가능케 한 셈이다. 여기서 문화비평의 존립 가능성과 확산 가능성이 확보된다.

문화비평은 20세기 말 문학의 위기 현상에 부응해서 활성화된 하나의 과도기적 비평 양상이다. 문학이 문화의 영역 안에 놓이게 된 것이 오늘날 문학적 현실이다. 문학의 고유성과 그 존폐 여부는 문화의 힘을 빌어 잠시(아니면 더 오래일 수도 있다) 가려져 있는 셈이다. 특정한 삶의 방식이나 지적·정신적·심미적 일반 과정으로서 문화의 개념을 넘어 의미를 생산하는 '실천'으로서 문화 개념이 20세기 말 유효하고, '문화가 무엇인가'보다는 '문화는 무엇을 하는가'에 더 강조점을 둠으로써 사회적 질서의 의미화 체계를 형성하게 되는 것이 오늘날 문화의 입지인 셈이다. 특히 인간 삶 전체가 곧 텍스트가 되는 최근 문화비평의 입지는 중심의 해체와 상대성을 특징으로 삼는 포스트모더니즘의 도움 없이는 불가능하다.

포스트모더니즘은 확실히 문화비평의 방향 전환을 가져왔다. 포스트모더니즘 도래 이전 문화 분석의 틀을 규정짓던 이데올로기/문화 범주의 틀을 깨뜨리면서 이데올로기론의 후퇴와 아울러 일상적 차원의 다

양한 경험들을 새롭게 각인하고 인정하면서 얻게 된, 일상성의 강조와
대중문화에 대한 관심의 증가가 그것이다. 문화적 범주로서 상당한 유
용성을 갖는 포스트모더니즘의 여파로 문화비평의 지형도는 일상을
축으로 해서 과거 '선택적' 문화, 곧 소수 엘리트주의의 지형도를 변화
시켰음은 물론이고 나아가 그 영역을 광범위하게 확대시켰다. 현대의
포스트모던 문화비평은 문화적 다원성을 근본적으로 인정하므로 대중
적인 문화에로 그 관심을 겨냥한 점은 지극히 자연스러운 현상이 아닐
수 없다.

　과거 전통적 개념의 문학에 대한 반(反)담론으로서 문화비평은 이제
더 이상 낯선 것이 아니다. "의사소통이 곧 문화다"[11]라는 견해를 중심
으로 문화비평은 인간의 경험 자체를 사회적 텍스트로 인식함으로써
일상의 생활 안에서 순환하고 있는, 자연스러운 의미들 안에 체계화되
어 있는 이데올로기적 의미들을 해체시키고 또 밝혀내려고 한다. 즉,
문화비평은 문학연구를 기반으로 그것을 '넘어서면서' 생산된 것이다.
그것은 기존의 문학이라는 범주가 어디까지나 미학적이고 도덕적인
가치 기준을 가지고 일종의 부르주아적 세계관을 재생산하는 교육 장
치의 핵심 역할을 담당해 오고 있었다는 것을 밝혀냄으로써, 일종의
대립항격인 일상생활로서의 대중문화를 만들어내게 된 것이다. 오늘

---

11) 상징적 상호작용론, 실용주의, 마르크스주의의 원리에 근거한 문화연구의 중심은(특히 미국의
　　문화연구 프로그램) 현재의 역사적 시점에서의 의사소통과 문화에 대한 연구이다. 이러한 연
　　구는 David Riesman, C. Wright Mills, Harold Innis, Kenneth Burke 등을 중심으로 활발
　　히 전개되었다. Norman K. Denzin, 「문화 연구 안으로 들어가기」, 『외국문학』, 1995년 여름
　　호.
　　한편, 현재 영국에서 활발하게 논의되고 있는 문화연구는 소수 엘리트 문화를 옹호했던 리비스
　　의 견해에 반발해, 다수 대중문화를 옹호했던 레이몬드 윌리암즈의 노선을 따르는 급진적인 좌
　　파 학자들에 의해 수행되고 있다. 그러나 윌리암즈는 문학 대 문화 또는 편협한 의미에서 소비
　　지향적인 지배 계급과 상류계층의 전유물 대 생산 지향적인 노동 계급과 대중들의 담론이라는
　　양극화의 구도를 설정한 후, 문화에 특권을 부여함으로 인해 결국 이분법적 대결 구도를 극복
　　하지 못했다. 윌리암즈의 문화관으로부터 시작하되, 문학을 문화 속에 포용하지 못했던 그의
　　약점을 보강하려고 하는 운동이 바로 현재의 문화연구인 셈이다. 김성곤, 「'도의적 공정성
　　(Political Correctness)'과 문화연구」, 『외국문학』, 1995년 여름호.

날 문화비평의 주 대상이 대중문화인 것은 바로 여기에 근거한다. 항상 변화하고 있는 대상을 연구함에 있어 동시대적인 것을 출발점으로 삼는 문화비평은 그러므로 언제나 구성, 혁신, 재구성되는 과정에 있는 대중문화의 역사와 반드시 대면하게 되어 있다.[12] 다니엘 벨 류의 신보수주의 문화론, 장 보드리야르 류의 탈근대 문화론, 프레드릭 제임슨의 후기 자본주의 문화론을 거쳐 앙리 르페브르의 일상문화론이나 볼프강 프리츠 하우크의 상품문화론 등의 대두는 사회를 작동시키는 원리로서 문화의 변천 개념을 뚜렷이 보여주는 구체적 실례이다.

20세기의 지배적인 지적 조류로서 문화론, 문화 유물론, 문화산업, 문화연구 등의 총칭이 문화비평이다. 문화비평의 출현은 1950년대부터 시작된다.

문화비평의 영역은 유럽에서 미국으로 이동해 온 길고 풍요로운 역사를 가지고 있다. 아도르노, 호르크하이머, 마르쿠제, 하버마스 등 프랑크푸르트학파의 구성원들의 작업을 거쳐, 영국의 호가트와 R. 윌리암스, E. P. 톰슨의 문예 인본주의로, 다시 이들의 전통은 버밍햄 센터의 스튜어트 홀과 동료들의 작업 안에서 변형과 확장을 거치는 것으로, 그리고 현대의 마르크스주의와 문화연구에 있어서의 최근의 국제적 발전으로, 미국내에서는 의사소통 연구에 대한 문화적·실용주의적 접근으로, 보드리야르, 료따르, 애거, 제임슨에 의한 포스트모던 자본주의 사회의 현대적 읽기와 비판으로, 데리다의 작업에 나타난 것으로서 문화 텍스트에 대한 해체와 전복의 접근을 하고 있는, 그리고 최근의 점차 부상하고 있는 여성주의 문화연구의 입장 등으로 광범위하게 확장되어 왔다.

이러한 문화비평의 입지는 문화적 가공물들 속에 부호화된 기만들을

---

12) Antony Easthope, *Literary into Cultural Studies*(London and New York by Routledge, 1991), 168쪽.

폭로하는 데 세워져야 한다. 마르쿠제가 '위대한 거부'라고 말한 바를 기억하여야 한다. 그래서 문화적 작품과 실천들에 우리를 종속시키는 방식들을 지적함으로써, 이데올로기와 허위 욕구의 담론에 대한 비판에 종사해야 한다. 선택은 우리에게 달려 있다. 문화를 대항 담론으로 다룰 때만 문화는 우리에게 실천의 장으로서 자리할 것이다.

일상적 삶의 형태에 관한 관찰이며 이에 대한 비판으로서 문화에 대한 읽기의 기준까지 제시되면서 문화에 대한 관심과 연구가 활성화되고 있고,[13] 이것이 오늘날 문화비평의 이름으로 체계화되고 있다. 이전의 문화연구나 문화 유물론 등을 아우르는 명칭인 문화비평(좀더 정확하게 말하면 포스트모던 문화비평)의 주된 관심 영역은 대중문화와 문화매체, 주변적이고 소외된 문화 등 지금까지의 정전문학에서는 제외되거나 외면당했던 주변적인 분야들이다. 즉, 영화, TV, 비디오, 대중음악, 만화, 신문, 잡지, 광고, 대중소설, 외설물, 여성문학, 제3세계의 문학들이 그 구체적 항목들이다. 문화비평의 문제 의식은 궁극적으로 오늘날, 특히 포스트모던 시대의 문화 읽기와 문화적 실천은 어떠해야 하는가에서 출발한다.

상대적이고 산포적이며 탈중심적인 문화비평의 주체적 성격으로 문화비평은 전적으로 탈중심적인 패러다임을 지닌다. 문화비평의 대상은 그러므로 부분적으로 일상생활 속에서 체험되고, 문화비평 텍스트

---

13) 한 평론가의 아래와 같은 문화 읽기의 방법적 실례는 1950년대 영국에서 시작된 문화연구를 시작으로 지금까지 문화비평에서 제기된 '문화 읽기'의 방법들을 총망라한 느낌을 준다. ①우선, '문화'의 개념은 한 마디로 규정지을 수 없는 복잡하고도 다양한 개념이라는 점을 전제해야 한다는 점, ②그러나 문화는 생성되고 역동적이며 계속 재충전되는 것으로서 무엇보다 '과정'으로서 이해해야 한다는 점, ③문화 읽기에서 대중문화가 그 자체로서 독자적 가치를 지니고 있음을 인정해야 한다는 점, ④문화 읽기의 연구 대상은 대중매체와 통신 수단이라는 점, ⑤문화 읽기는 질서에 기초하기보다는 '충돌'에 기초한다는 점, ⑥사회 생활의 모든 측면이 문화라는 점에서, 그리고 특정 영역의 특권을 인정하지 않는다는 점에서 문화 읽기는 '민주적인 제국주의'라는 점, ⑦문화의 모든 단계, 그러니까 문화의 발단→중재→수용→생산→분배→소비 등이 모두 문화 읽기의 범주가 된다는 점, ⑧문화 읽기는 그러므로 학제간의 연구(interdisplinary)라는 점, ⑨따라서 이러한 문화 읽기는 절대적인 가치를 배격한다는 점 등이 그것이다. 이정호, 『포스트모던 문화 읽기』(서울대학교출판부, 1995), 9~11쪽.

와 동일한 방식으로 취급되는 정전적 텍스트와 함께 학술적 분석 속에서 재구성되는 영화, 텔레비전 프로그램, 신문, 광고, 대중가요 등과 같은 텍스트들이 된다. 그래서 문화비평의 주체는 학술과 일상이라는 범주들의 지속적 붕괴 속에 위치한다.[14] 소재의 변화는 곧 형식과 장르의 변화를 가져오고, 이는 나아가 인식이나 태도의 변화를 가져오기 마련이다. 불특정 다수를 대상으로 하는 대중문화의 문학화는 장르의 혼합과 해체를 야기시켰고, 이미지 속에 사는 인간의 양태를 옮기는, 이른바 시뮬레이션의 원리를 적극 원용한다.

결국 인간 경험은 항상 재현 수단을 통하여 발생한다는 점을 강조하고, 텍스트 읽기가 얼마나 담론적으로 구성되는가를 인식하며, 독자의 경험이 자연적인 원인이기보다는 하나의 효과로서 검토되기를 요구하는 문화비평[15]은 기능적으로 우리 자신의 삶의 전략과 관계해서 서술되기 마련이다. 그러므로 문화비평은 원칙적으로 모든 형식의 의미화 실천을 다루게 되는 것이다.[16]

3. 현대시와 대중문화

1) 포스트모더니즘과 대중문화

우선 포스트모더니즘의 개념부터 분명히 하자. 오늘날 자본주의 체제 안에서 작용하는 문화 논리가 포스트모더니즘이라는 문화 현상을 관철하고 있음은 미국의 문화이론가 프레드릭 제임슨으로 대표되듯

---

14) Chris Jenks, *Culture*(London : Routledge, 1993), 172쪽.
15) A. Easthope, 앞의 책, *Literary into Cultural Studies*, 174쪽.
16) 위의 책, 178쪽.

널리 알려진 사실이다. 그러나 이 전지구적이고 다국적적인 문화 현상인 포스트모더니즘 현상이 우리의 상황과 일치하느냐에 대해서는 의견이 분분하다. 이른바 후기 자본주의 시대가 우리의 문화 상황일 수 있느냐에 대한 논란이 대표적이다.[17] 대체로 전지구적인 차원에서 후기 자본주의를 거론하고, 그것에 따른 문화 논리를 말하는 것이기 때문에 오늘날 우리 사회에서 전개되고 있는 자본주의적 문화 상황을 꼭 맞게 설명하기에는 부적합한 면이 없잖아 있는 건 사실이다. 이 글 역시 이상의 의견에 동의한다. 포스트모더니즘이라는 전지구적이고 다국적적인 문화 이론 자체만 광범위하게 수용되고 있는 것이 오늘날 우리의 문화 상황이 아닌가. 따라서 우리의 주체적 전망 속에서 포스트모더니즘을 설명할 방법이 모색되어야 할 필요성을 절감한다.[18]

포스트모던 시대의 문화적 특징은 일반적으로 '대중미학'에 등가된다. 주체의 죽음·불확정성·미결정성 등 탈중심적인 사고와 반(反)로고스 중심주의를 표방하는 포스트모더니즘의 입장이 일상성 중심의 대중문화 읽기와 일치하기 때문이다. 대중문화란 일반적으로 대중의 생활 양식, 매스 커뮤니케이션, 대중문화 상품 등의 영역을 아우른다.

---

17) 다음의 생각을 좇아 대부분 우리의 현실 상황이 포스트모더니즘과 맞물리지 않는다고 보는 의견이 지배적이다. 포스트모더니즘에 대한 비판적이고 시대 구분적인 시각을 지닌 문화이론가 프레드릭 제임슨의 입장은 오늘날 세계 자본주의는 자본이 가장 '순수'한 제3의 단계에 이른 '후기 자본주의'라고 보는 에르네스트 만델의 이론에 의존한 것이다. 만델에 따르면 후기 자본주의 시대에는 산업생산 부문보다는 서비스 부문의 중요성 확대, 기술 혁신의 가속화, 고정 자산의 회전 시간 단축과 대자본의 다국적 기업 중심 개편 등이 일어난다. 제임슨은 후기 자본주의 시대에는 다국적 자본이 전 단계 자본주의 시기까지 세계 자본의 장악에서 벗어나 있던 지역들을 단일한 세계 시장 안에 편입시키는 점을 중시하고, 포스트모더니즘은 녹색혁명 등에 의해 세계의 고립 지역들이 자본주의 세계 체제 아래 거대한 하나의 회로망에 들어갈 때 생겨나는 문화 논리임을 시사한다.

18) 어느 정도 의견의 일치를 보이고 있는 그 모색 가운데 사회 구성체론 중의 하나인 신식민지 국가독점 자본주의가 어느 정도 적절한 대응 논리로 우세하다. 만델이 말하는 후기 자본주의가 전지구적인 차원에서 현 단계 자본주의가 가지고 있는 모습이라면 신식민지 국가독점 자본주의는 제3세계에 속하는 우리 사회가 자본주의의 보편적 발전 과정을 따르면서 동시에 그 특수한 역사적 맥락에 따라 갖게 된 사회구조이다. 따라서 포스트모더니즘을 논의할 때 현 단계 자본주의가 생산해내는 전지구적이고 다국적적인 문화 현상 또는 논리라고 보는 입장에서 후기 자본주의라고 하는 보편적 상황과 신식민지 국가독점 자본주의라는 우리의 특수 상황을 동시에 염두에 두고 이야기를 전개해 나가야 할 필요가 있다.

이로부터 비롯되는 여러 문화적 양상들이 오늘날 우리의 일상생활을 지배하고 있는 것이다.

현대 대중사회의 특징은 그러므로 '비특징의 특징화'로 요약 가능하다. 즉, 주변적인 것의 중심화로 인해 상대성이 무한정으로 허용되는 상황이 그것이다. '정치학'이라는 수식어까지 부여받은 소비주의의 부상, 일상생활에 대한 미학적 가치 부여, 고급예술과 대중예술의 경계선 붕괴로 인한 대중예술의 인식 상승, 대중문화 매체, 특히 영상매체에 대한 놀랄 만한 애정의 증폭 등등 과거에는 별 가치를 두지 않았던 하찮은 것들, 그래서 '특징'이라 부르기에는 주저되었던 것들이 버젓이 특징으로 자리잡는 것이 현대 대중사회의 상황이다. 이러한 현대 대중사회의 문화를 읽는 것이 포스트모던 시대의 주된 관건이다.

이른바 대중미학의 문제는 예술과 삶이 하나라는 연속적 사고에 기인한다. 대중적 취향은 삶의 일상적 환경 속에 뿌리박고 있는 에토스의 도식을 정통적인 예술작품에 적용하며, 이를 통해 예술에 관한 사항을 체계적으로 삶으로 환원시키는 기능을 하기 때문이다.[19] 대중들이 세계의 여러 요구와 맺게 되는 '유사–유희적' 관계의 한 차원을 구성할 수 있는 것은, 또는 대중문화를 형성하는 것은 모든 이미지가 분명하게 하나의 기능을 하기 바라며, 표상이나 이러한 표상을 지배하고 있는 실천이 재현 대상들을 '그 모습 그대로' 믿을 수 있도록 만들어 준다고 믿기 때문이다. 그러므로 대중미학의 자리에서는 형식이 기능에 종속될 수밖에 없다. 여기서 우리는 대중문화의 주요 형성 원리인 '변형의 미학'을 만난다.

'변형의 미학'은 널리 알려진 상호텍스트성의 원칙에다 대중문화적인 상응어를 제공한다. '변형하기'는 "어느 누구도 최종적인 결정권을

---

19) Pierre Bourdieu, *La Distinction : critique sociale du jugement*(최종철 옮김, 새물결, 1995), 26쪽.

가지고 있지 않음을 의미하기 때문에 민주적인 원칙이다. 모든 사람이 만들고 기여할 기회를 갖게 된다. 그 어느 누구의 변형판도 성서로 취급되지 않는다."[20] 이 미학 원리는 한 개의 문화적 동일성을 표현하는 대신에 이질적인 문화 경험의 표현과 "혼합되거나 과도기적인 문화적 정체감들의 협상"[21]을 허용한다. 이러한 변형의 미학은 통일 원칙이나 '어울리기'에 반대하여 담론의 팽창 현상[22]을 자연스럽게 가져온다. 여기서 이러한 담론의 팽창 현상을 적극적으로 지지하는 주범으로서 패러디를 발견하는 일은 그리 어려운 일이 아니다. 대중문화를 가능하게 하고, 또 널리 확산시키는 데 패러디가 핵심 원리로 작용하고 있기 때문이다.[23]

2) 문화 속에 나타난 이미지와 욕망의 상관성

문화산업의 일반적인 테제[24] 가운데 문화와 예술의 상품화 문제는 최근 우리 사회의 지배적인 문화 현실에 커다란 변화를 가져온 장본인이다. 현실의 외양만 보더라도 획기적인 변화를 느낄 수 있다. 예전에는 상상조차 할 수 없었던 흥청망청한 까페 골목, 서울 압구정동의 로

20) Dick Hebdige, *Cut, 'N' Mix : Culture, Identity and Caribbean Music*(London : Comedia, 1987), 14쪽.
21) 위의 책, 159쪽.
22) Charles Newman, *The Postmodern Aura : The Act of Fiction in an Age of Inflation*(Northwestern University Press, 1985), 9~10쪽.
23) 상호텍스트성과 자기 반영성의 강조는 포스트모더니즘의 등장 이후 반권위주의·다원주의 이데올로기의 산물이다. 포스트모던한 패러디가 지속성과 변화, 권위와 위반이라는 역설적 이중성을 띠고 있다고 본 견해는 이런 점에서 타당하다. 텍스트를 폐쇄시키기보다 개방하는 것으로서의 패러디 개념이 중요하고, 그러므로 패러디가 집단적 담론 양식이라는 그의 견해 또한 이런 점에서 매우 유효하다(Linda Hutcheon, *A Poetics of Postmodernism*, Routledge, 1988, 35, 127, 130쪽). 여기서 패러디와 문화비평과의 상관성이 주목거리다. '바닥까지 들춰 읽기' 위한 '일상 비평의 도전'으로서 문화비평이 초맥락성과 전도를 특징으로 하는 패러디를 주된 무기로 삼는 것은 매우 자연스럽고도 당연한 현상이요 또 결과이기 때문이다. 따라서 탈중심화된 상황에서 텍스트 생산과 수용에 연관되는 영향력은 문화비평과 패러디의 역학 관계로써 많은 시사점을 제공해 줄 수 있을 것이다. 이상은 '문화시'의 항목에서 구체적으로 해명될 것이다.

데오 거리, 환락가를 방불케 하는 대학가 주변의 술집과 음식점, 24시간 개방하는 여러 이름들의 편의점들, 길 건너 하나 이상은 꼭 눈에 띄는 패스트푸드점, 빌딩 곳곳에 들어선 스포츠 센터, 건강식품 가게들, 다이어트 체형 관리실 등등, 계속 언급해도 끝이 날 것 같지 않는 이상의 풍경들은 분명 오늘날 우리 삶의 모습들이다.

오늘날 지배적인 문화는 대부분 '절충주의' 성격을 가진다. "레게 음악을 듣고, 서부극을 시청하고, 점심으로는 맥도날드를 그리고 저녁으로는 지역 특식을 먹고, 도쿄에서 파리 향수를 바르고 홍콩에서 복고풍 옷을"[25] 입는 것이 오늘날 현실이기 때문이다. 이러한 현상은 '문화적 상대주의'의 다른 이름이다. "오늘날은 '이방' 문화들은 일상생활의 모든 영역에 존재하고 있다. 그것들은 중국 식당에서 인도 복식, 아프리카식 머리 모양에서 라틴 아메리카 소설에 이르기까지 우리의 문화 행위 속에 파고들어 통합되어 말하자면 '진부'해지기까지 했다"[26]는 인용문은 문화적 상대주의를 표명한 것이다. 이처럼 오늘날 우리의 문화 상황은 이제 거의 예외 없이 외부의 영향에 노출되어 있어서 문화의 세계 체제에서 결코 자유롭지 않다. 이는 전세계적인 문화 유통 구조의 덕을 톡톡히 본 결과다.

---

24) 프랑크푸르트 학파가 밝힌 다음의 문화산업의 일반적 테제들은 후기 문화 분석에 수용됨으로써 문화연구의 다양한 정치적·지적 영향을 결정하는 데 매우 커다란 기여를 하였다.
①대중문화는 자본주의 사회의 일반적인 현상이다. ②자본주의 사회에서 문화와 예술은 상품화되었다. ③상품의 소비 방식은 허위 욕구에 의존한다. ④이 같은 허위 욕구는 이윤을 목적으로 하는 문화산업에 의해 조장되고, 상품의 생산과 소비는 모두 자본주의 체제에서의 불가피한 상황이다. 허위 욕구는 자본주의 교환 체계에서 고유한 것이다. ⑤대중문화의 소비 방식은 상품의 소비 형태를 띠게 되며, 대중문화는 지속적으로 자본주의 체제를 공고히 하는 데 도움을 준다. ⑥고급예술은 대중문화의 이러한 부정성을 지양하고 삶과 사회에 대한 지속적인 비판 의식을 강화함과 아울러 삶과 정치의 해방과 실천을 가져온다. ⑦대중문화 분석은 궁극적으로는 자본주의 사회에서의 상품, 욕구, 매스 커뮤니케이션의 특성을 비판한다. UNESCO, 『문화산업론』 참조.
25) Jean-François Lyotard, "Answering the Question : What is Postmodernism?", *The Postmodern Condition : a Report on Knowledge*(University of Minnesota Press, 1984), 76쪽.
26) Agnes Heller, "Existentialism, Alienation, Postmodernism", Andrew Milner 외, eds., *Postmodern Conditions*(Berg, 1990), 10쪽.

전세계적인 문화 유통구조의 특색은 자유로운 유통구조가 우선이다. 특수한 한 문화가 다른 문화 형태에 영향을 미치기 위해서는 의사소통상의 문제가 해결되어야 하는데, 여기서 문화의 이미지화 혹은 기호화가 대두된다. 문화의 이미지화는 원래의 문맥에서 자유로워짐으로써 전세계적인 유통구조 속으로 편입될 수 있다. 여기서 문화의 이미지화는 '반복' 기능을 뜻한다. 이는 한 장소의 문화가 다른 장소에서 반복하여 나타나는 중요한 방식인 셈이다. 맥도날드의 햄버거가 미국에서 한국으로 자유로이 유영해 와 반복·지속되고 있는 현상은 문화의 이미지화의 현상 가운데 하나다. 우루과이라운드 문제도 예외는 아니다.

이러한 문화의 이미지화는 앞으로 계속될 것이다. 근대 생산 조건이 지배하는 사회의 생활 전체는 구경거리의 거대한 집적으로 나타난다.[27] 자본주의 사회에서 '상품'이 인간 관계를 지배하고 있다면 자본주의가 만연된 현대 사회에서는 '구경거리'가 사회적 관계를 보여주고 있다. 여기서 우리가 눈여겨볼 것은 구경거리가 곧 이미지라는 점이다. '구경거리'로 충만해 있는 세계는 이미지가 범람하는 세계이다. 그리고 이미지가 진짜 원본과 다른 것이라면 이미지 범람 현상은 가짜가 진짜를 압도하고 있다는 말이기도 하다. 사실 오늘날 삶의 곳곳에 가짜가 판을 치고 있는 것은 상식에 속한다.

4. 패러디와 문화비평

1) 포스트모더니즘과 문화비평

"하늘 아래 새로운 것은 없다"는 '고갈'에 대한 위기 의식은 세기말

---

27) Guy Deboard, *Society of Spectacles : Alex Callinicos, Against Postmodernism : A Marxist Critique*(Polity, 1989), 150쪽 재인용.

통용되는 명제 가운데 하나다. 이 명제의 진위 시비는 뒤로 하더라도 그 위력만큼은 적어도 오늘날 유효하다. 특히 예술 상호간의 담론의 한 형식으로서 패러디의 개념은 포스트모더니즘적 세계관의 확산으로 인한 고갈 의식을 정당화하는 데 적절하게 기여하고 있다. 현대 문화 비평은[28] 이러한 고갈 의식에서 비롯된 형태여서 매우 주목된다. 1980년대 말 이래 문화 영역[29]의 변모가 사회 변동의 주요 원동력을 이루고 있음도 이와 무관하지 않다.

삶의 모든 영역으로 문화가 침투해 들어가는 현상, 곧 기호들, 이미지들, 생활 방식들로 이루어지는 문화 생산이 삶의 대부분을 지배하고 있는 것이 오늘날의 현실이고, 이러한 문화적 현실을 전범으로 삼는 문화비평은 삶이 곧 문화라는 등식을 가능케 하였다. 여기서 패러디는 상호텍스트성과 자기 반영성을 강조함으로써 인간 삶 전체가 텍스트가 되는 문화비평의 입지를 더욱더 공고히 하였다. 특히 문화비평이

---

28) 20세기의 지배적인 지적 조류로서 문화 읽기, 문화론, 문화연구, 문화비평 등을 통칭하여 이 글에서는 '문화비평'이라 부르고자 한다. 이는 '문화비평'으로 대표되는 미국과 '문화연구'로 대표되는 영국간의 변별점에서 착안된 용어가 아니라 오늘날 '문화'에 관한 전반을 고찰하는 작업을 '문화비평'이라는 용어로 정리하는 데서 기인한 것이다. '문화비평'이라는 용어는 어디까지나 산재해 있는 '문화 시학'의 다양한 현상들을 통칭하여 문맥의 통일성과 일관성을 위해 선택된 것임을 밝혀 둔다.

29) 문화는 의미가 매우 복잡한 단어들 가운데 하나다. 부분적으로는 몇 개의 언어권에서 이 단어가 얽히고 설킨 채 역사적 발전을 거쳐 왔기 때문이기도 하지만, 주요하게는 이 단어가 몇몇 다른 지적 분과와 몇 개의 변별적이고 양립할 수 없는 사상 체계 속에서 중요한 개념으로 사용되어 왔기 때문이다. 윌리엄스의 논의에 의하면 '문화 개념의 변천사'는 다음과 같다. ①문화는 토지를 경작하거나 곡식을 재배하고 가축을 기르는 행위이다. ②문화는 정신·예술·문명의 배양으로서, 즉 지적·정신적·심미적 발전의 일반 과정이다. ③문화는 사회 발전의 일반적 과정 그리고 보편적 과정으로서의 문화, 즉 지적, 특히 예술적 활동의 산물이나 실천이다. ④문화는 특정 민족이나 시대, 집단이 공유하는 특정한 삶의 방식이다. ⑤문화는 하나의 사회적 질서가 반드시 그것을 통해(비록 문화가 유일한 수단은 아니나) 전달, 재생산, 체험되고 탐구되는 의미화 체계이다. 즉, 문화는 의미를 생산하는 '실천'이다. R. Williams, *Sociology of Culture*(Schocken Press, 1982), *Keywords*(Flamingo edition)(Fontana Paperback, 1983) 참조.
최근에 출현한 문화라는 어휘의 다섯 번째 의미는 모든 사회과학과 인문학에 대해서 상당한 충격을 주었다. 이것은 사회인류학에서 파생되었고, 네 번째 정의와 마찬가지로 집단과 민족내의 공유된 의미를 언급한다. 그러나 이 다섯 번째 정의는 좀더 상징적 차원에, 그리고 '문화가 무엇인가'보다는 '문화는 무엇을 하는가'에 집중한다는 점에서 네 번째 접근과는 강조점을 달리한다. 이 정의는 문화를 하나의 사물(예술)이나 상태(문명)라기보다는 오히려 사회적 실천으로 간주한다. 이러한 의미화 체계로서 문화는 문화비평에서 주로 주목하고 있는 개념이 된다.

탈현대 사회에서 더욱 확고히 그 자리를 매김하게 된 데는 중심의 해체와 상대성을 특징으로 삼는 포스트모더니즘에 많은 부분을 기대었음은 이미 잘 알려진 사실이다.

　포스트모더니즘은 문화비평의 방향 전환을 가져왔다. 1970년대 중반부터 1980년대 중반까지 문화 분석의 틀을 규정하던 이데올로기/문화 범주의 일대 위기를 일으키면서, 한편으로는 이데올로기론의 후퇴와, 다른 한편으로는 새로운 차원의 '생생한 경험'의 부상이란 대립 국면을 연 것이 그것이다.

　포스트모던 문화비평은 대중문화에 대한 특별한 관심, '소비'에의 지향, 그리고 압도적으로 낙관적인 톤 등으로 시작한다. 대중문화 비판의 비관주의, 교환가치로서의 문화 상품이라는 아도르노—호르크하이머적 강조 등에 맞서 포스트모더니즘은 상업적 파퓰러 문화 속에서의 사용 가치, 의도와 의미의 리얼리티를 칭송한다. 연구자들은 레저, 팝 텍스트에 적극적인 관심을 갖고서 그들 소비의 '즐거움', '욕망', '로망스' 등을 이해하고자 한다.[30]

　위의 인용문에서 알 수 있듯이 포스트모더니즘의 도입은 문화비평의 지형을 변모시켰고, 나아가 그 영역을 확대시켰다. 이 경우 포스트모더니즘은 문화적 범주로서 그 유용성을 갖는다.[31] 이런 차원에서 현대의 포스트모던 문화비평은 문화적인 다원성과 저항의 모델을 구하기 위하여 일상의 대중적인 문화에 그 의존도를 높여 갔다.

　상대적이고 산포적이며 탈중심적인 문화비평의 주체적 성격으로 인

---

30) G. Turner, *British Cultural Studies : An Introduction*(Routledge, 1990), 223쪽.
31) 그것의 주요 양상은 다음과 같다. 의미보다는 감각의 우위, 시니피앙과 시니피에의 분리, 혹은 메시지를 해독하는 데 있어 독자의 특권을 부여한다는 의미를 담고 있는 시니피앙의 자유 유희, 파퓰러한 것에 대한 긍정 그리고 문화적 파편화 등을 현대 문화의 기본틀로 삼는다. Steven Connor, *Postmodernist Culture : An Introduction to Theories of the Contemporary*(김성곤 외 옮김, 한신문화사, 1993), 239~240쪽 참조.

해 문화비평은 전적으로 탈중심적인 패러다임을 지닌다. 문화비평의
대상은 그러므로 부분적으로 일상생활 속에서 체험되고, 문화비평 텍
스트와 동일한 방식으로 취급되는 정전적 텍스트와 함께 학술적 분석
속에서 재구성되는 영화, 텔레비전 프로그램, 신문, 광고, 대중가요 등
과 같은 텍스트들이다. 그래서 문화비평의 주체는 학술과 일상이라는
범주들의 지속적 붕괴 속에 위치한다.[32] 여기서 우리는 현대 문화비평
과 패러디의 만남을 필연적으로 접하게 된다. 이 글에서 주로 주목하
게 되는 부분도 바로 문화비평과 패러디의 역학 관계이다. 특히 문화
시[33]의 등장은 문화비평과 함께 패러디라는 통로를 통해서 살펴볼 수
있는 의미심장한 목록이어서 여간 흥미롭지 않다.

2) 패러디와 문화비평의 역학

포스트모던 문화비평은 우선 대중문화의 소비가 갖는 저항적 측면,
정치적 의미에 대해 낙관적이다. 이러한 낙관은 소비와 여가의 중요성
에 대한 재인식과도 긴밀한 관계를 갖는다. 모든 것이 상품화되는 오
늘의 세계에 적응하려면 소비문화를 인정하지 않을 수 없다는 것이다.
이 점은 사회주의의 몰락과 더불어 새로운 사유의 필요성에 대한 좌파
의 자각과도 맞물린다.[34] 오늘날 소비문화 논의는 자본을 규정적인 것
으로 보고, 소비자를 수동적인 희생자로 보는 결정론적 관점이나 ‘진
정한 정체성’에 비추어 상품화된 정체성을 비판하는 윤리적 관점 모두
를 약화시킨다. 대신 알란 톨민슨의 지적대로 “소비주의를 ‘타락시키
는 큰 타자’로 보는 구세대 문화비평가들로부터 ‘소비문화는 힘을 빼

---

32) Steven Connor, 앞의 책, *Postmodernist Culture*, 172쪽.
33) ‘문화시는 시를 문화(특히 대중문화)적으로 읽어냄으로써 담론의 팽창을 야기시키는 현상들
　　을 총칭한다. 문화시의 개념과 문화비평내 그 지형도는 뒤에서 자세하게 살피게 될 것이다.

기보다는 힘을 주는 재미있고 신선한 것'으로 보는 새로운 신세대로의 이행"[35]이 일어나고 있는 것이다.

소비주의의 정치학이 부상하는 것은 이런 맥락에서다. 소비 대상물의 선택에서 오는 만족도, 소비자의 새로운 정체성, '새로운 당신을 창출하는' 의미 쪽에 강조점이 두어진다. 단적으로 오늘날 문화비평에서 자주 발견되는 '소비주의' 개념은 '의미 만들기(making sence)'를 중시하는 편이다.[36] 여기서 소비주의의 정치학은 가정 생활, 도시 환경, 여가 활동 등에서 '살아 있는 것'으로서의 문화를 찾지만, 다른 한편으로 문화는 다분히 소비 항목으로 축소될 우려가 있다. 그러나 일상과 같은 사적 영역에 대한 주목은 중요한 의미를 갖는다. 가정, 이웃, 지역 사회, 쇼핑몰 등은 나날의 삶을 연계해 주는 또 다른 대안적 네트워크로 작동할 수 있기 때문이다. 문제는 소비주의에 대한 관심 속에서 생산적 활동의 즐거움과 보상이란 측면이 더욱 도외시된다는 점이다.

이러한 소비주의의 문화 정치학과 함께 대중문화의 '저항'과 '즐거움'의 측면은 포스트모던 문화비평의 중심된 테마다. '저항'과 '즐거움'은 기존의 문화에 대한 일종의 전복적 성격의 강조에 다름 아니다.

---

34) 이 대목이 이른바 『뉴타임즈』 프로젝트가 제창되던 사회적 맥락이다. S. Hall & M. Jacques(eds), *New Times : The Chaning Face of Politics in the 1990s*(Lawrence & Wishart, 1989).
뉴타임즈 프로젝트는 1988년 『오늘의 마르크스주의(Marxism Today)』의 편집진이 조직한 일련의 세미나를 거치면서 시작되었다. 그것은 대처주의의 부상과 좌파의 위기에 맞설 수 있는 정치적 기획으로 제시되었다. 이 기획은 상품, 생활 스타일, '소비자의 문화적 권력' 등을 주요 의제로 삼는다. 소비자의 다양한 욕구와 선호를 잘 이해하고, 그 기반 위에서 기존의 시장 이데올로기에 대한 근본적인 대안 찾기를 추구했던 것이다.
그 기획에 따르면, 오늘의 현대 사회는 포드주의에서 포스트포드주의로의 이행이란 견지에서 심대한 변모를 겪고 있다. 그리고 그 변모는 더 민주주의적인 소비문화로의 가능성을 개방한다. 포디즘이 경제 조직의 형태일 뿐만 아니라 문화 전체를 표현하듯이 포스트포디즘 또한 폭넓은 사회 문화적 양상을 가리킨다. 그것은 신축적이고 분절적인 시장의 구성에 따른 다원적인 생활 스타일을 추종하고 있기 때문이다. 여기서 소비는 창조적이며 변혁적인 활동으로 간주된다.
35) A. Tolminson(ed), *Consumption, Identity and Style*(Routledge, 1990), 14쪽.
36) I. Chambers, *Border Dialogues : Journeys in Postmodernity*(Routledge Press, 1990), 44쪽.

대중문화의 성원들은 문화의 생산을 지배할 수는 없지만 그 소비 과정을 통제할 수 있다는 전제나,[37] 대량 생산된 하위 문화 스타일의 입장인 '변형의 미학'[38] 등은 하나의 문화적 동일성을 표현하는 대신 이질적인 문화 경험의 표현과 과도기적인 문화적 정체성들의 혼합을 허용함으로써, 상호텍스트성의 대중문화적 상응어로서 포스트모던 스타일의 근거를 이룬다고 할 수 있다. 통일 원칙이나 '어울리기'에 반대하여 패러디의 효과를 위해, 즉흥적으로 서로 양립되지 않거나 이질적인 단편들을 병치시키거나, 또는 특별히 브리꼴라쥬[39]의 양식을 사용하는 것이 그 까닭이다. 바흐찐의 카니발론과 바르뜨의 쥐상스(jouissance) 그리고 존 피크스의 '변경' 개념 등은 모두 일상생활의 주관적 경험을 강조하는 저항과 즐거움의 힘과 긴밀히 연관되어 있어 주목할 만하다.

이렇듯 문화비평에서 포스트모던 관점의 추세는 '소비주의의 문화 정치학'과 저항과 즐거움을 기저로 한 '일상생활의 창조성'으로 정리된다. 여기서 우리는 '담론의 팽창 현상'에 주목할 필요가 있다.[40] 왜냐하면 담론의 팽창 현상 자체는 현대성을 이해하는 데 매우 중요한 개념이기 때문이다. 여기서 이러한 담론의 팽창 현상을 전적으로 지지하

---

37) 이 점을 설명하는 한 방편으로 원용되는 것이 소쉬르의 유명한 개념쌍인 '랑그'와 '빠롤'이다. 집합적 언어인 랑그는 문화상품의 세계이며, 개별적 발화인 빠롤은 일상생활의 세계이다. 여기서 소비자의 일상적 창조성은 주어진 어휘 체계로부터 일련의 문장을 구성하는 일과 아주 유사하다. 자본주의의 기업가는 각종 문화상품의 공급을 통해서 소비자가 일상에서 사용하는 언어를 규정한다. 그러나 소비자는 상품 공급자가 제공한 세계, 즉 '소비 공간'을 자신의 목적에 따라 '고쳐 만들거나 소유할' 잠재력을 갖고 있다. 단적으로, 사람들은 상품 형태로 부과된 '랑그'를 통해서라도 각기 개별적인 '빠롤'을 실천할 수 있으며, 이는 곧 소비 자본주의의 헤게모니를 의문시한다는 점에서 전복적인 함의를 지닌다는 것이다. M. de Certeau, *The Practice of Everyday Life*(University of California Press, 1984), 18쪽.

38) '변형하기'는 어느 누구도 최종적인 결정권을 가지고 있지 않음을 의미하기 때문에 민주적인 원칙이다. 모든 사람이 만들고 참여할 기회를 갖게 된다. 그 어느 누구의 변형판도 정전으로 취급되지 않는다. Steven Connor, *Postmodernist Culture : An Introduction to Theories of the Contemporary*, 앞의 책, 221쪽.

39) bricolage : (자질구레한) 수리, 뜯어 맞추기, 손에 넣을 수 있는 무엇이나 이용하는 것이란 뜻의 프랑스어.

40) Charles Newman, *The Postmodern Aura : The Act of Fiction in an Age of Inflation*(Northwestern University Press, 1985), 9~10쪽.

는 것은 패러디이다.

상호텍스트성과 자기 반영성의 강조는 포스트모더니즘의 도래 이후 반권위주의·다원주의 이데올로기의 산물이다. 포스트모던한 패러디가 지속성과 변화, 권위와 위반이라는 역설적 이중성을 띠고 있다고 본 허천의 견해는 이런 점에서 타당하다. 텍스트를 폐쇄시키기보다 개방하는 것으로서의 패러디 개념이 중요하고, 그러므로 패러디가 집단적 담론 양식이라는 그의 견해 또한 이런 점에서 매우 유효하다.[41] 여기서 우리는 패러디와 문화비평과의 상관성에 주목하게 된다. '바닥까지 들춰 읽기' 위한 '일상 비평의 도전'으로서 문화비평이 초맥락성과 전도를 특징으로 하는 패러디를 주된 무기로 삼음은 매우 자연스럽고도 당연한 현상이요 결과이기 때문이다. 따라서 탈중심화된 상황에서 텍스트 생산과 수용에 연관되는 영향력은 문화비평과 패러디의 역학 관계로써 많은 시사점을 제공해 줄 수 있을 것이다. 본고에서는 문화시의 전략을 중심으로 이상의 문제에 주목할 것이다.

3) 패러디와 문화의 시대

사람들이 '문화적 논쟁'이라고 부르는 것들 중 거의 대부분이 '문화'라는 단어를 서술적으로 사용하는 것과 가치 평가적으로 사용하는 것 사이에 놓여 있는 모호성에서 비롯된다. 20세기 후반의 사회를 모델로 하는 문화는 당연히 대중문화다. 각종 대중매체와 이를 통한 대중문화가 오늘의 삶과 사회에 미치는 영향력이 심대함은 말할 필요가 없다. 문자매체와 영상매체가 새로운 관계 설정을 통해 변신하고 있고, 청소년 문화가 가히 폭발적으로 증대하고, 이와 함께 대중 소비문화가 확

---

41) Linda Hutcheon, *A Poetics of Postmodernism*(Routledge, 1988), 35, 127, 130쪽.

산되고 있는 등 우리 사회의 대중문화는 급격한 변화를 겪고 있다.

물론 대중문화론 자체는 지식인 문화에서도 오랜 주제이기도 하다. 적어도 사회학이나 신문방송학 분야에서 그것은 식상할 정도로 되풀이되던 주제이다. 이 점은 리즈만의 『고독한 군중』이나 프랑크푸르트 학파의 문화산업론만으로도 여실히 증명된다. 그러나 여기에는 차이가 있다. 기존의 대중문화론에서는 대체로 대중문화를 마취제로 보거나 아니면 대중의 수동적 존재를 우려하는 입장이 주류를 이루었다면, 요즘의 관심은 윤리적인 가치 평가나 이데올로기적인 판단에 치우치지 않는다. 대중문화를 대하는 시선이 가치론적 평가로부터 존재론적 평가로 바뀌고 있는 것이다.

대중문화는 언제나 자각이 아니라 단순한 기분 전환을 위한 것일 수도 있으므로 하나의 마취제라고 평가한 한 지적도 일리는 있다. 생산보다는 재상산의 의미가 강하고 자율적 개인의 해체를 조작하는 대중의 의미에 주목하고 '역(逆)한계 효용의 법칙'을 지적한 견해 또한 일리는 있다.[42] 그러나 좋든 싫든 간에 우리는 당대의 생생한 삶의 안쪽으로 삼투하여 시대의 정신적 기반을 형성하는 '문화의 시대'에 살고 있다. "이념의 시대는 가고 문화의 시대가 온다"는 말이 1990년대의 시대적 특징을 요약하는 구호로 자리잡은 지 오래다. 즉, 문화의 대중 소비화가 이루어진 셈이다. 여기서 우리는 패러디의 적절한 역할을 기대한다.

패러디로써 문화를 재구성하는 시를 '문화시'라고 명명했다. 지속성과 변화, 권위와 위반이라는 역설적 이중성을 띠고 있는 허천의 포스트모던 패러디 개념은 현대 문화의 양태를 살피는 데 매우 유효하다. 텍스트를 폐쇄시키기보다는 개방하는 것으로서의 패러디 개념은 담론

---

42) 황지우, 『사람과 사람 사이의 신호』(한마당, 1986), 271~278쪽 참조.

의 팽창 현상을 전적으로 지지하는 데 그 의미가 있고, 본고에서 주로 논의한 문화시의 가능태로서도 적절하게 작용했다. 물론 문화의 다양한 개념 속에서 그 논란의 여지는 있겠으나, 어쨌든 패러디를 주된 무기로 삼아 20세기의 지배적 문화 형태인 대중문화를 시로 읽어내려는 문화시는 문화비평의 맥락에서 놓칠 수 없는 주요한 양태임에 틀림없다. 두루 알다시피 문화비평은 당대 대중문화와 매스컴의 추이를 가늠하고 주요 쟁점을 논평하는 담론 행위를 일컫는다.

일상적이고 유행적이며 취향적인 현대 대중문화를 읽어내는 작업인 문화비평에 심각한 하나의 우려는 있다. 요즘의 문화비평이라는 것이 세기말 문화 변동의 양상을 그대로 추수하면서 일체의 대안적 문화에 대한 감각을 놓치고 있지 않는가 하는 염려가 바로 그것이다. 다시 말하면, 오늘의 문화비평이 글로벌 문화의 일부로 동화되어 급기야는 그 비평 행위 자체가 마치 '국제화 시대의 영어'마냥 또 하나의 문화상품으로 탈바꿈하지 않을까 하는 의구심이 드는 것이다. 이러한 우려에는 패러디도 한몫 한다. 이 글 역시 그 붐에 편승해 한 발을 걸치고 있지는 않는가 하는 것도 숨길 수 없는 사실이다.

5. 문화비평과 문화시

'전망의 불투명성' 혹은 '대문자 역사관의 와해'는 세기말의 현상을 논의하는 자리에서 심심찮게 거론되는, 역사의 불가측성을 넘어서는 전망 부재에 대한 우려의 목소리들이다. '패러디' 문학을 중심으로 세기말의 삶의 자리를 반성하고 나아가 그 의미를 정립하고자 마련된 이 자리에서 다시금 세기말의 위기 논의를 되풀이하는 것은 별 의미가 없다. 탈신비의 세속적 세계관의 만연으로 아우라 개념이 전무하게 된 문화적 상황에 주목함으로써 내재와 초월의 팽팽한 긴장의 역학 관계에 치중하는 것이 탈현대 문화 상황을 살피는 데 오히려 덜 소모적일 것이다.

문화비평의 입장을 존중하는 시쓰기 혹은 시읽기가 문화시다.[43] 인간 경험이 항상 재현 수단을 통하여 발생한다는 점을 강조하고, 텍스트 읽기가 얼마나 담론적으로 구성되는가를 인식하며, 독자의 경험이 자연적인 원인이기보다는 하나의 효과로서 검토되기를 요구하는 문화비평[44]은 기능적으로 우리 자신의 삶의 전략과 관계해서 서술되기 마련이다. 그러므로 문화비평은 원칙적으로 모든 형식의 의미화 실천을 다루게 되는 것이다.[45] 여기에 초맥락화와 전도로서의 패러디가 매우 적절하게 기여하고 있고, 문화시에서도 그 사정은 마찬가지다.

문화시는 문화, 특히 대중문화의 측면들을 포괄적으로 원용한다. 20세기의 지배적 문화 형태가 대중문화이고, 문화시 또한 대중문화의 르네상스기와 맞물려 양산되었기 때문이다. 그러나 단순하게 대중문화를 소재 혹은 제재로 삼은 시가 곧바로 문화시로 성립되는 것은 아니다. 문화시는 문화적 현실의 반영을 넘어 ‘재현된’ 문화적 현실의 양태들을 시적으로 환기시키는 역할을 수행해야 한다. 그러므로 보드리야르의 ‘상징적인 것의 기호학적 환원(the semiotic re-duction of the symbolic)’ 개념은 문화시를 이해하는 데 매우 유효하다. 여기서 패러디의 역할은 거의 절대적이다.

‘양식적 가능성의 세계’에 패러디로써 그 ‘친화적 이정표’를 마련하려는 문화시는 결국 시를 문화적으로 읽어냄으로써 담론의 팽창 현상을 야기시킨다. 주지하다시피 주의·주장의 상대성과 파편적 정보의 대량 유통을 특징으로 우리 시대의 주요 감각은 그 흐름과 에너지가

---

43) 문선영, 「문화시 소고(小考)」, 『한국문학논총』, 제17집(1995. 12) 참조.
44) A. Easthope, 앞의 책, *Literary into Cultural Studies*, 174쪽.
45) 위의 책, 178쪽.

가지각색인 문화가 위주가 되고 있다. '문화적 실존주의', 즉 문화 생산의 구조적 조건보다는 수용 과정의 해석 방식을 찾아내는 데 더 치중하는 문화비평의 입장에 기대어 문화시 또한 이러한 문화적 실존주의의 양태를 많이 채용하고 있는 것이다.

패러디로써 문화시를 언급할 때 그 원전의 문제는 문화 각각의 양태는 물론이고, 그 문화의 배경 내지는 전경이 되는 모든 것을 포함하고 있음은 말할 필요가 없다. 패러디시로서 문화시가 문화, 특히 대중문화의 양태들뿐만 아니라 그 문화의 향유 방식 및 그 반성적 회로 또한 내밀하게 포괄하고 있는 것 역시 같은 설명이 될 것이다.

"문학이란 문화와 떨어져서 생각될 수 없으며, 주어진 시대의 상황을 고려하지 않고서는 도저히 이해될 수 없다"[46]고 한 바흐찐의 견해는 상호텍스트성 혹은 대화주의의 강조에 다름 아니다. 곧, 상호텍스트성이나 대화주의는 문화적 실천에 의해 생길 수 있는 모든 열려진 가능성을 의미하는데, 이는 한 텍스트를 둘러싼 언술들의 모든 얼개를 말하며, 그리고 여기에는 언술의 확신 및 유포 과정과 그 안에서 발견되는 영향력들도 포함되는 것이다. 문학적인 것과 비문학적인 것의 얽힘, 텍스트와 끊임없이 대화하면서 텍스트를 변화시키기도 하는 맥락의 무한정성을 강조한 바흐찐의 사상은 예술품의 형식에 대한 물신화를 벗어나게 해준 데서도 공헌한 바가 크다.[47] 여기서 우리는 문화시의 개념을 다시 한 번 확인할 수가 있다.

문화시는 대중문화의 전략에 비례해서 다양하고도 많은 양상들을 지닌다. 오늘날 대중문화의 지류인 영화, 연극, TV, 비디오, 대중가요,

---

46) M. M. Bakhtin, "Response to a Question from Novy Mir" in *Speech Genres and Other Essays*, p. 2.
47) Robert Stam, 〈Mikhail Bakhtin and Left Cultural Critique〉 in Postmodernism and *Its Discontents*, ed E. Ann Kaplan(London:Verso), 1988, pp.116~143. 여기서는 『바흐찐과 문화이론』(여홍상 엮음, 문학과지성사, 1995), 343쪽에서 재인용.

광고, 컴퓨터 등을 패러디한 영화시, 연극시, TV시, 비디오시, 가요시, 광고시, 컴퓨터시(덧붙여 사진-그림시, 그리고 문화와 여가의 의미의 상관성에 주목한 여가시들도 덧붙일 수 있겠다) 등을 중심으로 문화시의 양상들을 살펴볼 수 있을 것이다. 이러한 문화시의 양태들은 오늘날 문화의 의의와 제반 문제점들을 밝혀내는 데 기여한다.

몇 가지의 양상들로 문화시를 도식적으로 분류하는 것이 어떤 의미를 지니는가는 뒤로 하더라도, 문화시의 양상들을 두루 살펴봄으로써 오늘날 문화의 양태, 곧 정체성의 내용을 문제시하거나 치환하는 문제들에 그 비중을 둘 수 있겠다. 주체를 문제시하며, 근원이기보다는 효과로, 존재이기보다는 위치로 제기하며 작동하는 데서 문화시의 의의를 발견하는 것이 결코 무의미한 일은 아니기 때문이다. 세기말의 문화 현상 혹은 문학 현상에 대한 위기의 문제가 이미 많은 논의들을 거쳤음에도 불구하고 조심스럽게, 때로는 무책임하게 끊이지 않고 있는 것은 오늘날 우리가 당면해 있는 문화적 상황이 긍정적이든 부정적이든 바로 우리의 '현실'이라는 사실이다. 이에 주목하는 문화시 또한 예외일 수는 없지 않은가.

세상은 분명 변했다. 나는 그 변화의 가장 큰 부분을 '적대감의 상실'에서 찾는다. 이제 더 이상 불타는 적개심으로 사람들을 모을 수는 없다. 진보 진영이 과거와 같은 활력을 찾지 못하고 있는 것도 따지고 보면 그 동안의 진보의 논리가 대립과 적대의 틀에 근거해 있었기 때문이 아닌가. 문화에 대한 우리의 인식도 마찬가지였다고 생각한다. 무엇보다 중요한 것은 이제까지 선험적인 적대 관계를 축으로 규정되어 온 대중문화와 민중문화의 이분법적 개념을 재검토하는 일이다. 우리가 지향하는 새로운 문화는 대중문화 바깥에서가 아니라 바로 대중의 문화 그 속에서 찾아야 한다. 우리의 문화비평 역시 미리 규정된 이분법의 틀 속에 대중문화를 위치시키고, '대중문화는 대중문화니까 다 쁘다'고 말하는 동어반복에서 벗어나야 한다.

그러나 미리 규정된 적대의 틀을 전제하는 것이 잘못인 만큼 적대와 대립의 해체를 주장하는 것도 옳지 않다. 대립은 여전히 존재한다. 다만 그것은 대중문화의 바깥에 미리 금그어진 채로 존재하는 것이 아니라 대중문화 내부에 숨겨진 채로 혹은 흩어진 채로 존재한다. 대중문화에 접근하는 우리의 새로운 작업은 바로 대중문화 내부에 감추어져 존재하는 대립의 구조를 찾아내어 그 궁극적인 의미를 밝히는 일이다. 요즘 이른바 '대중문화 읽기'의 작업이 광범위하게 관심의 대상이 되는 것은 그런 뜻에서 주목할 만하다.

대중문화를 읽어야 할 대상으로 간주한다는 것은 적어도 대중문화가 매우 복잡하고 다층적인 성격을 가지고 있음을 인정한다는 의미이다. 대중문화의 미세한 결과 결 사이에 이데올로기와 쾌락, 욕망과 환상, 그리고 정치와 경제가 한눈에 알아채기 어려운 매우 교묘한 방식으로 얽혀 있으며, 따라서 그것의 의미는 그러한 미세한 결을 세밀히 읽어 냄으로써 찾아질 수 있는 것임을 말하고 있는 것이다.

'대중문화 읽기'의 유행은 문화비평의 방향이 미리 전제된 대립의 틀 속에 대중문화를 위치시키는 것에서 대중문화 속에 감추어진 대립의 구조를 찾아내는 것으로 바뀌고 있음을 말해 준다. 그러나 여기에도 여전히 갑갑함이 남는다. 대중문화를 수용하는 주체인 대중은 여전히 관심 밖에 놓여 있기 때문이다. 정작 문화를 수용하는 대중이 그 문화를 어떻게 받아들이는지, 그로부터 어떤 영향을 받는지는 고려되지 않으며 단지 텍스트의 전략만이 관심의 대상이 되는 것이다.

대중문화라는 개념은 세 가지의 서로 다른 측면을 포괄하고 있다. 문화 산업, 미디어 문화, 그리고 수용자 대중이 그것이다. 이를 달리 표현하면 문화 산물의 생산 체계, 생산된 문화 텍스트, 그리고 대중에 의

한 수용이 된다. 우리가 사용하는 대중문화의 개념에는 이 세 요소가 혼합되어 있다. 말하자면 대중문화는 이 세 가지가 혼합된 덩어리 전체인 셈이다. 그렇다면 우리가 찾아내야 할 대중문화의 의미는 어디에 있는가. 이 역시 세 가지의 차원으로 존재하는 것이 당연하다. 생산 체계에 의해 부여된 의미, 텍스트상에 구현된 의미, 그리고 수용자 대중에 의해 해독된 의미, 이 세 가지의 의미는 같을 수도 있지만 다를 수도 있다. 문제는 그것이 얼마든지 다를 수 있으며, 어쩌면 서로 다른 것이 좀더 일반적이라는 데서 생긴다.

　1980년대식 문화비평에서 대중문화의 의미는 생산 체계에 의해 부여된 의미였다. 대중문화를 생산하는 체계와 구조는 명백한 것이었고, 따라서 대중문화의 의미는 굳이 분석을 필요로 하지 않을 만큼 명백했다. 1990년대의 대중문화 읽기에서 대중문화의 의미는 텍스트 '속'에 있다. 그것은 생산구조의 힘과 논리를 반영하지만 그것을 기계적으로 옮겨 놓는 것은 아니며 다양한 방식으로 숨겨 놓고 있다. 때로 그것은 구조의 논리에 잠재한 틈과 균열을 드러내기도 하며 경우에 따라서는 구조의 힘과 논리에 반하는 부분을 드러내기도 한다. 그러나 텍스트의 의미가 그것을 생산한 구조의 힘을 명백히 벗어나는 경우는 드물다. 텍스트는 대개의 경우 구조의 논리를 곳곳에 숨겨 놓고 수용자들을 그 논리 속으로 끌어들이려는 전략의 집합체이다. '대중문화 읽기'는 그러한 전략을 드러내는 작업이며, 그를 통해 독자들에게 무수히 반복되는 대중문화의 경험에서 텍스트의 전략에 대한 면역성을 갖게 하는 데 바쳐진다. 그러나 여전히 대안적 전망은 보이지 않는다. 대중문화를 실천하는 '주체'가 빠져 있기 때문이다. 최근 유행하는 대중문화 읽기의 작업은 많은 경우 문화를 '주체 없는 과정'으로 보는 알튀세 식의 논법이나 '주체의 해체'를 이야기하는 포스트모더니즘의 문화론과 닿아 있는 것은 우연이 아니다.

여기서 우리의 문화비평에서 대중문화의 '주체'를 복원하는 일이 중요한 문제로 떠오른다. 그것은 수용자 대중을 중심에 놓고 대중문화를 이해한다는 뜻이다. 대중이 해독하는 대중문화의 의미에 주의를 기울여야 한다는 뜻이다. 즉, 우리의 대중문화 읽기는 텍스트 읽기에서 나아가 '대중' 읽기를 통해 완성되어야 한다.

대중은 주어진 문화를 수동적으로 받아들이기만 하는 것이 아니다. 그들은 나름대로 문화를 선택하며 선별적으로 수용하고 특유의 방식으로 해독하며 변형시킨다. 그런 선별과 해독과 변형의 방식은 주어진 문화에 따라, 또 대중이 가진 집단적 속성에 따라 달라진다. 수용자 대중이 가지는 대중문화의 의미는 대중의 '실천'에 의해 발생하는 것이다. 그러나 이 말이 대중에 의해 '결정된다'는 뜻은 아니다. 대중의 문화 실천은 주어진 문화, 즉 텍스트에 반영된 구조의 논리에 대한 그들 나름의 대응이라 할 수 있다.

요컨대 대중문화의 의미는 텍스트와 수용자의 만남, 다시 말하면 구조의 실천의 접합에서 생겨난다. 텍스트의 전략과 수용자의 실천은 일치할 수도 있고, 완전히 상반될 수도 있다. 문화적 대안의 가능성은 그 두 가지의 틈새에서 생겨난다. 수용자 대중이 대중문화 텍스트에 구현된 지배의 논리에 대해 타협하거나 거부하거나 뒤집어 버리는 문화 실천의 영역에서 우리는 새로운 문화적 진보의 가능성을 찾아가야 한다. 이른바 '문화시'라 부를 만한 영역도 물론 이상의 맥락에서 논의되고 또 실천되어야 한다. 패러디로써 단순한 형식상의 장르 혼합이 아닌, 문화(특히 대중문화)와 시의 만남은 담론 팽창의 현상으로서 현대 사회를 재구성할 수 있는 노력의 일환이 되어야 할 것이다. (1996)

제2장

현대시와 모방의 문예학

1. 개성과 몰개성의 주장

1980년대 이후 개성의 탈을 쓴 형상들이 마치 현대 문학의 성패를 결정짓기라도 하듯 매우 무모하게 각인되고 있다. 원래 개성이라는 말은 전체 속의 개별체를 주제화시키는, 창조성을 지닌 존재의 독립을 뜻한다. 그런데 고도의 산업사회로 접어들면서 개성의 부각을 위해 서로간의 차이를 너무 강조하다 보니 실제적으로는 서로가 서로를 용납하지 않는 한계성을 부풀리게 되고, 이러한 현상들이 모여 이른바 종합적인 개성을 만들더니, 급기야 추상적인 형태로 모아져 마침내 "개성 있는 것은 아무것도 없다"라는 명제를 성립시키기에 이르렀다.[1] 그 어떤 다른 무엇으로도 환원될 수 없는 특별하고도 절대적인 가치를 지닌 것의 등가물인 개성이, 현대 소비산업사회에 들어오면서 가장 개성

---

1) Jean Baudrillard, *La Société de Consonmmatior ses mythes ses structures*(이상률 옮김, 『소비의 사회』, 문예출판사, 1991), 114~121쪽.

없는 형태 속으로 교묘하게 그 모습을 뒤섞어 버리게 된 것이다. 이러한 현상이 현대 문학의 여러 복잡하고도 미묘한 형태를 빚어내는 데 커다란 영향을 미치고 있어 주목된다.

세기말 우리 문학계는 포스트모더니즘에서 비롯된 여러 징후들로 한바탕 몸살을 앓았다. 이는 물론 현대 문학에 대한 의미의 재정립을 위한 하나의 노력도 되겠지만, 탈중심주의라는 명목 아래 엄선된 해체주의적 태도가 현실 진단의 반성의 차원을 넘어, 혼란한 세상을 더욱더 혼란스럽게 하는 악화의 촉매제가 되었음도 간과할 수 없다. 특히 표절 시비는 문학의 위기적 징후들을 더욱 첨예화시키는 새로운 기법 차원의 논의거리로 우리의 관심을 모았다. 표절 시비를 거론시키는 용어로는 패스티쉬가 으뜸이고, 패러디와 키치들도 한몫 거든다. 과연 표절 행위가 정당한가 그렇지 않은가의 문제는 두 번째로 하고라도, 왜 그러한 현상들이 우후죽순처럼 우리 문학계 도처에 산재하게 되었는지 우선 주목하여야 할 것이다.

이 글은, 포스트모더니즘이란 용어가 매우 친숙한 오늘날, 이러한 변화를 수용하여 세계의 다양성을 모색하는 움직임들에 부응하여 대두된, 표절을 중심으로 제기된 일종의 문학적 현상들이 지나치게 소비·산업주의 사회의 문화 기반에 이끌린 결과물이 아닌지에 대한 우려 섞인 재고로부터 시작한다. 문학의 탈엄숙주의를 업은 표절 시비가 또 다른 문학적 매너리즘을 형성하게 되지는 않을까 하는 염려 때문이다.

2. 시뮬라시옹과 변형의 미학

1) 세기말 문학, 과연 위기인가

전자매체의 확산, 고도의 기술복제 문명으로 과거 그 어느 때보다도 물신주의와 상업주의가 만연한 때, 엘리트 의식의 와해와 함께 예술과 삶의 경계선을 붕괴시킨 포스트모더니즘이 우리 삶의 많은 영역을 점거하고 있다. 이러한 영향 아래 문학도 표현 기법이라든가 인식의 틀, 그리고 소재 선택의 면에서 혁신적이고 다양한 변화를 시도하면서 형상화되고 있다.

세계에 대한 객관적 이해나 그 전망이 불가능하다는 인식을 바탕으로 불확실성, 탈중심주의, 상대성, 무질서 등의 특징을 보이는 포스트모더니즘 계열의 문학들은 언어의 재현 능력을 회의하는 데서부터 출발하여 새로운 형식에의 모색에 탐닉한다. 포스트모더니즘의 핵심 기법인 패러디와 패스티쉬는 모두 모방과 관련되고, 이에서 한 걸음 더 나아가 표절과 함께 문제가 되고 있다.[2] 유희성과 경박성으로 대중 추수주의로 흐르고 있다는 지적을 받고 있는 이상의 현상들은 고도 산업사회의 정신적 공황에 대한 냉소주의적 태도를 불러일으켰지만, 한편으로는 이를 넘어 나름의 방향을 모색하려는 고뇌의 한 과정이기도 하다.

기법상의 모방은 인정받는 모방과 그렇지 않은 것으로 나뉘어진다. 인정받는 모방에는 패러디, 패스티쉬, 인유, 인용 등이 속하고 그렇지 않은 모방에는 표절이 대표적이다.[3] 이들의 차별성은 과거 원전으로부

---

2) 이에 대한 논의로는 「새로운 현실의 문학적 조건—패러디, 패스티쉬, 키치」(『오늘의 詩』, 1992년 하반기), 김준오의 「포스트모더니즘 수용과 현대문학—패러디·패스티쉬·키치 현상」(『詩와反詩』, 1993년 봄호), 권택영의 「패러디·패스티쉬 그리고 독창성」(『현대시사상』, 1992년 겨울호) 등이 있다.
3) Linda Hutcheon, *A Theory of Parody*(김상구·윤여복 옮김, 문예출판사, 1992), 65~73쪽 참조.

터 차용했음을 드러내고 또 그 의도를 명백히 했느냐, 그렇지 않으면 그러한 사실을 숨기고 시치미 뗐느냐 하는 차이에 있다. 인정된 차용이냐 그렇지 않느냐 하는 이러한 구분은 도덕률과 책임 사이의 타협 문제를 넘어 표현의 엄밀성뿐만 아니라, 나아가 문학의 주권 영역을 규명하는 데까지 고려되어야 할 심각한 성질의 문제다.

패러디(parody)는 희랍어인 ‘paradia’가 어원이다. 그 접두어 ‘para’는 ‘counter’와 ‘beside/close to’의 상반된 뜻을 동시에 가진다. 현대 자기 반영성의 중요한 한 형식으로서 패러디는 모방의 대상이 되는 작품으로부터 비평적 거리를 둔다는 점에서 전통에 대한 생산적이고도 창조적인 접근이 된다. 다시 말하면 패러디는 앞선 형식을 간직하고 조롱하는 보수적인 힘이며, 새로운 종합을 창조해내는 변형적 힘인 동시에 비판적 거리를 가진 반복이다.[4]

패러디가 문학을 사회·역사적 문맥에 위치시킴으로써 문학을 불가피하게 정치적이게 한다는 지적은[5] 패러디의 본질을 이해하는 데 매우 유익한 관점을 제시해 준다. 과거 텍스트로부터 비판적 거리를 유지하는 그래서 초문맥성의 아이러니와 전도가 그 중요한 형식적 작동이라는 지적[6] 또한 이에서 말미암은 패러디의 성격을 규정짓는 한 핵심소가 된다.

패러디의 성격을 이해하는 데 지배적인 시각을 제공한 이는 린다 허천이다. 그녀는 “재현의 양식을 통해 재현을 거부하는” 패러디의 역설, 아이러닉한 그 이중성을 갈파한다. 비판적 거리로 인한 자기 반영적이고도 자기 반성적인 입장이 패러디의 이중성이며, 장르 혼합 또는

---

4) Margaret A. Rose, *Parody Metafiction*(Croom Helm, 1979), 18쪽.
   Linda Hutcheon, 앞의 책, *A Theory of Parody*, 6쪽(김상구·윤여복 옮김, 문예출판사, 1992), 55~56쪽 재인용.
5) Linda Hutcheon, *A Poetics of Postmodernism*(Routledge, 1988), 4쪽.
6) Linda Hutcheon, 앞의 책, *A Theory of Parody*, 62~63쪽 재인용.

상호텍스트성을 허용하고 고급예술과 대중예술 사이의 간극을 허물어뜨리는 경계선의 붕괴도 그 이중성의 예가 된다. 그녀는 포스트모던 상황을 주체의 죽음을 의미하는 것으로 보는 제임슨 류의 입장에 맞서, 새로운 재구성을 위한 주체의 해체로써 그것을 이해한다. 주체의 해체를 위한 기법이 패러디라면, 주체의 죽음을 구가하는 기법은 다름 아닌 패스티쉬이다. 이러한 구분은 포스트모더니즘을 이해하는 시각의 차이에서 비롯되었다.

패러디와 함께 포스트모던의 주요 기법으로 거론되는 것이 바로 패스티쉬다. 표절 시비가 일어나면서 그 주법으로 지적되는 것이 바로 패스티쉬다. 표절 시비가 일어나면서 그 주법으로 지적되는 기법인 패스티쉬는 제임슨에 의해 인식의 주체가 소멸한 후기 산업사회의 문화 논리로 풍자적 의도가 없는 피상적인 긁어모음으로 비난을 받았다.[7] 포스트모더니즘을 새로운 것에의 실패, 과거에의 구속, 미학의 궁극적 실패 등으로 보는 제임슨에게 그 주요 기법인 패스티쉬 또한 주체가 소멸한 세계를 재현하는 속이 텅 빈 모방·중성모방·짜깁기로서의 혼성모방에 불과한 것으로 여겨졌던 것이다. 스타일상의 가면인 패스티쉬는 인식적 폭과 넓이가 없는 만큼 공허하고, 죽은 언어로써 조합하는 만큼 비판적 의도가 결여된 순수모방 기법일 따름이다. 이와 관련하여 플라톤의 시인 추방론을 최초로 패스티쉬 기법이라고 지적한 견해는[8] 패스티쉬의 기법적 근원을 파악하는 데 꽤 흥미로운 시각을 첨가시킨다.

사회적·정치적 현실이나 그 이념에 구속되지 않는 자유로운 발상법으로 세상의 온갖 다양한 측면을 보여준다는 점에서 그 문학적 의의를

---

7) Fredric Jameson, *Postmodernism and Consumer Society*, Hall Foster 편, *The Anti - Aesthetics*(Bay Press, 1983), 113쪽.
8) 김준오, 앞의 글 참조.

인정하는 한편, 다양한 세상의 다양한 측면을 다양한 기법으로만 보여
줄 뿐이라는 패스티쉬는 새로움과 경박함이라는 두 속성을 동시에 껴
안음으로써 우리 문학의 여러 양태들을 가능케 하는 한 요인으로 놓여
있다. 박일문·이인화·장정일 등의 소설들, 서정주의 작품들(「국화 옆
에서」「사소 두 번째의 편지단편」「부활」 등)의 구절을 따와 엮은 박상배의
「喜詩」, 그리고 「반가운 손님」, 「겨울 에게海」 등 자신의 작품들 가운
데 일부를 가져와 짜깁기한 김춘수의 「처용단장 4부·8」 등은 패스티
쉬의 기법이 우리 문학에서는 어떻게 수용되고 있는가를 살피는 데 매
우 적절한 자료거리이다.

'문학적 도둑질'인 표절에 대한 정당성과 그 가치 면에서의 논의는
별 의미가 없다. 훔친다는 것은 도덕적 차원에서뿐만 아니라 문학의
영역에서도 결코 환영받을 수 없는 기법임은 두말할 나위가 없기 때문
이다.

'문학적 도둑질'은 세 유형으로 정리된다. 타인의 작품이 뚜렷한 단
위로 인쇄된 덩어리 표절(Block Plagiarism), 훔친 말들이 이야기의 몸
체 안에 감추어진 끼워 넣기 표절(Imbedded Plagiarism), 배경, 인물,
줄거리나 소설의 아이디어들이 그들을 묘사하는 원작의 말들 없이 훔
쳐진 흩어진 표절(Diffuse Plagiarism) 들이 그것이다.[9] 이 세 유형 모두
가 모방한 행위 자체를 감추려 한다는 사실, 바로 그것이 우리의 거부
감을 불러일으키는 요인이 됨은 물론이다.

문학적 표절이 문단의 논란거리를 풍부하게 제공한 이후 가장 많이
입에 오르내린 용어는 패스티쉬다. 패러디와 함께 그것이 인정된 차용
임에는 틀림이 없으나, 패러디가 원전과의 비판적인 거리를 둠으로써

---

9) A. Gray가 그의 소설 「Lanark」(1981)에서 독자들에게 이 소설의 대표적인 '표절색인(Index
of Plagiarisms)'을 제공함으로써 표절 논쟁 전체를 비웃고 있다.
Linda Hutcheon, 앞의 책, *A Theory of Parody*, 67쪽 재인용.

창작자의 의도가 내재되어 있는 반면 패스티쉬는 여러 텍스트들을 단순히 긁어모으는 피상적 모방일 따름이며, 차이를 내포한 반복이 패러디인 데 반해 패스티쉬는 닮음을 위해 앞선 것을 모방하는 저항 없는 목소리일 뿐인 까닭이다. 다시 말하면 유사성을 강조하는 단순하고 소박한 텍스트가 바로 패스티쉬이기 때문이다.

여기서 주목하여야 할 것은 이러한 것들이 단지 독자의 추론에 의해서 구별되어질 따름이라는 사실이다. 단순한 도피나 향수를 불러일으키기 위한 기법이냐, 그렇지 않으면 그 속에 기존 체제를 전복시키려는 전략이 숨어 있느냐 하는 것은 오로지 그 작품을 향유하는 독자의 판단력에 좌우된다는 것이다. 이러한 사실 때문에 우리는 표절 시비의 혼란을 쉽게 정리할 수 없는 것인지도 모른다. 결국, 저자의 의도와 형식적 측면과 독자의 판단 능력, 이 세 영역을 동시에 고려할 때 비로소 표절 시비의 흑백은 제 모습을 드러내게 될 것이다.

한편, 표절과 관련된 용어는 고전시학 여러 곳에서 발견된다. ①선왕의 도를 서술하여 전하되 사실에 근거 없는 것을 창작하지 않는다는 '술이불작(述而不作)',[10] ②시문(詩文)을 지을 때 역사적인 사실과 같은 전대(前代)에 있었던 일이나 고인의 말 또는 글, 고사 등을 끌어다 씀으로써 자신의 논리를 보완하는 작업인, 인유에 해당하는 '용사(用事)',[11] ③고인의 뜻을 바꾸지 않고 제 말을 만드는 것인 환골과 고인의 뜻을 본받으면서 형용하는 것인 탈태가 묶여져, 고인의 시구를 어느 지점으로부터 변화시키는 점화(點化)의 한 방법으로서 점철성금(點鐵成金)의 가능성을 내포하여 통칭되는 '환골탈태(換骨奪胎)',[12] ④자기 나름의 새로운 이치의 발명이 없이 고인의 말이나 그 뜻을 그대로

---

10) 공자(孔子)의 『논어(論語)』 「역이(逆而)」편에 나오는 말.
11) 이인로, 『파한집』 권하(券下) 및 청·황사용, 『野鴻詩的』 참조.
12) 이인로의 『파한집』 권하, 서거정의 『동인시화』 권하, 이익의 『성호전서』 육(六) 등.

밟음으로써 점금성철(點金成鐵)의 답습에 머물게 되는 답습[13] 등이 그
것이다. 이상은 전통 시법내에서 패러디의 의미를 찾은 것이다. 풍자
적 개작과 희작, 곧 희작, 희문, 희시 등과 함께 위의 용어들은 단순한
모방, 인용과 표절의 의미를 넘어 문장의 효과를 위해 유효 적절하게
활용된 예가 된다.

　어쨌든 이상에서 살핀 사항들은 모방, 표절과 관련된 문젯거리들이
다. 욕망의 피드백 작용으로 자아 속임의 미학이 횡행하는 대중사회
속에서 일종의 대용 문화격인 키치적 현상도 표절 시비를 더욱 복잡하
게 얽는 한 요인으로 작용한다. 대리만족으로서 이른바 대용물인 키치
문학은 포스트모던한 사회의 병리학적 징후들을 집약함으로써 성립된
일종의 허위 의식의 발로일 수도 있다. 그러나 키치 문학에 등장하는
내적 화자는 필연적으로 인사이드 아웃사이더일 수밖에 없다. 현대 산
업사회에서 사람이 경험할 수 있는 모든 가능성에 대해서 우리의 인식
이 확대됨을 시인하면서도, 물화되어 가는 세상을 향해 존재론적 질문
을 던지게 되는 위악적 태도 때문이다. 결국 기술복제 문명의 영향으
로 아우라가 상실된 후 허위적인 미의식과 카타르시스의 패러디 현상
이 나타나게 되었고,[14] 이의 영향으로 소재가 곧 작품이 되는 반미학의
미학인 키치적 현상도 문학의 새로운 차원에서 논의의 대상으로 부각
된 것이다.

2) 현대 문학과 모방의 다양한 층위

　표절 시비로 얼룩진 문단의 동향을 일축하여 "줏대 없는 문학의 경

---

13) 宋·魏泰,『臨漢隱居詩話』, 臺靜農編,『百種詩話類編』下(예문인서관, 1974), 1794쪽 참조.
14) M. Calinescu, Five Faces of Modernity(Bloomington and London, Indiana University
　　 Press, 1977), 237쪽.

박성"[15]이라고 질타한 견해가 문단에 관심을 불러일으켰다. "다시 문학으로 돌아가자" "문인 본연의 자세로 돌아가자" 등등의 원색적인 구호가 여기저기 내걸리게 된 요인이 된 표절 시비의 발단은 이인화의 소설 『내가 누구인지 말할 수 있는 자는 누구인가』가 발간되고 이에 대해 작가 그 자신 류철균이 평론가의 명목으로 「재현할 수 없는 세계에 대한 질문」[16]이라는 서평을 쓴 데 대해 이성욱이 반론을 제기한 데서부터 시작되었다.

『내가 누구인지……』는 "진리로서 산다는 것, 실재를 인식하고 산다는 것이 불가능할 때 실재의 재현도 불가능해진다"는 인식 아래 다중 일인칭 시점의 형식을 취하고 있는 소설로 현실과 소설, 실제와 환상, 재현과 모방(혼성모방)이 뒤섞이는 양태를 보이고 있다. 포스트모던한 상황의 위기에 처한 지식인의 혼돈과 회의를 중심으로 이 소설은 이러한 상황에 맞서 해체를 묻기도 하고, 때로는 분열을 묻기도 한다.

이에 대해 이성욱은 「심약한 지식인에 어울리는 파멸」[17]이라는 제목의 글로 표절 문제를 거론하였다. 『내가 누구인지……』에서 정임에 대한 묘사 부분이 일본 작가 요시모토 바나나의 작품 『키친』을 거의 그대로 옮겼다는 점, 공지영의 소설 『더 이상 아름다운 방황은 없다』와 일본 작가 무라카미 하루키의 소설 『상실의 시대』 여기저기서 일부분을 거의 복사하다시피 가져온 사실을 그는 지적하였다. 명백성이 드러나지 않는 인용은 표절일 수밖에 없음을 강조하고, 류철균이 강변한 패스티쉬에 대해서는 미학적 가능 범주인지에 대해 의문을 제기하면서 일종의 혐의의 대상일 뿐이라고 압축해 버렸다. 이러한 주장에 대해 이인화는 "경직된 관행으로는 자신의 기법을 해석할 수 없다"라고 하면서

---

15) 김혜순, 「결국은 헛짚은 우리 소설의 새 출구」, 『출판저널』, 111호.
16) 『책마을』, 1992년 봄호.
17) 『한길문학』, 1992년 여름호.

"내가 누구인지 말할 수 없는 우리 시대의 근원적 위기를 전혀 다른 창작 방법으로 만들어진 두 주인공의 나가 사실은 같은 나라는 사실을 보여주고 싶었다"고 반론을 폈다.[18] 정임이란 인물이 니체에서 공지영에 이르기까지 수많은 작가들의 작품에서 빌어 온 부분부분으로 만들어졌지만, 그 모사 결과의 인물은 그 이전의 인물과는 다른 또 다른 인물이라는 것이 그의 주장이다. 인문주의적 주제의 회복과 그 전망이 좌절당하는 존재의 위기 상황을 그려내는 주제에 혼성모방이라는 기법이 가장 적절했다는 것이 그의 의견이었다. 그는 혼성모방을 소설 속에 믿을 수 없는 나를 만들 수 있는 가장 적당한 기법이라고 본 셈이다.

이러한 이인화의 반론에 대해 이성욱은 또다시 반론을 제기하였다.[19] 이인화의 베끼는 수법과 그 양에 대해 다시 한번 놀라움을 표하면서 "정당성 잃은 이용은 곧 표절"이며 이는 창작 예술 이전에 도덕과 양심에 관련되는 문제이고, 이는 비단 이인화 한 사람에 국한되는 문제가 아닌, 이러한 행위를 일삼는 신세대군 작가들의 경박하고 안이한 창작 태도에 대한 반성을 촉구하였다.

이상 두 작가, 평론가 사이의 논쟁에 대해 김동욱 교수가 이성욱의 글에 대한 반론을 제기함으로써 이 논의는 지속의 양상을 띠게 되었다.[20] 그는 이인화에 대한 이성욱의 비판이 리얼리즘 미학의 옹호와 거의 다름이 없다고 하면서 내가 누구인가라는 존재론적 정체성의 문제를 다루는 소설의 기법으로 혼성모방과 상호텍스트성을 가장 유용한 것으로 보았다. 결국 표절 시비 자체는 포스트모더니즘에 대한 이해의 부족에서 기인한다고 하면서 그 시빗거리에 오른 『내가 누구인

---

18) 「새 技法 '관행'으로 평가 말자」, 『중앙일보』, 1992년 5월 19일자.
19) 「'정당성' 잃은 인용은 곧 표절」, 『중앙일보』, 1992년 5월 22일자.
　　그는 장석주의 장편소설 『낯선 별에서의 청춘』도 일본 작가 하루키의 작품을 표절했다고 지적한 바 있다. 앞의 글, 「심약한 지식인에 어울리는 파멸」 참조.
20) 「'리얼리즘'의 잣대를 버려라」, 『중앙일보』, 1992년 5월 29일자.

지……』는 우리 문단에서 근래 보기 드문 수작이며, 가장 대표적인 한국의 포스트모더니즘 소설 가운데 하나라고 극찬하면서 글을 맺었다.

김동욱의 이상의 발언에 대해 도정일은 "혼성 기법이 제기하는 문제는 재현 미학의 가능성에 대한 회의의 문제가 아니라 문학 자체의 존립 가능성에 대한 문제"라고 하면서 또다시 반론을 제시하였다.[21] 조립 문화의 시대를 연 포스트모더니즘의 핵심 기법 중의 하나인 패스티쉬, 즉 혼성모방은 모조를 복제하는 또 하나의 복제 행위일 따름이며, 이러한 순수 시뮬레이션으로서의 혼성모방은 순수 표피의 세계를 그리는 속이 텅 빈 패러디일 따름이라는 것이다. 그래서 이인화의 소설에 등장하는 지식인의 고뇌도 진정한 고뇌가 아닌, 진정한 고뇌 주변을 기웃거리는 아픔의 흉내냄일 뿐이라는 것이 그의 주장이다.

포스트모던 기법인가, 명백한 표절인가의 논란은 여기서 멈추지 않고 박일문의 소설 『살아남은 자의 슬픔』에서도 계속되었다. 그런데 여기서는 표절 시비의 논의가 문학적 논의로 끝나지 않고 법정으로까지 비화되는, 문학외적 얼룩을 끌어들이는 차원으로까지 확산되었다. 문제의 출발은 장정일의 글「베끼기의 세 가지 층위」[22]이다. 이 글에서 그가 박일문의 소설 『살아남은 자의 슬픔』을 일본 작가 무라카미 하루키의 작품을 표절한 것으로 매도한 데서 이 법정 비화는 발단되었다. 장정일은 그의 글에서 박일문의 소설의 문장과 세계관에 있어서 하루키의 분명한 표절임에 틀림없으며, 이는 바로 "지적인 허영", "무뇌아적 주인공의 세계관 없는 해프닝", "정신적 미숙아" 등을 나타내는 데 다름이 아니라고 주장했다. 이에 대해 박일문은 자신의 작품에 대한

---

21)「시뮬레이션 미학, 또는 조립문학의 문제와 전망」,『문학사상』, 1992년 7월호 참조.
　　이외에도 이인화의 소설에 대한 표절 시비를 다룬 것으로 권택영의「최근 실험소설에 청진기를 댄다」(『문학사상』, 1992년 7월호), 장정일의「'베끼기'의 세 가지 층위」(『문학정신』, 1992년 7·8월 합본호), 오양호의「신세대 비평의 배경과 논리」(『문학정신』, 1992년 12월호) 등이 있다 .
22)『문학정신』, 1992년 7·8월 합병호.

장정일의 비평은 문학적 비평의 차원을 넘어 인신 공격에까지 확산되는 문제라며 공개 사과를 요구하는 한편 장정일과 게재지 발행인 등을 상대로 출판물에 의한 명예훼손 혐의로 대구지검에 소송 제기를 했다. 이러한 사건에 대해 일각에서는 박일문이 문학내의 표절 시비를 문학 외적인 방법으로 그 방어책을 강구한 데 대해 작가의 도리에 어긋나는 행위라는 비난도 일었다.[23]

보드리야르의 '시뮬라시옹의 이론'은 포스트모더니즘의 기법 차원을 조명하는 데 여간 유용하지 않다. '갖고 있으면서 갖고 있지 않은 체'하는 시뮬라시옹은 그 어떤 것에도 구속되지 않는 자유로운 재생산이고 자유로운 복사 행위가 된다. 이러한 시뮬라시옹 이론은 재현할 수 없는 세계를 그 대상으로 가진다는 데 그 주요점이 놓인다.[24] 문학에서 표절 시비가 문제가 될 때 모방되는 대상 또는 세계는 일종의 '상징적 상처'가 된다. 정확성이라는 것이 존재하지 않듯이 유사성이란 것도 존재하지 않기 때문이다. 어떤 의미에 있어서 재생산은 이제 더 이상 실재가 아니고, 이미 파생된 실재적인 무엇이다. 엄밀하게 말하면 세계 그 자체도 전체적으로 보면 가능한 재현의 대상이, 가능한 거울로 된 보충적인 것이, 의미의 등가물이 없다. 왜냐하면 세계는 세계 그 자체일 뿐이기 때문이다. 그러므로 이는 결코 진실에 대한 재생의 가치가 없고, 이미 시뮬라시옹의 가치를 갖는다. "참을 가능하게 하기, 실재를 가능하게 하기의 독특하고 살해적인 힘", 바로 이것이 표절의 근원을 일깨워 그 현상을 불러일으키는 원천이 되는 것이다.

---

23) 「박일문 표절 시비 관련 소송」, 『한국일보』, 1992년 8월 30일자.
　　「문인 본연의 자세로 돌아가자」, 『세계일보』, 1992년 9월 4일자 등 참조.
24) Jean Baudrillard, *Simulaces et Simulation*(Editions Galilée, 1981, 하태환 옮김, 민음사, 1992) 참조.

3. 현대시의 정체성

포스트모더니즘의 속성인 중심 부재의 영향으로 현대시의 영역에서 '새로움'을 구가하는 온갖 다양한 형태들을 빚어냄으로써 양적으로 무척 풍성하고 또 요란한 느낌이다. 그러나 잘 빚어진 항아리 속에 정제된 알맹이가 알맞게 자리를 잡고 있느냐에 대해서는 그 답을 망설이지 않을 수 없다. 특히 모방이나 표절과 관련된 문제가 그 논의의 선상에 대두될 때는 더더욱 그러하다.

두루 알려진 대로 다른 예술작품과 마찬가지로 시 작품의 성패는 새로움과 익숙함과의 적절한 조화에 달려 있다. 이미 존재하는 기존의 공식들을 다시 사용함으로써(이때 인용, 혼합, 혼성모방 등 이른바 표절 시비를 거론시키는 기법이 채용된다) 이미 존재한 처음의 조화를 깨뜨리고, 그런 다음 새로운 조화의 국면을 형상화시키는 것이 바로 그것이다. 이는 극단으로 나가면 그로테스크 양식으로 귀착되기도 하는 것이다. 독특함을 넘어 기괴한 형상이 개성이 아니라, 개별적인 것이든 전체적인 것이든 주체의 경험과 그 경험을 둘러싸고 있는 승화의 이미지가 정당하게 그 가치를 인정받을 때 비로소 개성의 이름이 주어지는 것임을 우리는 명심하여야 할 것이다. 현대시에서의 모방의 문제도 이에서 결코 예외가 될 수는 없겠다.   (1993)

현대시의 이데올로기적 수사학

—현대시의 대중문화 수용과 서사구조를 중심으로

> "우리는 우리 자신의 작품 속에 존재한다. 그러나 그 사실이
> 우리로부터의 힘을 빼앗아 가는 것은 아니다. 그것은 우리에
> 게, 스스로 사회적 재형상화의 행동의 지점을 계획하는 힘을
> 부여한다. 지금 여기에서 우리는 무엇을 해야 할 것인가?"
>
> —F. Burns

1. 문제제기

20세기 말 우세한 서사 형태는 '행복의 서사구조'다. 그러나 이러한 행복의 서사구조가 많은 부분 허구와 환상성에 빚지고 있는 점이 문제다. 특히, 삶 내부로부터 끓어오르는 내밀한 의식의 발로가 아닌 뒤틀린 행복의 형식, 곧 의미 없는 형식이 문제가 된다. 의미가 사람들이 욕망하는 것에 대한 범주, 곧 존재하는 물질적 관계들이 만들어낸 여러 가지 있을 수 있는 것들이거나, 또는 필요에 의해 사람들 사이에서 관습적으로 형성된 것일 수도 있다. 그러나 세기말 욕망이 빚어낸 행복은 많은 부분 진정한 관계의 의미를 도외시한 형식이어서 긴밀하지 못하고 그래서 공허하다. 이러한 행복의 서사구조는 행복의 이데올로기를 등에 업은 대중문화에서 쉽게 만날 수 있다. 그러나 대중문화에서 만날 수 있는 행복의 서사구조는 짐작하는 대로 그리 간단치가 않다.[1]

대중문화는 수많은 논의들에도 불구하고 일상성의 강조와 의사소통 구조의 수평화 보급에 상당한 기여를 하였다. '문학에서 문화로'라는 문구도 이제는 친숙하기까지 하여 대중문화를 보편적 담론으로 인식하는 데는 대체로 의견의 일치를 보이고 있다. 두루 알려진 대로 20세기와 그 이후는 문화를 중심으로 하는 '현상'의 시대다. 우리 삶에서 문화가 개입하지 않는 영역은 거의 없다. 문학 또한 문화의 한 부분으로 존재하고 있는 실정이다. 전자영상매체, 특히 사이버 스페이스(cyber space)의 보급과 그 확산으로 인해 대중문화는 거대한 식탐으로 우리 삶을 장악하고 있다. 여기서 '문화연구'의 영역은 매우 긴밀하게 작용한다.

여기서 우리의 눈길을 끄는 것은 20세기 말 담론 형태인 대중문화가 우리 삶의 '이야기'들을 품에 안고 있는 사실이다. 문화가 인간 경험 자체를 텍스트로 하기 때문에 삶의 이야기를 담고 있는 것이 새삼스러울 것은 없지만, 오늘날 제대로 된 문화의 의미화 체계 그리기는 인간 삶의 이야기라는 버전을 통해서만이 가능하기 때문이다. 그러므로 문화 속의 서술성은 흥밋거리 이상의 문제가 아닐 수 없다.

우리의 생활 모습들은 대체로 낯익은, 그러나 때로는 낯선 이야기의 형식을 취하고 있다. 그 이야기는 대개 일반적인 문화적 서사를 개인적인 용어들로 옮긴 것이다. 우리네 삶의 서사들은 우리가 물려받아 내면화한 삶의 이야기를 통해 규정되고 형성되기도 한 것이다. 또한 그것은 삶을 조직하는 의미의 지도를 포함하고, 후세에 전해질 삶의 의미를 저장하는 것이기도 하다. 문제는 대중문화가, 그리고 대중문화를 체화한 문화시가 삶의 이야기를 담아내는 의도다. 곧, 생활과 관련된 실제적 삶의 차원을 구성하는 모든 것들을 포괄하는 이야기—그

---

1) 여기서 문화의 이중성 문제가 발생한다. 이 문제는 「문화시의 이데올로기」장에서 다루어질 것이다.

이야기의 형식과 진실성이 우리의 주된 관심사이다.

　문화가 말하는 법은 언제나 '현재'여서 경험적 연구들이 우선적으로 필요하다. 그리고 무엇보다 문화, 보다 정확하게 말하면 대중문화 자체는 본질이 없다. 그런데도 문화에 대한 '이론들'만이 공허하게 거리를 활보하고 있는 실정이다—문화연구, 그리고 문화비평이라는 미명 아래. 그러나 의사소통의 체계로서, 삶의 연결망으로서 문화연구는 결코 문화에 '대한' 연구가 아니다. 문화연구는 물론 문화로부터 시작하지만 궁극적으로는 문화를 정치적 맥락으로 되돌려 놓는다. 그 맥락 안에서 어떤 권력 투쟁이 있었는지를 파악하는 것이 문화연구의 과제이다. 권력의 배분과 그 변화, 권력으로 인한 변화들을 찾아내는 일이 궁극적으로 문화연구의 목적인 것이다.

　글의 처음 의도로 돌아가자. 대중문화에서 왜 서술인가. 그리고 대중문화를 체화한 문화시에서 왜 서술성이 요청되는가. 이러한 문제는 20세기 말 서술시의 정신 혹은 서술시의 이데올로기성을 밝히는 데 매우 유효하다. 나아가 이는 우리 시의 근본적 변화 가능성을 예감케 하는 대목이기도 하다.[2]

　소박한 반영론의 입장에서만 보더라도 문화는 시적 이야깃거리를 충분히 제공한다. 그러나 이제껏 문화시에 대한 대부분의 논의들은 대부분 '대중시'와 뒤섞인다. 대중문화 향유를 통한 '참을 수 없는 존재의 가벼움'의 표출에 그 의미망이 제한된 것도 사실이다. 그래서 이 글은 '다시' 현대시의 대중문화 수용을 재고하려 한다. 이러한 문제 의식은 특히 문화시의 두드러진 서술적 경향을 어떻게 해석할 것인가의 문제와 맞물려 있다. 주목할 점은 문화시에 이야기가 '있다'는 사실보다도

---

2) 대중문화를 체화한 문화시는 시적 소재의 차원을 넘어서 '시란 무엇인가'라는 문학의 근원적인 문제마저 환기시키고 있다. 이는 심정적인 가치 판단의 문제에 앞서 충분한 심의를 거쳐야 할 것으로 본다.

그것이 '어떠한' 이야기인가, 나아가 그것이 '진실한' 삶의 이야기인 가가 중요하다는 사실이다.

이상의 문제 의식을 중심으로 이 글은 지배 체제에 더욱 헌신하도록 하는 경험의 양식으로 이해된 이데올로기의 실제적인 수사학적 작용 들과, 문화시에 작용하는 이데올로기의 수사학이 지니는 사회적 맥락 의 함의들의 차이점을 밝히는 데 논의를 집중할 것이다. 환유 중심의 문화시의 이데올로기적 수사학에서 행복의 서사구조가 그 관건이 됨 은 물론이다.

문화시의 이데올로기적 수사학을 살피기 전에 우선 문화가 말하는 법부터 들어 보자.

2. 문화 주체와 욕망

대중문화의 장은 억압의 장이기도 하고, 또 한편으로는 대중의 진출 이 활발하게 이루어지는 곳, 그러나 대중의 진출이 언제나 지배의 효 과와 맞물려 어떤 새로운 실천의 가능성과 한계를 제시하는 곳이기도 하다. 여기서 우리는 문화의 주체 문제에 맞닥뜨리게 된다. 문화의 생 산과 재생산의 문제, 그리고 그것의 주체 문제는 대중문화 영역을 가 늠하는 데 매우 중요한 문제이기 때문이다. 인간 주체의 형성 문제는, 좀더 자세히 말하면 인간 주체의 형성 문제는 언어적 과정과 욕망의 프로그램이 상호 교류하는 지점에서 가능할 수 있다.[3]

결론부터 이야기하자면, 주체는 억압에 의한 메커니즘의 결과물이 아니라 '자기 관리'라는 메커니즘을 통해 형성되어야 한다. 인간적 가 능성의 확장을 위한 프로젝트, 욕망의 억압이 아닌 억압된 욕망의 해 방을 위한 프로젝트가 바로 대중문화의 장이고, 바로 이 지점에서 주체의 형성 문제가 발원되어야 한다. 쉼없이 업그레이드를 시켜도 그 용량을 한정하지 않는 욕망의 프로그램은 문화를 생산·재생산하는 원동력으로서, 나아가 문화를 비판하는 대항담론을 구축하는 촉매제로서 문화 주체를 가능케 할 때 비로소 의미가 있는 것이다.

의식은 이데올로기와 헤게모니의 조작들에 의해 기만당했기 때문에

---

3) 여기서는 부득이 알튀세의 주체 형성 이론과 페쇠의 담론 과정이 전자의 설명으로 도움이 되고, 니체, 바따이유, 푸코, 들뢰즈·가타리 등의 욕망 이론이 후자의 입장으로 조언이 된다.
먼저 언어적 과정으로서 인간 주체의 형성 문제를 보자. 알튀세는 주체 형성 이론에서 프로이트 맑스주의 문제 설정, 그 가운데서도 특히 언어학적 문제 설정에 주목하고 있다. 그는 프로이트를 언어학의 관점에서 재해석한 라깡의 정신분석학에 기댄 '주체호명' 테제를 제안했다. 라깡에 의하면, 한 아이는 '아버지의 이름'이라는 법을 수용함으로써 가족의 한 구성원으로서 인정을 받고 가족내에서 합법적 지위를 얻는다고 하는데, 이는 그가 주체의 형성을 언어적인 상징적 질서에 편입됨으로써 일어나는 것으로 본 것에 다름 아니다. 알튀세는 여기서 라깡의 기본 전제를 수용하면서 한 걸음 더 나아가 그 이론을 심화시켰다. 아이가 가족내에서 이름을 부여받는 것은 가족적 질서에 귀속되는 일일 뿐만 아니라 호적에 등재된다는 것이며, 따라서 법제도 등 사회 체제의 관리를 받게 된다는 것이다(알튀세의 라깡 수용은 1960년대 말에 나온 그의 유명한 논문 「이데올로기와 이데올로기 국가장치」에서 정식화되었고, 1970년대 초 그의 제자들의 작업에서 구체화되었다. 그는 이데올로기가 주체를 호명하되 이 호명의 메커니즘은 구체적으로 '이데올로기 국가장치'라고 하였다. 알튀세, 「프로이트와 라깡」, 『아미앵에서의 주장』 솔출판사, 1991; *Louis Althusser, Lenin and Philosophy and Other Essays,* New Left Books, 1971 등 참조. 알튀세는 결국 인간의 정체성을 문제삼았고, 이것이 주체호명 테제로 나타난 것이다).
알튀세의 제자 페쇠는 알튀세의 언어 과정으로서 주체 형성 과정에 깊이를 더하였다. 페쇠는 주체 호명이 반드시 담론 과정을 통하여 이루어진다고 하였다. 그는 담론 구성체라는 개념으로 하나의 담론에서 등장하는 주체는 거기서 등장하는 단어들, 명제들, 표현들, 곧 주체들에게 명백한 의미가 당연한 것으로 받아들이게 되는 위치라는 점을 강조하고 있다. 알튀세가 말한 주체호명의 비밀은 바로 이 의미와 주체의 동일화에 있다는 것이 페쇠의 주장인 것이다. Michel Pêcheux, *Language, Semantics, and Ideology*(St. Martin's Press, 1982), 111쪽 참조.
대중문화에서 주체의 문제는 이러한 언어 과정만으로는 불충분하다. 여기에 욕망의 문제가 중요한 변수로 작용한다. 왜냐하면 욕망의 해방구로서 대중문화의 영역, 곧 대중문화의 영역이 일상의 축제 영역과 일치하거나 겹치기 때문이다. 주체의 문제로서 욕망을 이야기한 사람 가운데 푸코를 대표적으로 살펴보자.
푸코는 주체 형성을 앞의 알튀세나 페쇠의 경우처럼 언어 과정을 통한 이데올로기로 보는 대신 '육체'를 사용한 주체 형성의 과정을 면밀히 고찰하고 있다. 푸코는 주체 형성을 일종의 억압의 결과로 보는 프로이트와 라깡에 맞서 오히려 그 '양생'의 결과로 본다. 주체는 억압에 의한 메커니즘의 결과물이 아니라 '자기 관리'라는 메커니즘을 통해 형성된다는 것이 그것이다. Michel Foucault, *The History of Sexuality, Vol. 1: An Introduction*(Vintage Books, 1980) ; 에티엔 발리바르, 「푸코와 맑스」, 『이론』, 1992년 겨울호 등 참조. 여기서 우리는 대중문화라는 것이 대중을 억압하는 것으로만 볼 것이 아니라는 사실을 충분히 시사 받는다. 이는 나아가 문화의 주체 형성은 욕망의 발원지인 육체와도 긴밀한 관련성이 있음을 가리킨다. 첫번째 살핀 언어적 과정이 지적 능력이라면 욕망의 배출구인 육체는 그것을 포함한 지각과 감각 등 무수히 많은 능력들을 지니고 있고, 인간 주체의 형성이란, 혹은 문화 주체의 형성이란 바로 이 둘을 아울러 일컬어야 하는 것이다. 그러므로 푸코의 견해는 대중문화를 하나의 감성의 실천, 욕망 창출의 장으로 새로이 규정하는 데 그 이론적 근거를 확보해 주는 타당성으로 작용한다.

허위적인 것이 아니라 그 자체의 내용을 결정하도록 허용되어 있지 않고 대신에 외부로부터 채워지기 때문에 허위적이다. 마르쿠제는 『일차원적 인간』(1964)에서 자본주의 체제내 대부분의 사람들은 가치, 담론, 실천, 상품들에 관해 비판적으로 사고할 수 있는 능력을 상실하고 있다고 본다. 사람들은 자본주의 사회의 흐름에 깊이 매몰되어서 '상품' 생활에 관한 비판적인 시각을 상실하게 된다는 것이다. 소비의 정도가 행복의 척도가 되는 상황에서 그들은 자신들을 그러한 체제를 맹신하는 틀 속에 가둘 뿐만 아니라 나아가 그러한 생산을 부추기는 결과마저 가져온다. 이러한 허위 욕구의 포로로서 사람들은 해방에 대한 자신들의 진정한 이해 관심과 무관하게 행동하게 된다. 그리하여 그들은 자본주의적 소비와 순응의 단조로운 바퀴 안에서 마냥 '요구되어지는 행복'만을 좇기만 하는 것이다.

   마르쿠제는 '일차원적' 사고가, 그람시 식으로 표현하면, 사람들이 순전한 현재[4]를 뛰어넘어 사고하는 것을 배우지 못하게 한다는 의미에서 헤게모니적이라고 주장한다.[5] 마르크스 시대의 허위 의식이 실재의 합리성에 관한 실질적으로 허위적인 텍스트적 주장들(종교와 부르조아 경제 이론 등)인 반면, 오늘날의 허위 의식은 사람들이 맹목적으로 경험하는 물신주의 일상생활의 겉껍질이다. 지배적인 사회적·경제적 관계들을 변동해야겠다는 의지보다, 사람들은 지배질서에 의해 적합한 것으로 규정된 육체적 위안물과 상징적 성취들 속에서 행복을 추구하도록 이끌린다. 사람들은 "과잉 억압되어 있다(sur-plus repressed)."[6] 즉 그들은 본능적이고도 기본적인 인간의 욕구를 만족시켜 주는 산업 질

---

4) 이 현재는 그들이 조수처럼 다루기 어려운 제2의 자연으로 경험하는 사회적·경제적·개인적 배열들의 지배적인 유형들이다.
5) A. Gramsci, *Selections from the Prison Notebooks*(London, Lawrence and Wishart, 1971) 참조.
6) H. Marcuse, *Eros and Civilization*, Boston(Beacon Press, 1955), 참조.

서 속에서 평화롭게 살기 위해서 필요 이상으로 자신들을 억제하고 있는 것이다.

욕구는 비록 그 자체로 나쁜 것이라 하더라도, 단순히 해로운 내용 (폭력성, 선정성 등)을 가지고 있기 때문에 허위적인 것이 아니다. 그것들은 엄밀하게 말해서 소비자의 선택 문제다. 다시 말해서 욕구는 주체적인 선택에 의한 것이 아니라 외부로부터 강제된 것이기 때문에 허위적인 것이다. 허위 욕구는 공적인 언어를 통해 전달되어서, 사람들은 단어들의 의미를 혼동하며 그로 말미암아 지적·비판적 자율성을 상실하는 것이다. 바로 이 지점이 대항담론으로서 문화의 정당한 의무를 발생시키는 대목이다.

문화 읽기의 입지는 문화적 가공물들 속에 부호화된 기만들을 폭로하는 데 세워져야 한다. 마르쿠제가 '위대한 거부'라고 말한 바를 우리는 기억하여야 한다. 그래서 우리를 옭아매어서 무비판적으로 만드는 문화적 실천들과 그 방식들을 지적함으로써 이데올로기와 허위 욕구의 담론에 대한 비판에 종사해야 한다. 선택은 순전히 우리에게 달려 있다. 대항담론으로 다룰 때만 문화는 우리에게 실천의 장으로서 그 정당한 자리매김을 획득하게 될 것이기 때문이다.

3. 문화시의 이데올로기

1) 이데올로기적 문화 산물들의 이중성

이데올로기는 그 개념에서부터 가치 문제에 이르기까지 다양하고도 또 간단치 않은 논의들을 불러일으켜 왔다. 알튀세의 글 「이데올로기와 이데올로기적 국가기구」[7]는 이데올로기 논의의 중심이 되었지만,

문화(그리고 문화시)의 맥락에서 볼 때 그것은 중요한 사실 하나를 스쳐 지나가고 있다. '대항담론'으로서 대중문화의 이데올로기가 그것이다. 단순하고도 쾌락적인 향유를 소비적으로 보여줌으로써 수동적이고 무비판적인 대중을 만든다는 그의 의견은 대중문화의 한 면만을 얘기한 것에 불과하다. 대부분 간과되는 사실이지만 대중문화는 분명 사회적 갈등과 그 내부의 모순들을 포함한다. 그리고 권력의 재생산뿐만 아니라 권력에 '대항'한다. 그럼으로써 이데올로기적이고 문화적으로 보이는 문화 산물들은 중요한 사회정치적 긴장의 장소가 될 가능성이나, 문화 산물들의 이데올로기 자체가 갈등의 발단을 징후적으로 보일 수 있을 가능성, 또는 그 문화 산물들이 위협적인 대중적 잠재력에 대한 해독제가 될 가능성들을 지니게 되는 것이다.[8]

따라서 우리는 대항담론으로서 이데올로기, 나아가 '이데올로기적 문화 산물들의 이중성'[9]에 주목하지 않을 수 없다. 이는 해결과 모순을 동시에 껴안는 문화담론에 주목하는 것과 같은 의미다. 불평등과 억압 등의 구조적 긴장은 이데올로기적 반응을 유발하고, 이데올로기적인 문화적 고안물들은 전도된 부정을 통해, 다시 말해서 부정하고 굴절시키고 대체하는 모종의 방식에 따라 그 특징을 드러냄으로써 대항담론을 구축하는 것이다. 여기에는 사회적 의식 속에 널리 작용하는 '유추의 수사학', 곧 충족과 평등으로 나아가고자 하는 욕구와 욕망의 물질적 운동인 '모방의 욕망'이 매우 중요한 관건이 된다. 이러한 이데올로기적 문화 산물들의 이중성은 문화에 작용하는 이데올로기의 수사학이 지니는 의미와 의의, 그리고 가치들은 나아가 오늘날 문화시로

---

7) L. Althusser, 「Ideological State Apparatuses」, *Lenin and Philosophy*, London(New Left Books, 1971).
8) 이는 성급한 결론이나 심정적인 결론이 아니라 실제 문화 산물들이 지니는 의의들이다. 이에 대한 정확한 해명은 문화 산물들의 비판적 읽기인 '문화시'란에서 이루어질 것이다.
9) '이데올로기적 문화 산물들의 이중성'에 관해서는 Michael Ryan의 책 *Politics and Culture*(나병철·이경훈 옮김, 갈무리, 1996)에서 암시 받았다.

써 구축할 수 있는 세계관의 해법과 같은 맥락으로 읽힌다. 욕망과 두려움이 헤게모니를 강화하도록 하는 길을 여는 한편, 권력을 위협하는 다양한 힘들에 대한 척도를 제공하는 것이 문화이고 또 문화시의 임무인 것이다.

2) 문화시와 대항담론

서술적 이야기들은 일반적으로 목적론적이다. 즉, 하나의 서술적 이야기는 일련의 우발적 사건들을 지나 약속된 열린 결론을 향해 나아간다. 모든 이야기는 자신의 과거를 결정적이면서 동시에 인과적인 모습으로 간직하게 마련이고, 이야기가 지향하는 결론은 점점 더 닫히게 된다.[10] 여기서 서술 정신 혹은 서술의 이데올로기 문제를 피해 갈 수 없다.

서술시에서 서술의 정신은 제재를 어떻게 처리하는가의 문제와 직결된다. 시의 제재 문제는 곧 시대성의 문제다. 왜냐하면 시대에 따라 시적 제재가 달라지기 때문이다. 인물 서술시의 경우 1950년대 시적 제재는 '이순신' 등 역사적으로 비중 있는 인물들이었지만[11] 1980~90년대에 오게 되면 심혜진, 최진실 등의 연예인들이 지배적이다. 대중문화가 1980~90년대를 장악하고 있는 현실적 상황을 염두에 두면 이러한 인물 서술시의 제재 변모는 쉽게 이해가 된다. 물론 대중문화를 시적 제재로 처리하는 한편에는 『남한강』[12]과 같은 역사 의식을 바탕으로 한 서술시가 자리한다. 그러나 1980~90년대 역사와 현실에 대

---

10) 우발적이고 비완결적인 삶을 구성하고 또 이해하기 위해 우리는 처음과 끝이라는 허구를 욕망한다. 이는 어쩌면 우리 인간의 본능일는지도 모른다. 그러므로 구체적인 소설 작품이든 아니든 간에 서사의 질서는 외적 세계의 본질이 아니라 우리의 주관적인 소망인 셈이다. 프랭크 커머드, 『종말 의식과 인간적 시간』(조초희 옮김, 문학과지성사, 1993) 참조.
11) 김용호의 「南海讚歌」(1952), 설의식의 「白衣從軍의 길」(1952) 등 장시뿐만 아니라 해창의 「李忠武公」(1957) 등 한시에서도 이순신은 주요한 시적 대상이었다.

한 시적 관심은 대중문화와 일상성 등을 노래한 시들에 훨씬 못 미친다. 이러한 시대적 현상은 결국 영상 세대의 특징에 얹힌, 1980~90년대 많은 시인들에 공통된 역사 의식의 부재 현상을 반영하고 있는 셈이다. 1950년대의 시대적 혼돈스러움을 역사 의식을 통해 극복하고자 했던 시대적 요청이 영웅 '이순신'을 필요로 한 반면, 1980~90년대 영상 세대들에게는 감성 중심의 순간적 선호도가 주된 가치관이기 때문에 대중문화내의 버전들이 입맛에 맞아떨어진 셈이다.

'문화시'는 바로 1980~90년대 문화적 특성을 반영한 시의 갈래이다. 대중문화의 르네상스기와 맞물려 대두된 문화시는 폭넓은 삶의 반영이라기보다는 대중문화의 반영으로서 그 일차적 존재 근거를 확보한다. 영화, 연극, 텔레비전·비디오, 만화, 광고, 대중가요, 컴퓨터(사이버 스페이스) 등은 문화시의 주요 제재들이다. 여기서 패러디는 문화시의 생존에 그야말로 일등공신이다. 그러나 단순하게 대중문화를 소재 혹은 제재로 삼은 시가 곧바로 문화시로 성립되는 것은 아니다. 문화시는 문화적 현실의 반영을 넘어 '재현된' 문화적 현실의 양태들을 시적으로 환기하는 역할을 수행해야 한다. 단순한 향유로서가 아닌, 대항담론으로서 문화를 시적으로 읽어내는 시가 문화시의 기본 조건인 것이다. 따라서 문화시는 무책임한 대중성의 겉핥기인 대중시의 개념과는 명백히 구분되어야 한다.[13] 이는 단순한 주장이나 바람이 아니다.

문화시의 근거인 문화, 특히 대중문화는 사회적 실천으로서 현실 세계의 단순한 반영 이상의 것이고, 타자들의 반응이나 응답을 전제로 한 대화주의적인 것이다. 대중문학이나 문화를 상품으로 보는, 그리고

---

12) 신경림, 창작사(1989). 이 외에도 고은, 고정희, 김지하, 문병란, 문익환, 양성우, 이동순, 하종오 등의 작품들도 빼놓을 수 없다. 그리고 역사 의식을 바탕으로 한 시인들의 재조명(신동엽의 『금강』『꽃같이 쓰러진 그대를』 등과 1988년 해금으로 인한 백석, 이용악 등 시인들의 부각)으로 현실 인식의 문제를 꾸준히 제기한 것도 눈여겨볼 만하다.

13) 글쓴이는 「문화시 소고(小考)」(『한국문학논총』 제17집, 한국문학회, 1995), 「패러디와 문화비평」(『한국 현대시와 패러디』, 현대미학사, 1996) 등에서 문화시에 대한 소견을 밝힌 바 있다.

지배계급의 이념을 전달하는 도구적 성격을 지는 것으로 보는 지배문화론이나, 대중문학이나 문화는 말초적인 정서에 호소하는 성향이 강해서 문화의 본질을 잃고 있는 것으로 파악하는 소비문화론의 양 입장은 대중문화를 편협적으로 읽어낸 예들에 불과하다. 현대 대중문화는 문화적 무의식으로 자기 반영의 나르시시즘에 빠지는 자기 도취의 형식이 아니라 억압과 해방의 이중 고리가 그 대응 태도가 되고 있음도 기억해야 한다. 문화의 주체성은 우리가 복원해야 할 문화적 과업이다. 문화시도 그 사정은 마찬가지다. 그러므로 문화시는 문화적·정치적인 다성성으로서, 이데올로기적으로 '의도된' 사회 관계에 대한 대항담론으로서 마련된 것이라 할 수 있다.

　여기서 우리는 문화시의 서술시 양상을 피할 수 없다. 삶의 과정이나 그 조건을 시의 제재로 선택함으로써, 곧 대중문화적 현실을 염두에 둠으로써 문화시는 산문의 축적의 원리인 서술구조를 필연적으로 띠게 되는 것이다. 이때 어느 정도의 서사의 파편화와 우연성의 서술성은 감수해야 한다. 문화시에서 보이는 파편화된 서사구조와 미완결성은 시대 변화와 연관해서 고찰해야 할 몫이다. 이는 문학의 위기 문제까지 몰고 온 대중문화와 대중예술의 문학적 수용이 세기말 문학의 감수성의 원천으로 자리한 결과이기도 하다. 문화 생산의 구조적 조건보다는 수용 과정의 해석 방식을 찾아내는 데 더 치중하는 '문화적 실존주의'는 특히 문화시를 읽어내는 일차적 독법으로 유효하다. 유의해서 풀어나갈 것은 대중문화를 시 속으로 끌고들어온 문화시의 서사구조가 상당 부분 환유의 정신에 기대 있다는 사실이다. 대항담론으로서 문화는 평등과 자유, 해방을 갈구하는 환유의 정신과 많이 닮았다. 결국 문화시의 이야기성은 대부분 환유축을 중심으로 구성되고 있음을 살필 수 있다.

3) 문화시의 수사학

먼저, 환유구조로서 문화시의 이데올로기적 수사학을 말하기 이전에, 사회적 잠재성과 가능성을 가리키는 문화적 재현의 차원으로서 환유의 특성을 살펴보자. 환유의 특성을 살펴본다는 것은 그 반대편에 있는 은유의 특성을 함께 비교·대조한다는 사실을 전제한다.

문화 재현 체계의 내부에 있는 대항 이데올로기의 가능성들을 지적하는 것은 이데올로기론을 재구성하는 문제다. 문화적 재현이 어느 정도 지배에 필요한 조건들을 만족시키는 쪽으로만 형성될 수 없는, 욕구와 욕망의 물질성을 가리키기 때문이다. 이데올로기가 부과하는 이념적 재현과, 그 재현이 다루고 있는 물질적 욕구와 욕망은 충돌하게 마련이고, 여기서 수사학적 양식의 차이가 생겨나는 것이다. 수사학적 양식의 차이는 곧 세계관의 차이이다. 그리고 그것은 다양한 사회적·정치적 용도를 드러낸다.

대체로 보수주의자들은 불평등과 위계 질서를 안정되게 하는 양식들을 선호한다. 수사학을 보수적으로 사용함으로써 사람들은 가변적이고 우연적일 뿐인 사회적 배열에 자연적(본성적)이고 보편적인 근거를 부여한다. 반면에 진보적인 사람들은 권력을 불안정하게 하고 평등을 지향하는 양식들을 선호한다. 그들은 경직된 사회 질서의 제약들로부터의 해방을 암시하기 위해 자연의 비유를 사용하는 것이다. 양쪽 모두가 똑같은 비유를 사용한다. 그러나 그 목적과 방법은 전혀 다르다.

이렇게 수사학을 보수적으로 사용하는 것은 언어학에서 말하는 수직축과 연결된다. 그 수직축은 보통 은유, 대체, 계열체(paradig-matic)의 영역(각각 서로 다를지라도, 동일한 기능을 수행하거나 한 문장 안에서 같은 위치에 올 수 있는 일련의 단어들)과 맺어진다. 반면 수사학의 진보적 사용은 수평축과 일치한다. 그것은 환유, 치환, 통합체(syntagmatic)의 영역(문장 안에서 단어들이 서로 맺는 관계의 계기적인 순서를 이루는 것)과 맺어진다. 물론 이는 보수주의자들만이 은유를 사용한다든지, 또는 은유가 원래부터 보수적인 것이라든지 하는 말이 아니다. 이는 권력을 가진 사람들의 위치를 정당하게 만드는 수직적인 사회 배열을 보수주의자들이 좋아한다는 뜻이다. 아울러 진보적인 사람들은 대체로 사회 전반에 걸쳐 수평적 사회 배열을 좋아한다는 뜻이다. 그리고 이 차이는 수사학적으로 형태화되어 은유축과 환유축 사이의 차이로 나타나게 되는 셈이다.[14)]

은유는 결정적이고도 분명한 동일성의 세계를 함축하는 정적인 구조로, 전통과 권위와 결합된다. 여기서 우리는 우리 스스로 그 의미를 선택할 수 없다. 대신 의미는 이미 확립된 패러다임으로부터 연역된다. 은유의 의미는 앞으로 결정될 것이라기보다는 이미 결정되어 있고, 또 그 의미는 실제적인 물질적 이미지를 더 높은 수준의 이상적인 의미론에 종속시킨다. 은유를 이해하는 과정에서 실제적인 물질적 형상들은 완전히 사라지게 되고 결국 그것들은 단지 관념을 대신하는 것일 뿐, 그 자체는 중요하지 않다. 의미에 대한 이 같은 생각은 기호와 관념 사이의 예언적이며 모순 없는 등가 관계로 세계가 구성되어 있음을 함축한다. 따라서 상징, 알레고리, 은유 등과 같은 관념화하는 비유법들은 보수적인 사회적 제도들이 요구하는 사고방식들, 예를 들어 복종, 충성, 존경심 등과 같은 생각들을 촉진하게 된다. 그래서 은유는 원래부터 문맥에서 독립적이며 보편주의적이다.

이러한 보수적인 은유의 맥락에서는 타자에 대한 애정을 찾기가 매우 힘들다. 은유가 철저하게 타자를 배제함으로써 고유하고도 독립적인 자아를 확립하기 때문이다. 은유의 스타일은 계열체적(순서를 의미

---

14) 수사학의 보수적 사용과 진보적 사용에 관해서는(즉, 은유와 환유에 관해서는) Michael Ryan 의 책 *Politics and Culture*에서 많은 암시와 도움을 받았다.

하는)이고, 종속적(단어들의 종속 관계가 따르는)이며, 선언적(이것 아니면 저것의 명제로 작용하는)이다. 무엇에 대한 은유는 어떤 것 아니면 다른 어떤 것이지 그 둘 다가 아니다. 이렇듯 단지 배울 수는 있지만 자유롭게 논의될 수 없는 어떤 권위적인 의미를 확립하는 은유는 다분히 유토피아적인 발상의 소산으로서, 그리고 강력한 이데올로기의 재현 형식으로서 전혀 손색이 없다.

반면 환유는 철저히 타자성에 중점을 두는, 자유와 평등과 사랑의 수사법이다. 타자성의 출발점이 소외라는 사실을 잘 알고 철저히 그 소외에 대한 애정으로부터 출발하는 것이 환유이기 때문이다. 언어학에서 보이는 것처럼 환유는 같은 층위에 인접하는 단어들 사이에서 연합적 연결들로 구성된다. 따라서 환유는 은유의 이상화하는 경향을 전적으로 반대하며, 오히려 그것을 허물어뜨리는 물질성에 주목한다. 은유가 물질성과 사회적 문맥을 벗어난, 초월적이고 유토피아적인 것인 반면, 환유는 철저히 '지금 여기'에 기반을 둔, 현실적인 너무나 현실적인 수사법인 셈이다. 반평등적이며 위계 질서적인 모든 은유적인 문화적 재현과 사회적 구성들을 무너뜨리게 되는 불가피한 원칙으로서 환유는 그러므로 의미가 고정되어진 것이 아닌, 사회적으로 구성되어진 것이라는 사실을 함축한다. 문화시의 주요 배경이 되고 있는 행복의 서사구조는 물론 환유적 힘에 의해 그 실상이 드러난다.

사회적으로 널려 있는 기호들의 의미는 고정불변이거나 절대적일 수 없다. 변화가 사회의 본질이 아닌가. 확정되어 강요되는 종속 관계의 의미구조는 그러므로 더 이상 사회의 본질이 될 수가 없다. 그러므로 사회적 의미는 그리고 삶의 의미는 끊임없는 해체와 재구성을 반복하는 열린 공간의 기제인 것이다.

그러므로 환유는 이상적이고 보편적이라기보다는 경험적이고 특수한 것이다. 환유적 연결이 규약이나 범례와 상관없는 우연한 의미들을 산출함에 따라, 은유를 지탱하는 규약들은 완전히 고갈된다. 여기서 우리는 문화시에 우세한 서사의 파편화 현상을 피해 갈 수 없다.

줄리에트 비노쉬 : 영화배우 퐁네프의 연인들 참을 수 없는 존재의 가벼움 나쁜 피 폭풍의 언덕 녹색 광선 데미지 블루 소년 소녀를 만나다 지붕 위의 기병 영국인 환자 나는 그녀가 좋다 그녀의 목소리가 좋다 머리결도 좋다 비극적인 그녀를 좋아한다 그녀는 에어컨 바람처럼 서늘하다 나는 그녀를 사랑한다 붉은 신발이 좋다 짧은 머리가 좋다 가끔 목이 쉬곤 한다 말을 할 수 없을 정도로 목이 아플 때가 있다 그녀의 발음은 듣기에 좋다 나는 프랑스어를 모른다(알렉스를 떠올린다) 그녀의 성격도 모른다 그녀는 편집증 환자와 같다 그녀는 손이 아름답다 나는 손이 차갑다 그녀의 브로마이드 구하기는 어렵다 그녀의 사진이라고는 극장에서 나누어준 엽서밖에 없다 창문 틈에 끼워놓은 그녀는 빛이 바랬다 그녀의 사진이 갖고 싶다 그녀를 생각하면 눈물이 나온다 그녀는 슬프다 비디오 가게에서 그녀의 비디오는 잘 나가는 편이다 나는 그녀를 사랑한다 그녀는 여러 개의 이름을 사용한다 그녀가 출연한 영화 중 보지 못한 것도 있다 그녀는 아무데나 쓰러진다 나는 비디오로 그녀를 본다 잡지에는 그녀에 대한 특집 기사가 나온다 나는 영화 팬 모두와 그녀를 공유한다 나는 그녀를 사랑한다 지금 무얼 하고 있을까 비디오가 낡아서 일시 정지를 누르면 화면에 줄이 그어진다 그녀는 능숙하다 사흘이 지나면 테이프를 갖다주어야 한다 그녀가 끓이는 커피 냄새가 방안 가득하다 나는 그녀를 생각한다 그녀는 나를 전혀 모른다 나는 그녀의 머리카락과 전혀 관계가 없다 나는 그녀를 사랑한다

— 서정학, 「줄리에트 비노쉬」 전문

시인은 줄리에트 비노쉬라는 프랑스 여배우를 시적 제재로 채용한다. 서술시에서 서술의 정신이 제재를 어떻게 처리하는가의 문제와 직

결된다는 것은 이미 지적한 바다. 무엇보다 전통 서사구조와는 달리 그녀가 출연한 영화 제목을 특별한 인과적 순서 없이 죽 나열함으로써, 그리고 "그녀는 나를 전혀 모른다"와 "나는 그녀를 사랑한다"라는 두 사건을 중심축으로 이러저러한, 아무런 필연성도 계기성도 없어 보이는 사건들을 나열함으로써 서사의 파편화를 드러내고 있다. 병렬구문의 사용은 서사의 파편화를 극대화시키는 데 아주 효과적이다.

시적 화자가 보이는 익명의 사랑 혹은 불구적 사랑은 소외 의식의 다른 얼굴이다. 여기서 우리는 이 시가 서사의 파편화를 가져올 수밖에 없는 이유를 짐작한다.

경험의 파편화의 우연성은 문화시에서 보이는 서사구조의 우세한 양상이다. 시적 소재들이 별 특정한 통제 없이 거침없이 나열되는 무매개성 역시 문화시가 산문의 축적의 원리에 가깝게 다가감으로써 획득된 결과물이다.

어니는 조금 늦게 도착했다 그러나 덕순은 괜찮았다 기차는 제시간에 떠났다 우리는 기차에 올랐다 기차는 천천히 출발했으나 이내 쏜살같이 달리기 시작했다 노래들이 머릿속에 떠올랐다 어니가 먼저 말을 꺼내기 시작했다

— 시간의 커튼
— 물줄기
— 폭포수의 장막에 갇힌 소리의 마법사
— 갑자기 어떤 광고가 생각나요 아마 세탁기 광고였을 것 같은데
— 같은 시간 저쪽을 똑같이 달리는 기차가 있을 거야 틀림없이 그러나 가려서 볼 수가 없어 그 세탁기의 의식 따위
— 드디어 다들 테크노로 가는 모양이야 기능하는 나사였잖아 그러나 이젠 나사긴 나산데 무슨 기능을 하는지 그 기능조차 지워져버렸어

　　— 다시 라이프니츠의 단자로 돌아가는군 운동성은 있고 방향성과 의식
이 없는
　　— 정충 같애
　　— 귀여워
　　— 끝이지 자르고 섞어 cut & mix 삭히지 않고 토막낸 익명의 살점들처
럼 튕겨 다니는 그 리듬들 하나하나가 다 쉼없이 목숨을 좇는 우리 의식의
붉게 켠 눈동자들이지
　　— 이젠 마음의 창이 맑아지는 걸 기대할 수 없어 차라리 날마다 즐겨 너
무 게걸스럽지는 않게

— 성기완, 「프롤로그 Ⅰ 길, 스팀」 전문

　　위 작품에서 우리는 경험의 우연성과 파편화를 양껏 발견한다. 환유
적인 의미들은 문맥 의존적이고 조합적이며, 병렬적인 동시에 접속적
이다. 따라서 환유는 연관된 문맥의 한 부분으로서만 이해될 수 있다.
어떠한 규약도 환유의 의미를 결정하지 못한다. 오히려 기호가 다른
것들과 수많은 방식으로 연결될 수 있다. 바로 그 형상성은 한 인간의
정신적 고유성을 인식적인 총체나 이상으로 보는 은유의 ‘시체화된’
자연적 이상보다는 좀더 민주적이고 급진적인 종류의 ‘자유’를 추종한
다. 환유는 깨닫고 복종해야 할 권위 있는 의미, 또는 다른 사람들보다
상위에 있는 우월한 개인을 지시하지 않는다. 환유는 의미가 사회적으
로 구성된 것이라는 사실을 함축한다. 즉 의미란 존재하는 물질적 관
계들이 만들어낸 여러 가지 있을 수 있는 의미들이거나, 또는 필요에
의해 사람들 사이에서 관습적으로 형성된 것에 불과한 셈이다.
　　서사의 파편화와 경험의 우연성은 우선 환유적 치환을 원치 않는 것
처럼 보인다.

도대체 사내의 생활에는 별변화가 없다 사내는 단지 사회 상황의 변화를 통해 자신의 위치가 변하고 있음을 깨닫는다 사내의 머리통에는 뉴스의 내성이 생겨 매일 좀더 많은 양의 뉴스를 원한다 뉴스가 없는 날 아아 사내는 미칠 것 같다 사내는 전쟁이든 최첨단의 정보든 유언비어든 스캔들이든 뭐든지 새로운 것을 원한다 좀더 새로운 좀더 새로운 것에 미쳐가고 있는 우리가 알고 있는 사내는

라디오 이어폰을 뇌에 박고
뉴스를 기다리며 잠자리에 든다

— 함민복, 「뉴스에 중독된 사내」 전문

평범하기 짝이 없는 일상생활의 파편들이 병렬되어 있는 환유시다. 상황에 대한 냉철한 통찰력이나 날카로운 비판력은 부재한다. 단지 "좀더 새로운 것에 미쳐가는" 사내의 생활을 나열하고 있을 뿐이다.

'라디오 이어폰' '뉴스', 곧 '새로운 것'을 원하는 사내는 깨닫고 복종해야 할 권위 있는 의미를 추구하는 듯이 보인다. 3인칭으로 표상된 사내는 어쩌면 오늘날 급변하는 사회 속에서 아등바등하는 가엾은 우리들 모두의 모습일는지도 모른다. 그러나 "단지 사회 상황의 변화를 통해 자신의 위치가 변하고 있음을 깨"닫는 대목에서 사내가 그러한 권위 있는 의미 속으로 들어가는 것이 그의 의지가 아님을 알 수 있다. 사내가 해방의 매개 고리로서 환유적 치환을 원하지 않는 것이 아니라 그 열린 회로가 교묘하게 차단되어 있는 것이다.

어둠 속에 들어앉아 지붕을 쓰고 있으면
내 봄을 보여주지 않아도 될 줄 알았다
네 소설 속의 소설 액자 속의 액자

사람 속의 사람

한 女子가 나와 몸을 비꼬네

여전히 性器는 잘려나가고

(참! 불필요하게도) 허벅지에서 가슴까지

안개가 뿌려지네

시야는 완전 zero

한 예쁜 청년이 벚꽃 아래에서

빙긋이 웃네

겨울 속의 봄 詩 속의 散文

나 속의 나 사이

쥐들이 지나가고

날마다 영화를 보러 가는, 내 얼굴을

이웃들은 대부분 보고야 말았다네

이 동네를 위해 내가 할 일이란

안개에 둘러싸인 화면들을 서둘러

없애는 일뿐, 그제야 막이 내리고

말면 나는 언제나 보지 않아도

될 것을, 그랬다네 언제나 후회 못 할 삶은

극장 벽면 귀퉁이에

서둘러 그려진 저 性器 속의 性器!

—성윤석, 「극장이 너무 많은 우리 동네 1」 전문

시적 화자는 극장이 많은 동네의 풍경을 (묘사하는 것보다) 이야기한다. 동네 극장은 대부분 삼류 포르노 극장이고, 영화를 통한 본능의 솔직함을 갈구하는 것이 시적 화자의 임무로 되어 있다. 그러므로 포르노 극장을 제재로 삼은 위 작품을 (그리고 이런 류의 작품들을) 단순한 성적 유희나 경박함으로 쉽게 치부해 버리는 것은 재고의 여지가 있다. "이 동네를 위해 내가 할 일이란/안개에 둘러싸인 화면들을 서둘러/없애는 일뿐." 그러나 그것이 결코 사소하거나 무의미한 일이 아님을 우리는 잘 알고 있기 때문이다(물론 포르노 영화의 상영 실태를 잘 알고 있는 분들을 염두에 두고 한 말이다. 우리 나라에서 지각 상영된 『파리에서의 마지막 탱고』를 기억하는가).

삼류 포르노 영화는 이른바 아트 필름이라고 하는 고급 장르의 예술의 입장에서 보면(그리고 예술과 외설의 차이 운운하는 사람들의 입장에서 바라보면) 분명한 타자다. 이상적이거나 고착화된 의미 작용으로 상승할 리 없는 삼류 포르노 영화는 인간 본능에의 충실을 무기로, 억압 기제인 승화의 원리에 충실한 도덕적이고 윤리적이고 규범적인 영화를 반대한다. 거침없이 드러냄으로써 솔직한 그것은 그러므로 철저하게 탈승화적이다. 자유와 해방의 정신인 환유의 구가인 셈이다. 따라서 이러한 탈승화적인 포르노 영화에 일종의 억압 기제인 '안개'가 등장한다는 것은 용납할 수 없는 사실이다. 그런데도 이치에 맞지 않는 "안개에 둘러싸인 화면들"은 오늘날 우리의 영화적 현실이지 않은가. 바로 여기에 문화시의 존재 근거가 확보되는 것이다.

은유의 전통 지향성과는 대조적으로, 환유는 미래 지향적이고 동적이며 미결정적이다. 인접적 관계와 연결들은 불확정적이고 다양하며, 따라서 종속이나 유추적 등가 관계의 질서 속에 한정되지 않는다.

눈 그치지 않는 마을이 있다. 나라 이름은 모른다. 그러나 누구나 있다는 걸 알고 있다. 비틀즈가 컴퓨터 합성으로 신곡을 발표하게 됐다는 소식, 어느 연대에 나는 무엇에 실패하고 사라질까. 다만 육체만 사라질 뿐 우리들은 영원한 비전에서 살아남을 것이라고 일행은 말한다. 나폴레옹의 머리카락이 보존되고 있고 그뒤엔 모차르트가 새로 곡을 쓸 것이다. 죽은 친척들이,

아직 신혼의 비디오에서 웃고 있다. 헛된 육체만 봄날을 반복해서 천천히 걸어나갈 뿐 그들이 남겨두고 간 날마다 은근해지는 저녁의 한 무렵 있다!

— 성윤석, 「비디오」 전문

우리들이 "영원한 비전에서 살아남을 것"이라는 지적은 어디까지나 예감에 불과하다. 눈 그치지 않는 마을이 있기는 하나 나라 이름은 모른다. 이야기가 여기서 끝나 버렸다면 이 작품의 서사구조는 아무런 필연성이 없었을 것이다. 그러나 그 다음 부분, 누구나 그 마을이 존재한다는 사실을 알고 있음을 강조한 시인의 의도가 이 작품을 살아 있게 한다. 나라 이름은 모르지만 눈 그치지 않는 마을에 대한 존재론적 희망이 생존해 있기 때문이다. 단순히 미결정적이기만 한 허무주의에서 벗어날 수 있는 길을 우리는 '변화'의 가능성을 내포한, 눈 '그치지' 않는 마을에서 만날 수 있는 것이다. 불확정적이고 미결정적인 환유의 성격은 미래 지향적인 비전을 내포하고 있을 때만 성립되고, 진보적 잠재력의 운반자로서 환유적 힘은 그래서 의미 있는 것이 되는 것이다.

여기서, 환유가 진보적 잠재력의 운반자로서 역할을 발휘하기 이전의 상황을 짚어 볼 필요가 있다. 환유적 치환 이전의 상황이 환유적 힘을 이해하는 데 실마리가 되기 때문이다. 아래의 작품은 환유적 치환 이전의 세계를 한껏 제공한다. 읽어 보자.

그래, 왜?
아니, 그냥

— 성기완, 「쇼핑 갔다 오십니까?」 전문

"쇼핑 갔다 오십니까?"라는 질문에 대한 1차적 반응과 2차적 반응을

단 두 줄의 회화체로 제시하고 있는 것이 위 작품이다. "쇼핑 갔다 오십니까?"라는 시 제목은 이미 작품화되기 이전에 이야기가 시작되었음을 시시한다. 쇼핑을 가게 된 이런저런 서사들이 작품 시작 전에 미리 내재해 있는 것이다.

주목할 것은 단 두 줄의 시 내용으로 우리는 진정한 서사에 대한 무관심을 발견하고 또 반성할 계기를 마련한다는 사실이다. "쇼핑 갔다 오십니까?"는 '열린 질문'이 아니다. 응답자의 충분한 의견과 아울러 계속 이어지는 대화를 기대하는 열린 질문이 되려면 "쇼핑 갔다 오십니까?"는 "어디 갔다 오십니까?"로 제시되어야 한다. "쇼핑 갔다 오십니까?"라는 '닫힌 질문'은 오로지 예, 아니오의 건조한 말 건넴만을 응답자에게 가능케 할 뿐이다. 여기서 우리는 닫힌 질문을 통해서 지극히 형식적이고도 무의미한 '관계'의 양상들을 발견한다. 이러한 무의미하고도 형식적인 관계들은 곧 문화의 영역으로까지 빠르게 확대된다(무미건조한 인간 관계와 문화의 영향 관계는 그 반대일 수도 있다).

"그래, 왜?"라는 1차적 반응에서 우리는 내 돈 주고 내가 쇼핑 갔다 오는데 당신이 무슨 상관이냐는 식의 시비조의 어조마저 감지한다. 그리고 "아니, 그냥"이라는 2차적 반응 역시 진정한 존재간의 말 건넴이 사라진 관계, 그 속에서 펼쳐지는 무의미하고도 따분한 인간 관계로 읽힌다. 바로 여기서 환유적 치환의 필요성이 대두된다. 환유적 힘을 갈구하는 시 한 편, 읽어 보자.

슈퍼마켓 냉장 식품 코너에 냉동닭들이 수북하다

비닐 봉지로 쌓여 있는 육체가
살아 있는 영혼보다 더 오래 버티는 듯했다

옷장 안에서 가끔씩 종소리가 들렸고
마음의 계단은 미끄러웠다
아주 오래 전 그 영혼의 이름은 무엇이었더라?

— 주창윤, 「옷걸이에 걸린 羊」 전문

「옷걸이에 걸린 羊」은 제목과는 상관없이 일상적 삶의 파편들이 병렬되는 환유시다. 불확실성 또한 시의 구성 원리가 되고 있다. 「옷걸이에 걸린 羊」은 연작시다. 옷걸이와 양이 의미하는 것은 불확실하다. 아마 이 불확실성을 시인은 노린 듯하다. 그러나 시적 화자의 판단이 불확정의 상태이긴 하지만 사건이 단순히 병치되기만 하는 표층시는 아니다. 2연에서 우리는 드디어 시인의 편집자적 논평을 듣는다. "비닐 봉지로 쌓여 있는 육체가/살아 있는 영혼보다 더 오래 버티는" 유기체와 비유기체의 서열의 역전이 일어나고, 그 속에서 시인은 영혼의 울림을 갈구한다. 아주 오래 전 잃어버렸던 영혼의 이름을 찾는 시인이 불확정의 상태를 뛰어넘으려는, 해체를 통한 재구성이라는 환유적 치환을 획득하려는 순간이다.

은유와 환유라는 용어로써 우리는 문화 산물들이 사회 재현을 구성하는 방식들을 설명할 수 있다. 즉, 은유가 가장 강력한 이데올로기적 재현 형식인 반면, 환유는 권위적이고 반평등적이며 위계 질서적인 모든 은유적인 문화적 재현과 사회적 구성들을 무너뜨리게 되는, 반이데올로기적인 불가피한 원칙이라는 것이다. 따라서 문화의 이데올로기에 대한 연구는 그 반대의 경우, 곧 문화 산물의 이데올로기가 대항하는 것에 대한 연구이기도 하다. 앞에서 우리는 변화를 기저로 한 사회적 구성이 원래부터 해체적인 경향을 가지고 있음을 암시 받았다. 이러한 사회는 위계 질서와 불평등을 허물어뜨리는 평등화를 지향한다. 이 평등화의 과정이 바로 은유에서 환유로 가는 운동인 셈이다. 문화시의 이데올로기적 수사학은 바로 여기서 그 정체를 드러낸다.

환유는 은유에서 보이는 '고유한' 사고와 행동, 그리고 의미의 '권위' 확립이라는 이데올로기적 작용과는 상관 없다. 곧 환유는 수직적인 안정화로부터 일탈하는 아웃사이더의 운동을 생산하고, 의미의 고유성을 무너뜨리며, 또 문자의 자기 주장과 모든 은유를 만든 물질적 매체의 환원 불가능성을 재현한다.

문명의 가을이다 다이어트 식품이 팔리고 小食이 권장되는 옆에선 오늘도 새로 들어온 다국적 치킨점이 생긴다 그들은 소식을 권장하는 지역 정부를 불공정 무역 혐의로 제소한다 허리띠를 졸라매고 기를 쓰고 식물만 먹는 '베지테리언'이라는 기이한 변종이 양키의 도심에 서식하지만 그들은 식물 이외의 것은 날것으로 다 내다 버리는 버릇이 있다 병마개를 소재로 한 소비자의 무의식을 더 질끈 잡아맬 다국적 광고가 그 썩은 고기에 기생한다 백두산 꼭대기 천지에서도 그 병마개는 신비스러운 상징이다 호주의 시드니 거리에도 미국의 뉴욕 거리에도 파리에도 런던에도 가장 번화한 유흥가의 뒷골목에는 너무 살이 쪄서 제대로 움직이지도 못하는 부랑자가 우물우물 기름진 피자 조각을 씹으며 앉아 젖꼭지를 내놓고 다니는 창녀들을 바라보며 자위행위를 하고 있다 어디서나 그들은 우울하고 내성적이며 불만에 가득 차 있고 때로는 변태적이다 늘씬한 다리는 언제나 상품이고 그 상품을 둘러싼 모든 것은 비만이다 기름 덩어리가 우적우적 씹히는 삼겹살처럼 겹겹이 더러운 비계가 늘씬한 다리를 거대한 빌딩의 옥상에 검은 스타킹을 신겨 올려보낸다 그것이 방송광고윤리위원회의 심의를 거친 비계의 공식적인 포스터다 늘 구도는 이런 식이다 권태가 가장 기본적인 저항의 방식으로 선언되고 차라리 비만을 거부하지 않는 다시 말해 적극적으로 '반문명적'인 할리우드의 안티 할리우드 스타들이 영웅으로 받들어진다 그들에 의하면 비만은 편견이고 기만이다 그러나 그 기만은 자기 기만 미국 놈들은 남의

나라에 파는 닭에 성장 호르몬을 워낙 많이 주사하기 때문에 전세계의 소녀
들은 일찍 어른이 된다 곧 있으면 포르노 시장도 개방하라고 할 것이고 청
소년들의 건전한 생활을 권장하는 정부를 불공정 거래 혐의로 제소할 것이
다 무역에는 분명히 방해니까 미국 놈들 위주의 위원회는 한국 정부의 혐의
를 인정하여 경제 제재를 가할 것이다 점점 살찌는 놈들의 자본 천고마비의
자본 헉헉대며 더 많은 피자 조각을 원하는 비곗덩이들 그들은 우울하고 내
성적이며 불만에 가득 차 있고 때로는 변태적이다 그것이 그들의 예술이고
문화며 세련된 전위 문명이 그들 발 아래 있으므로 그들이 살찌는 가을은
문명의 가을이다 히스테리와 편집 자학 그리고 피학 절망적으로 거울을 바
라보고 거울을 조작하고 거울을 깨고 울며 주인공은 외친다 "다 죽여!" 하
긴 3편이 지나도록 람보는 죽지 않았으니까 그렇게들 위안을 삼지만 아무도
문명의 체중은 물어보질 않는다 그것이 예의니까

— 성기완, 「비만과 편견」 전문

위 시에서 시인은 세련된 전위 문명이 예술이고 문화가 되는 상황을
편집자적 논평을 개입시키면서 비교적 엄숙하게 제시한다. 이렇듯 환
유는 이데올로기 비판적이다. 곧 반(反)이데올로기적이다. 여기서 우
리는 이데올로기의 해체적 성향을 감지한다. 억압이 해방을 지향하는
것처럼 이데올로기 역시 반이데올로기적 성향을 내포하는 것이다. 그
러고 보면 모든 낱말은 이중성 또는 해체성을 껴안고 있다.

은유의 입장에서 어느 말의 '고유한' 해석은 바로 그 의미와 관계될
뿐 다른 어떤 것일 수 없다. 그 고유성은 자기 동일성과 사회적 권력과
서로 관련된 것이다. 그 동일성과 권력이 타자의 배제에 기반하듯이
그 의미 역시 배제적이고 완전히 결정 가능한 것이어야 한다. 그러나
환유에서 그 사정은 정반대다.

환유적 치환은 의미가 그런 결정적이고 명확한 동일성을 획득할 수

없다는 사실을 함축한다. 의미는 특수하고 보편적이지 않은, 사회의 물질적 문맥과 관련된 환유로서만 결정될 수 있다. 사회적 문맥들은 관점의 다양성을 초래하기 때문이다. 환유는 은유적인 외관상의 관념성과 동일성 속에 잠복한 물질적 결정 요인들을 지시한다. 환유에게 타자는 그러므로 환원되거나 제거되지 않는다. 오히려 타자는 환유가 주목하는 사랑스런 주체다.

그녀를 아직 구하지 못했다 술통들은 이리저리 구르고 원숭이는
코코넛을 던진다 제발 날 건들지 마라 부탁에도 불구하고 코코넛 하나가
내 머리를 때린다 이런 제기랄 욕을 하면서 나는 아파한다 혹이 났다 저
녀석
올라가기만 해봐라 나는 나무를 기어오르고 이 기묘하게 생긴 나무는
나에게 너무 불리하다 야 너 내려오지 못해! 나는 고래고래 고함 지른다
원숭이는 못 들은 척한다 원숭이는 나무 위에서 코코넛을 던지도록
프로그램 되어있다 원숭이도 달리 방법이 없는 것이다 이미
결정되어있다 원숭이는 내려오지 않는다 내가 올라가는 수밖에 없다
그것이 목적이라는 것을 중얼거리는데 쾅—푸른 별들이 반짝인다
먹을 수도 없는 코코넛이 머리를 때린다
에너지가 부족하다 방금 코코넛이 에너지 막대를 반이나 깎았다
도저히 참을 수 없다 아프잖아 살살 던져 표정에 변화가 없다 원숭이는
어차피,
나는 나무를 기어오른다 내 칼은 너무도 짧다 나무꼭대기까지
올라가니까 그럭저럭 원숭이를 찌를 수 있게 되었다 푹—
단검으로 원숭이를 찌른다
원숭이는 눈물 한 방울 안 흘리고 나무 밑으로 떨어진다 나는 기분이 나
빠져서

나무 밑을 본다 뭐 어차피 그렇게 프로그램되어 있으니까

그녀, 공주를 구하러 가야만 한다 원숭이는 500점이다 보너스까지는 아

직 멀었고

에너지는 별로 남아 있지 않다

— 서정학, 「비디오 게임/모험의 왕과 코코넛의 귀족들」 전문

한 편 더 읽어 보자.[15)]

POPULOUS*

프로그램에서: 나의 역할은 신이다

신의 종족 곧 나의 인간들을 번성시켜야 한다

악마의 종족 인간들 적을 물리쳐야만 한다

많은 성과 마을들을 지어야만 한다

바닷물은 위험하다 나의 종족들에게 그것은 치명적이다

나는 땅을

산을 깎아내려 평지를 만든다 종족들은 그곳에 집을 짓는다

그리고 번영을 누린다 그들은 꿈꾼다 난 느낄 수 있다

모니터 가득 그들의 존재 흰 점을 늘리는 꿈

그것, 많은 점수를 받을 수 있다

그리로 위협적인 존재 악마의 종족

나의 종족 그들은 나를 믿는다 믿음이 나에게 힘이 된다

그들은 꿈꾸듯이 나를 믿는다 눈으로 확인할 수 있도록

---

15) 분량에 상관없이 전문을 인용하는 것은 문화시에서 우세한 서사의 파편화와 우연성 때문이다. 작품 전체를 다 읽고 난 뒤에야 비로소 작품에 깔린 주제를 들추어낼 수 있기 때문이다. 곧 축적이 문화시 의미 형성의 한 원리이기 때문이다.

수치로 나타난다 나를 믿는 믿어줄 그들의 수치가 많으면

모니터 오른쪽의 사이코 프레임이 올라간다 이것은 중요한 것이다

그것으로 나는 여러 가지 기적을 행할 수 있다 그들의 믿음 덕으로

많은 점수를 낼 수 있다 지진을 일으킨다 늪을 만든다

화산을, 홍수가 난다 그들과 다른 종족 그들은 빨간 점의 그들은

늪에 빠져 죽는다 집은 무너지고 나의 기사들에게 목숨을 잃는다

성은 불타고 그들은 속수무책이다 레벨이 낮은 탓이기도 하다

마지막 빨간 점 그들의 마지막 하나 그, 그녀가 죽자 모든 것이 끝난다

이곳은 이제 나의 세계가 된 것이다 점수가 나오고 곧 악마의 신은

키워드를 가르쳐준다 씨익 악마처럼 웃으며 다음의 세계로 가는

열쇠이다 이 세계는 곧 지나간다

VILLAGE: 56

CASTLE: 38

KNIGHT: 5

SCORE: 10300

또 다른 세계 방식은 같다(세계의 존재 방식의 비밀)

— 서정학, 「컴퓨터, 꿈, 키보드」 전문

　위의 두 작품은 비디오·컴퓨터 게임을 시적 제재로 채용하고 있다. 여기서 살펴지는 두 작품의 공통점은 현실과 가상 현실의 경계가 사라진 사실이다. 이 속에서 타자는 철저하게 주체가 된다. 바로 이 지점이 특히 주목되는 부분이다. 게임에 참여하는 그 어떠한 사람도, 남녀노소, 지위를 가리지 않고 그 게임 속의 행위와 서사를 이끄는 주체가 될 수 있다는 사실이다. 심지어 신의 역할까지도 가능하다. 이런 류의 문

화시에서 인간의 사물화를 우려하는 목소리가 군데군데 들리는 듯한데, 그러나 문화시에서 사물화의 문제는 생각만큼 그리 심각하지 않다. 그것은 현실의 물질성을 무시한, 은유의 권위적인 태도의 발상에서 비롯된 의견이기 때문이다. 도덕과 윤리라는 이름으로 의미를 제한하여 강요하는 이데올로기적 처사는 설득력이 부족하다. 타자는 오히려 소외당하는 것이 아니라 생생한 주체로서 인식의 지도 그리기를 시도하는 것이다. 억압을 넘은 해방의 기쁨, 권력내 주체만이 행복의 서사구조를 엮을 수 있다는 틀을 여지없이 무너뜨리는 현장 앞에서 환유적 치환을 필연적으로 만날 수밖에 없다. 환유가 고유하게 소유되었다고 가정되는 것의 공동성을 드러내거나, 또는 자기 동일성이라고 생각되는 것의 미결정성을 밝히는 수사법이기 때문이다.

결국, 이데올로기적인 은유를 허물어뜨리고 있는 이 같은 환유적 힘들은 '진보적인' 잠재력의 운반자다. 이때 그 잠재력 안에서 환유적인 힘들은 불평등의 이데올로기를 평등으로 이끈다. 그러므로 환유는 사회적 잠재성과 가능성을 가리키는 문화 재현의 차원인 것이다. 만일 문화 산물이 스스로의 의도보다 더 많은 것을 의미한다면, 그것은 문화가 드러내는 욕망들 역시 제공된 것보다 많기 때문이다.

환유는 재현적 구조들의 침식과 사회구조들의 침식을 가리킨다.

페미니즘에 관한 책을 읽다
무료해진 내가 리모컨을 누른다
어제 본 비디오를 재생해보기도 하고
채널을 이리저리 바꾸어도 본다
나는 한 채널에 오랫동안 고정되지 못한다
나이가 들수록 여자들은 소를 닮아간다
게워낸 삶을 다시 삼키고

다시 게워낸 삶을 주워담을

위장들이 끊임없이 필요한 것이다

화면은 늘 진부하다

이제는 인공 위장들을 읽는 일에도 진력이 났다

나는 발작적으로 리모컨을 누른다

수시로 채널을 바꾸어도

텔레비전 속 드라마는 언제나 읽혀진다

이 사실이 나를 불안하게 만든다

나는 텔레비전 드라마 속의 삶을 살지 못한다

그렇다고 리모컨을 눌러대고 있는

이 삶을 살고 있다고도 말할 수 없다

희망 사항이나 전복에의 꿈은

얼마나 낡고 퇴폐적인가

늙은 소들은 도살장 단장에 분주하고

나는 무료함을 은폐시키기 위해

그대가 게워놓은

보다 정교한 무료함을 탐닉한다

아, 나는 또 더럽게 진부하다

— 이경임, 「리모컨 누르는 여자—어느 우울한 페미니스트에게」 전문

끊임없이 관습화된 질서를 거부하는 시적 화자의 태도에는 환유적 힘이 전제되어 있다. 하나의 '이즘'이 '이즘'으로 성립되는 것은 이미 나름의 기득권을 획득했다는 뜻이다. 아무리 훌륭하고 뛰어난 이론이라 하더라도 쉴새없이 자기 갱신의 노력을 하지 않는 '주의'는 이미 관습화된 질서 속의 한 부분일 뿐이다. 따라서 시적 화자는 언제나 새롭고도 투쟁적인 의미망을 갈구하게 되고, 그것을 가능하게 하는 것이

곧 환유적 치환의 능력인 것이다. "텔레비전 드라마 속의 삶을 살지 못"하고 "그렇다고 리모컨을 눌러대고 있는/이 삶을 살고 있다고도 말할 수 없"는 시적 화자가 희망 사항이나 전복에의 꿈마저 낡고 퇴폐적인 것으로 인식하게 되는 것은 어쩌면 당연한 일일는지도 모른다.

　근원적인 것은 일탈을 가능하게 하고, 그 일탈은, 근원적인 것이란 결국 관습적인 것이라는 사실을 강조한다. 그렇게 함으로써 그 관습성이 단지 하나의 사회적 구성물임을 드러내고 나아가 그 권위를 대치하게 되는 것이다. 위 작품은 일탈의 자세를 바탕으로 해체와 재구성의 원리를 갈구하는 환유적 치환의 자세를 기본적으로 제시하고 있어 주목된다.

　　　　저장되지 않은 파일이 있습니다
　　　　저장할까요?

　　　　확인저장 모두저장 저장안함 취소

　　　　세상이란 컴퓨터 속에
　　　　나란 몇 개의 파일들을
　　　　입력시키거나 혹은 삭제시키면서
　　　　나는 늙어간다, 오, 낡아간다

— 이경임, 「잃어버린 파일을 찾아서」 전문

　"확인저장 모두저장 저장안함 취소" 가운데 선택권은 '나'에게 있다. 파일을 입력시키거나 삭제시키는 주체는 바로 '나'다. 여기서는 결정적이고 고정적인 행복의 서사구조는 더 이상 존재하지 않는다.

　대체로 자본주의 사회에서는 돈과 행복이 비례의 관계로써 행복의 이데올로기를 부추기는 주 원인이 된다. 만약 돈의 문제를 도외시한 채, 과연 행복의 서사구조가 가능할까라는 생각은 한낱 공상에 불과하다. 자본은 오늘날 대중문화의 철저한 기반이다. 대중문화의 질서가 자본에 의해, 곧 '돈'에 의해 꾸려짐은 심정적으로 거부할 수만은 없는 미묘한 위력을 가진다. "살어리 살어리랏다 자본에 살어리랏다"(박남철, 「자본에 살어리랏다」)라는 구절이 새삼스레 떠올려지는 것도 바로 자본과 문화의 밀접한 관련성 때문이다.

그러나 오늘날 행복의 서사구조는 새롭게 구성되어야 한다. 물론 고정적이거나 일방적인 서사구조의 법칙을 만들자는 뜻이 아니다. 해체와 재구성의 끊임없는 반복, 곧 환유적 원리가 우리 삶의 서사구조임을 생각할 때 이는 적당하지도 그리고 가능하지도 않다. 적어도 주체가 주체가 되는, 그래서 삶이 체화된 '진실한' 이야기가 우리 행복의 서사구조가 되어야 한다. 바로 이 자리에 환유축으로서 문화시의 이데올로기적 수사학이 놓이는 것이다.

4. 문화시의 서사구조와 정체성

환유적 힘을 중심으로 문화시를 살펴본 것은, 현재의 문화 내부에서 새로운 사회적 조정의 실현을 지시하는, 그 어떤 것을 찾아낼 수 있다는 사실을 확인한 작업이었다. 문화의 이데올로기가 지배의 실행만큼이나 하나의 반영이라면, 문화의 이데올로기에 대한 연구는 필연적으로 그 반대의 것, 즉 문화 산물의 이데올로기가 대항하는 것에 대한 연구가 될 것이다.

이러한 독법은 이데올로기를 미결정적인 현상으로 본다는 점에서 해체적이다. 즉 이데올로기는 불평등을 안정화하는 것일 뿐만 아니라 또 그만큼이나 불안정성을 드러내는 것으로도 생각된다. 다시 말해 그 반복적인 집착은 현존하는 사회적 체계가 그 욕구와 욕망들을 충족시킬수 없다는 사실을 지시하는 것이다.

그러므로 이러한 해체론적인 분석은 지배 체계 내부에 건재하는 이데올로기에 대한 대항의 담론을 제공한다. 이 대항담론의 내부에서는억압 기제를 넘어서 실현되는 해방과 자유가 그 최종 목표다. 이 목표는 관념의 실행으로서가 아니라, 오히려 이데올로기가 부과한 경계와한계들에 대항하는 물질적인 잠재력의 성취로서 비로소 이루어질 것이다.

문화시에서 보이는 이데올로기에 대한 해체론적 재고찰은 주체와 타자가 어우러져서 만들어내는 삶의 무늬의 다양성을 의도한 것이다. 삶무늬의 다양성은 진정성을 억누르는 억압 기제(곧 제도적이고 강압적인은유축)를 밀어젖힐 것이다. 바로 그렇기 때문에, 대중적 재현 영역 내부의 작용에 내포된 중요성과 필요성에 대한 인식이야말로 이데올로기론에 대한 이 같은 재고찰의 주요한 사회적 결과라는 점을 결론적으로 논의하는 것이다. 왜냐하면 대중적 재현의 영역은 그러한 진보적인잠재력들을 지닌 욕구와 욕망들이 가장 손쉽게 재활용될 수 있는 곳이기 때문이다.

이른바 문화시는 환유축, 곧 치환과 통합체 영역의 실현이다. 이데올로기론의 재구성이 문화의 재현적 체계 내부에 있는 대항 이데올로기의 가능성들을 지적하는 문제이고, 바로 이 지점에서 그 역할을 수행하는 것이 문화시의 임무이기 때문이다. 계열체적이고 선언적이며 종속적인 은유의 세계를 타파하고 의미란 언제나 사회적으로 구성되는것이라는 사실, 곧 미래 지향적이고 동적이며 미결정적이라는 환유는문화시의 얼굴이다. 이미 확립된 패러다임으로부터 연역된 의미 대신환유는 언제나 현재 진행형으로서 삶의 역동적인 물질성인 것이다. 그러므로 타자를 무시한 자기 동일성을 추구하는 은유와는 달리 환유는 타자를 언제나 염두에 둠으로써 진보적인 잠재력의 매개자가 되는 것이다. 바로 여기서 우리는 문화시의 적절한 역할을 기대할 수 있다. 이데올로기적 은유가 사회적 권력을 뒷받침한다면, 환유적 과정에 의해 불가피하게 그러한 은유들을 무너뜨리는 것의 사회적 의미는 무엇인가? 문화시는 이에 대한 어느 정도의 대답을 마련할 것이다.

5. 마무리

환유적 힘은 이미 살폈듯이 진보적인 잠재력의 운반자다. 사회는 끊임없이 변화에 변화를 거듭한다. 따라서 하나의 의미란 것이 고정되거나 명쾌한 동일성을 획득할 수 없다는 데 환유적 치환이 발생한다. 끊임없는 해체와 재구성의 원리를 지향하는 사회에서 환유는 자유와 해방의 흐름을 가능케 하는 매개자이기도 하다. 이러한 환유적 힘을 바탕으로 한 시가 문화시다.

환유축을 위주로 한 문화시에서 우려되는 바가 없지는 않다. 문화시에 등장하는 시적 화자는 대부분 '보통 사람'들이다. 이 시적 화자는 보통 사람이기 때문에, 즉 모든 사람들이 '그'와 동일화될 수 있다는 바로 그 이유 때문에 특수한 인물일 수 있다. 이렇게 되면 환유와 은유가 뒤섞이는 모호한 정황이 연출된다. 해체를 통한 재구성의 노력이 별 의미 없이 무너져 버릴 위험이 문화시 내부에 도사리고 있는 것이다.

그런데도 대중문화를 체화한 문화시는 분명 긍정적이든 부정적이든 우리 시대 시의 뚜렷한 한 양상이다. 특히 문화에 얽혀 있는 우리 삶의 이야기를 내보이고 있는 문화시의 의도는 삶으로서 문학을 위한 노력의 일환으로 봐도 좋다. 단 대항담론으로서 문화일 때 그 문화는 의미

있고, 문화시도 그 사정이 마찬가지일 때 의미 있는 것이겠다.

문화시에서 우세한 경험의 파편화와 우연성을 거대담론이 지니고 있는 총체성 상실의 결과로만 볼 수는 없다. 곧, 해체를 통한 재구성의 노력으로 보자는 얘기다. 우리는 분명한 문화시의 목소리를 원한다. 소외에서 비롯된 타자성의 인식과 포용, 온갖 불평등과 권력에 저항하는 자유와 평등과 사랑 등은 문화시가 삶을 담아내는 적절한 정신이 되어야 한다. 그리고 이러한 정신이 문화시에서 구축하는 행복의 서사 구조가 되어야 한다. 글을 시작하면서 이야기하였지만, 문화시에 이야기가 있다는 사실보다도 그것이 '진실한' 삶의 이야기인가가 중요하다. 대중문화에서 그 기반이 되는 "문명은" 분명 "우리들 이마 위에 폭력을 세워 놓은 공중 정원/무너질 것 같은 불안함과/무너지지 않을 것 같은 두려움이 겹쳐져 있다"(주창윤, 「퍼스 가는 길」). 그러나 대항담론으로서 이겨 나가야 한다. 문화시가 그 존재의 타당성을 얻는 길은 오직 이 길뿐이다!

마지막으로, 대상·관계 정신분석학(object-relation psychoanalysis)의 적용은 문화시를 이해하는 보다 폭넓은 안목을 제시해 줄 수 있을 것이다. 자아와 세계의 관계를 중재하는 심리 과정과 그것이 예술의 형식적 측면에 어떤 의미를 지니는가에 초점을 두는 대상·관계 정신분석학은 주체의 구성에 작용하는 재현의 역할을 강조한다. 바로 이 부분이 문화시의 서사구조 이해에 많은 도움을 받을 수 있는 곳이다. 문화와 심리 사이의 연속성 및 심리의 적응 가능성을 강조하고, 심리의 모든 차원, 이를테면 무의식적이고 직관적인 것조차도 역사적이고 사회적이라는 사실, 다시 말하면 '변화'될 수 있다는 사실을 강조하는 대목은 환유적 치환으로서 문화시의 이해에 많은 부분 도움을 줄 수 있을 것이다. (1998)

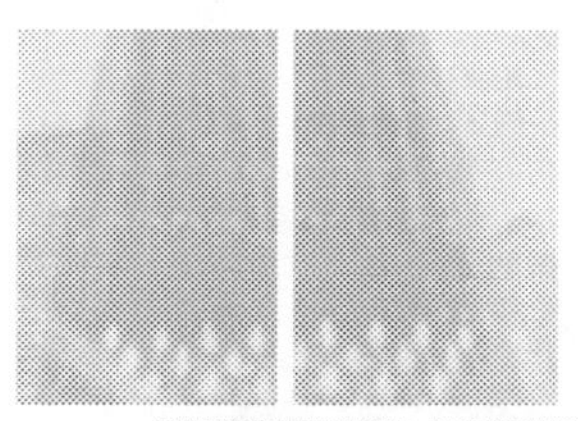

제2부

대중문화와 현대시의 서사

제4장 문화시의 담론과 담론 지형

제5장 현대시의 키치적 상상력

제6장 일상성과 욕망의 사회학

제7장 현대시와 여성성

제8장 여성시와 삶의 서사

문화시의 담론과 담론 지형

1. 왜 문화시인가

"지금 우리는 너무/쉽게 살아가고 있는 것은 아닌가,/너무 편안하게만 살려고 드는 것은 아닌가/우리가 먹고 자고 뒹구는 이 자리가/몸까지 뼛속까지 썩고 병들게 하는/시궁창인 걸 모르지 않으면서도,/짐짓 따스하고 편안하게 느껴지는 이 자리가/암캐의 겨드랑이나 돼지의/사타구니일지도 모른다고 생각하면서도/음습한 그곳에 끼고 박힌 진드기처럼/털과 살갗의 따스함과 부드러움에 길들여져/우리는 그날그날을 너무 쉽게/살아가고 있는 것은 아닌가."

위 작품은 신경림의 「진드기」라는 시의 일부분이다. 여기서 '진드기'는 우리들의 '일그러진' 문학적 자화상 같다. 문학의 위기 문제가 공공연하게 논의되는 이 시점에서 위 시는 유난히 의미심장하게 읽힌다. 과연 문학이 위기에 처했는가.

문학의 위기가 걱정할 수준의 것이든 아니든 간에 그것이 문제시된 자체는 어쨌든 '문제'임에는 틀림없다. 그런데 요즘 문단에서 거세게 일고 있는 '문학이 위기인가, 아닌가'에 대한 과민한 신경전 자체는 별 의미가 없어 보인다. 주목을 요하는 것은 세기말 문학의 정확한 지형도다. 문학이란 무엇인가라는 다분히 문학 원론적인 질문이 끊임없이 되풀이되고 있고, 그래서 문학이 순결성을 잃어버린 듯한 '위기'라는 상황에 대한 우려의 기운이 무르익고 있는 현 시점에서 보다 관심을 쏟아야 할 것은 세기말 문학의 지형도 자체에 대한 진지한 탐색이다. 왜냐하면 문학의 현 실태에 대한 면밀한 고찰이 있어야만(만약 문제가 있다면 이에 대한) 진단과 보완이 가능하기 때문이다.

각도를 조금만 틀어 보자. 문학이 위기다, 그러므로 지금 양산되고 있는 제반 문학의 모습은 문학 '본연'의 입장에서 볼 때 영 아니다 식의 비판 일변도가 아니라(그 반대의 경우도 마찬가지다), 현 문학태의 존재 자체에 대한 애정으로부터 출발해 보자는 것이다. 존재하는 것에 대한 '인정'이 있은 후에야 이에 대한 부정이나 비판도 설득력이 있지 않겠는가. 이는 물론 오늘날 일고 있는 문학의 위기 논의 자체를 무마시키려는 의도는 아니다. 한창 가열되고 있는 문학 위기 논의에 어눌한 몇 마디 말로써 더 부추기자는 의도는 더더욱 아니다. 문학은 다름 아닌 인간학이라 하지 않는가. 인간학이 곧 문학이라고 할 때 이의 근간이 된 오늘날 우리네 삶의 전경과 배경을 면밀히 살피는 것이 현 시점 문학의 진단을 위해서도 보다 유효할 것이다. 모든 경계에는 나름대로의 꽃이 피므로—보기 좋은 꽃이든 그렇지 않은 꽃이든.

이미 알려진 대로 오늘날 우리 삶을 주제화하는 용어는 '문화'(좀더 정확히 말해서 대중문화)다. 오늘날 문화 변동의 특징은 문화의 대중 소비화로 요약된다. 주체의 죽음을 기치로 한 탈중심의 포스트모더니즘 영향으로 더 이상의 고급문화·대중문화의 구분이 무의미해지고, 따라서 대중문화가 현대 삶을 지배하는 주요 양상으로 자리잡게 되었다. 삶의 모든 영역으로 문화가 침투해 들어가는 현상, 곧 기호들, 이미지들, 생활 방식들로 이루어지는 문화 생산이 삶의 대부분을 지배하고 있는 것이 오늘날의 현실이고, 이러한 문화적 현실을 전범으로 삼는 '문화비평'은 삶이 곧 문화라는 등식을 가능케 한 셈이다.

문화비평은 20세기 말 문학의 위기 현상에 부응해서 활성화된 하나의 과도기적 비평 양상이다. 문화비평의 영향력 확대로 문학도 문화의 영역 안에서 이해되고 있는 실정이다. 문학의 고유성과 그 존폐 여부는 문화의 힘을 빌어 잠시(아니면 더 오래일 수도 있다) 가려져 있는 셈이다. 과거 전통적 개념의 문학에 대한 반(反)담론으로서 문화비평은 그러므로 문학연구를 기반으로 그것을 '넘어서면서' 생산된 것이다.

삶의 의미화 체계로서 문화 개념이 현대 사회에서 유효하고, '문화가 무엇인가'보다는 '문화는 무엇을 하는가'에 더 초점을 둠으로써 사회적 질서의 의미화 체계를 형성하게 되는 것이 오늘날 문화의 입지이다. 특히 인간 삶 전체가 모두 텍스트가 되는 문화비평의 입지는 중심의 해체와 상대성을 특징으로 삼는 포스트모더니즘 덕분이다.

문화적 범주로서 상당한 유용성을 갖는 포스트모더니즘의 여파로 문화비평의 지형도는 일상을 축으로 해서 과거 '선택적' 문화(곧 소수 엘리트주의)의 지형도를 변화시켰음은 물론이고 나아가 그 영역을 광범위하게 확대시켰다. 특히 현대의 포스트모던 문화비평이 문화적 다원주의를 근간으로 삼기에 대중적인 문화에로 그 관심을 겨냥한 것은 지극히 자연스러운 현상이 아닐 수 없다. 항상 변화하고 있는 대상을 연구함에 있어 동시대적인 것을 출발점으로 삼는 문화비평은 언제나 구성, 혁신, 재구성되는 과정에 있는 대중문화의 역사와 대면할 수밖에 없는 것이다.

여기서 우리는 문화시를 만날 수 있다.

2. 문화시의 전략과 실재

1) 문화시의 소유 방식

'문화시'란 용어를 제안한다. 문화, 특히 일상생활로서 대중문화의 측면들을 포괄적으로 원용하는 시가 곧 문화시다. 현대 사회의 지배적 문화 형태가 대중문화이고, 문화시 또한 대중문화의 활발한 분출구와 맞물려 양산되었기 때문이다. 삶의 반영이라기보다는 대중문화의 반영으로서 시가 이제 그 존재 근거를 확보한 셈이다. 그러나 단순하게 대중문화를 소재 혹은 제재로 삼은 시가 곧바로 문화시로 성립되는 것은 아니다. 문화시는 문화적 현실의 반영을 넘어 '재현된' 문화적 현실의 양태들을 시적으로 환기시키는 역할을 수행해야 한다.

문맥을 옮기는 의미로서 패러디는 예찬이든 비판이든, 혹은 대립이든 조화든 간에 대중문화라는 대상을 재현한다는 점에서 문화시의 주요 책략이다. 소재의 변화는 형식과 장르의 변화를 가져오고 이는 나아가 인식 내지 태도의 변화를 가져오게 마련이다. '양식적 가능성의 세계'에 패러디로써 그 '친화적 이정표'를 마련하려는 문화시는 결국 시를 문화적으로 읽어냄으로써 담론의 팽창 현상을 야기시킨다. '문화적 실존주의', 즉 문화 생산의 구조적 조건보다는 수용 과정의 해석 방식을 찾아내는 데 더 치중하는 문화비평의 입장에 힘입어 문화시 또한 이러한 문화적 실존주의의 양태를 많이 채용하고 있는 것이다.

패러디로써 문화시를 언급할 때 그 원전의 문제는 문화 각각의 양태는 물론이고 그 문화의 배경 내지는 전경이 되는 모든 것을 포함하고 있음은 말할 필요가 없다. 패러디시로서 문화시가 문화, 특히 대중문화의 양태들뿐만 아니라 그 문화의 향유 방식과 그 반성적 회로 또한 내밀하게 포괄하고 있는 것 역시 같은 설명이 될 것이다.

문화시의 배경이 되는 문화, 특히 대중문화는 현실 세계의 단순한 반영 이상의 것이고, '설득력 있는 담론'으로서 대중문화는 사회적 실천으로 다른 사람의 반응이나 대답을 전제로 한 대화주의적인 것이다. 그러므로 문화시는 문화적·정치적인 다성성으로서, 구체적인 사회 관계에 대한 담론 분석의 틀을 마련하고자 의도된 것이라 할 수 있다. 여기서 우리는 문화시의 서술 양상을 피할 수 없다. 삶의 과정이나 그 조건을 시의 제재로 선택함으로써, 곧 대중문화적 현실을 반영함으로써 문화시는 산문의 축적의 원리, 곧 서술구조를 필연적으로 띠게 되는 것이다. 이는 문학의 위기 문제까지 몰고 온 대중문화와 대중예술의 문학적 수용이 세기말 문학의 감수성의 원천으로 자리한 결과에 다름 아니다.

따라서 문화시의 시적 화자는 탈중심적인 패러다임을 지닌다. 항상 변화에 관한 이야기요, 기존 문화 패턴의 변형에 관한 역사로서 문화는 우리 자신의 행동이고 또한 우리 자신의 책임이므로 이러한 문화를 염두에 두는 문화시 또한 이러한 문맥에서 예외일 수 없다.

문화시는 대중문화의 전략에 비례해서 다양하고도 많은 양상들을 지닌다. 몇 가지의 양상들로 문화시를 도식적으로 분류하는 것이 과연 어떤 의미를 지니는가는 뒤로 하더라도, 활발하게 양산되고 있는 문화시의 유형들을 두루 살펴봄으로써 오늘날 문화의 양태, 곧 정체성의 내용을 문제시하거나 치환하는 문제들에 그 비중을 둘 수 있겠다. 주체를 문제시하며, 근원이기보다는 효과로, 존재이기보다는 위치로 제기하며 작동하는 데서 문화시의 의의를 발견하는 것이 결코 무의미한 일은 아니기 때문이다. 세기말의 문화 현상 혹은 문학 현상에 대한 위기의 문제가 이미 많은 논의들을 거쳤음에도 불구하고 조심스럽게, 때로는 무책임하게 끊이지 않고 있는 것은 오늘날 우리가 당면해 있는 문화적 상황이 긍정적이든 부정적이든 바로 우리의 '현실'이라는 사실

이다. 이에 주목하는 문화시 또한 예외일 수는 없지 않은가. 본고에서
는 오늘날 대중문화의 지류인 영화, 연극, TV·비디오, 대중가요, 광고,
컴퓨터 등을 패러디한 영화시, 연극시, TV시·비디오시, 유행가시, 광고
시, 컴퓨터시 등을 중심으로 문화시의 양태들을 살펴볼 것이다. 이러한
문화시의 양태들이 오늘날 문화의 의의와 제반 문제점들을 밝혀내 줄
수 있으리라 기대하기 때문이다.

2) 문화시의 유형

(1) 영화와 영화시

이 영화를 처음 보았을 때, 이 영화가 「잃어버린 지평선」처럼 유토피아를
찾아가는 영화인 줄 알았으나 차츰 나는 이 영화가 「1984년」「훌륭한 신세
계」 따위의 현대문학이 충분히 보여준 디스토피아를 다시 설명하고 있다는
것을 깨달았다.

현대인이 갈 수 있는 최후의 지점이 바로 여기라는 듯이 이 영화의 첫장
면에서 트레비스가 쓰러진 곳은 황폐한 황야이다. 그리고 그가 우편판매로
샀다는 한 뼘의 땅 역시 현대인의 마음을 드러내 보이기라도 하는 듯이 불
모의 땅이다. 더욱 나의 가슴을 섬뜩하게 했던 것은 영화 중에 나오는 광인
의 외침이었는데 그는 이렇게 말한다.

"너희가 낙원을 찾아 헤매지만 결국은 그 곳에서 평화 아닌 것을 만나리
라. 지상의 어느 곳도 안전하지 않으리라."

—장정일, 「슬픔」 부분

"영화 「파리 텍사스」를 보고/대구 유일의 종합잡지인 《빛》에다/원고
지 열 매의 감상문을 쓴다"라는 부제에서 알 수 있듯이 위 작품은 빔

밴더스 감독의 1984년도 칸느영화제 수상작인 『파리, 텍사스』에 대한 소견을 밝힌 감상문 형식의 영화시, 좀더 정확히 말하면 영화 비평시다. 유토피아와 디스토피아의 넘나듦, 곧 인간 삶의 근원적 의미를 갈구하는 현대인들의 정신적 방황을 영화 비평시라는 형식을 통해서 보여주고 있는 셈이다. "낙원을 상실한 현대인의 초상", 그러나 상실된 낙원을 되찾고자 열망하는 다소 막연한 현대인의 희망 찾기를 위 작품은 전경화하고 있는 것이다. 시인에게 영화 텍스트와 세상 텍스트는 처음부터 등가물인 셈이다.

시네마 사회의 특징이 영화적 시선의 제도화에 있음은 이미 널리 알려진 사실이다. 실제의 일상적 경험이 곧바로 시각적인 것에 견주어 평가되는 것이 그것이다. 여기서 몰래 훔쳐보는 관음자의 시선은 특히 주목되는 부분이다. 이러한 영화의 특징은 중심과 주변의 경계를 무너뜨리는 해체주의의 보급과 함께 영화가 곧 현실일 수 있고 현실이 곧 영화일 수 있다는 믿음을 가능케 하였다. 나아가 이제 현대인들은 영화가 산출하는 이미지의 흐름에서 현실에서보다 더 큰 안정과 희열을 느끼기조차 한다. 현대 매체 가운데 무엇보다도 아우라의 감각을 없애버리는 것이 영화라고 본 벤야민의 견해는 이 문맥에서 경청할 필요가 있다.

그 해 여름의 무더위를 견디지 못한 그가 목을 맸다 소리없이 지붕을 타고내리는 습한 난기류를 피하여 그가 이 도시를 떠난 후 누구도 지붕 아래서 사랑하기를 꿈꾸지 않았다 그리고 오랜 시간이 흐른 후

은행과 가구점, 대형비디오 가게 앞 오전의 대로변 전신주 아래, 홀연히 그가 나타나 무언가를 하고 있다 때절은 긴 머리, 수염에 가려진 갓 얼린 얼음의 눈빛 외면하며 지나치는 사람들 쪽으로 낡은 청바지의 지퍼를 내린

채, 당당하게, 진지하게, 몰아지경으로

　　—고통으로 가득찬 황무지에서 길을 잃어
　　　미쳐버린 모든 아이들이
　　　여름비만 기다리네 예이예이 예*

　수의처럼 흰 와이셔츠들이 거리로 쏟아져나온 정오, 그를 발견한 한 떼의 넥타이가 들고 있는 얼굴들 만큼이나 그의 존재는 낯설게 붉다 눈 앞의 적을 향해 겨누어진 창날 혹은 이제 막 잠에서 깨어난 짐승의 기지개처럼 힘차게

　　—뱀을 타고 가세
　　　그 옛날의 호수로
　　　뱀을 타고 가세
　　　뱀은 길ㄹㄹㄹㄹㄹ다랗지…… 몇십 미터쯤 되지
　　　뱀은 늙었고
　　　이제 그의 껍질은 차네*

　무기력에 쫓기던 사람들 더러 잠꼬대하듯 전쟁을 기억해내거나 한밤중에도 조심 없는 문들은 열려 낮보다 긴 밤들이 꼬리를 끌며 눈 앞에서 비틀거렸지만 그 사내는 하루도 빠짐없이 전신주 아래 서서 무언가와 싸우듯 치열하게 바지를 내리던 그 여름 저녁 소문 없이 수많은 누군가가 무더위에 목을 맸다 벽을 타고 내리는 끈끈한 난기류가 발목을 잡는 거리 한 귀퉁이에서 그 사내 홀로 이 도시를 향하여

　　—그 살인자는 새벽이 오기 전에 일어났다
　　　그는 장화를 끼어신었다

그는 고대물품 전시실에서 마스크를 하나 빌려왔다

그리고 그는 문으으으으로 다가간다
그리고 그는 안으으으을 들여다본다
아버지
그래 너냐
나는 당신이 죽어버렸으면 좋겠어
어머니…… 나는…… 어머니하고*

　*〈DOORS〉의 노래 「the End」 가사의 일부
　—김형술, 「길 건너 전신주 아래 기대 서 있는 不在 —〈THE DOORS, 짐 모리슨〉」 전문

　위 작품은 짐 모리슨의 일대기를 그린 올리버 스톤 감독의 영화 『THE DOORS』를 패러디한 영화시이다. 짐 모리슨은 히피와 마약, 반전 사상이 전세계 젊은이들을 휩쓸고 있던 1967년, 미국 로스앤젤레스에서 결성된 그룹 'DOORS'의 리드 싱어였다. 그는 기존의 가치 체계에 대한 거부와 부정을 통해 새로운 질서를 열망한 전복적인 인물로 널리 알려져 있다. 자본주의와 권력의 위선적 논리가 오늘날 포스트모더니즘 시대에 이르러 그 세련성은 극에 치닫고, 여기서 시인은 1960년대 후반 미국의 가치 전복적 인물인 짐 모리슨을 통해 '현대성'의 허망함을 꼬집고 있는 것이다. 여기서 시인에게 영화 텍스트와 세상 텍스트는 더 이상 구분되지 않는다.
　일찍이 20세기는 영화의 시대라고 천명된 바 있다. "우리 시대의 매우 의미심장한 표현"(E. Friedell)으로서 영화가 마침내 "문화 생활에서 주요 요소"(E. Altenloh)로 자리잡은 것이다. 우리 나라에서는 20세기 말 영화 산업의 부흥기를 맞이했다. 여기서 오늘날 우리에게 영화

의 시대란 어떤 의미를 띠는가가 문제다.

　미국의 문화사회학자 노만 덴진(N. Denzin)은 현대 사회의 기본 성격을 '시네마 사회'라는 개념으로 포착한다. 그것은 '영화적 장치를 통해 스스로를 지각하게 되는 20세기 사회 구성체'를 일컫는다. 영화 백 년의 역사는 20세기를 '시네마 사회'로 규정할 만큼 심대한 영향을 미쳤으며, 그 결과 영화는 현대의 주요한 사회적 제도로 자리잡게 되었다. 단적으로 20세기는 영화를 낳았으며 영화는 20세기를 구성하였다는 말이다.

　시네마 사회의 특징은 영화적 시선의 제도화에 있다. 영화적 시선을 달리 말하면 '열쇠 구멍을 통해 몰래 엿보는' 관음자의 시선이다. 그것은 사회적으로 의미 있는 '큰 타자'의 구실을 한다. 양심이 내면을 비추고 움직이는 거울이듯이 큰 타자 역시 그렇다. 그것은 오늘날 생활의 많은 부분에 반사경의 성격을 부여한다. 기웃거리고 재고 기록하는 일이 많아지는 것이나 기자·의사·비평가 같은 존재 양식이 중시되는 것도 다 그 때문이다. 그것은 현실을 세밀히 알아서 장악하려는 현대인의 욕망을 반영하는 동시에 큰 타자에의 강한 집착을 자아낸다. 이같은 욕망과 큰 타자에 편승하는 사회가 곧 시네마 사회인 것이다.

　영화의 시대는 새로운 기호학적 질서를 일으키고 있다. 두루 알려진 대로 리얼리티가 시각적으로 경험됨에 따라 그것은 보여지는 대상의 지위를 갖는다. 실제의 일상적 경험은 곧 시각적인 것에 견주어 평가되는 것이다. 이제 사람들은 영화가 산출하는 이미지의 흐름에서 현실에서보다 더 큰 안정과 희열을 느낀다.

　이러한 시네마 사회의 특징을 잘 간파해 영화 장르를 패러디하고 또 현대 사회의 풍조를 풍자하기 위해 비평시 개념을 도입한 작품은 유하의 작품들에서도 많이 발견된다(「은장도」「파리애마」「노스탤지아」「로보캅」 등등). 대중예술이 패러디의 목표가 되는 점이 현대적 현상임을 기억한다면, 영화 장르와 시를 만나게 하는 장르 혼합 양상도 이제는 어느 정도 보편화된 문학적 현상이다. 유하 이외에도 『종이로 만든 세상』과 『채플린의 마을』의 두 권에서 영화 비평시를 일관한 이세룡, 그리고 『느리고 무겁게 그리고 우울하게』에서 역시 영화 비평시를 보여준 김영태의 이름도 기억할 만하다.

영화 산업의 가속도에 편승해 영화 비평시 계열의 작품은 앞으로 계속될 전망이다. 현대 삶의 과정이나 조건을 시의 제재로 선택하는 서술 지향적 경향이 1990년대 들어 유난히 팽배해지고 있고, 영화적 서술이 현실의 삶과 등가물에 놓이고 있는 상황들이 그 단적인 증거다. 다만, 시와 영화의 단순한 형식적 결합이 결코 영화시가 될 수 없음은 말할 필요가 없다. 영화의 시학(詩學)을 이야기할 때 시가 무시무시한 감정의 힘, 논리적이고 사변적인 법칙을 뛰어넘는 정신적 가치, 삶의 비밀스런 복합성, 작가의 주관적 인상과 객관적 현실의 유기적 결합, 현실과 관계 맺는 특수한 형식이며 세계관으로서, 즉 시가 객관적 삶의 인식에 도달하는 현실 윤리로 발전되어 가는 인간의 정서적 에너지 그 자체를 의미한다고 본 타르코프스키의 지적은[1] 영화를 시와 만나게 하는 자리에서 우리가 반드시 명심해야 할 따끔한 충고가 아닐 수 없다.

(2) 텔레비전과 TV시

현대 소비사회에서 이제 TV만이 실제의 현실인 듯하다. 나아가 TV는 현실을 보는 창의 단계를 넘어 현대인의 욕망을 매개하는 매체가 되고 만 듯하다. 이는 가상 현실(virtual reality)로서의 과현실(hyperreality)이 현실이 되는 이치와 같다. 여기서 문제는 인간의 욕망

---

1) Andrej Tarkowskij, *Die Versiegelte Zeit*(김창우 옮김, 분도출판사, 1991) 참조.

자체는 결코 완전하게 충족될 수 없다는 사실이다. 이것이 바로 과현실의 세계에 사는 사람들의 운명이며, 현대의 불모성을 사는 영상매체세계 주민의 숙명이고, 소비·욕망 충족사회 주민의 자화상이기도 하다.

하재봉의 『비디오 천국』 시편들은 영상매체(특히 TV) 세대의 양태를 문제삼고 있는 점에서 주목된다.

> TV는 나의 눈
>
> 섹스, 거짓말 그리고
> 사회적 폭력 및 성적 불안을 조성하는 혐의로 체포된
> 통제 불가능한 상상력
> 내 어머니의 자궁 속으로 나는 육십 년간의 여행을 떠난다
> 뒤엉킨 세상으로 나를 돌려 주는 것은
> 암시장에서 사온 불법
> 비디오테이프
>
> — 하재봉, 「비디오/TV는 나의 눈」 전문

"섹스, 거짓말 그리고 비디오 테이프"라는 영화 제목의 패러디이기도 한 위의 작품은, 존재하지 않고 단지 끊임없이 원할 뿐인 욕망을 추구해대는 영상매체 세계 시민의 자화상을 내걸고 있다. '모든 것을 보여주는' TV의 마력—주지하다시피 TV는 모든 것을 다 보여주기 때문에 오히려 인간의 풍요로운 상상력을 차단한다. "뒤엉킨 세상"에서 "TV는 나의 눈"이다. TV 예찬론자들은 오직 TV를 통해서만 세상을 바라보고 또 판단한다.

이렇듯 나의 의식을 지배하는 '눈'인 TV는 서슴없이 "나의/친구, 나의, 애인/나의, 스승"(하재봉, 「비디오/TV는 폭발한다」)으로 화하고, 나

아가 우리는 모두 TV의 '종'으로(김형술, 「텔레비전 광시곡」) 전락해 버린다. 이러한 주객 전도의 비극적 상황은 멈추지 않고 계속된다. 과현실이 현실이 됨으로써 이제 "나는 아침마다/TV를 통해 나를"(하재봉, 「비디오/TV는 알을 깨고 부화」) 보고, "보이는 것들만을 밀교처럼 신봉하는"(김형술, 「TV TV 파란 까마귀」) 단계를 넘어 급기야는 이제 "앉아서 TV를 禪하"(황지우, 「아이들은 먼 것을 보기를 좋아한다」)는 상황까지 마다하지 않는다.

몇몇 긍정적인 측면에도 불구하고 TV는 창조적이고 주체적인 인식 능력을 억압하는 '나쁜' 도구로 인식되고 있다. 왜냐하면 TV는 "육신 속에 시뮬레이션되고 전자공학적으로 인도되고 기술주의로 통제된 아이덴티티를 심어 줌"으로써 실제적인 개인들을 매체 기계들로 변형시켜 버리기 때문이다. 뿐만 아니라 TV는 "어떤 사회적인 형태 속에 존재하지 않고 단지 밤 사이에 등급이 결정되는 모조품 위에 나타나는 디지털 영상의 형태 속에서만 존재하는 청중들을 위해 매체 엘리트들이 유도해내는 '위기의 기분'이라는 지배적인 분위기에 사로잡혀 있는 일괄적으로 포장된 청중들"의 무정형의 형태로, 사회적으로 결집력이 있는 집단들을 전락시키기 때문이다. 그러므로 TV는 "의미화라는 문화의 승리" 속에서 무궁무진한 경험의 세계를 평범하고 감흥 없는 영상들의 세계로 대치시켜 버렸다.[2] TV를 하나의 특수한 문화 형태로서 논하기보다 TV와 TV 기술들을 현재 서구 문화내의 시뮬레이션 제도(끊임없고 중심 없는 흐름 속에서 회전되고 교환되는, 실재에 대한 지시로부터 유리된)에 대한 하나의 은유로 논의하는 보드리야르의 견해 역시 같은 설명이다. 이러한 TV의 역기능을 패러디하는 TV시는 느낌과 환상의 '보이지 않는' 세계와 공공적 재현들의 '보이는' 세계 사이의 경계

---

2) Arthur Kroker · David Cook, *The Postmodern Scene : Excremental Culture and Hyper Aesthetics*, 1986.

를 무너뜨리는 데 주목하는 것이다.

(3) 광고와 광고시

광고는 현대 문화의 지배적 양상으로 꼽힌다. 광고에서 인간의 자유는 상품과 화폐에 기초한 자유에 다름 아니다. 욕망과 욕망의 충족은 타인에 대한 관계를 매개하고 산출하게 되는, 허위 욕망의 계속적 확산인 '자아 속임의 미학'을 광고가 당당하게 떠받치고 있는 것이다. 이러한 광고 메시지를 패러디함으로써 때로는 즐기기도 하고 때로는 비판하기도 하는, 상업 광고내 인사이드 아웃사이더의 이중적 현실에 접근하는 것이 바로 광고시다. 여기서 광고시는 키치시의 한 유형이다.

일종의 대리 경험이자 허위 감정으로 평가된 바 있는 키치시는[3] 이른바 고상한 예술적 품격은 외면한다. 오히려 그것은 범속한 대중문화의 이미지들을 선호한다. 재현, 진부함, 하찮은 것 등을 제안하는 키치시는 중산층의 모호한 미적 이상, 미적 소비와 그에 따른 미적 생산의 문제들에서 "전망이 좋은" 요인들을 즐기고 만족하는 힘을 가졌다.[4]

아도르노는 키치를 "카타르시스의 패러디"라고 정의했다. 그는 패러디의 본 의도인 풍자적 거리를 배제한, 그저 단순 모방의 인유 개념을 띤, 그래서 현대인들의 즉각적이고 충동적인 대리 배설체로서 키치를 해석하였으며, M. 칼리네스쿠도 이와 거의 같은 맥락에서 "허위적인 미의식"으로 키치를 이해하였다. 이러한 견해들은 키치의 의도적인 측면은 간과한 채 그 효과 혹은 기능적인 측면에만 치중한 보기에 다름 아니다.

소재의 수평화를 구가하면서 예술의 민주주의적 태도를 표방하는 키치시가 그 바람직성 여부의 문제와는 별도로, 현대 산업사회의 혁신적

---

3) C. Greenberg, *Avant-Garde and Kitsch*, 1939.
4) M. Calinescu, "Kitsch", *Five Faces of Modernity*, 1987.

인 자기 표현인 점은 부인하기가 힘들다. 세계의 진행 과정에 일차적으로 동의하는 키치시, 그러나 단순히 불성실한 순응에 의한 예술의 '타락'이 아니라 결국은 그러한 상황 속에서의 비상을 모색하는 키치시는, 그래서 대중시이면서 동시에 열린 결말의 오늘의 문학이 되고, 여기에 광고시도 그 한 부분으로 놓이게 되는 것이다. 키치시와 마찬가지로 광고시가 인사이드 아웃사이더를 시적 화자로 삼는 것도 바로이 때문이다.

> 광고의 나라에 살고 싶다
> 사랑하는 여자와 더불어
> 아름답고 좋은 것만 가득 찬
> 저기, 자본의 에덴동산, 자본의 무릉도원,
> 자본의 서방정토, 자본의 개벽사상 —

인간을 먼저 생각하는 휴먼테크의 아침 역사를 듣는다, 르네상스 리모컨을 누르고 한 쪽으로 쏠리지 않는 휴먼퍼니처 라자 침대에서 일어나 우라늄으로 안전 에너지를 공급하는 에너토피아의 전등을 켜고 21세기 인간과 기술의 만남 테크노피아의 냉장고를 열어 장수의 나라 유산균 불가리~스를 마신다 인생은 한 편의 연극, 누군들 드라마의 주인공이 되고 싶지 않을까 사랑하는 여자는, 드봉 아르드포 메이컵을 하고 함께 사는 모습이 아름답다 꼼빠니아 패션을 입는다 간단한 식사 우유에 켈로그 콘프레이크를 먹고 가슴이 따뜻한 사람과 만나고 싶다는 명작 커피를 마시며 어떤 두려움이 닥쳐도 할말은 하고 쓸 말은 쓰겠다는 신문을 뒤적인다 호레이 호레이 투우의 나라 쓸기담과 비가 와도 젖지 않는 협립 우산을 챙기며 정통의 길을 걸어온 남자에게는 향기가 있다는 리갈을 트럼펫 소리에 맞춰 신을 때 사랑하는 여자는 세련된 도시감각 영에이지 심플리트를 신는다 재미로 먹는 과자 비

틀즈와 고래밥 겉은 부드럽고 속은 질긴 크리넥스 티슈가 놓여 있는, 승객
의 안전을 먼저 생각하는 제3세대 승용차 엑셀을 타고 보람차고 알찬 주말
을 함께 하자는 방송을 들으며 출근한다.

제1의 더톰보이가 거리를 질주하오
천만번을 변해도 나는 나
제2의 아모레 마몽드가 거리를 질주하오
나의 삶은 나의 것
제3의 비제바노가 거리를 질주하오
그 소리가 내 마음을 두드린다
제4의 비비안 팜팜브라가 거리를 질주하오
매력적인 바스트, 살아나는 실루엣
제5의 캐리어쉬크 우바가 거리를 질주하오
오늘 봄바람의 이미지를 입는다
제6의 미스빅맨이 거리를 질주하오
보여주고 싶다 새로운 느낌 새로운 경험
제7의 라무르 메이크업이 거리를 질주하오
사랑은 연두빛 유혹
제8의 주단학세랙션이 거리를 질주하오
나의 색은 내가 선택한다
제9의 캐리어가 거리를 질주하오
남자의 가슴보다 넓은 바다는 없다
제10의 마리떼프랑소와저버가 거리를 질주하오
거침없는 변혁의 몸짓
제11의 파드리느가 거리를 질주하오
지금 그 남자의 지배가 시작된다

제12의 르노와르 돈나가 거리를 질주하오
오늘, 이 도시가 그녀로 하여 흔들린다
제13의 피어리스 오베론이 거리를 질주하오
살아 있는 것은 아름답다

자연은 후손에게 물려줄 유산이 아니라 후손에게 차용한 것이라고 말하는 공익광고 협의회의 저녁 빰에서 헹굼까지 사랑이란 이름의 히트 세탁기를 돌리고 누가 끓여도 맛있는 오뚜기 라면을 끓이려다가 지방은 적고 단백질이 많은 로하이 참치를 끓인다 그리운 사람에게 사랑이란 말은 더 잘 들리는 하이폰 전화 몇 통 식후 은행잎에서 추출한 혈액순환제 징코민 한 알 미련하게 생긴 사람들이 광고하는 소화제 베아제 광고가 나오는 대우 프로비젼 티브이를 끄고 백년도 못 살면서 천년의 고민을 하는 중생들이 우습다는 소설 김삿갓 고려원을 읽다가 많은 분들께 공급하지 못해 죄송하다는 썸씽스페샬을 한잔 하고 그의 자신감은 어디서 오는가 패션의 시작 빅맨을 벗고 코스모스표콘돔을 끼고 잠자리에 든다

아아 광고의 나라에 살고 싶다
사랑하는 여자와 더불어
행복과 희망이 가득 찬
절망이 꽃피는, 광고의 나라

— 함민복, 「광고의 나라」 전문

위 시는 온통 광고로 얼룩진 일상을 여실히 보여주고 있다. 각 상품의 광고 문구를 패러디하는 것은 물론이고 이상의 「오감도」 시편을 패러디한 위에 또다시 광고 문구를 덧씌운 광고시다. 더 이상 이보다 치밀한 '광고의 나라'는 한동안 만나기 힘들 것 같다.

　패러디된 광고 문안은 문학과 흡사한 비유적 기능을 지닌다. 즉, 상
상력을 징검다리 삼아 한 대상과 또 다른 한 대상을 동일시하는 문학
의 비유적 기능이, 구매자들에게 그 '구매'가 곧 '행복의 획득'임을 믿
게 하는 광고 문안의 흡인적 원리와 함께 일맥상통하고 있기 때문이
다. 이러한 광고 문안은 관심 없는 사람들을 열정적으로 만들고, 일상
을 상상 속에 옮겨 놓고, 소비자들에게 만족감을 느끼도록 이끈다. 기
호와 이미지의 담론을 소비자에게 제공하고 있는 광고는 그래서 소비
행위와 소비자의 표상이 된다. 일종의 소비 이데올로기로서 광고는 일
면 '능동적 인간의 이미지'를 지우고 대신 행복의 이유로서의 소비, 지
고의 합리성으로서의 소비, 현실과 이상의 동일시로서의 소비를 담당
하는 소비자의 이미지를 내세운다. 현대가 이미지와 이데올로기가 합
쳐진 이마골로기(imagology)의 시대라고 한 밀란 쿤데라의 지적은 이
문맥에서 매우 타당하다.

　과현실(hyperreality)로서의 시뮬레이션 모델이 실재를 몰아내고 실
재를 예언까지 하게 되는 가장 좋은 예는 광고일 것이다. 알려진 대로
과현실은 조작된 사물과 경험의 비실재성을 바탕으로 하여 가짜가 진
짜보다 오히려 더 진짜 같은 영역이다. 이제 "모사품은 부재를 현전으
로 제시할 뿐만 아니라 상상을 실제로 내보임으로써 실체(the real)를
상상 속으로 흡수해 버린다. 이 결과 상상과 실재의 구분은 없어져 버
린다".[5] 모조의 시대에는 그저 이미지의 끊임없는 생산만이 있을 뿐이
고, 이 이미지로써 실재 속에 산다는 착각을 현실로 받아들일 뿐이다.
광고에서 우리가 '시각적 충격(visual scandal)' 기법을 쉽게 만날 수
있는 것은 우리가 살고 있는 포스트모던 사회가 소비와 욕망의 충족
사회, 이미지가 주류를 이루는 기호와 기표의 사회이기 때문에 가능하

---

5) Jean Baudrillard, *Selected Writings*.

다. 여기서 사용 가치보다 교환 가치가 더 중요하고 그래서 실제 상품
의 기능보다는 외관과 감성이 중시되는 '상품 미학'이 대두된 점은 눈
여겨볼 만하다.

그러나 우리는 많은 광고시들의 시적 화자가 이중성의 아이러니컬한
위악적 태도를 견지하고 있음을 놓칠 수 없다. 우리가 살고 있는 세계
는 물질문명과 그로 인해 빚어진 가치관의 혼돈 등으로 혼란스럽기 짝
이 없지만, 그러나 우리는 이 모순된 세계에서 살 수밖에 없음을, 이
모순된 세계를 일단 수락한 뒤 그 속에서 해결점을 모색해야 함을 상
당수의 광고시들이 심층 구조로 지니고 있는 점이 그것이다.

물론 나날의 매스 미디어를 통하여 우리 눈앞에 펼쳐지는 광고의 위
력을 무시할 수만도 없다. 그러나 이제는 소비자들도 광고를 전적으로
신뢰하지 않는다. 좀더 정확히 말하면 소비자들은 광고를 전적으로 신
뢰하고 '싶지' 않다. 그러나 현실적으로는 광고에 추종하게 되는 양상
으로 쉽게 나아가 버리고, 바로 이 점이 소비사회에 살고 있는 일상인
들의 이중성이 된다. "시에프 대로라야 이모가 행복할 텐데/시에프 대
로 되질 않아 이모는 매일 닳아지며 줄어든다"(장정일, 「비누왕자」). 소
외 문화와 억압 체계를 환기하고 비판하는 의도가 패러디의 이름으로
적절하게 표출되고 있는 셈이다. "행복은 TV 광고 속에나 있는 일"(황
지우, 「그들은 결혼한 지 7년이 되며」)이라는 지적은 결코 지나친 말이 아
니다.

위 작품뿐만 아니라 많은 광고시들은 이미지 속에 사는 현대인들의
무비판적인 몰입을 '의도적으로' 경계하고 있다. 광고와 문학의 상호
텍스트성은 이제 더 이상 낯선 경험이 아니다.

(4) 유행가와 유행가시

대중가요의 가사를 패러디함으로써 현실내의 아이러닉한 전도를 의

도하는 시편들도 상당히 양산되고 있다. 지식이나 정보를 나열하지 않아 접근하기 쉽고, 친근하기 때문에 힘을 지니는 대중가요의 특성이 그 주된 이유다. 대중가요의 매력은 당대 시대 정신의 직접적인 표출이다.

> 옛사랑이란 노래가 있지
> 이제 그리운 것은 그리운 대로 내 맘에 둘 거야……
> 때론 그렇게, 시보다 시적인 노래가 있지
>
> 절, 실, 하, 게, 느끼는 순간들
> 세상은 왜 그만큼만 비유가 허용되는 걸까
> 살다보면 종종 느끼곤 해
> 내 맘보다 더 내 맘 같은 하늘
> 내 눈보다 더 내 눈 같은 별
> 내 노래보다 더 내 노래같은 바람
>
> ─유하, 「재즈 3」 부분

대중가요는 일반적으로 일상의 삶에서 가까이 있으면서 '육체'를 해방시키는 기능을 수행하고 있기 때문에 끊임없이 사람들로부터 관심의 대상이 된다. 대중가요를 '통속성, 낭만주의, 그리고 범신론'[6]으로 정리한 견해는 이 문맥에서 매우 타당하다.

위의 작품은 가수 이문세의 노래 「옛사랑」의 패러디를 통해 과거의 상처에 대한 '위안'의 역할을 하고 있는, 대중가요의 세태 반영적 측면을 보이고 있다. 일상적 감정들을 비롯한 여러 삶의 양태들이 대중가

---

6) Robert Pattison, *The Triumph of Vulgarity : Rock Music in the Mirror of Romanticism*, 1989.

요에 투사됨으로써 혹은 역으로(위 작품처럼) 대중가요가 현재 삶의 감정에 투사됨으로써 '지금 여기'의 모습을 성찰하게 하는 것이 그것이다. 위 작품에서 우리는 현실적 삶의 직접적 반영으로서 대중가요의 서술성을 발견할 수 있다. 이미 알려진 대로 인식의 한 양식이며 설명의 한 양식이 서술이다. 이러한 서술 형식은 우리의 삶과 면밀하게 연루되어 있어서 언제 어디서나 찾아볼 수 있으며, 현실태의 직접적 토로인 유행가에서도 서술성은 예외 없이 나타난다. 유하의 연작시 「재즈」 시편들은 이러한 문맥에서 읽힌다. 유행가의 한시성, 곧 "한때 환희의 절정"을 구가하는 유행가의 속성을 한계 상황에 놓인 인간 삶에 연결시키기도 하면서(「재즈 5」) 시인은 실존 의식의 영역을 구체화시키고 있는 것이다. 여기서 유행가는 그에게 삶의 모습 바로 그것이다.

룰라 김지현의 매력은 글쎄, 건강한 외설스러움?
잡힐 듯 잡히지 않는, 만만한 퇴폐성의 아름다움?
삼천만 티브이 부족은 지저귄다, 지금은 20세기말의
원시 부족 사회, 티브이 추장의 딸인 듯 김지현에게
대중의 전체는 몰입되어 있다, 눈과 귀 이전의 촉각으로
이난영에서 김지현까지, 순백의 라디오 스타에서
비디오 킬드 라디오 스타에 이르기까지
가수여, 영원한 생의 룰루랄라여, 룰라는 노래하고
세월은 정지한다 감각의 연쇄폭발, 오직 몸의 느낌만이
흐른다, 날개 잃은 천사의 깃털펜을 찾아서 사바 사바
날개 잃은 손으로 김지현이 엉덩이를 친다, 마사지하듯
뇌쇄적으로 엉덩이를 친다, 김지현이라는 몸짓 언어의
메시지를 따라 삼천만의 육체가 일제히 엉덩이를 친다
촉각의 왕국은 번성하고, 룰라는 티브이 부족 사회의

피곤한 감각을 안마한다 오오, 미디어는 마사지!

위의 작품은 그룹 '룰라'의 「날개 잃은 천사」 노래의 여파와 리드 싱어인 김지현의 조작된 상품성을 패러디로써 풍자한 가요시다. 마샬 맥루한의 "미디어는 마사지다!"는 말까지 패러디한 위 시가 의도한 것은 무비판적으로 대중가요를 산포하는, '모든 것을 보여주는' TV의 마력을 꼬집기 위한 것이다.

두루 알려진 대로 TV는 모든 것을 다 보여주기 때문에 오히려 인간의 풍요로운 상상력을 차단한다. 현대 소비사회의 가장 두드러진 은유인 영상매체를 통해서 현실은 박제된 '과현실'로 바뀌게 된다. 이제 TV만이 실재의 현실이 되고 마는 것이다. 영상매체는 이처럼 객관으로서의 현실을 보는 창의 단계를 넘어 나의 욕망을 매개하는 매체이다. 이는 가상 실제(virtual reality)로서의 과실재가 곧 실제가 되는 이치와 같다. 이런 세계는 물론 욕망이 영원히 충족되지 않는 탄탈로스(Tantalus)의 세계와 같다. 이것이 바로 과실재의 세계에 사는 사람들의 운명이며, 현대의 불모성을 사는 영상매체 세계 주민의 숙명이고, 소비·욕망 충족사회 주민의 자화상이기도 하다. 이들은 소비가 또 다른 욕망의 불충족으로 이어지는 끝없는 기표의 미끄러짐으로 인하여 언제나 굶주린 혹은 채워지지 않는 욕망을 불감증으로 달래는 초라한 군상일 뿐이다. 이러한 초라한 영상매체 세계 시민의 자화상이 위의 작품에서 아주 잘 드러나 있는 셈이다.

끝없는 뒤섞임과 무한한 포용력으로 삶의 구석구석까지 체험 가능하게 하는 대중가요는 통속적 범신론으로써 가능한 한 관능적이며 현실적이고 유쾌한 감정을 기도한다. 이는 곧 대중가요가 갖는 긍정적이고 낙관적인 세계관인 낭만주의의 현현과 밀접한 관련성을 지닌다. 그러

나 때로는 이러한 특성으로 인하여 대중가요는 과대 망상적 나르시시
즘을 초래할 우려 또한 적지 않다. 현대를 특징짓는 자생적 범신론의
신비주의는 지나치게 '꿈꾸며' 사는 일상인을 만들어내고, 그 속에서
무비판적이고 유희적인 양태를 허용할 여지가 있기 때문이다.

　대중가요는 우리 시대의 정신과 생활상을 드러내고 이러한 대중가요
를 패러디한 가요시가 투명하게 현실 투사력을 발휘한다는 장점이 있
다. 이러한 대중가요의 장점은 오락성과 통속성, 상업성과 대중성에
기초를 둔 대중가요의 특성 때문이다. 그러나 이러한 특성은 대중가요
의 장점인 동시에 단점이 되기도 한다. 예술가곡의 상대 개념으로 유
행가라고도 불리는 대중가요가 감각적인 대중성을 중시하면서 아울러
당대 세태를 여과없이 보여주기도 하는 것이다. 세태 모든 것을 받아
들이기도 하고, 또 한편으로는 모든 것을 거부하는 유행가시의 시적
화자는 때로는 가벼운 또 때로는 심각한 이중성 속에 적절히 놓여 있
는 셈이다. 인사이드 아웃사이더(inside-outsider)의 위악성이 우리 곁
에, 아니 우리 '속'에 피닉스처럼 건재해 있는 것이다.

(5) 컴퓨터와 컴퓨터시

　문명 비판시로서 컴퓨터시는 문화의 위기론을 매우 적절하게 환기한
다. "정보가 많아질수록 의미는 적어진다"는 보드리야르의 말은 정보
의 물신화를 우려한 발언이다. 정보의 물신화는 정보가 사람과 사람
사이의 진실과 신뢰를 배제한 채 마치 상품처럼 유통되는 상황을 지적
한 것이다. 여기서 정보 자체는 도구와 조작의 대상으로 여겨지기 십
상이며 진실과 신뢰는 더욱 불가능해진다. 정보의 홍수를 더욱 부채질
하는 컴퓨터의 이기를 패러디한 컴퓨터시 역시 같은 문맥에서 발상된
것이다. 문명 비판시로서 컴퓨터시는 그러므로 '인간성의 위기'를 매
우 적절하게 환기한다.

  프랑스, 미국 등에서 개발 완료 단계에 접어든 가상 섹스는 ▲3차원 영상
과 생생한 현장음을 만끽할 수 있는 기기를 머리에 쓰고 ▲몸의 상태를 점검,
컴퓨터로 전달하는 특수복을 입고 ▲컴퓨터의 지시에 따라 자극을 주는 장비
를 손에 부착, 컴퓨터의 명령에 따르면 실제와 같은 행위에 몰입할 수 있다.
  '미래의 섹스'로까지 불리는 가상 섹스를 놓고 성문란으로 인한 AIDS 등
의 부작용을 없앨 수 있다는 긍정적인 평가가 나오고 일부에서는 비도덕적
이라고 비난하는 등 찬반양론까지 일고 있다.
  ― 한국일보, 1994년 3월 15일자 11면에서

莊子여
그때도 상상 임신이란 게 있었습니까
마침내
가상 섹스 cybersex의 시대가 도래했습니다
사람이
기계와 더불어 '실제처럼' 생생하게
교접할 수 있는 세상이
먼 미래가 아니라
현실이라 합니다

과학 기술의 눈부신 발전이
이제는
홀아비도 외롭지 않게
과학주의와 기술 결정론이
이제는
미망인도 서럽지 않게
오오, 莊子여

기계가 있으면 꾀를 부리게 되고
꾀를 부리면 마음도 천성을 잃고
道를 저버린다고 하신
莊子여
저희는 이제
인공 수정·시험관 아기의 시대를 지나서
가상 섹스의 시대로
막 돌입하고 있습니다
올 때까지 온 것인지
갈 때까지 간 것인지
어디까지 갈 것인지
저도 모르겠습니다만 황천에서
그렇게 발작적으로 웃지 마시고
계속 지켜보아주십시오
가상 현실 virtual reality 기법이 실용화되는
이 컴퓨토피아의 세계를.

— 이승하, 「상상 임신에서 가상 섹스까지」 전문

보드리야르가 언급한 현실의 과현실로의 함몰은 최근 비상한 관심을 모으고 있는 '가상 현실'에서 여실히 드러난다. 문명의 이기는 이제 더 이상 인간성을 보호하는 맥락에서 거리가 멀어진 지 오래다. 위 인용 시에서도 살필 수 있듯이 오늘날 하이테크 시대의 삶과 문화는 하이퍼리얼리티의 세계 속에 깊이 빠져 있다. 인간의 비인간화를 촉진시키는 컴퓨토피아의 세계가 더 이상 인류의 전망이 아닌데도, 날이 갈수록 사람들은 하이퍼리얼리티의 유혹에 몸을 내맡긴 채 오히려 사이버 스페이스라 불리는 세계 속에서 허우적대기를 '즐기는' 듯하다.

'미디어는 메시지다'라는 마샬 맥루헌의 유명한 명제는 메시지를 전달하는 수단에 불과하던 미디어가 급기야는 주인의 자리를 차지하는 포스트모던 문화 풍경의 비유적 표현이다. 30여 년 전의 예언적 구호가 이제는 현실이 되어 버렸다. 전달하는 것이 전달되는 것을, 기표가 기의를 대치하고 대신하는 그런 정보화 사회가 된 것이다. 그러나 가상 현실이 오히려 더 실감나는 현실로 자리잡을 날이 그리 멀지 않음을 예감할 때 우리는 테크노 문화에 대해 절대 고운 시선을 보낼 수가 없다. "신체 없이 사유가 지속할 수 있는가"라는 리오따르의 말이 처절한 절규로 들리는 것은 결코 기우가 아니다.

(6) 연극과 연희시

영화 못지않게 연극 또한 대중문화의 주요 양상이다. 물론 그 기원을 따지자면 연극을 대중예술로 보기에는 다소 무리가 따른다. 그러나 연극의 변천사를 지나 현대에 이르게 되면 연극 또한 다른 대중예술 못지않게 광범위한 대중성을 확보함을 살필 수 있다. 현대에 이르러 연극에 대한 대중들의 인지도가 높아진 것이 그 주요 이유 가운데 하나다. 두루 알려진 대로 연극은 말(그리고 글)이라는 제한 영역을 벗어나, 즉 소리와 몸짓 등의 또 다른 언어를 통해 자유롭게 자신의 내면의 감성을 표현할 수 있다. 정신과 육체의 온전한 합일을 의도하는 연극은 그러므로 대중 관객들에게 머리로 이해하는 것이 아니라 자신의 온 마음과 몸을 다하여 동참시키기에 충분한 것이다. 특히 소외와 단절을 주조로 하는 비인간화의 익명의 정조가 만연하는 현대 사회에서 연극은 삶의 내밀한 고찰을 가능하게 하는 데 상당한 기여를 한다. 바로 여기에 연극이 다른 대중예술 못지않은 영향력을 발휘하는 까닭이 놓인다.

인간의 내성을 비교적 꼼꼼하게 표출할 수 있는 연극의 특징은 가벼움과 무관심의 현대적 풍조를 치유할 수 있는 한 방법론으로 자리잡은 듯하다. 이러한 연극을 시적으로 읽어내는 연희시는 그러므로 '열린 텍스트'로서 문화 현상을 바라보려는 의도에서 비롯된 것이라 할 수 있다.

독백 : 꿈 속에선 행복했어. 따뜻한 꿈 속에서
　　　 물장구치며(내 목소리는) 아이들의 소리를 내고

펑크(북소리와 함께)
펑크(북소리와 함께)
펑크(북소리와 함께)
〔…중략…〕
난 잠들었어, 오랫동안
전기밥솥과
설거지통 슈퍼마켓에
고개를 처박고

독백 : 꿈 속에선 행복했어. 따뜻한 꿈 속에서
　　　 인형놀이를 하며(내 목소리는) 아이들의 소리를 내고

펑크(장구소리와 함께)
펑크(장구소리와 함께)
펑크(장구소리와 함께)

―김수경, 「펑크 펑크 펑크」 부분

　허망한 삶을 되울림하는 듯한 소리 "펑크/펑크/펑크"를 전경화함으로써 위 시는 오직 "꿈 속"에서만 행복을 느끼는 현대인의 병리적 현상을 풍자하고 있다. 연극 텍스트 자체를 패러디한 위 작품은 무대 위의

일회 공연으로서 삶의 한시성과 그 무목적성의 회로를 여과 없이 드러
낸다. 이는 서사의 파편화 현상을 통해 탈승화 수법으로 개인의 황폐
화 현상을 거칠게 읽어낸 것에 다름 아니다.

　연극 장르의 형식뿐만 아니라 연극 속의 모든 텍스트들을(예컨대 연
출가, 배우, 극작가, 연극 그 자체의 인물, 엑스트라, 연극 소품 등) 패러디하
는 연극시는 현실을 통해 현실을 이겨내기 위한 한 몸부림으로 봐도
좋다. 이런 점에서 시인 스스로 '연극 시집'이라는 부제를 단 박용재의
시집 『우리들의 숙객—동숭동 시절』[7]은 매우 주목된다.

　　어느 노인이 말했다
　　하 세상 많이 변했다고
　　안경을 고쳐 쓰며 말했다
　　거지타령을 다 구경하는
　　시대가 왔다고.

　　정규수가 육즙을 짜내듯 연기한
　　품바에는 일부 문화거지들도
　　객석에서 연극을 보며 히히덕거렸다
　　젊은 아이들이 말했다
　　거지들도 연극을 다 본다고
　　거지들이 말했다
　　멀쩡하게 생긴 놈들이 거지연극을 보며
　　웃을 줄도 안다고, 신기하다고

7) 이 시집은(공간미디어, 1994) 연극의 모든 텍스트를 패러디한 제1부 「연극」과 특정 연극인을
　패러디한 제2부 「연극인」, 연극을 통해 자기 반성의 계기를 마련하는 제3부 「그리고 나 …」 등
　으로 이루어져 있다.

그해, 품바는 최고의 흥행수입을 올렸지만
자본주의의 정신거지들은 여전히 세상을 구걸하고 있었다.

종각역에서도
광화문 네거리에서도.

— 박용재, 「품바」 전문

　"과거로부터 자유스럽고 싶은 '너'와/과거로 돌아가고 싶은 '나'와
의/존재놀이 혹은 참혹한 전쟁"(「존재 혹은 산다는 것—연극이란 무엇인
가?」)을 연극의 정의나 본질로 보고 있는 박용재 시인에게 연극 속의
모든 텍스트들은 곧바로 실존 의식과 연결된다. "연극동네 '동숭동 중
독환자'로 지내던 나날들/이 시집은 그 편편에 대한 사랑스럽고도 화
려한 추억이다/그리고 패러디이다/또한 불면의 기록이다"라는 시집의
「자서」 부분에서도 밝혔듯이 시인이 연극을 패러디하는 것은 연극을
통하여 삶의 본질을 천착하고자 하는 의지의 표출에 다름 아니다. 새
로운 세계를 향한 열망이 그의 존재 이유이므로 '닫힌' 세계들과 싸우
는 작업은 당연한 과정이고, 이 과정으로서 '연희시'는 그에게 어쩌면
필연적인 문학적 선택이었는지도 모른다.
　연극은 어차피 무대라는 가설을 전제로 한 구조이기 때문에 영화보
다 훨씬 반현실적·반자연적인 속성을 지닐 수밖에 없다. 그러면서도
영화보다는 훨씬 더 직접적인 체험의 강렬성을 지니고 있다. 이러한
연극과 시의 만남은 인간의 추상적 관념을 구체적 행위와 이미지로 드
러내는 것과 같다. 그러므로 연극시는 인간 삶의 복잡하고 다양한 주
제들에 갇힌 언어의 틀을 역동적인 인간의 몸시(詩)로 구현해낸 것이
다. 시와 연극은 원래 한 몸이었다. 두루 알다시피 고대 그리스 극의
대사는 거의 시의 형태를 띠고 있었으며, 아리스토텔레스의 『시학』은

바로 최초의 연극 원론서였다. 이후의 셰익스피어 희곡 대사도 바로 시이고, 헤겔마저 연극을 "극적인 시(詩)"로 규정하고 있다. 우리 나라의 경우 「구지가」를 비롯한 고대가요의 경우도 예외는 아니다.

연극의 본질을 규정하기란 어쩌면 쉬운 일이다. 기원 전부터 시작되었던 연극은 그 방대한 역사 속에서 거듭되는 변신을 계속하였고, 연극을 이루는 구성 요소 역시 여타의 예술 장르와 비교해 볼 때 다층적이기 때문이다. 예를 들어 연극 하면 배우라는 인간 육체를 비롯하여 각본, 문장, 음악, 배경, 조명 및 그 모든 요소를 바라보는 관객의 현존을 떠올리게 한다. 여기에 보다 그 경계를 확대시키면 굿, 놀이, 축제 등의 이벤트까지도 포괄할 수 있을 정도로 광범위하다.

여기서 우리는 이른바 '연희시'라 불리는 시 유형도 연극시의 한 양태로 생각해 볼 수 있다. 산업화되고 도시화된 삶에 익숙한 우리들에게, 더군다나 서구 물질문명의 감수성에 익숙한 현대들에게 이러한 연희시류는 어쩌면 낯선 것일 수도 있다. 그러나 집단의 존재 근거와 그 의의를 부여하는 상징 체계인 제의 형식을 패러디한 연희시는 인생의 숱한 곡절과 관련된 근원적 욕구를 절실히 반영하므로, 우리의 정서에 가장 적합한 고양된 생명 의식의 지향일 수 있다. 우리의 감성에 가장 적합한 문화시의 한 모습으로서 연희시의 가능성은 바로 여기에 기인한다. 김지하, 하종오, 고정희 등의 굿시를 포함한 연희시 계열이 우리 현대 시사에서 중요한 계보를 형성하고 있음은 이미 여러 차례 논의된 바가 있다. 현세의 고통을 일정의 제의의 형식으로 표현한 이승하의 『박수를 찾아서』(고려원, 1994) 가운데 「동해안 별신굿」도 연희시로 분류될 만하다.

춤이 뭐 별난 기가
부채와 지전만 손에 쥐면

몸 가득 차오르는 신명

장단은 이 땅을 지켜 온

네 몸 내 몸에 배어 있어

걷는 듯 추면 되지

무겁지도 가볍지도 않게

의젓하게 온몸에 담아

푸근하게 풀어 내면 되지

울던 사람 화안히 웃게

죽은 사람 편안히 자게

천연스럽게 꽃피우면 되지

꽃피고 싶지 않은 사람

어데 있겠나

살아 생전에 한 번쯤

꽃으로 피고 싶지 않은 사람

어데 있겠나

흥 못 이겨 어울려 춤추면

우리는 만개한 꽃인 것을.

—이승하, 「동해안 별신굿」 전문

　연극이 시원적인 육체성의 회복을 꿈꾸는 것처럼 연극 읽기로서의 연극시 또한 그러한 육체의 결을 따라간다. 연극이 연극으로서 존재하기 이전의 상태를 꿈꿀 때 그것은 '맨몸'의 육체로서 자신의 존재를 '지워 나가는' 작업에 다름 아니다. 여기서 우리는 과거 흔적과의 만남을 피할 수 없다. 전망을 알 수 없는 미래, 그리고 그로 인해 흔들리는 현재의 불안과 위기 의식은 과거와의 만남을 통해 정리되고 안정을 얻을 수 있다. 우리의 현재와 미래는 바로 이러한 과거를 거부하는 것이 아니라 그를 껴안은 연장선상에서 비로소 그 의미를 찾을 수 있기 때문이다. 여기에 연극시는 그 한 방향을 제시하는 것이다. 박용재 이외에도 장정일의 「잔혹한 실내극」「즐거운 실내극」 등과 이윤택의 「막연한 기대와 몽상에 대한 반역·15」「막연한 기대와 몽상에 대한 반역·16」 등의 작품들도 연극시로서 가능성을 열어 보이고 있다. 연극에 대한 관심은 삶의 근원적인 욕망과 직결되므로 연극시 또한 앞으로 계속될 것이다.

3. 문화시의 담론 지형

대중문화는 언제나 자각이 아니라 단순한 기분 전환을 위한 것일 수도 있으므로 하나의 마취제라고 평가한 지적도 일리는 있다. 생산보다는 재상산의 의미가 강하고 자율적 개인의 해체를 조작하는 대중의 의미에 주목하고 "역(逆)한계 효용의 법칙"을 지적한 견해 또한 일리는 있다.[8] 이상은 결국 탈승화로서 대중문화의 역기능을 우려한 발언들이다. 물론 발전된 산업사회에 만연한 탈승화(또는 비속화, desublimation)는 승화에 비해 일면 타협주의적 기능을 나타내기도 한다. 그러나 적응된 탈승화의 쾌락들은 불행 의식의 극복이라는 궁극적인 의도로 시도된, 자유로운 이상의 탄생을 위한 통과 의례적인 과정임을 기억해야 한다. 탈승화의 의도는 그러므로 더 많은 일탈, 더 많은 자유, 사회적인 금기들을 조심하지 않는 더 많은 거부를 포함함으로써 현 상태의 비속한 불행 의식을 극복하고자 하는 것이다. 이러한 탈승화의 개념은 문화시를 이해하는 데 매우 중요하다.

---

8) 황지우, 『사람과 사람사이의 신호』(한마당, 1993).

좋든 싫든 간에 우리는 시대의 정신적 기반을 형성하는 '문화의 시대'에 살고 있다. "이념의 시대는 가고 문화의 시대가 온다"는 말이 1990년대의 시대적 특징을 요약하는 구호로 자리잡은 지 오래다. 문화의 대중 소비화가 이루어진 셈이다. 이러한 문화의 대중 소비화는 포스트모던 시대가 근본적으로 모방의 시대임에 착안한 것이고, 여기서 우리는 패러디의 적절한 역할을 기대한다.

패러디로써 문화를 재구성하는 시를 문화시라고 명명했다. 삶의 반영이라기보다는 오히려 문화의 반영으로서 시를 문화시라고 이름 붙였다. 지속성과 변화, 권위와 위반이라는 역설적 이중성을 띠고 있는 린다 허천의 포스트모던 패러디 개념은 현대 문화의 양태를 살피는 데 매우 유효하다. 텍스트를 폐쇄시키기보다는 개방하는 것으로서의 패러디 개념은 담론의 팽창 현상을 전적으로 지지하는 데 그 의미가 있고 이 글에서 주로 논의한 문화시의 가능태로서도 적절하게 작용했다. 물론 문화의 다양한 개념 속에서 그 논란의 여지는 있겠으나, 어쨌든 패러디를 주된 무기로 삼아 20세기의 지배적 문화 형태인 대중문화를 시로 읽어내려는 문화시는 문학을 재구성하고 반성하는 세기말 문학 현상의 맥락에서 놓칠 수 없는 주요한 양태임에 틀림없다.

대중미학, 상품미학, 소비미학, 키치미학 등으로 요약되는 현대 문화를 읽어내는 작업들에 심각한 우려는 더러 있다. 특히 요즘의 문화비평이라는 것이 세기말 문화 변동의 양상을 그대로 추수하면서(여기에 패러디가 일등공신이다) 일체의 대안적 문화에 대한 감각을 놓치고 있지는 않은가 하는 염려가 가장 심각하다. 여기서 우리는 절대 '주체성'의 문제를 놓쳐서는 안 된다. 문화적 무의식으로 자기 반영의 나르시시즘에 빠지는 자기 도취의 형식은 거부해야 한다. 삐에르 부르디외가 애기한 '아비투스(habitus)'로서의 문화적 실천은 그러므로 현대문화에서의 주체성 문제를 되살리는 데 여간 유효하지가 않다. 여기서 '아비투스'는 '습성'이나 '습관'과는 구별된다. 부르디외에 따르면 '습관'은 반복적이며 기계적이고 자동적이며 생산적이기보다 재생산적인 데 반하여, '아비투스'는 고도로 생성적이어서 스스로 변동을 겪으면서 조건화의 객관적 논리를 생산하는 경향이 있다. 삶에 있어서 꿈꾸고 또 살아갈 '능력'은 우리의 자명한 권리고 또 의무다. 테크노 문화 시대라고 예외일 수는 없다.

이른바 '문화시'라 부를 만한 영역도 물론 이상의 맥락에서 논의되고 또 실천되어야 한다. 서사의 파편화와 우연성의 서술을 넘어 패러디로써 단순한 형식상의 장르 혼합이 아닌 문화와 시의 만남일 때, 그리고 담론 팽창의 현상으로서 현대 사회를 재구성할 수 있는 노력의 일환일 때 문화시는 비로소 그 시사적 의의를 획득할 수 있을 것이다.

4. 마무리

문화시의 배경이 되는 것은 문화, 특히 대중문화다. 그것은 현실 세계의 단순한 반영 이상이다. 그리고 대중문화는 사회적 실천으로 다른 사람의 반응이나 대답을 전제로 한 대화주의적인 것으로서 '설득력 있는 담론'이다. 그러므로 문화시는 문화적·정치적인 다성성으로서 구체적인 사회 관계에 대한 담론 분석의 틀을 마련하고자 의도된 것이다. 이러한 문화시는 인간의 삶이 곧 텍스트가 되는 문화비평에서 파생된 현대시의 한 모습인 셈이다.

이때 문화시는 대부분 서술시의 양상을 띤다. 삶의 방식으로서 문학을 이해하고 현대 사회 사람살이의 복잡하고도 다양한 삶의 이야기들을 담은 것이 문화시인 셈이다. 삶의 과정이나 그 조건을 시의 제재로 선택함으로써, 곧 대중문화적 현실을 반영함으로써 문화시가 산문의 축적의 원리인 서술구조를 필연적으로 띠게 되는 것이다. 이는 문학의 위기 문제까지 몰고 온 대중문화와 대중예술의 문학적 수용이 세기말 문학의 감수성의 원천으로 자리한 결과이다.

문화시의 시적 화자는 문화비평을 닮아 탈중심적인 패러다임을 지닌다. 문화시는 변화에 관한 이야기이기도 하고, 기존 문화 패턴의 변형에 관한 역사이기도 한 문화를 전적으로 전경화하는 것이다. 이러한 문화시는 대중문화의 융성과 아울러 문화비평의 활성화에 기댄 바 크다.

문화시는 대중문화의 전략에 비례해서 다양하고도 많은 양상들을 지닌다. 대중문화의 지류인 영화, 연극, TV·비디오, 대중가요, 광고, 컴퓨터 등을 패러디한 영화시, 연극시, TV시·비디오시, 유행가시, 광고시, 컴퓨터시(덧붙여 사진—그림시, 그리고 문화와 여가의 의미의 상관성에 주목한 여가시) 등 문화시의 양태들을 통해서 오늘날 문화의 의의와 제반 문제점들을 밝혀낼 수 있다. 이러한 문화시의 양상들은 오늘날 문화의 양태, 곧 정체성의 내용을 문제시하거나 치환하는 문제들에 주목한다. 주체와 효과의 문제 해명에서 문화시의 의의를 발견하는 것은 의미 있는 일이 아닐 수 없다. 세기말의 문화 현상이나 문학에서 위기의 문제가 끊이지 않는 것은 오늘날 우리가 당면해 있는 문화적 상황이 긍정적이든 부정적이든 바로 우리의 '현실'이기 때문이다. 이에 주목하는 문화시 역시 현존하는, 부정할 수 없는 하나의 문학적 갈래임이 분명하다.

(1995)

제5장

현대시의 키치적 상상력

1. 들머리

1) 문제제기

산업화된 자본주의를 넘어 이른바 '후기 자본주의'[1] 논리가 팽배해
지는 이 시점에서 세계는 생산보다는 소비에 더 치중하게 되었고, 이
를 배경으로 문화 또는 문학은 '상품'으로 가치지워지게 되었다. 문학
이 무엇인가라는 질문은 인간이 문학을 인식하기 시작했을 때부터 지
금까지 계속되어 온 것이었고, 이에서 고급과 저급의 구분 또한 빼놓
을 수 없는 논란거리 중의 하나였다. 여기서 우리는 대중성을 바탕으

---

1) 자본에서 기계가 진화함에 따라 나타나는 세 가지의 근본적인 단절 또는 비약—시장 자본주의
　→독점 단계 또는 제국주의 단계→후기 자본주의·다국적 자본주의—으로 요약되는 에르네스
　트 만델의 입장을 따른 것이다.
　Ernest Mandel, *Late Capitalism*, London(NLB Humanities Press), 1972.

로 하는 문학연구에 있어서 몇 가지 제기되는 문제들을 살펴볼 필요가
있다.

먼저, 문학에서의 대중성에 대한 가치 문제이다. 일반적으로 대중사
회론과 이를 기반으로 하는 대중문화론이 비관론과 낙관론으로 나누어
지듯이[2] 대중문학에 대해서도 그와 같은 등식이 가능해진다. 문학에서
의 대중성 문제는 이른바 '고급/순수문학'의 차원에서 비난을 받아 왔
던 것이 사실이다. 그러나 최근에 이룩된 기술 발전의 산물인 대중예술
의 매체가 증가·보급됨에 따라 이에 대한 인식이 새롭게 되고 있는 실
정이다.

현대의 산업사회에 있어서의 판에 박힌 일상사, 대도시의 생활이 갖
는 기계적인 규칙성과 공동의 생활 형태에 부지불식간에, 그리고 대개
의 경우 무의식적으로 개인이 적응하는 일은 그 자체가 본래 대중화의
성향을 수반하게 된다.

이러한 성향은 일간신문과 라디오, 영화와 텔레비전, 신문 광고와 거
리 광고판 등, 요컨대 눈으로 보고 귀로 듣는 모든 대중매체를 통해 증
대된다.[3] 리일은 매스 미디어에 의하여 모든 문화가 전달될 때 그것이
곧 대중문화가 된다고 보았다.[4] 사실 자본주의 사회의 특징적인 문화는
대중문화이고, 이 문화 현상은 매스 미디어와 불가분의 관계에 있기 때
문에 매스 미디어에 의하지 않는 대중문화 개념은 별 의미가 없겠다.

대중문화는 예술적인 질의 척도를 비교적 낮은 단계로 평준화시키고
무비판적으로 무감각하게 만들며 타협주의와 무책임으로 유인하는 반
면, 종래에는 알지 못했던 사물과 가치에 대한 새로운 안목을 비로소

---

2) 이에는 니체 등을 중심으로 한 급진주의적·보수주의적 대중문화론, 프랑크푸르트학파를 중심
   으로 한 마르크스주의적 대중문화론, 그리고 벨 등을 중심으로 한 다원주의적 대중문화론 등이
   있다. 자세한 것은 6장에서 상술할 것이다.
3) Arnold Hauser, *Soziologic der Kunst*(최성만·이병진 옮김, 한길사, 1983), 271쪽.
4) M. Real, *Mass-Mediated Culture, Englewood Cliffs*(Prentice Hall Inc., 1977), 23~31쪽.

많은 사람들에게 열어 주기도 한다. 그러므로 대중문화가 사람들의 정신적인 무방비 상태에 기여하지만, 그와 동시에 그것은 비판과 반대를 가능하게 하는 길을 그들에게 터주고 있는 것이다.[5] 따라서 대중성을 바탕으로 하는 문학도 이와 무관하지 않은 것이다.

다음으로 제기되는 것은 대중문화를 위시한 이론과 용어들의 문제이다. 물론 이러한 것들은 서구 자본주의 사회의 산물들이요, 따라서 오늘날 우리에게 있어서 과연 그러한 의미의 사회와 문화, 문학이 똑같이 존재하는가에 대해서는 의문이지만 용어와 이론의 확정은 중요한 일이다.

20세기 후반은 소비 사회, 대중매체 사회, 다국적 사회, 후기 산업사회 등으로 불리는 복잡다단한 시대로 이러한 배경을 업은 문학의 주요 특징으로 단절·해체·소외 등이 등장했고, 이를 넘기 위한 하나의 시도로 포스트모더니즘이란 사조가 유행처럼 번지고 있다. 우리 나라 또한 예외가 아니다. 자생적이든 종속적이든 우리 사회는 소비산업사회이고, 자본주의적 시장 원리에 입각해서 생산되는 상품문화인 대중문화 속에 싸여 있다. 다수 사람들의 공통된 보편 성향에 방향을 맞추려는 의도 또한 문학에서도 나타나고 있는 실정이다.

본 연구는 이러한 문제들의 인식에서 출발한다. 대중성에 기초해서 대중매체를 통해 걸러진 소재들은 손쉽게 키치문학(kitschliteratur)[6]이 된다. 이러한 현상은 우리 시단의 경우 1980년대에 두드러진다. 인유의 방법으로 소재가 곧 작품이 되는 반미학(anti-aesthetic)의 미학이 곧 키치문학의 범주를 이룬다. 포스트모더니즘의 대중화론에도 맞물리는 키치문학은 고급과 저급이란 이원론에 의해 '문학의 상품화'로

---

5) Hauser의 앞의 책, 271~272쪽.
6) 자세한 용어 해설은 다음 장에서 하겠지만, 키치문학은 대체적으로 이른바 고급문학에 상반되는 개념이다.

여겨져, 이제껏 제대로의 조명조차 시도되지 않고 있다. 저속하고 치졸한 문학작품쯤으로 키치문학이 이해되고 있는 현 상황에서 이에 대한 본격적인 논의는 무가치한 것으로 여겨졌던 것이 사실이다.

그러나 산업사회의 산물인 키치문학의 몫은 분명 있다. 후기 산업사회를 배경으로 한 삶에 대한 시적 대응의 폭은 넓고 그 가능성은 다양하다고 보는 것이다. 주체 상실 혹은 자아 분열적인 양상이 현대시에 많이 나타나고 있는데, 이는 물화된 산업사회에 대한 위기감의 표현이고 또한 이러한 위기감을 벗어나고자 하는 노력에의 발산에 다름 아니다. 질서에 얽매여 온 기존의 것을 타파하는 문학의 민주화 혹은 평준화의 대두로 중요한 것과 그렇지 않은 것들 사이의 구분이 허물어지면서 일상적인 것들도 가치를 부여받게 되었고, 바로 이러한 점에 키치문학의 중요성이 놓이게 되는 것이다.

물론 시인이 대중적이고 소비적인 이미지를 손쉽게 대중문화의 일부로 편입시키는 것만으로는 충분치 못하다. 따라서 이 글은, 단순히 현실 표절의 독특한 인유의 형태로 빚어진 무비판적인 쾌락 지향의 향유가 아니라, 산업화의 충격과 이를 배경으로 생산된 대중문화의 상투형에 적극적인 대결을 해 나감으로써 새로운 의미를 형성하게 되는 '키치문학'에 대한 존재 규명의 작업이다.

물론 1980년대에는 이러한 키치문학의 한 편에 민족문학 진영의 리얼리즘 문학이 함께 하고 있다. 이 글은 이것이냐 저것이냐 식의 선별로서의 문학연구가 아니다. 복잡다단한 1980년대의 한 주류인 키치문학을 살펴봄으로써 현대시의 한 흐름을 고찰하고자 하는 것이다.

2) 연구목적

이 글은 이러한 제기된 문제들을 바탕으로 키치문학의 개념에 주목하여 1980년대 시들을 중심으로 그 의의와 한계를 살펴보고자 한다. 키치문학의 지향점과 그 성과는 무엇이며 거기에 비판받을 수 있는 한계점이 있다면 어떤 것인지, 그리고 문학에서의 대중성이 오직 극복의 대상으로만 다루어져야 하는 것인지 등을 살펴보고자 한다.

논의의 전개상에서 밝혀지겠지만, 이 글은 산업화·사물화 현상으로 인한 무절제한 누림·단절·해체·소외 등으로 요약되는 일련의 1980년대 시들을, 타락한 사회에서 타락한 방법으로 살아가면서 일상생활 속에서 새로운 문학적 소통의 가능성을 모색하고자 하는 노력으로 보고자 한다. 대중사회 속에서 배태된 것이 키치임을 감안한다면, 대중매체와 키치문학과의 상관 관계의 해명은 필연적이다. 여기에서는 TV, 포르노물, 영화, 신문 광고, 비디오, 무협지, 만화 등 인간의 의식을 좌우하는 대중매체를 매개로 형상화된 키치문학에 주목할 것이다.

키치는 왜곡된 악의 세계에 안주하여 즐기면서도 동시에 이를 비판하는 모순된 이중성을 지닌다. 인간의 본질을 왜곡시키는 기술문명 속의 세계내 존재성을 인정하면서도 이를 비판하는 역설의 이중적 구조가 키치의 문학적 몫이 되는 것이다. 이러한 이중성으로서의 키치는 기계·산업화된 사회에 대한 시적 화자의 위악적 태도가 되고, 이러한 위악적 태도는 자아와 세계 또는 자아와 자아 사이의 분열을 의미하는 아이러니의 한 면모가 된다. 대중매체를 매개로 형상화된 키치문학은 단순한 현실 표절의 향락이 아니라 시적 문맥으로 의미가 변용된 새로운 영역을 확보하게 되고, 따라서 이 글은 이에 주목하고자 하는 것이다.

3) 연구범위와 방법

키치문학은 산업사회의 산물이다. 이러한 산업화의 확산으로 인한 대중사회에서 인간성을 왜곡시키는 물질문명 구도를 기꺼이 받아들여 누리면서도 동시에 이를 비판하는 이중성으로서의 키치문학에 주목함으로써, 문학과 사회와의 관계라는 문학사회학적 방법의 성격을 띠게 될 것이다.

먼저 2장에서는 산업사회와 그 문화를 바탕으로 키치문학의 개념을 살펴본 다음 이의 배경이 된 대중문화에 대한 가치론적 인식을 비관론과 낙관론의 두 부류로 나눠 살펴보고, 이어 한국 사회에 대두된 대중사회의 제 양상들을 살펴보기로 한다. 3장에서는 이러한 이해 아래 1980년대 시들에 나타나고 있는 키치 현상을 고찰해 볼 것이다. 키치문학을 타락한 현실의 극복책으로 본 이상, 물신화되고 기계화된 사회에 어느 정도는 경박하게 그리고 유희화된 어조로 함몰하여 즐기는 '일단 빠져 들기', 이어 현실에 대한 반성의 태도로 탐색전에 들어가는 '위악적 태도와 숨 고르기', 그런 다음, 상황에 대한 대결 반응으로 해결책을 찾는 '탈승화와 우회적 공격' 등의 순으로 논지를 전개해 나갈 것이다.[7]

그리고 '일단 빠져 들기' '위악적 태도와 숨 고르기' '탈승화와 우회적 공격' 등의 세 단계 속에 머무는 자아상으로 현실에 대한 판단 유보로 주체를 상실한 탐닉자, 현실에 대한 아이러니컬한 위악적 태도를 지닌 이중성의 인사이드 아웃사이더, 탈승화의 아웃사이더인 비판적·저항적 자아 등이 제시될 것이다.

이러한 키치시의 의의로 대중성, 전위성, 세속성, 이중성 등을 밝혀낼 것이다. 위와 같은 목적에 맞추어 이 글은 1980년대에 활동한 황지우, 오규원, 이윤택, 장정일, 하재봉, 유하, 최승호, 장경린 등의 시를

---

7) 물론 이러한 세 단계별 유형이 반드시 순차적으로 드러나지는 않는다. 세 유형이 한 작품 속에 구조적으로 얽히기도 하고, 한 유형이 지배적인 작품도 있다. 이는 본론에서 작품 분석시 상술될 것이다.

연구 대상으로 삼는다.

2. 산업사회와 키치문학

1) 키치문학의 개념

키치문학(kitschliteratur)은 대중에 영합하기 위한 목적에서 생산된 졸속하고 저열한 예술작품을 가리킨다.[8] 전위예술인 아방가르드의 출현과 거의 동시에 후위예술격인 새로운 문화 현상이 서구 산업사회에 나타났는데, 이것을 독일인들은 키치(kitsch)라고 불렀다. 그것은 대중적이고 상업적인 예술과 원색 화보가 있는 문학지, 잡지의 표지, 삽화, 광고, 호화판 잡지나 선정적인 싸구려 잡지, 만화, 유행가, 영화(포르노물 포함) 등을 말한다. 그러므로 키치는 서구 유럽과 미국의 대중을 도시화하고 보편적 교육 수준을 성취하게 한 산업혁명의 산물이라 할 수 있다.[9]

키치문학은 고상한 예술에 반기를 든, 범속한 대중문화와의 접합을 시도하는 문학이다. 산업화된 현대 사회의 현실은 흔히 말해지듯 이미지의 홍수로 특징지워진다. 그 속에 사는 인간의 시작은 텔레비전이나 신문, 잡지 등의 매스 미디어, 상품 광고, 거리의 표지판 등 쉴새없이 퍼부어대는 이미지의 공세로부터 벗어날 길이 없다. 키치문학은 이러

---

8) 키치(kitsch)는 '저속한 작품, 시시한 물건'을 뜻하는 독일어로 뮌헨 지방에서 생긴 말이다. 미국이나 영국 사람이 뮌헨 지방에서 비싼 그림을 사지 않고 그 스케치를 사간 데서 유래가 되었다고 한다. 『독한사전』(동아출판사, 1985) 참조.
　　이 용어는 유치하고 치졸하며 저속한 대부분의 저급문학을 가리키는 것이지만 꼭 저급문학과 범주적으로 일치할 수는 없기 때문에 여기서는 원어 키치를 그대로 사용하기로 한다.
9) C. Greenberg, 「Avangarde and Kitsch」, *Art and Culture*(Beacon Press), 1965 ; 중앙일보계간미술 엮음, 『현대미술비평 30선』(1987), 283~285쪽.

한 대중문화에 등장하는 이미지를 다루는 문학이다.

키치문학이 다루는 이미지의 특성은 그 사회의 모든 대중이 공유하는 범속한 이미지라는 점, 이러한 이미지들은 다중적인 의미를 지닌다는 점 등을 들 수 있다. 키치문학에 나타난 이미지들은 일상생활에 널려 있는 모두가 흔해 빠진 것들이다. 그것은 그 사회에 사는 대중 모두가 쉽게 알아볼 수 있는 것들이다.

그러나 대중이 알고 있는 하나의 동일한 이미지가 보는 사람에 따라 반드시 같은 의미와 내용을 전달하는 것은 아니라는 사실로부터 의미의 다중성이 나타난다. 다시 말하면 각 단계에서의 표절·인유의 방법이 문맥의 새로운 의미를 형성하게 되는 것이다.

키치문학의 범속한 소재들에 대한 탐닉은 고상한 예술과 저급한 예술을 구별하는 수직적인 예술 개념에 대한 도전으로서 소재의 수평화, 나아가서는 예술의 민주주의라 부를 수 있는 태도이다. 예술의 민주주의가 과연 바람직한 것인가는 여전히 논란의 대상이지만,[10] 키치문학이 현대 산업사회의 혁신적인 자기 표현임은 틀림없는 사실이다. 이러한 키치문학의 특성은 고도로 산업화된 1960년대 서구 대중사회의 환경을 미술 안으로 수용한 팝 아트(Pop Art), 현대인의 일상을 물화된 인상과 기법으로 그려내는 미니멀 아트(Minimal Art)와의 특성과도 일치한다.[11]

대중문화의 토양 위에서만 가능한 문화 방식인 포스트모더니즘 계열의 작품도 키치문학이 된다. 소수 엘리트 지향의 모더니즘에 반발하고 대중문화적인 요소들이 포스트모더니즘적인 작품의 내용을 이루고 있기 때문이다. 유희적이고 반전략적이며 해체주의적인 것이 포스트모

---

10) 여기서 문학에서의 대중성 또는 통속성이 문제가 된다. 다음 장에서 상술할 것이다.
11) 월간미술 엮음, 『세계미술용어사전』(중앙일보사, 1989) ; Lucy R. Lippard, *Pop Art*, Thames & Hudson, 1978(전경희 옮김, 미진신서 8, 1985) 참조.

더니즘의 특성이다.[12] 상품의 대량 생산과 보급 체제에 근거하고 있는 현대의 소비사회를 배경으로 예술작품의 상품화를 당연한 것으로 받아들이는 포스트모더니즘이 대중미학에 입각한 문화의 보편화 현상으로 키치와 부합된다고 보는 것이다.

물론 키치문학은 세계의 진행 과정에 동의한다.[13] 그러나 그것은 단순히 불충실한 순응에 의해 생겨난 예술의 타락물이 아니다. 예술 속에서 다시 나타나는 기회, 즉 예술 밖으로 뛰쳐나갈 기회를 항상 엿보고 있는 것이다.[14] 따라서 닫힌 체계(Closed System)는 결국 파멸하고 만다는 현대 과학의 엔트로피 이론에 맞서는 하나의 운동으로서 키치문학을 보고자 한다. 엔트로피에 저항함으로써 세계의 무질서나 혼란을 뛰어넘는 엔트로핀 법칙의 시도로서 키치문학을 보고자 한다. 열린 결말(Open Ending)을 이야기하고 있는 열린 시대의 문학을 곧 키치문학으로 보고자 하는 것이다.

결국, 이러한 특성들을 바탕으로 하는 키치시는 대중시와 무관하지 않다. 현 단계 우리 문단에서 논란이 되고 있는 일군의 도시시, 해체시, 일상시, 광고시들이 이에 포함될 수 있겠다.

2) 대중문화에 대한 가치론적 인식

이러한 대중성을 탄탄한 바탕으로 하는 키치문학에서 걸림돌로 작용하는 것이 바로 문학에서의 대중성에 대한 문제이다. 대중성을 배경화하는 대중문화는 현대 사회의 결과적인 소산이라고 할 수 있다. 그러나 대중사회를 보는 관점의 차이만큼 대중문화에 대한 관점도 분분하다.

---

12) 정정호·이소영 엮음, *POSTMODERNISM*(한신, 1990), 1~2쪽.
13) A. Hauser, *Soziologic der Kunst*(최성만·이병진 옮김, 한길사, 1983), 248쪽.
14) T. W. Adorno, 『미학 이론』(홍승용 옮김, 문학과지성사, 1984), 369쪽.

대중사회 개념의 역사적 기원은 19세기 후반 서구 자본주의의 급속한 산업화와 밀접하게 맺어져 있다. 이 산업화는 이미 민중이 아니라, 대중의 의미에 기초를 둔 근대적 사회의 성립을 촉진하는 데 필요한 사회적·정치적·이데올로기적 조건을 조성하였다. 노동의 자본주의적 분업화의 발전, 대규모 공장 조직과 대량 상품 생산, 도시로의 인구 집중, 도시화, 의사 결정의 중앙집권화, 보다 복잡하고 광범위한 커뮤니케이션 체계의 발달, 노동자 계급의 선거권 확대에 따른 정치적 대중운동의 증대 등 이러한 여러 현상들이 대중사회의 주요 특징이라고 할 수 있다.[15]

여기서, 대중성에 대한 가치론적 인식을 짚고 넘어가야 할 필요가 있다.

한국 사회에 있어서 대중사회의 현상과 그 특성을 어떻게 파악할 것인가는 바로 대중문화를 어떤 측면에서 볼 것인가의 문제와 직결된다. 대중문화론은 우리의 자생적 산물이 아니기 때문에 그 이론의 배경이 되는 서구의 지적 개념을 빌 수밖에 없다. 서구 사회에서 대중문화에 대한 논의는 대표적으로 비판론과 옹호론으로 대별된다. 이를 간략하게 살펴보면 다음과 같다.

먼저, 대중문화에 대한 비판론을 보자.

갠스(H. J. Gans)는 대중문화를 비판하는 특성을 네 가지 측면에서 나누어서 설명하고 있다.[16] 대중문화는 영리 추구를 위하여 대중에게 영합하는 제품을 주로 만들어내는 기업에 의하여 이루어지며 이 속에서 창작자는 스스로의 개성을 포기할 수밖에 없다는 대중문화 창조의 부정적 측면, 대중문화는 고급문화를 차용함으로써 그 지위를 격하시킨다는 고급문화에 미치는 부정적인 영향의 측면, 대중문화는 대중을

---

15) A. Swingewood, *The Myth of Mass Culture*, London(The Macmillan Press Ltd., 1977), 1~24쪽.
16) H. J. Gans, Popular *Culture and High Culture*, New York(Basic Books, Inc., Publishers, 1974), 19~51쪽.

사이비적으로 만족시킴으로써 저속화시키고 현실 도피로 이끈다는 수용자에 미치는 부정적인 영향의 측면, 그리고 대중문화가 사회적으로 널리 파급되면 문화의 질을 떨어뜨릴 뿐 아니라 수용자의 피동성을 조장하여 전체주의에 이르게 될 위험성을 가중시킨다는, 사회에 미치는 부정적 영향의 측면 등이 그것이다.

기너에 의하면, 대중문화는 매스 미디어에 의한 커뮤니케이션 내용에 의하여 결정되고 존재하며, 근본적으로 시장성을 띠고 있고, 저속하며, 비윤리적이고, 심리적으로 해독성을 끼치며, 문화 세계를 분열시키며, 따라서 대중문화는 진정한 문화가 아니다.[17]

한편, 스윈지우드는 대중문화의 비판론을 대중사회 비판론자들의 문화관으로 보고, 이를 ①대중문화 비판론의 초기 주창자들, ②대중사회를 전체주의로 보는 사람들, ③대중사회를 다원적 민주주의로 보는 사람들 등으로 분류하고 있다.[18] 여기서는 ①과 ②가 대중문화 비판론에 해당한다.

대중문화 비판론의 초기 주창자는 귀족주의 또는 보수주의적 대중문화론을 편 사람들로 이에는 고급문화는 산업사회의 단조로운 일상생활에 의하여 위협을 받고 있으며 작가는 상품의 조달자가 되고 있다고 비판하는 토크빌, 철학, 예술, 문학, 과학 등 고급문화의 위협은 저속한 대중의 불필요한 욕구와 이데올로기로부터 직접적으로 나타나는 것이라 보고 부르주아 민주주의와 사회주의를 반대하는 니체, 유럽 문화는 중간 계급의 새로운 야만주의적 문화에 의하여 위협받고 있다고 주장하는 가세트, 고급문화가 현대 자본주의 체제하에서 무제한적인 에고이즘과 철저한 개인주의로 무장한 물질 지상주의적이고 비도덕적인 부르주아 계급과 프롤레타리아트에 의해서 붕괴되어 간다고 개탄

---

17) S. Giner, *Mass Society*, New York(Academic Press., 1976), 159~177쪽.
18) A. Swingewood, 앞의 책, 29~59쪽.

하는 엘리어트, 인류 역사의 현상은 비정상적인 상태이며 모든 사람들에 의하여 공유되는 도덕적인 진정한 공동 문화는 이미 사라졌다고 보고 기계적이고 과학적 근거를 바탕으로 하는 자본주의 문화를 거부하는 레비스 등이다.

스윈지우드의 두 번째 대중문화 비판론은 전체주의로서의 대중사회, 전체주의를 위한 대중문화에 대한 비판론이라고 할 수 있다. 이 계열에는 밀즈, 아도르노, 호르크하이머, 마르쿠제, 그리고 하버마스 등이 포함되며, 이들의 비판적 초점은 이른바 문화산업(Culture Industry)론에 귀착된다.

이들은 대중사회를 위로부터 지배된 사회, 강력하고 독립적인 사회 집단과 사회 기구가 결여된 사회라고 규정하면서 이 같은 대중사회에 있어서 매스 미디어의 조작된 기능과 권력의 집행과 조정, 그리고 사회의 문화적 '초구조화'를 통한 통제적 측면을 비판의 초점으로 놓고 있다. 아도르노와 호르크하이머는 독일 파시즘의 독특한 발달로부터 자본주의에 이르기까지 어떤 보편성을 인정하면서 미국적 문화 산업(대중문화)도 파시스트 국가에서와 똑같은 기능을 수행하고 있다고 주장한다. 따라서, 이 같은 사회에 있어서 대중문화의 생산은 광범하고 이질적인 대중에게 호소해야 하기 때문에 상상력이 허용되지 않으며 대중문화의 이 같은 심미적 사실의 상실은 바로 대중들을 의식이 없고 조종·통제·복종되어지는 수동적인 대상자로 전락하게 만든다고 본다. 예술은 자율성을 상실한 채 소비 상품화되어 버렸고 문화산업은 미리 조정된 문화, 비극이 없고 부정적 요소가 없는 그러한 예술 형식을 생산하게 됨으로써 결국 이와 같은 '미적 야수성'이 현대 자본주의 예술의 기본이 되었다고 말한다.

이 같은 사고를 가장 극단적으로 표현한 마르쿠제는 현대 사회에 있어서 인간의 일상적인 경험을 허위 욕구(false need)라는 말로 표현하

고 있다.[19]

　다음으로, 대중문화에 대한 옹호론을 보자.

　스윈지우드의 세 번째 대중문화 비판론은 대중사회를 다원적 민주주의 입장에서 보는 주장으로[20] 그 대표자로 쉴즈와 벨을 두고 있으며, 그들 논의의 초점은 후기 자본주의 사회의 문화에 있다.

　후기 자본주의 사회의 이론은 다원주의 개념과 중앙집권적 권력구조 그리고 참여적 사회의 토대 위에서 정립되었고, 그와 같은 사회에 있어서 지배계급은 지식인, 과학자 그리고 경영자들이며 그들의 이데올로기는 이제 자본가들의 수익주의가 아닌 실용주의로 대치되었다고 보고 있다. 이들의 이론은 산업화와 과학 기술의 발전에 의하여 이루어진 인간의 진취성과 발전, 그리고 자유의 무한한 가능성을 인정하고 있다. 즉, 정치적 민주주의는 산업화 과정에 의하여 위협을 받기보다는 논의되어진 정치적·다원주의적·사회적 기반으로 더욱 강화되었다는 것이다. 이 이론의 강조점은 시민사회의 약점이 아니라 장점에 관한 것이라고 말할 수 있다.

　이렇게 볼 때 이들 다원적 민주주의로서의 대중사회론은 협의의 문예 예술적인 문화가 아니라, 문화의 실천적·사회적·정치적 차원을 강조하고 있는 것이다. 따라서 대중사회를 "공동 생활에 최대한도로 참여하는 사람들의 집합체이며…… 그리고 그 정부 시책에 영향을 줄 수 있는 태도와 감정, 그리고 의견을 가지고 있는 사람들로 구성되어 있는 사회이다. 그것은 현대의 창조물이며…… 노동의 분업화와 매스 커뮤니케이션 그리고 어느 정도는 민주적으로 달성된 합의의 산물"[21]로

---

19) H. Marcuse, *One Dimensional Man*, Boston(Beacon, 1964), 4~5쪽.
20) 이 입장도 문화와 생산 양식, 계급 구조, 사회 제도와의 관계를 등한시하고 있다는 점에서 대중문화에 대한 옹호론과 닮아 있지만, 스윈지우드는 한편으로 비판의 칼날을 들이대고 있다. 그는 현대의 대중문화의 잠재적 가능성, 즉 대중의 읽고 쓰기 능력(literacy)과 시민 사회에 대한 자립적 제도의 발전과 그 제도를 통한 대중의 능동적 참여로 인한 문화의 민주화를 통해서 참다운 대중문화의 성립이 가능하다고 주장한다.

보는 입장이 가능하게 된다.

그러나 끊임없이 야기되는 사회·경제적 갈등, 현대 자본주의 사회에 있어서 삶의 가치에 대한 불만의 증대 등의 사회적 상황에 직면함에 따라 대중문화에 대한 옹호론에도 비관적인 관점이 나타나게 되었다. 이에는 도덕 규제에 대한 어떤 위기의 개념도 없을 뿐 아니라 정통성에 관한 이론도 없다. 따라서 벨은 그의 초기의 낙관론을 수정하면서 다음과 같이 논하고 있다. "소비 지향적·자유 기업적 사회는 이미 도덕적으로 과거와 같이 시민들을 만족시킬 수 없다. 우리들이 인식하고 있는바 자유 사회가 살아나기 위해서도 새로운 공공철학이 창조되지 않으면 안 된다."[22]

대중문화는 가능한 한 많은 사람들이 주체가 되어 형성되는 산물이다. 그러나 민주화와 자유화의 방임적 수용으로 사회의 체계적 질서가 무너져 내리는 위기가 도래하였고, 이러한 위기감의 팽배는 인간을 파편화시켜 고립시키는 결과를 가져왔다. 결국, 다원적 민주주의로서의 대중문화론도 지나친 기계·산업화의 우세로 그 전립 가치의 여부마저 위협을 받게 되었고, 위의 벨의 수정론은 이러한 위협적인 상황의 진단에서 나온 하나의 반성적인 의견이 되는 것이다.

3) 한국 사회 대중문화의 확충

산업화, 도시화, 미디어 보급 등의 대중화 현상으로 인한 한국 사회의 대중문화는 1960년도 이후 새로운 테크놀러지 도입에 의하여 촉진되었으며, 1975년도를 기점으로 그 같은 현상이 더욱 가속화되어 오늘

---

21) L. Wirth, 「Consensus and Mass Communication」, *American Sociological Review*, Vol. ⅩⅢ, 1948.
22) D. Bell, *The Cultural Contradiction of Capitalism*, New York(Basic Books, Inc., 1976), 156, 248, 251쪽.

날에 있어서 한국 사회도 일반적인 의미에서 대중화 시대 또는 대중문화 시대라고 보는 데는 대체로 합의하고 있다.

문화란 한 사회구조를 통합하여 한 사회의 모든 측면을 관통하고 반영하는 가치 규범, 행위 양식 그리고 이에 대한 심미적 표현 양식이라고 할 때, 산업화 이전의 한국 사회구조(대체로 1970년대까지)와 그 문화적 성격을 어떻게 규정할 수 있을 것인가가 문제이다. 이 문제는 바로 오늘날 한국 사회에 팽배하게 나타나고 있는 대중문화 현상을 설명하는 시발점이기도 하다.[23] 키치문학을 가능케 하는 원천으로서의 대중문화를 우리의 입장에서 살펴볼 필요가 있다.

한국 사회의 재래적인 문화 가치의 중심은 아무래도 유교적인 도덕 가치 내지 윤리 규범이었다. 이것이 바로 전통적 사회구조를 통합하는 기본 원리였고, 이 사회적 통합의 기본 가치를 권위성, 복종, 비물질주의, (성에 대한) 금욕성, 공동성, 귀속성 등으로 특징지을 수 있을 것이다. 한국의 문화적 가치는 바로 이 같은 가치 지향성에 바탕을 두고 있다.[24] 이와 같은 전통적 가치 지향성은 8·15 해방 이후 미군 진주와 미군정으로 개인주의와 물질주의에 입각한 합리주의적 가치관, 자유·평등의 민주적 가치관 등의 도입으로 인해 문화적 갈등을 야기시켰고, 또한 전통적 가치 지향의 하부구조도 농지개혁, 경인전쟁을 통하여 점차 흔들리게 되어 가치관의 혼돈 상태를 가져왔다. 소작제도를 철폐하고 그 토지 자본을 산업 자본으로 전환시키려는 계획으로 1949년 공포된 농지 개혁법도, 지주 세력이 중심을 이루고 있던 당시 정권의 성격과 경인전쟁으로 인해 이러한 노력은 별 성과를 거두지 못한 채 오히려 원조 의존적 경제 체질로 바뀌어 갔던 것이다. 해방 이후에서부터 1960년대에 이르기까지 정치·경제적 혼돈 상태와 더불어 전통적 가치 지향

---

23) 이강수, 『한국대중문화론』(법문사, 1987), 97~98쪽.
24) 위의 책, 149~168쪽.

성도 흔들리게 됨으로써 사회적 통합의 정통적 기능이 사실상 상실된 상태에 있었다. 따라서 이 기간 동안 이 같은 가치관의 혼돈 상태 때문에 대중의 문화를 창조하고 발전할 수 있는 문화적 기반을 구축하지 못하였고, 일제 식민지하에서나마 겨우 명맥이 유지되었던 민족문화·전통문화조차 그 사회적·문화적 기반을 상실하게 됨으로써 국민의 생활 감정과 유리되는 현상이 빚어졌다. 이와 같이 국민들의 전통문화에 대한 소외·상실 현상으로 가치관의 혼돈이 증폭하게 되었다.

따라서 1960년대까지 한국 사회의 특징은 경제적 정체성을 벗어나지 못하였던 전근대적 산업구조, 사회적 통합을 위한 전통문화의 상실과 이를 대체할 수 있는 새로운 문화 형성 기반의 미숙, 매스 미디어의 저조한 보급 등이었고, 이로 인해서 대중문화의 형성이나 문화의 대중화 현상은 찾아볼 수 없었다.

그러나, 1960년 군사정권에 의하여 한국 사회의 모든 차원에 새로운 테크놀러지가 도입되게 되자 점차 사회구조가 변동하기 시작하였고, 특히 1970년대 이후 급속한 산업화, 교통·통신 시설의 확장, 이에 따른 도시화의 촉진 등으로 한국 사회도 산업자본주의적 생산 양식에 입각한 산업사회 구조에로의 사회 변화가 이루어지게 되었으며, 이를 뒷받침할 수 있는 자본주의 사회의 산업 윤리 내지 가치신념 체계(근면, 절약, 저축 등)가 시급히 요청되었다. 그러나 이에 상응하는 사회적 가치체계 또는 산업 윤리가 하루아침에 형성될 수는 없었다. 한편, 가치체계의 정통성 상실, 그리고 새로운 산업사회를 추진할 수 있는 자본주의적 윤리의 미숙으로 인해서 물욕주의, 개인주의, 성 윤리 파괴, 도덕적 문란과 같은 사회적 가치관의 아노미 현상이 지배하게 되었다. 이와 때를 같이하여 1960년도 이후 급속하게 발전된 자본주의적 문화 산업과 이에 부응하여 대량 보급된 라디오, 텔레비전 등의 매스 미디어를 통하여 전파되는 유희 지향적, 쾌락 지향적, 소비 지향적 대중문

화가 허위 욕구를 창출하고 더욱 보강시키는 작용을 하였다. 즉, 1960
년도 이후의 문화적 공백을 메운 대체적 문화가 다름 아닌 유희적·쾌
락적 소비성의 가치를 강조하는 매스 미디어 문화, 다시 말해서 대중
문화인 셈이다. 1960년도 이후 한국 사회의 산업화에 상응하는 바람직
한 문화는 프로테스탄트적 자본주의 문화여야 할 터인데, 대신 후기
자본주의 문화의 모순으로 지적되고 있는 유희적·소비 지향적 대중문
화가 그 중심을 이루었던 것이다.[25]

대중문화 수용자들은 주로 대중문화를 텔레비전과 라디오, 영화를
통해서 받아들이고 있으며, 신문이나 잡지의 경우는 모두 전자매체 내
지 영상매체가 전달하는 오락적 기능의 보완적 수단으로 읽혀지고 있
는 실정이다. 우리 나라에 있어서 매스 미디어 보급은 1970년대를 기
점으로 한 산업화 시대를 맞이하여 급속한 증가를 나타내고 있다.

그러나 이와 같은 텔레비전과 영화, 라디오를 중심으로 전파되고 있
는 우리 나라 대중문화는 구조적으로 저질적 대중문화물과 단단히 연
결되어 있음이 문제다.

방송이 오늘날 문화 오염의 기수라는 악명을 받게 된 것도 실은 텔레
비전 문화 내용이 보다 고급의 문화 내용, 우리 문화의 독자성을 유지
하고 발전시키는 내용 또는 국민 각 계층의 취향 문화를 다양하게 반
영하고 계발시키는 문화 내용이 아니라 저속하고 유치하고 퇴폐적이

---

25) D. Bell, 앞의 책 105~109, 135쪽.
　벨, 하버마스에 의하면, 19세기 자본주의의 문화는 쾌락이나 직접적 만족 대신 노동의 신성성
　을 중심으로 한 노동의 윤리를 합법화시킴으로써 사회적·문화적 통합을 촉진시켰다는 것이
　다. 그러나 대량 생산과 대량 소비의 현대 자본주의로 넘어오면서 자본주의의 문화적 정당성
　은 저속한 쾌락주의와 욕구에 대한 끊임없는 만족으로 변질되었고, 따라서 비이성과 반지성이
　지배하는 난잡한 세상으로 변해 버렸다는 것이다.
　이와 같은 후기 자본주의 사회 문화의 모순상이 산업 자본주의 형성 과정이 전혀 다른, 초기
　산업 자본주의사회를 맞은 한국 사회에서의 문화의 모순상으로 나타났다고 보는 것이다. 다시
　말해서, 1960년대부터 추진되었던 산업화 과정은 서구적 의미의 자본주의 정신구조의 준비 과
　정을 거치지 않은 사회적 기반 위에서 시작되었던 것이며, 합리성을 띤 테크놀러지의 사회적
　도입은 사회 전반에 걸친 문화 지체(Culturea Lag) 현상을 초래했던 것이다.

고 감각적인 문화 내용으로 차 있기 때문이다. 스포츠 프로그램과 쇼 프로그램과 같은 이른바 연예·오락 프로그램의 대량적 증가가 그 실례이다.[26]

여러 조사 결과에서와 같이, 매스 미디어가 제공하고 있는 오락의 장르는 대부분 대중의 사회 의식이나 문화 의식을 불러일으키는 것보다는, 사회성이 결여된 유희적이고 감상적인 개인적 세계로 끌어들여 대중의 의식을 오히려 퇴화시킴으로써 새로운 산업사회에 능동적으로 대처해 나갈 수 있는 가치 체계에 모순되는 가치를 강조하고 있다. 이와 같이 문화산업에서 제조되어 나온 가치 유형은 대중가요, 대중오락잡지, 신문소설이나 대중오락소설 등으로 여타 대중오락의 장르 속에 그대로 나타나고 있다.[27]

대중문화는 문화 담당자인 대중이 창조하고 그들의 필요에 의하여 향유되는 문화이거나 아니면 매스 미디어에 의한 고급문화의 대중화, 그리고 그들의 문화적 취향과 문화 의식을 향상시키는 문화이다. 그러나 우리의 경우 매스 미디어를 통해서 전달되는 대중문화는 대중을 위한 진실한 문화라고 보기 힘들다. 매스 미디어가 전달하는 문화는 문화 담당자로서의 대중문화도 아니며, 그렇다고 고급문화의 대중화도 아니다. 더욱이 1970년대 전후 산업자본주의에 돌입하는 근대화를 뒷받침하는 정신구조, 즉 근검·절약·성실을 주축으로 하는 산업사회의 문화도 아니다. 결국, 그것은 어디까지나 상업 문화를 주축으로 한 쾌락적·유희적·소비 지향적 대중문화에 가깝다.

이 글은 이러한 유희적이고 즉흥적인 소비상품으로서의 대중문화가

---

26) 현재 우리 나라 방송법상으로는 오락 프로그램의 비중을 보도와 교양의 하급선인 40%를 제외한 60% 이상을 넘을 수 없도록 규정하고 있으나 1983년의 경우 어린이 프로그램을 포함하여 KBS-2TV의 경우 71.6%, MBC-TV의 경우 65% 선에 달하고 있음을 살필 수 있다. 안홍화, 「한국방송의 프로그램 편성 기준에 관한 연구」(중앙대학교 신문방송대학원 석사학위 논문, 1986), 42쪽.
27) 이강수, 앞의 책, 164~168쪽.

시화된 키치시, 나아가 소비상품으로서의 대중문화의 굴절인 키치시, 또는 대중문화에 대한 자기 검증인 키치시에 주목하고자 한다. 특별히 1980년대를 중심으로 논지를 전개해 나가는 것은(1990년대 상반기도 포함) 이러한 키치적 요소들이 1980년대 들어 급격히 활성화되었고, 포스트모더니즘의 수용과 함께 앞으로도 계속 진척될 토양이 1980년대에 마련되었기 때문이다. 20세기 말 한국문학의 한 부분을 차지하게 되는 키치문학이 1980년대에 들어 제대로의 모습을 갖추었다고 보기 때문이다.

3. 한국 현대시의 키치 현상과 키치적 상상력

1) 1980년대 한국 사회와 키치시의 대두

1980년대는 다양성과 복합성이 팽배했던 시기였으며, 이러한 시기에 민주화 운동에 발을 맞춘 문학 기능의 극대화, 산업사회의 발달, 월북 작가의 해금 조치로 인한 이데올로기의 개방[28] 등이 우리 문학의 배경적인 흐름이 되고 있음을 살필 수 있다. 노동문학으로 보다 선명히 정치적 성격을 띤 민중문학과 모더니즘 또는 1980년대 말 쟁점이 된 포스트모더니즘 계열의 문학이 1960년대 이래 참여 대 순수의 이원론처럼 대립되어 1980년대 문학의 주목거리가 되고 있다. 물론 무거운 정치적 성격의 삶이 문학의 제재가 될 수도 있지만, 이와 아울러 도시라는 문명 공간에서의 삶, 일상적이면서 대중적인 삶 또한 산업사회 속에서의 문학의 제재가 될 수밖에 없고, 따라서 도시시, 해체시, 일상

---

28) 「세기말 한국문학의 위상」, 『문학동아』, 1990년 봄호, 7쪽.

시, 광고시 등이 다양하게 펼쳐져 문단의 주요 흐름을 형성하게 되었
던 것이다.

이 글에서 주목하고자 하는 것은 후자 쪽이다. 다시 말해서, 주변적
이면서 사소하고 다양한 것들을 존중할 줄 아는 다원주의적 세계관에
입각한 대중 미학주의에 주목하고자 하는 것이다. 사회적으로는 '거대
소비사회'로, 문화적으로는 전자·기계·영상문화 등을 위시한 '탈-문
자문화'의 단계로 돌입한 상황에서 이를 반영하여 나타나게 된 키치문
학이 한국 자본주의의 예기치 않은 변모에 많은 것을 기대고 있는 셈
이다. 많은 사람들이 모이면 모일수록 그만큼 그들의 충동과 관심에
있어서의 공통점은 더욱 깊이 모색되어야 한다.[29] 소외·사물화·획일
화·파편화 등은 그러한 현상에 대한 가장 직접적인 문화적 인식이었
다. 문화의 수평화 현상과 수평 문화의 확대라는 산업정보사회에서
1980년대 시는 그것에 영향받지 않을 수 없었다. 거대 도시의 생성과
인구 집중, 개인주의의 심화, 일상을 밀고 들어오는 매스 미디어, 파괴
되어 가는 자연 환경 등 산업화가 가져온 이러한 삶의 변화들이 우리
문학에 속속들이 파고들었기 때문이다.

문명의 세속화 혹은 대중화가 그 배경인 키치적인 것은 20세기 말
우리 문단에서 뚜렷이 부각된 하나의 현상이 된다. 시에서 살펴보면
이 글 논지의 중심이 되는 황지우, 오규원, 이윤택, 장정일, 유하, 하재
봉, 장경린 등이 포함되고, 소설에서는 마광수, 장정일, 이인성, 최수
철 등이 그 예가 된다. 키치적인 것의 종사자로서 마광수만큼 철저한
탐닉자도 드물 것인데, 그는 전통적인 유교 사상이 아직도 자리잡고
있는 이 땅에서 '성(性)으로부터의 자유'를 과감하게 부르짖는다. 그래
서 그는 금기시되는 지하의 문학(underground literature)을 지상으로

---

29) Georg Simmel, *Soziologie*, 1922 ; A. Hauser, 『예술의 사회학』(최성만·이병진 옮김, 한길
사, 1983), 263쪽 재인용.

끌어올리는 데 한몫 단단히 한 셈이다. '페티시즘' '대리 배설' '짙은 화장' '긴 손톱' '자궁 회귀 본능' 등의 용어들을 기치로 내세움으로써 나름대로의 영역을 얻고자 한 그는, 『나는 야한 여자가 좋다』는 수필집으로 유명해진 뒤 장편소설 『권태』를 발표했고, 얼마 전 간행물윤리위원회로부터 경고 조치를 받아 물의를 빚고 있는 『광마일기』와 그 직전에 나온 시집 『가자, 장미여관으로』를 각각 출판했다. 아래의 어느 한 신문과의 대담에서도 알 수 있듯이, 그는 철저한 키치적인 것의 탐닉자요 중독자이다.

      ……점잖은 체 할 수 있어요. 그러나 양심에 찔려요.…… 점잖은 글 쓰는 문학부 교수가 있다면 나 같은 교수도 있어야 되는 것 아닙니까. 의대에는 섹스 클리닉 담당 교수가 있어요. 그게 외설스러운 겁니까. 킨제이 연구소도 있어요. 학자로서의 나는 내 나름대로의 한 영역을 갖추고 있을 뿐입니다.……[30]

장정일의 『그것은 아무도 모른다』도 역시 이 계열에 포함시킬 수 있다. 생각하기, 쓰기, 읽기가 분리되지 않고 동시적으로 진행되는 방식을 취하고 있는, 일종의 이야기에 대한 이야기로서, 이른바 '메타픽션'의 장르에 속하는 작품이다. 대중의 말초신경을 자극하는 소재를 중심으로 관능적인 유희로 독자를 혼란에 빠뜨리기도 하지만, 온갖 여러 장르가 혼합되어 한 편의 포르노로 전락하는 것은 최소한 막고 있다라는 평을 듣기도 하는 작품이다.[31] 매스컴이 집단의 이익을 위해서 개인성을 철저히 왜곡·희생시키는 데 맞서 개인적인 진실을 찾아 나가는 과정을 그린 이인성의 『한없이 낮은 숨결』, 시인이자 해부학도인 김명

---

30) 『시사토픽』 제26호, 1990년 9월 27일자(국민일보사, 1990).
31) 남진우, 「유희, 혹성탈출, 그리고」, 『외국문학』, 1988년 가을호.

자를 등장시켜 마약, 섹스, 거짓말 등으로 황폐한 세계를 소격 효과로 복잡하게 얽어 놓은 김수경의『자유종』, 그 외 최수철, 최병훈 등도 이 맥락에서 이해될 수 있다.

실제로 키치의 탄생에 필요한 조건은 키치적인 생활 양식이다. 다시 말해서, 키치 자체가 그러한 생활 양식에서 자연히 태어나게 된 부산물이며 그러한 생활 양식의 자연스런 결정체라 할 수 있다. 키치 종사자들의 공통점이 양식적 언어에 있지는 않다. 그 대신에, 현대적 삶의 지배적인 분위기에 대해 지나칠 정도의 민감한 반응을 보여준다. 그들이 보여주는 공통점은 현대의 대도시, 그 속에서의 일상적인 대중들의 삶, 도시 안에 갇혀서 자연으로부터 심지어는 스스로로부터 소외된 인간들의 모습들이다.

두루 알다시피, 1980년대에 들어 한국 사회는 대중사회로 규정받을 수 있을 정도의 여건을 갖추게 되었다. 산업사회의 발달, 매스 미디어의 급속한 파급, 민주화, 다원주의 개념의 확산 등이 그것이다. 그러나, 우리 사회가 과연 서구 사회의 발전 개념인 후기 산업사회의 단계에 와 있느냐라는 논의에 어떤 일치점을 찾기도 전에 문단에서는 이미 후기 산업사회의 논리인 포스트모더니즘의 수용을 두고 1980년대 후반에 들어 논의가 부쩍 활발하다. 철저한 대중문화 토양을 배경으로 하는 포스트모더니즘이 키치문학을 부추기는 데 단단한 한몫을 담당할 소지를 안고 있음은 물론이다. 이러한 맥락에서 도시시, 일상시, 해체시, 광고시 등이 대중시로서의 키치시의 하위 부류를 형성하고 있음을 살필 수가 있다. 산업사회에 있어서 삶의 양식과 의식을 반영하고 그 문제적 양상을 제기한 것으로 세속주의와 탈신비주의를 중심으로 일상성의 회복을 의도하는 도시시,[32] 일상소를 단위로 하여 비일상적

---

32) 김준오, 「도시시와 포스트모더니즘」, 『현대시사상』, 1990년 가을호.

인 허약성을 매도하면서 수직적 긴장의 문화(관훈적·군사적 문화)에 대응하는 일상시,[33] 무질서하고 파편화된 세계를 그대로 수용하여 그것을 일상적이고 부조리한 것으로 인식·회의하는 해체시,[34] 상품 광고 문맥과 도안들을 인유와 패러디의 기법으로 재조립하여 소외 문화와 억압 체계를 환기하고 이를 비판하는 광고시[35] 등이 이 시대의 키치시로 놓여 있는 것이다.

2) 키치시의 구조와 지향성

(1) 키치문학의 이중성

1970~80년대 급격하게 팽창을 이룬 자본주의 사회와의 맥락 속에서 활성화된 것이 우리 경우의 키치문학이다. 두루 알다시피 인간이 창출한 거대하고 상업적인 사회 구조물은 인간을 인간답게 하는 보조물이 아니라 거꾸로 인간 생활을 지배하는 비정한 것이 되었으니, 여기에 현대 사회에 만연되는 인간 소외 문제가 자리잡는다. 그러나 소외 의식은 오히려 인간 정신의 자기 분리·부정으로부터 자기 극복으로 나아가는 하나의 계기일 수 있고, 여기에 키치문학이 놓일 수 있다. 인간 정신의 자기 분리는 동시에 자기 확장이요 자기 실현의 발돋움이며, 이러한 자기 분열이 주는 이화의 고통은 새로운 자기 통합 또는 동화를 위한 자기 초극이 되기 때문이다.[36] 진리·가치의 혼돈과 해체, 이런 문제 의식을 바탕으로 그것을 다시 전면적으로 복원하려는 열망이 고조되었고, 그러한 때에 키치문학이 그 가치의 직접성을 담보할 수

---

33) 박상배, 「일상시와 포스트모더니즘」, 위의 책.
34) 김준오, 「혼란, 허무주의, 그리고 세속적 경박성」, 『문학사상』, 통권 212호.
35) 김준오, 위의 책.
36) 신오현, 「소외이론의 구조와 유형」, 『현상과 인식』 통권 제22호 ; 정문길 편, 『소외』(문학과지성사, 1984), 36쪽.

있는 양식으로 떠올랐다고 보는 것이다. 절대 부정 속에 싹트고 있는 긍정의 싹의 발견과 북돋움, 해체·소외론적 시각으로부터의 탈피, 일상성을 통한 인간성의 회복 등의 시도를 키치문학의 의의로 보고자 하는 것이다.

물신화되고 기계화된 산업사회에 빠져 들어 즐기면서 한편으로는 비판하기도 하고, 혹은 비판하면서 즐긴다는 데 현대인의 리얼리티가 자리잡는다. 즉, 인사이드 아웃사이더(inside-outsider)[37]로서 악을 발견한다는 데 현대인의 리얼리티가 자리잡는다. 이러한 점에서 키치문학은 이중성·모순성·복잡성을 그 특징으로 삼게 된다. 이는 일종의 위기 의식에 다름 아니다. 결국 키치문학은 어쨌든 여기에서 살 수밖에 없고 또한 살아야 한다는 것, 여기에서 살면서 이 세상을 바꿔 나가야 한다는 것 등을 중심으로 한, 세계에 대한 문학의 반성적 접근으로 볼 수가 있다. 따라서 문명에 대한 잠행 공격에 키치문학의 적극적 의의가 놓이게 되는 것이다.

이러한 특성들을 고려해 볼 때, 키치문학은 아래와 같이 세 단계로 유형화된다. 여기서 이러한 세 단계를 구분하는 기준은 표현 기법, 즉 표면적 화자의 어조가 된다.

첫째, 파편화되고 물화된 상당히 복잡한 사회인 산업자본주의에 '일단 빠져 든다'. 미적 위기[38]에 처한 사회에 세속적 경박성으로 후기 산업사회의 징후적 영향으로 예술마저 상품화되어 소비되는 세계에 뛰어들어 희극적·즉흥적으로 즐기는 것이다. 그래서 이 단계에서는 일상에 매몰되는 현대인들의 삶이 인유의 기법으로 그대로 드러나게 된다.

---

37) 콜린 윈슨, 『아웃사이더』(범우사, 1974).
38) F. Fuller, *Aesthetics after Modernism*(김채현 옮김, 열화당, 1990), 77쪽. 이때 '미적 위기'는 개성의 상실, 이로 인한 평준화·획일화를 뜻한다.

둘째, 모순을 살면서 그 속에서 누릴 것은 대체로 다 누리지만, 중요한 것과 그렇지 않은 것들 사이의 연관 관계에 주목하면서 '숨 고르기'를 한다. 산업화로 빚어진 모순된 실존의 사실들과 부합하면서도 그러한 상황에 대한 검토의 태도를 취하는, 위악적 태도로써의 속악한 현실에 대한 반성적 접근이 바로 이 단계에 해당한다. 따라서 '위악적 태도와 숨 고르기'는 내가 이 세계에 살고 있고, 또 살아야 함을 인식한 결과에 다름 아니다.

이 현실이 곧 나의 현실임을 알 때 올바른 반성과 아울러 비로소 극복책이 나옴을 인식한 결과이다. 바로 여기에, 앞에서 살핀 인사이드 아웃사이더로서의 키치문학, 곧 키치문학의 이중성이 놓이게 된다.

셋째, '숨 고르기'로써 획득한 반성의 태도로 획일화·단편화된 산업사회를 뛰어넘을 수 있는 대안을 마련, 세계를 향해 '돌려 찌르기'를 실시한다. 문명의 세속화가 가져온 '영원한 현재'에 사는 인간 왜곡의 양상들을 키치문학이 드러내 보이며 이를 비판하지만, 이 비판은 결국 산업사회의 현실을 전면 부정하는 것이 아닌, 그 속에서의 갈구가 되고 있다. 타락하고 물신화된 사회와 상반되는 진정한 가치를 추구함에 있어서 사회를 직접적으로 공격하는 이른바 수직적 초월(vertical transcendence)로써 추구하지 않고, 사회에서 허용하는 간접적인 방법으로 추구하는 '탈승화와 우회적 공격'이 이 단계에 해당한다. 타락한 사회에서 타락한 방법으로 진정한 가치를 추구하는 골드만의 '간접화' 이론으로써의 공격이 되는 것이다.

따라서 키치문학은 대중성에 바탕을 둔 현실 대응의 한 방법론이며 위기 의식으로부터 현실 인식을 드러내는 정직한 문학적 실천 행위가 된다. 곧, 해체 지향이 아닌 '재구성' 지향으로서의 키치문학, 해체·소외의 극복책으로서의 키치문학이 되는 것이다.

이러한 점들에 유의하면서 1980년대 시들 가운데 키치적 요소를 지닌 시들을 살펴보기로 한다.

(2) 일단 빠져 들기

물건들이 많아지고, 감각적인 자극들이 많아지고, 뿌리에 얽힌 가지들이 엄청나게 많아졌다. 산업화가 이루어 놓은 기술적인 업적들은 인간을 매혹시킬 수 있는 충분한 계기가 되었고, 따라서 오늘날 가치의 중심이 인간 아닌 물건들 상호간의 관계 속에 있는 듯하다. 이러한 물신화된 산업사회 속에서 소비를 조장하는 원리에 부응하여 함께 타락되어 누리는 모습들이 그대로 시 속에 드러나고 있음을 살필 수 있다. 일상 속에 파고든 물질·기계문명, 텔레비전·신문 등의 광고, 포르노물, 영화, 스포츠, 만화, 무협소설, 신문기사 등 광고나 대중매체에 흔히 등장하는 기존 이미지들이 키치시에 그대로 차용되고 있음을 살필 수가 있다. 속악한 세계에 빠져 들어 무비판적으로 탐닉하는 모습들을 살필 수가 있다.

이러한 세계에 빠져 드는 탐닉자는 버티는 자아가 아닌 주체를 상실한 수동적 자아가 되고, 이러한 주체 상실의 수동적 자아는 현실에 대해 판단 유보를 선언한 탈인격화된 대중을 형성하게 된다. 따라서 판단 유보를 전제로 한 '빠져 들기'의 단계에는 상품화, 교환가치로 통하는 배금주의, 기계화, 시와 대중예술과의 만남인 포르노와 영화 사회학의 시화, 이러한 사실들로 인해 순간순간에 주목하게 되는 현대인들의 삶의 방식인 '영원한 현재' 등의 항목들이 내용을 이루고 있음을 살필 수 있다.

먼저, 상품화되는 양상들을 보도록 하자.

현대 사회가 주류화되면서 미학적 생산은 대체로 상품 생산에 통합되었다. 좀더 새로워 보이는 상품들을 빠르게 생산해내려고 하는 경제적 욕구가 미학적 혁신과 실험에 점점 더 본질적인 구조적 기능과 위상을 설정해 주고 있는 것이다.[39] 신문, 잡지, 도서, 라디오, 텔레비전 등을 중심으로 하는 이른바 매스 미디어를 통한 광고시들은 이에 걸맞은 용례가 된다.

①그녀는 인사를 잘한다. 안녕하세요
　그녀는 미소띠며 속삭인다
　파란 물방울 무늬 잠옷을 입고
　그녀는 머리를 감아 보인다. 무지개를 실은
　동글동글한 거품이 티브이 화면을 완전히
　메운다. 그러면 샴푸의 요정이 속삭이는 거지
　새로 나온 샴푸, 당신이 결정한 샴푸라고
　향기가 좋은 샴푸, 세계인이 함께 쓰는 샴푸
　아마 당신은 사랑에 빠질 거예요
　라고 속삭이는 것이지

― 장정일, 「샴푸의 요정」 부분

②선언 또는 광고 문안
　단조로운 것은 生의 노래를 잠들게 한다
　머무르는 것은 生의 언어를 침묵하게 한다
　人生이란 그저 살아가는 짧은 무엇이 아닌 것
　문득-스쳐 지나가는 눈길에도 기쁨이 넘치나니
　가끔은 주목받는 生이고 싶다. CHEVALIER

― 오규원, 「가끔은 주목받는 生이고 싶다」 부분

---

39) F. Jameson, 「Postmodernism, or the Culture Logic of Late Capitalism」, *New Left Review 146*(July-Auguest, 1984) ; 정정호·강내희 엮음, 『포스트모더니즘론』(터, 1989), 144~145쪽.

③쪼옥 빠라서 씨버 주세요. 해태 봉봉 오렌지 쥬스, 삼배권!

　더욱 커졌씁니다. 롯데 아이스콘 배권임다!

　뜨거운 가슴 타는 갈증 마시자 코카콜라!

　오 머신는 남자 캐주얼 슈즈 만나 줄까 빼빼로네 에스에스 패션!

—황지우, 「徐伐, 셔볼, 셔블, 서울, SEOUL」 부분

인용한 작품들은 소비를 부추기는 광고 문안들을 인유의 기법으로 표현하고 있다. 시인의 판단은 의도적이든 비의도적이든 배제되어 있고, 소비자들의 의식을 마비시켜 소비로 유도하는 선전문구를 짜깁기하고 있다. 광고 문안들을 도용한 시들은 이외에도 옷 광고인 장정일의 「가을옷」「산 위에서 내려온 바보」, 오규원의 「그것은 나의 삶」, 안약 광고인 오규원의 「눈의 老化」, 과자 광고인 오규원의 「롯데 코코아 파이 C.F」, 껌 광고인 「해태 들菊花」 들이 있다.

광고 디자이너들은 그 소비자들과의 의사소통을 위해 거리낌없이 사회적 수단과 문화적 상투형에 의존한다.[40] 광고자는 구매자에게 "이 물건의 선택이 (집단적 행위가 아니라) 곧 개성의 표현"이라는 사실을 납득시키고자 한다. 이 물건의 선택이 곧 행복과 연결되는 듯 광고를 한다. 그래서 각각의 광고는 시각적 재미와 중첩되는 의미를 띠게 되는 것이다.

우리는 매체로 포화된 환경 속에 살고 있다. "대량 생산은 산업사회의 모든 사람들이 동일한 제품을 동일하게 즐길 수 있게 하며, 문화의 평준화와 사회적 관습의 통일을 가져온다"[41]는 표어로 소비상품에 대한 선택의 평등이 마치 현실에서 가능한 양 떠들어대고 있다. 두루 알려진 대로, 대중매체는 메시지를 위에서 아래로 정해진 방향

---

40) John A. Walker, *Art in the Age of Mass Media*(정진국 옮김, 열화당, 1987), 64쪽.
41) 앞의 책, 39~41쪽.

으로 퍼부어대는 수직적 기능에 입각해서 전파된다. 사회 내부의 모순을 위장하는 것은 이념의 기능이다. 모든 매체의 산물들은 기존의 문화적 수준이나 정치적 의식 등에 따라 다양하게 반응하는 대상 집단들, 또는 전체 사회 속에서의 어떠어떠한 특정 집단들을 지향하거나 재단해낸 것이다.[42] 우리를 둘러싸고 있는 것은 말없이 그리고 낯선 채로 있는 소비상품의 세계이다. 우리는 탈자연화된 소비상품의 현실과 타협하고 친숙해질 뿐만 아니라 그러한 탈자연화된 현실은 우리에게 제2의 자연, 심지어는 본래적인 자연으로까지 화한다. 그리고 그 이전의 자연은 사라져 하나의 신화로 되어 버린 것처럼 보인다. 그리하여 마음대로 처리할 수 있는 온갖 상품들의 틀에 박힌 형식, 오로지 소비의 상승을 겨냥한 경제, 경쟁력과 상업 광고의 지배, 욕구와 가치 평가의 지정된 공식, 삶의 조작의 증대 그리고 정신적인 세계의 피지배성 등이[43] 키치문학이 반영하고 있는 현실의 모티브들이 되는 것이다.

이 광고들은 개인주의와 대량 생산이라는, 지금으로서는 화해할 가능성이 없어 보이는 이 두 가지를 화해시키려 한다. 표준화된 산업경제 체제에서 모티브를 얻은 광고들은 소외 문화와 억압 체계를 속에다 감추고 겉으로의 화해를 시도하려 한다. 문제는 바로 이러한 간극에서 있는 소비자들의 무비판적인 향유가 된다. 위 시들은 이러한 유도를 위한 목소리가 되고 있다. 그래서 소비자들에게,

나는 사주고 싶네 사랑하는 애인에게 라이너 마리아 릴케
같은 스판텍스 브래지어, 사주고 싶네 아폴리네르 같은 팬
티 스타킹, 아 소포로 한짐 보내고 싶네 에밀리 디킨슨의

---

42) 위의 책, 18~19쪽.
43) A. Hauser, *Soziologic der Kunst*(최성만·이병진 옮김, 한길사, 1983), 322~323쪽.

하얀 목덜미 같은 생리대 뉴 후리덤

— 오규원, 「시인 구보씨의 일일(3)」 부분

등과 같은 구매를 하도록 충동질하는 것이다.

현대 산업사회를 살고 있는 현대인들은 광고의 위력에 짓눌려 살고 있다. 우리 국민의 과반수 이상이 광고에 대해 부정적인 인식을 갖고 있으면서도 구매시에는 약 70%가 광고의 효과로 물건을 선택하게 된다는 통계 자료가 있다.[44] 광고의 위력이 대단함을 짐작할 수 있는 대목이다.

이상의 상품 광고와 삶의 조작의 증대를 꾀하는 배금주의가 나란히 놓인다. 광범한 사회계층의 이해와 취향, 수여에 상응하는 질로서의 대중적인 것에 빠져 드는 모습들이 탈인격화된 표현 방식으로, 버티는 자아가 아닌 수동적 자아로 배금주의란 이름 아래 나타나고 있음을 살필 수 있다.

생각보다 많은 돈이 내 손에
쥐어졌을 때의 그 신선하고도 확실한 행복!
나는 잠시 진심으로 감사하고
잠시 男子들이 사랑스럽다고 생각하고
쥐어진 지폐를 다시 한번 헤아리며
感動派인 나는 노래한다 허밍으로
—가로수 푸른길 발걸음 가볍게……

— 오규원, 「어떤 감동파」 부분

자본주의 사회에서 오직 돈만이 큰 위력을 발휘하여서 마침내는 가

---

44) 한국갤럽조사연구소의 「여론조사」, 『조선일보』, 1990년 7월 25일자.

치 결정마저 넘보게 되었다. 현대인들은 이 사실을 의식적으로 혹은 무의식적으로 일단 받아들여 그 속으로 빠져 든다. 그래서 "거리. 부동산 붐에 올라타고 청바지를 입은 젊은 부인들이 길 건너 아파트 공사장으로 떼 지어"[45]가고, "돈짝만한 귀걸이를/두 귀에 단 여자가/정말 돈짝만큼 예쁘"[46]게 보이게 된다. 급기야는 사람에게까지 가격을 매겨 메뉴판으로 제시함으로써 입맛대로 고르게 한다. 물화된 세상에서의 배금주의는 이제 어딜 가더라도 당연한 논리로 통하게 되었고, 그 비정함은 삶이 끝난 죽음의 장에서도 예외 없이 적용되고 있다.

> ①일단, 오징어는 맛나게
> 　잘 섞은 오입담 날리며 날리며
> 　화투짝 신나게
> 　신도 죽음도
> 　땡 잡는 황홀함 알 턱 없다
>
> 　　　　　—이윤택, 「친구의 屍身 옆에서 불 밝히고」 부분

> ②상복 허리춤에 전대를 차고
> 　곡하던 여인을 늦은 밤 손익을
> 　계산해 본다
>
> 　시체 냉동실은 고요하다
> 　끌어모은 것들을 다 빼앗기고
> 　(큰 도적에게 큰 슬픔 있으리라)
> 　누워 있는 알거지의 빈손,

---

45) 오규원, 「유다의 부동산」에서.
46) 오규원, 「오늘」에서.

죽어서야 짐 벗은 인간은
냉동실에 알몸거지로 누워 있는데

흑싸리를 던질지 홍싸리 껍질을 던질지
동전만한 눈알을 굴리며 고뇌하는 화투꾼들,
그들은 죽음의 밤에도 킬킬대며
잔돈 긁는 재미에 취해 있다

— 최승호, 「세속도시의 즐거움 2」 부분

"외로운 시체를 위한 밤샘"에서 "잔돈 긁는 재미에 취해 있"는 모습을 묘사한 시들이다. 친구의 시신을 바로 곁에 두고서도 "땡 잡는 황홀함"으로 화투짝을 신나게 던지고 있고, 늦은 밤 곡하던 여인도 손익을 계산하고 있다. 한 목숨의 끝남에 대한 애도는 어디에서도 찾아볼 수가 없고, 그런 엄숙하고 비장한 장소에서조차도 이른바 '돈 따먹기'가 판을 치고 있는 광경을 목격할 수 있다. 눈알도 동전 크기로 변해서 죽음의 현장에서 고뇌하는 것은 오직 다음에 낼 패가 되고 있다. 오징어와 오입담을 양념으로 "죽음의 밤에도 킬킬대며" '돈 따먹기'에 열중하고 있는 이상의 모습들에서, 인간의 실존 가치마저도 이젠 돈의 위력에 짓눌려 보잘것 없는 것이 되어 버린 비정한 현장을 목격할 수가 있다.

이러한 배금주의가 물질 만능의 소비풍조로 이어지는 것은 당연한 전개 과정이 된다.

교사생활 7년. 나에게 남겨진 청춘의 주식은 없어요. 가진것이라곤 24평 아파트 한 채와 피에르 가르뎅, 샤넬, 이브생 로랑, 고치, 리브론, 와코루, 죠다쉬, 미즈노, 그리고 소니 수상기 세트와 맨 우드 엠프, 식탁 위에는 헤네시 한 병이 놓여 있죠. 자신을 가짜인지 이류품인지 의심하기는 싫어요.

내가 가진 것은 모두 오리지날이고 메이커니까요. 나는 그런 것들을 도깨비
시장에서 구입하거나 외국상사에 근무하는 친구에게 부탁하지요. 기분이
우울할 때 나의 고독을 달래 주는 것은 쇼핑뿐이죠. 물건을 가는 사람의 반
수 이상은 정말 필요하기 때문이 아니라 외롭기 때문에 필요하다고 느끼는
것이죠. 혼자 있음의 불안을 상품을 사는 순간 잊을 수 있거든요. 특히 처량
한 비가 내리는 날이면 으례히 백화점의 눈부신 유리 진열대 사이를 나는
어항 속의 금붕어처럼 뽀금거리고 다니죠. 반짝거리는 유리 진열대는 나에
게 신데렐라가 신었던 유리구두처럼 희망과 꿈을 주지요. 한 순간의 즐거움
을 주는 구매는 즐거워요. 나는 내 존재의 일부를 백화점에서 조각조각 사
맞추어요.

— 장정일, 「프로이트식 치료를 받는 여교사 6」 부분

이 일상시에서 우리는 이미지 속에 사는 인간의 모습을 만난다. 진정
필요에 의해서 물건을 구매하는 것이 아니라 "외롭기 때문에", 그리고
"혼자 있음의 불안을 상품을 사는 순간 잊을 수 있"기 때문에 구매를
하고 있다. 세계에 대한 판단 유보로 주체를 상실하게 된 현대인은 교
환가치에 비중을 두는 배금주의의 세계에 빠져 들어 탐닉하게 되는 것
이다. 여기서 우리는 스스로를 이방인으로 경험하는 자기 소외에 처한
사람과 맞닥뜨리게 된다. 소외의 현존적 상황에서의 철저한 자기 고립
감에 다름 아닌 양상이 바로 이 개념에 해당한다.

생산과 소비는 인간의 실질적인 수요와는 무관한 추상적 메커니즘에
지배되며 조작된 생산은 조작된 수요를 만들고 조작된 수요는 급기야
조작된 욕망을 낳게 된다. 심지어는 인간의 휴식과 취미 생활까지 상
업화되었다. 이리하여 인간의 개성은 말살되고 창의성은 고갈되어 인
간 상품·인간 교환·인간 시장의 근성들이 현대 사회를 지배하고 현대
인의 의식구조를 형성하게 되었으며, 여기에 인간 소외가 자리잡게 되

었다.[47] 소외된 인간은 타인으로부터 접촉이 끊어져 있듯이 자기 자신과도 접촉이 단절되어 있다.[48] 그리하여 그는 자기 자신을 마치 사물을 대하듯 대하게 되는 것이다. "한 순간의 즐거움을 주는 구매는 즐"겁고, "내 존재의 일부를 백화점에서 조각 조각 사 맞추"는 행위가 그래서 가능하게 되는 것이다.

> 나를 데리러 올 기사를 몽상해요. 나를 데리러 오는 기사는, 정말 멋진 기사, 그는 8기통 자동차를 몰고 오는 남자여야만 할 거예요. 거기에다 그의 몸뚱어리 전체는 금으로 뒤덮인 털복숭이여야 할 거구요. 장화를 신은 발은 크고 단단해야 될 거예요. 또 두 팔뚝의 힘은 세어야 하고 그의 어깨는 아틀라스와 같이 튼튼하여 우주의 모든 매력이 들어 있는 나의 두 다리를 충분히 받쳐 올릴 수 있어야 해요. 무엇보다도 그는 메이커로 뒤덮인 신사여야만 하겠죠. 마치 백화점의 선전 카다로그에서 막 빠져나온 듯이 넥타이에 묻은 먼지마저 일류가 아니면 안돼요.
>
> —장정일, 「프로이트식 치료를 받는 여교사 8」 부분

위의 작품도 이미지 속에 사는 현대인의 일상을 나타내고 있다. 욕망마저 타율적이 되어 버린, 다시 말하면 욕구와 가치 평가마저 삶의 조작에 의해 지정된 공식대로 움직이는, 이미지 속에 사는 현대인의 일상을 나타내고 있다. 이젠 어디에도 인간의 정신적 가치에의 비중은 없어 보인다. 앞으로의 삶을 같이할 동반자에 대해서도 예외는 존재하지 않는다. 마음대로 처리할 수 있는 온갖 상품들의 틀에 박힌 형식만이 우리의 일상을 좌우하고 있을 뿐이다.

---

47) 신오현, 「소외이론의 구조와 유형」, 『현상과인식』 제6권 제3호 ; 정문길 엮음, 『소외』(문학과 지성사, 1984), 38쪽.
48) Erich Fromm, *The Sane Society* ; 위의 책, 38쪽 재인용.

이러한 상품화되고 배금주의화된 세계에 탐닉하는 태도는 산업화로 인한 기계화에 지배되는 모습에서도 나타나고 있음을 살필 수 있다.

파편화되고 상당히 복잡한 산업사회에 '일단 빠져' 드는 모습들은 계속 이어 나타난다. 기술이 우리 마음과 상상력이 쉽게 파악해낼 수 없는 권력망과 통제망, 말하자면 새로운 탈중심적 제3단계 자본이 전 지구망을 파악하는 데 있어 여러 현상들의 어떤 특권적 속기의 구실을 하고 있는 듯하다.[49] 기술이 지닌 마력에 의해 이른바 오락문학은 점점 더 힘을 얻는 듯하다.

　①TV는 나의 눈
　　섹스, 거짓말 그리고
　　사회적 폭력 및 성적 불안을 조성하는 혐의로 체포된
　　통제 불가능한 상상력
　　내 어머니의 자궁 속으로 나는 육십 년간의 여행을 떠난다
　　뒤엉킨 세상으로 나를 돌려주는 것은
　　암시장에서 사온 불법
　　비디오 테이프

　　　　　　　　　　　　　　　—하재봉, 「비디오/TV는 나의 눈」 부분

　②나의 사유는 16비트 컴퓨터의 스위치를 올리는 순간부터 작동된다
　　모니터의 녹색 화면에 불이 켜지고
　　뇌하수체의 분비물이 허용치를 넘어 적신호가 울릴 때까지
　　키보드를 두드리는 나의 손은 검다
　　부화되지 못한 욕망과 도덕적 관점에서 비난받아 마땅할

---

49) F. Jameson, 앞의 책, 181쪽.

내 개인적 삶의 흔적은

컴퓨터 파일 「삭제」키를 누르기만 하면 사라진다

나의 하루는 컴퓨터 스위치를 올리는 것

그리고 끊임없이 기록하고 기억을 저장시키는 것

세계는, 손 안에 있다

나는 컴퓨터 단말기를 통하여 지상의 모든 도시와

땅 밑의 태양 그리고 미래의 태아들까지 연결된다

나의 두 눈은 환한 불을 켜고 있는 TV

나의 심장은 거대하게 돌아가고 있는 공장의 발전실

모든 것은 개인용 컴퓨터의 스위치를 올려야만 움직이기 시작한다

— 하재봉, 「비디오/퍼스널 컴퓨터」 부분

③그것은 꿈이 아니다 버튼만 누르면

인공위성을 통해 중계되는 프로야구 프로축구 결승전 마술

쇼, 쇼, 쇼, 미스 유니버스 선발 대회 붕괴되는

베를린 장벽 국회 청문회

욕망의 옷을 입고,

컴퓨터로 전자동 조절되는 조명 받으며 무대 위에 서 있는 나를

TV를 통해 바라볼 수 있는

나의 현실은 TV 나는

TV 시민

나와 잠자리를 같이하는

— 하재봉, 「비디오/TV는 숨을 쉰다」 부분

이상의 작품들은 대중문화의 새 영역으로 자리잡고 있는 비디오에 대한 연작 가운데 한 편이다. 정보사회의 특징은 다양하여 구체화하기

어렵다. 널리 알려진 대로 현대인은 정보 과잉 시대에 살고 있다. 그러나 과도한 정보는 인간의 비판 능력을 떨어뜨려 정보로부터 자신을 보호할 능력을 상실케 만들 우려가 있다. 주목할 점은 과도한 정보에 싸인 인간이 이러한 위기적 상황을 느끼지 못하고 한없이 빠져 든다는 데 있다.

「비디오/TV는 나의 눈」에서는 TV의 눈이 곧 나의 눈이 된다. 이제 인간은 사물의 지위로 격하되어 있다. 기계가 이미 인간의 주체적 삶을 지배하고 있는 것이다. 여기서 주 오브제적 틀로 마련하고 있는 비디오는 "암시장에서 사온 불법"적인 것이다. 밖으로 드러내 보이기는 꺼려하면서도 어두운 지하 세계에서는 즐기던 그러한 은밀한 것이 된다. 그러나 대중문화에 의한 매체의 일반화로 이 은밀하던 것은 지상으로 솟아올라 그 스스로의 모습을 내보이기를 주저하지 않는다.

"TV는 나의 눈"이 되어 "통제 불가능한 상상력"으로 인간인 나를 체포한다. "버튼만 누르면" "욕망의 옷을 입고/컴퓨터로 전자동 조절되는 조명"을 받을 수 있고, 따라서 이제 나의 현실도 "나의 뇌를 빼앗아 브라운관 속에/담아놓고 복잡한 회로를 통해/다시 돌려주는" TV를 통해서 바라보게끔 되었다. "TV나는/TV시민"은 꽤 정연하면서도 혼란스러운 등식의 확산인데, 나와 잠자리까지 같이하는 TV는 곧 나이고, 이러한 나의 확대 의미인 시민도 곧 TV가 되고 있다. 이제는 인간과 사물의 구분이 더 이상 무의미해지는 순간이다.

그래서,

생각?
귀찮은 생각을 왜 하는지 이해할 수 없다
나의 사고는 컴퓨터

단말기 스위치를 손끝으로 누리기만 하면 된다
…오늘 하루의 일과는?
…주식 시세, 일기 예보, 은행 잔고, TV프로그램
신기철…신용철 새우리말큰사전과 동아 세계대백과사전
금박 장정의 브리타니카 사전까지 모조리 외고 있는
컴퓨터가 복잡한 생각을 내 대신 한다

— 하재봉, 「비디오/나는 채널 0번을 본다」 부분

라는 단계에까지 서슴없이 나아가는 것이다.

「퍼스널 컴퓨터」에 오면 이제는 더 이상 인간은 인간이 아닌 듯하다. 「TV는 나의 눈」에서 보이던 사물화된 의식이 더 심화되어 나타난다. 그래서 "모든 것은 개인용 컴퓨터의 스위치를 올려야만 움직이기 시작"하는 인식의 단계에까지 도달하게 되는 것이다. "부화되지 못한 욕망과 도덕적 관점에서 비난받아 마땅할/내 개인적 삶의 흔적"도 "컴퓨터 파일키를 누르기만 하면 사라"지는, 일단은 아주 편리하고 단순한 세계에 인간이 정착하게 된 셈이다.

그래서 산업사회가 이루어 놓은 편리한 구도를 받아들여 일상 속에서 당연하게 즐기고 소비하는 모습들은 친숙하기까지 하다. 이러한 산업화된 일상을 누리는 모습들은 장정일의 경우에 두드러진다. 장정일은 1960년대에 태어난 시인이 보일 수 있는 온갖 불경스러운 징후들을 다 갖고 있는 시인으로 평가받기도 하는데, 소비산업사회에 무비판적으로 몰입하는 수동적 자아를 주된 시적 화자로 채용하기 때문이다. 가짜 욕망에 길들여진 소비사회의 시적 투영으로, 아스팔트에서 자라난 세대의 본격적인 등장이라는 시사적 의미를 가지면서 그는 우리의 관심을 끌고 있는 것이다.[50]

---

50) 송재홍, 「장정일의 시사적 위상」, 『시운동』 11집(청맥, 1988).

①냉장고 문을 열자 희미한 야간등이 비친다
　그는 채소더미 속에 묻힌 햄버거를 꺼내고
　코카콜라 캔을 하나 꺼낸다 그리고
　티브이를 보던 방으로 돌아와 햄버거를 싼
　폴리에스터 곽을 쓰레기통에 넣고
　조심스레 은박지를 벗긴다 깡통고리도 따서
　쓰레기통에 곱게 넣는다

　콜라를 한 모금 마신 다음 그는 약간
　딱딱해진 햄버거를 한 입 베어문다 추풍령
　저쪽에서는 비가 내리는지 티브이에서는
　삼성과 해태의 우중경기가 보여진다 그는
　천천히 햄버거와 코카콜라를 먹어치우고
　방바닥에 흘린 소스를 휴지로 닦아 깡통과
　은박지와 함께 쓰레기통에 버린다

— 장정일, 「햄버거를 먹는 남자」 부분

②나는 일 주일에 세 편씩의
　미국영화를 본다
　한 번은 영화관에서
　또 한번은 집안의 티브이에서
　마지막으로 똥치와 함께 여관방에서

— 장정일, 「촌충 3」 부분

오늘날과 같이 테크놀로지가 고도로 발달한 현대에 있어서는 대부분의 사람들이 텔레비전, 라디오, 영화, 신문, 잡지와 같은 매스 미디어를 통해서 간접적으로 다른 나라의 문화를 알게 되고 이를 수용한다. 우리들도 이와 같은 매스 미디어를 통해서 전파되어지는 미국의 대중 문화를 문화의 특수성에 관계 없이 극히 자연스럽고도 당연하게 일상 적으로 접촉하고 있는 실정이다.

이러한 무비판적인 미국 대중문화의 수용 양상들이 시 속에 그대로 반영되어 나타나고 있는 것들이 위 인용 작품들이 된다. 일회용의 식 생활과 물상화된 일상의 서구화가 그대로 보여지고 있고(「햄버거를 먹 는 남자」), 국내 라디오 채널과 음악 프로는 무시한 채 AFKN-FM에 방송 선택침을 고정시키고 밤새도록 팝송을 녹음하기도 한다(「공기 가 운데 들려 올려진 남자」). 제3세계 젊은이들에게 엘비스의 팝송을 들으 며 교양을 쌓자라고 하기도 하고(「엘비스를 듣는 미국인들」), 일 주일에 세 편의 미국 영화를 보기도 한다(「촌충」).

이러한 양태들은 우리의 일상이 미국의 세속적 대중문화에 감염되어 있음을 반영하고 있다. 사실, 현상적으로 한국 사회는 미국 대중문화의 일변도를 치닫는다.[51] 그래서 인간의 원시적 관심에 영합하고 자극하는 내용물들과, 소비가 곧 미덕일 수 있는 생활 풍조가 점점 확산되어 가 고 있는 것이다. 크뢰버(A. Kroeber)가 지적한 바와 같이 "어떤 전파이 든 전파는 반드시 외래 문화를 수용하기 위한 변화를 나타낸다"[52]고 가 정할 때, 한국에 있어서 미국 대중문화의 전파는 곧 한국 사회의 문화 변동의 문제로 이어진다. 그래서 "콧물이 흐르는 꼬마들이/하나씩 동 전을 들고/코카콜라 자판기 앞에/줄을 서 기다리는 날/그것이" 우리나 라 추석이 되어 버렸고, "원자력에 대한/절대적인 맹신/그러니까/원자 력 발전소/원자무기/원자 현미경/원자 침대/원자 팬티/원자성기/원자

---

51) 이강수, 『한국대중문화론』(법문사, 1987), 제2부 제3장.
52) A. Kroeber, *Anthropology*(New York : Harcourt, Brace and Company, 1948), 412쪽.

력 오르가즘/그것이/20세기의"[53] 종교 생활이 되어 버렸다. "TV에서는 서부영화가 한창"[54]이고, "나는 청바지 히피들이 좋아 신문에서 사진을 오"[55] 리는 속악한 취미를 갖기도 한다. "잡놈의 웃음을 완성하기 위하여/플레이 보이"[56]지를 소리내어 읽기도 한다. "청바지를 입고 나이키인지 아식스인지/신은, 학생 두어 쌍"[57]이 지나가고, 나는 "남대문 시장을 오가며/수입상가에서 빨간색/외제팬티"[58]를 사기도 한다.

> 재래식 부엌을 신식 키친으로 바꾸자
> 씽크대를 달고 가스렌지 설치하니 너무나 편해
> 재래식 부엌을 신식 키친으로 바꾸자
> 부엌까지 끌어 온 수도꼭지 삑삑 틀어 과일 씻어 놓고
> 가스렌지 탁탁 켜 계란 구으니 너무나 편해
> 재래식 부엌을 신식 키친으로 바꾸자
> 밥상에 실어 안방까지 나를 일 없이
> 쏘세지, 버터를 냉장고에서 꺼내 척척 식탁 위에 차리니 너무나 편해
> 재래식 부엌을 신식 키친으로 바꾸자
> 토스터를 식탁 위에 올려놓고 누르니 빵이 뻥뻥 튀어오르네
> 재래식 부엌을 신식 키친으로 바꾸자
> 칙칙 끓는 포트물로 커피 만들어 마시고
> 드르륵 믹서 돌려 토마토 쥬스 만드니 너무나 편해
> 재래식 부엌을 신식 키친으로 바꾸자
> 간편한 식사가 끝나면,

<hr>

53) 장정일, 「촌충 5」에서.
54) 장정일, 「촌충 2」에서.
55) 오규원, 「망령동화」에서.
56) 오규원, 「사랑의 기교 3」에서.
57) 오규원, 「시인 구보씨의 일일 (2)」에서.
58) 오규원, 「남대문 시장」에서.

남편은 포크, 나이프, 접시 등을 씽크대 앞에서 참참 씻고
아내는 그 옆에서 콧노래 부르며 그것들을 닦아 찬장에 챙긴다
재래식 부엌을 신식 키친으로 바꾸자
간단한 설거지가 끝나면,
님편은 아내의 입술을 마요네즈가 묻어 있는 후식으로 얻고 나서 출근을
하고
아내는 말끔히 닦여진 식탁위에 굿 하우스 키핑을 펼친다
재래식 부엌을 신식 키친으로 바꾸자

—장정일, 「신식 키친」 전문

기계 체계가 일구어 놓은 현실은 표면상 "살기 편한 세상"[59]이 되었
다. 위 시에서 물질문명이 인간 생활의 전부인 양 그려지고 있다.

이러한 물신 숭배의 사회에서 정신적 가치마저 물화되는 양상을 살
필 수 있다. 다시 말하면, 정신적 가치는 상품 가치, 교환 가치로 대치
되어 은폐되거나 소멸하게 되는 것이다.

①상상력을 수퍼마켓에서 구입하도록 하세요
　자유와 평화도 통조림 가공 배달해 드리죠
　사랑은 캡슐에 넣어 전국 유명 약국서 판매중

— 이윤택, 「밥숟갈이 그립다」 부분

②우리들은 모두
　사랑이 되고 싶다
　끄고 싶을 때 끄고 켜고 싶을 때 켤 수 있는

---

59) 오규원, 「눈물나는 잠꼬대」에서.

라디오가 되고 싶다.

— 장정일, 「라디오같이 사랑을 끄고 켤 수 있다면」 부분

인간의 창조력의 근원인 상상력이 수퍼마켓에서 판매가 되고 있고, 자유와 평화도 통조림으로 가공되어 원하는 사람들에게 배달이 되고 있다. 철저한 판단 유보를 전제로 하고 있음을 알 수 있다. 사랑마저도 마음대로 끄고 켤 수 있는 한낱 기계에 불과한 라디오와 동일시되고 있으며, 이러한 사고방식은 쉽게 자유분방한 성 개방으로 연결되었다. 사랑은 이제 캡슐에 넣어져서 원하는 이들에게 쉽게 보급이 될 수 있게 되었다. 그래서 "차를 세워 놓고/섹스하는 것/그것이 현대인의 애정의 시작"[60]이 되는 놀라운 현실과 맞닥뜨리게 된다. 여기서 성의 문제는 키치문학이 키치성을 획득하는 매우 중요한 주제소로 작용한다.

우리의 주변에서 맴돌던 포르노물이 최근 중앙 무대로 빠르게 진출하고 있음을 살필 수 있는데, 이는 팝 아트의 한 요소이다. 그것은 빅토리아 시대 이후 가장 본질적인 형태의 팝 아트로서 모든 지하문학(sub-literature) 가운데 가장 비속한, 말하자면 예술이라기보다는 악에 가까운 오락물로 이해되어 왔다.[61]

그러나 20세기 초가 되면 포르노의 예술적 활용이 일반화된다.[62] 외설이냐 예술이냐의 시비에도 불구하고 그것이 인간의 원초적인 본능을 다뤘다는 점에서 진한 호소력을 일단 지녔고, 대중사회가 되면서 저급 문학과 고급 문학의 구별이 특히 섹스 분야에 있어서는 더 이상 유효하지 않게 되었기 때문이다.

---

60) 장정일, 「촌충 2」에서.
61) Leslie A. Fiedler, 「Cross the Border-Close that Gap : Post-Modernism」, *Playboy* (December, 1969).
62) D. H. Lawrence의 『Lady Chatterley's Lover』가 그 대표적 예가 된다. 위의 책, 48쪽 참조.

①파리애마는 안소영 염해리 오수비 시절

　단조로운 피스톤 운동과는 스케일부터 달라

　이젠 백마 콤플렉스 훌훌 던져버리고

　역시 제주도에서 벌거벗고 말타는 것보다는

　파리에서 한복 입고 말타는 게

　국위선양도 될겸 보기에도 포토제닉하구만

　〔…중략…〕

　장작불 타오르는 페치카 옆

　백마에게 짓눌린 애마부인의 교성 디퍼, 디퍼!

　깁숙이, 더 깊숙이라 정확히 번역된 한글 자막은

—유하, 「파리애마」 부분

②가끔 포르노를 보러 여관엘 가요. 물론 혼자서지요. 그런데 홀로 여관 방에 들어 손수건 한 장과 주전자 하나를 받아 놓고 보면 고독이 두 귀에 먹먹하도록 차올라와요. 머리털이 모두 빠져 나간 듯이 허탈해지지요. 누군가의 부름으로 내가 이 방으로 왔더라면 얼마나 좋았겠어요. 아님, 내가 누굴 부를 수도 있겠죠. 주간 잡지를 보니까 이 나라에도 남창이 있나 봐요. 그래서 어떤 때는 그들을 불러볼 생각도 하지요. 만약 그러하다면 나 한 사람의 죄는 두 사람 몫에 이르는 죄가 되겠지요. 그런다고 그게 무슨 허물이 되겠어요? 돈 많은 아랍인이 백인 소년을 데리고 잔다 해서 그가 규탄 받지 않는 법이죠. 어떤 구매행위나 판매행위든 공정하게 이루어질 때 그것은 신성한 것이지요. 그러나 남창은 싫어요. 악질에게 걸려 공갈, 협박, 소문나는 것도 싫고 내 질이 악질에 걸리는 것도 겁나요. 차라리 비디오나 보며 안전하게 하겠어요.

—장정일, 「프로이트식 치료를 받는 여교사 9」 부분

③나의 오른발은 어느새 맨발이다

그녀는 갈색 가죽바지를 벗는다

나는 왼쪽 양말을

그녀는 브래지어를 벗는다

나는 오른발 가죽을

그녀는 팬티를

나는 어둠을

그녀는 머리칼을 벗어던진다

〔…중략…〕

나의 웃음이 성기를 흔든다

〔…중략…〕

그녀는 사랑이 왜 이리 아프냐고 그런다

— 장경린, 「삐뚤삐뚤삐뚤」 부분

이상의 포르노시들은 대중예술과 이른바 고급예술인 시와의 만남에 다름 아니다. 직접적인 성행위를 폭로하고 있는 시들은 이 이외에도 유하의 「배드룸 윈도우」 「교활한 닭똥집」, 장정일의 「길잃은 사람들」 「새영화」, 오규원의 「NO MERCY」, 하재봉의 「비디오/콤팩트 디스크」, 황지우의 「버라이어티 쇼, 1984」, 장경린의 「色色」 등이 있다.

20세기 말 우리 시에서 보이는 성을 주제소로 삼은 작품들은 전혀 거리낌이 없다. 머뭇거림이 없다. 성에 대해서는 D. H. 로렌스가 다음과 같은 말로 예찬론을 편 바 있다. "성이란 인간과 인간과의 사이의 다이내믹한 극성이며, 부단히 흐르고 있는 힘의 회류이다. 〔…중략…〕 이에는 또한 육체적 고통과 육체적 이해가 깊이 영혼 속에까지 가라앉으며, 영혼을 영원히 변화시킬 그 무엇이 필요하다."[63] 곧, 성교 행위는 자아와 세계 사이의 단절과 소외를 극복하는 인간적 교류의 상징이다.

그러나 위의 예로 든 작품들은 성에 대한 경건함보다는 신성모독을 즐기는 것 같고 심지어는 광태적이기까지 하다. 교환가치를 매개로 하는 상품의 유통구조가 성행위에도 어김없이 적용되어서, 구매 행위나 판매 행위가 성에서 공정하게만 이루어진다면 이 또한 자연스러운 것으로 여겨지는 풍토가 조성되고 있다(「프로이트식 치료를 받는 여교사 9」). 악질, 공갈, 협박, 소문 따위들이 겁나 안전하게 하기를 기저로 깔면서, 자본주의 경제의 상품 유통구조를 신성한 인간적 교류에까지 직결시키고 있는 의식들마저 엿볼 수 있다. 이러한 요소들은 성을 주제소로 삼은 키치문학을 덜 진지하고 보다 경박한 오락으로 전환시킬 위험 또한 안고 있음은 물론이다.

> 제발 무슨 충격적인 일이 없을까? 여자를 개같이
> 엎드려 놓고 성교하고 싶어. 침뱉을 거야? 추악이 즐겁지?
>
> ─황지우, 「이준태(……)의 근황」 부분

이제는 성의 문제를 충격적인 효과로까지 몰고 가, 추악을 즐기려는 의도가 강하게 드러나고 있다. 이러한 성을 주제소로 삼은 키치시들은 후기 자본사회가 낳은 병리를 쾌락으로 집중시킨 예들이 된다.

이러한 효과는 영화를 시화한 경우에서도 발견된다.

인간의 의식을 다루는 의식 산업[64] 가운데 하나가 영화이다. 생산되어 사람들에게 공급되는 것은 상품이 아니라 모든 종류의 의식 내용(의견, 판단, 편견 등등)이고, 이러한 의식 산업의 내용을 결정하는 것이 사회의 체계 유지를 위한 요구임을 염두에 둘 때, 영화도 이에서 꽤 큰

---

63) D. H. Lawrence, 『성(性)과 문학』(김병철 옮김, 정음사, 1974).
64) Hans M. Enzensberger, *BEWUSSTSEINS-INDUSTRIE*(문희영 옮김, 일월서각, 1985), 7~17쪽.

역할을 담당하는 한 분야가 된다. 유하의 '영화사회학 시리즈'가 그 대표적인 예가 된다. 「파리애마」 「그로잉 업」 「베드룸 윈도우」 「13일의 금요일」 「용팔이」 「고성의 드라큐라」 「마지막 황제」 「벤허」 「전함 포테킨」 등 포르노물로부터 몽타쥬 기법을 이용한 꽤 수준 높은 예술영화까지. 대중예술의 한 분야인 영화의 작품 세계를 제재로 삼아 시와 만나게 하고 있다. 영화 사회학을 위하여 인용적 묘사[65]를 통해 영화의 장면 일부들을 그대로 보여주고 있다. "지겨운 벗기기 경쟁도 없고 언제나/화사한 행복만 장전돼 있는"[66] 문화영화 한 편도 한몫 거든다.

대중매체로 발전하게 된 영화는 대체적으로 특별한 긴장이 요구되지 않는 대중에게 적합한 만족의 원천이 된다. 여타의 예술품이 대단히 집중적인 사고 활동과 상상 활동을 요구하는 반면, 영화는 본래 그 자체가 수용자측에서 완성시켜야 하는 행위의 결과를 포함하고 있기 때문에 하나의 완성된 표상으로부터 다른 표상으로 관중을 유도하기 때문이다.[67] 영화는 대체로 완성된 구조를 장면 하나하나 빠짐없이 그대로 감상층에게 보여주기 때문에, 예술적인 구성물이 갖는 복잡성과 아울러 예술 감상이 갖는 깊이가 별로 요구되지 않게 되는 것이다.

이러한 영화의 특징은 20세기를 사는 현대인들을 유희적이고 쾌락적인 구도로 유인하는 데 성공하였고, 또한 중심과 주변의 경계를 무너뜨리는 해체적인 사고의 보급과 함께 영화가 곧 현실일 수 있고 현실이 곧 영화일 수 있다는 사고방식의 팽배로 현대인들이 세상을 가볍게 보도록 하는 데 기여를 하였다.

스포츠, 무협소설, 만화 등을 제재로 삼은 작품들도 같은 맥락에서 이해된다. 영화와 마찬가지로 대중예술과 고급예술인 시와의 만남이

---

65) 오규원, 『현대시작법』(문학과지성사, 1990), 304쪽.
66) 유하, 「황노인의 외출」에서.
67) A. *Hauser, Soziologic der Kunst*(최성만·이병진 옮김, 한길사, 1983), 291~292쪽.

되고 있음을 살필 수 있다.

①박통시절, 박통 터지게 인기있었던
　　프로레슬링
　　김일의 미사일 박치기에 온국민이 들이받쳐서
　　박통터지게 티브이앞에 몰려들던 프로레슬링
　　흡혈귀 브라쉬
　　인간산맥 압둘라 부처
　　전화번호부 찢기가 전매특허인 에이껭하루와
　　십육문 킥의 장안트바바
　　빽드롭의 명수 안토니오이노끼
　　세계적인 레슬러들을 로프반동
　　튕겨져 나오는 걸 박치기! 당수!
　　또는 코브라트위스트, 혼쭐을 내주던
　　김일 천규덕 태그매치조

　　　　　　　　　　　　　— 유하, 「프로레슬링은 쇼다!」 부분

②달마가 소림사를 세운 이후,
　　소림의 권력과 명성은 누대에 걸쳐 커져간다
　　18세기, 소림사는 침략자 민주족이 세운 청에 대항하는 세력의 본산이
되어 지배계급을 위협한다
　　그러나 1736년 만주 침략자에 의해 혜난의 중산 소림사원에 화재가 발
생
　　제1소림 시대는 막을 내린다
　　그후,
　　살아남은 5인의 후계자가 소림의 맥을 잇는데 그들의 이름은

카이 데종, 팡 다흥, 마 샤오싱, 후 데디, 리 시카이이다
　　이들은 다른 두 승려 윤종, 지공과 함께
　　제2의 사원을 푸찌안의 줄리안산에 세운다
— 장정일, 「소림사 계보 연구」 부분

③경천동지한 무공으로 중원을 후비쓸고 우뚝 무림왕국을 세웠던
　　무림패왕 천마대제 만박이 주지육림에 빠져 온갖 영화를 누리다
　　무림의 안위를 위해 창설했던 정보기관 동창서열 제이위
　　낙성천마 금규에게 불의의 일장을 맞고 척살되자
　　무림계는 난세천하를 휘어잡으려는 군웅들이 어지러이 할거하기 시작
했다
　　차도살인지계를 누구보다도 잘 이용했던 천마대제 만박
　　천상옥음 냉약봉, 중원제일미 녹부용이 그의 진기를 분산시킨 것도 원
인이 되겠지만,
　　수하친병의 벽력장에 철골지체 천마대제가 어이없이 살상당한 건
　　곁에 있는 사람도 자객으로 변한다, 삼라만상을 경계하라는
　　무림계의 생리를 너무도 잘 설명해주는 대목이었다
　　천마대제가 죽자 무림존폐의 위기를 느낀 동창서열 제오위 광두일귀
동문혹은
　　낙성천마를 기습, 금나수법으로 제압한 뒤 고수들을 규합하였다
— 유하, 「무림일기 1」 부분

④어릴적 인기만화영화 ‘요괴인간’의 주인공 이름도 베라였어 나는 사람
이 되고 싶다 벰 베라 베로!
— 유하, 「태풍속보」 부분

이상 인용시들은 영화, 무협지, 방송을 통한 스포츠, 만화극 등 대중 예술을 제재로 삼은 키치시들이다. 진보적인 매체들의 확산과 아울러 기존의 매체들이 변화를 하고 있는 이 시점에서, 이러한 대중매체를 활용한 키치시들은 지금의 한국 사회의 구조적 단면들을 드러낸다는 의의를 띠고 있다.

매체가 야기하는 일련의 기능들 가운데, ① '시간을 보내기' 위한 기분 전환과 오락을 발견한다거나, ②죄의식을 갖지 않고 통제된 상황에서 사랑과 증오, 두려움과 공포, 그리고 이와 비슷한 현상과 같은 극단적인 감정을 경험할 수 있다거나, ③신비, 경이, 기적 등을 믿음으로써 현실에 대한 환상적인 희망을 품을 수 있다거나, ④죄의식을 갖지 않고 성적 충동의 배출구를 마련할 수 있다거나, ⑤벌받지 않고, 위험에 빠지지 않고 금기시되는 문제들을 접할 수 있다거나, ⑥활동하고 있는 선하고 악한 영웅 혹은 악당들을 동조할 수 있다거나 하는 것 등이 그 이용과 만족의 예들이 된다.[68] 물론 이러한 기능들은 사람들이 갖고 있는 보편적이고도 관습적인 가치, 즉 바람직하고 바람직하지 않은 것, 선한 것과 그렇지 않은 것 등에 대해 사람들이 가지고 있는 태도를 희석시킬 우려 또한 안고 있다. 그래서 '참을 수 없는 존재의 가벼움'으로 몰고 가 사람들을 점점 더 경박스럽고 무모한 병리들에 쉽게 빠져들도록 유인하는 병폐를 낳기도 하는 것이다.

이러한 사고들의 팽배와 보편화로 현대인들은 순간에 빠지는 '영원한 현재'의 개념에 의지하여 살아가고 있음을 살필 수가 있다.

　①우리들은 약속 없는 세대. 노상에서 태어나 노상에서 자라고 결국 노상에 죽는다. 하므로 우리들은 진실이나 사랑을 안주시킬 집을 짓지 않는

---

68) A. Asa Berger, *Media Analysis Techniques*(한국사회언론연구회 매체비평분과 옮김, 이론 과실천, 1990), 103~111쪽.

다. 우리들은 우리들의 발 끝에 끝없이 길을 만들고, 우리가 만든 그 끝없
는 길을 간다.

　우리들은 약속없는 세대다. 하므로, 만났다 헤어질 때 이별의 말을 하
지 않는다. 우리들은 헤어질 때 다시 만나자는 약속을 하지 않는다. 〈거리
를 쏘대다가 다시 보게 될텐데, 웬 약속이 필요하담!〉—그러니까 우리는,
100퍼센트, 우연에, 바쳐진, 세대다.

—장정일, 「약속없는 세대」 부분

②내일이면 나도 모른다
　내일 아닌 오늘은
　여자는 모두 예쁘구나
　고백수기로 가득찬
　여성지를 든 여자가
　고백수기만큼
　매니큐어 한 여자가
　페티큐어 한 여자가
　돈짝만한 귀걸이를
　두 귀에 단 여자가

—오규원, 「오늘」 부분

　순간순간에 반응하며 살아가는 현대인의 시간 체험인 '영원한 현재'
를 잘 보여주고 있는 일상시들이다. 놀라운 기술 발달, 특히 교통과 통
신 분야의 덕택으로 시간 경험에 관한 한 세상의 모든 사건들은 공시
적이거나 동시적이 되었고, 인간 생활의 시간적 퍼스펙티브가 위축되
어 '즉시의 순간'에 현대인들은 놓이게 되었다.[69] 내일과 그 이상의 미
래는 이미 현대인의 사고에서 관심 밖인 지 오래다. 오직 순간순간의

체험인 오늘만이 있을 뿐이다. 그래서 현대인들은 기꺼이 '영원한 현재'에 침잠하게 되는 것이다.

> 아아 오늘 나는 살아 있어서
> 그 그늘속으로 들어간다 휘파람을 불며
> 모든 잠시 있는 것들을 나는
> 추모한다 유행가와 슬로건과 아취를
> 광화문과 시청과 미대사관과 해태와
> 어제 개관한 교보빌딩과
> 〔…중략…〕
> 이 묶음부호 속에 들어갈 말 못할 더 많은 것들을
>
> ― 황지우, 「오늘도 무사히」 부분

"오늘 나는 살아 있어서" 롯데호텔과 프라자호텔 같은 거대한 빌딩들이 '밝음'을 가로막아 생긴 "그늘 속으로 들어" 가게 된다. 살아 있기 때문에 그 '그늘' 속으로 들어가는 것이 가능한 양 읽힌다. 그 그늘 속으로 들어감으로써 비로소 오늘은 무사하다라고 읽힌다. 숨겨짐으로써 오히려 위안을 얻고 또 그 숨겨짐 속에서의 생활들이 일상이 되어 버린, 현대인의 도시에서의 삶이 그대로 보여지고 있다. 감추어진 화자이건 현상적인 화자이건 위악적인 태도를 마음에 품고 현실에 대한 판단을 유보한 채 순간순간에 빠져 들고 있다. 그래서 자아가 분열된 주체 상실의 존재가 바로 '영원한 현재'에 사는 순간적인 존재가 되는 것이다.

그러나 그 그늘 속에서의 삶은 규격화되고 획일화된, 너무나도 뻔한

---

69) Hans Meyerhoff, 앞의 책, *Time in Literature*, 151~153쪽 참조.

삶에 지나지 않는다.

> ①23시 45분 : 않았다. 식빵을 커피에 적셔서 빨아
>   먹는
> 25시 26분 : 비가 온다. 아주 많은 비가 아주 큰
>   밤을 적시고 있다. 비의
> 26시 34분 : 개고기가 먹고 싶다
> 46시 86분 : 최순호가 쓰러진다. 게임이 잠시 중
>   단된다. 최순호가 일어난다. 재개된
>   다. 이제 고작 3분 정도 남은 시간
>   을 허겁지겁
> 999시 9996분 : 방바닥에서
> 999시 9997분 : 침으로 담뱃재를 찍어들고
> 999시 9998분 : 조심스레
> 999시 9999분 : 재떨이 앞으로 기어가며 나는
>
> —장경린, 「이반 데니소비치의 하루」 부분

②2月 6日, 일요일. 10時 5分前 起牀. 커튼을 걷고 창밖을 내다봄. 거리는 오늘도 平寧함. 平寧한 거리에 하품나옴. 便所 2번(처음에는 大便, 다음에는 小便) 왕복함. 小便후 내려다보인 男根 새삼스러워 한 번 들었다 놓음. TV 스위치 1번 누름. 재미 없음. 「오늘의 스타」란 冊 1分만에 다 봄. FM 라디오 스위치 누를까 하다 그만둠. 심심해서 시계를 보았더니 시간이 엿가락처럼 늘어져 누운 채 〈이 病身, 일요일이야!〉함.

> —오규원, 「나의 데카메론」 부분

이것은 '최소한의 예술'이라고 번역되는, 자기 표현이 곧 예술이라

는 신화를 기본으로 하는 종래의 예술 개념을 거부하는 입장에서 출발한 미니멀 아트(minimal art)[70] 이미지를 그대로 닮은 작품들이다. 여기에는 엄격하고 비개성적이며 소극적인 화면들로 가득 차 있다. 메모식의 일기를 시화한 것, 대화 단절과 자아 몰입에 빠진 현대인의 고독한 모습을 무표정한 서술로 압축시킨 것이 시에서의 미니멀리즘이다. 사소한 것들과 사소한 것들이 중첩되는 현대인의 일상적인 삶, 그래서 그는 정말 사소한 일들에만 주목하고 있다. 중요하고 심각한 것은 현대인의 일상에서 추방당한 지 오래다. 시인은 산업사회가 획득한 물질문명에 의지하면서 사물화되어 가는 현대인들을 또 그렇게 사물화된 일상적 존재로 그리고 있다.

예술이 당대 현실을 반영·생산하는 양식임을 감안할 때, 키치문학 또한 이 시대의 모습을 담아내는 예술의 한 양상이 된다. 산업 자본주의 사회의 병리를 안고 있는 도시는 선악과 진위의 구분 없이 불확실한 세상이 되고 그래서 믿을 수 없는 세상이 되어, 해체주의적인 인생관이 난무하게 되었다.

기계문명에 모든 우선권이 있는 현실에서 인간의 물화·파편화는 키치문학의 주요한 소재거리이기에 충분했고, 이러한 것들을 일상 구도 속에 받아들여 누리는 모습들이 '일단 빠져 들기'의 단계에서 유감 없이 발휘됨을 지금까지 살펴보았다. 그러나 물질문명이 이루어 놓은 구도 속에서 인간은 소외되고 점점 무의미해져서 "제발 무슨 충격적인 일이 없을까?"[71]라고 외치는 충격적인 상황에까지 이른다. 이는 현대의 한 문제적 인간상으로서 자기 파괴적 어조를 지니는 '개인의 황폐화' 현상에 다름 아니다. 다시 말해서, 해체적인 산업사회에서 내적 공허를 가득 채울 정서적 체험을 애타게 갈망하는 문제적 인간인 황폐한

---

70) 월간미술 엮음, 『세계미술용어사전』(중앙일보사, 1989), 144쪽.
71) 황지우, 「이준태(……)의 근황」에서.

개인이 등장하여, 사회의 밀접한 연관들을 피하는 한 방법으로서 사회
적으로나 성적으로 난잡하고 퇴폐적인 어조를 선택하게 되는 것이
다.[72] 따라서 미리 패배를 전제로 한 '일단 빠져 들기'에서 '해방구' 탐
색으로서의 몸짓인 '위악적 태도와 숨 고르기'에로의 전환은 아주 자
연스러운 단계적 현상이라 할 것이다.

(3) 위악적 태도와 숨 고르기

지금까지의 현대시들에서 우리는 위악적 태도를 놓칠 수 없다. 물신
숭배의 산업사회에서 인간은 도구적 존재나 물화된 존재가 되기 마련
이다. 그러나 이런 물화된 존재로서는 살 수 없고, 그렇다고 획일화·
파편화된 고립된 원자로서의 현 존재를 전면 부정할 수도 없다. 그래
서 이른바 '인사이드 아웃사이더'로서의 갈등이 싹트게 되는 것이다.

현대 과학의 여러 발견과 사회적 이해의 후진성 사이의 모순은 소외
감을 조장했다. '위악적 태도와 숨 고르기'의 단계는 이러한 소외감의
철저한 인식에 다름 아니다. 산업사회에서 사람이 경험할 수 있는 모
든 가능성에 대해서 우리의 인식이 확대됨을 시인하면서도, 물화된 세
상을 향해 존재론적 질문을 던지게 되는 것이다. 따라서 '위악적 태도
와 숨 고르기'는 '일단 빠져 들'어 누렸던 세계에 대한 위기 의식의 표
명이고, 이 다음의 문학적 공격인 '탈승화와 우회적 공격'을 위한 전초
작업의 단계인 셈이다. 이 단계에서는 가면, 익명화, 부재 증명, 주체
상실 등으로 나타나는 소외 문제, 원격 조정의 시대인 산업사회에서
존재 위축, 획일화, 체제 순응 등으로 '갇혀 있음'의 위기 의식을 진하
게 드러내는 비자율성의 문제, 물화된 현대 사회에 대한 깊은 회의를
바탕으로 깔면서 구인 광고시를 채택하고 있는 인간 찾기 등의 항목들

---

72) Rovert Langbaum, *The Modern Spirit* : 김준오 : 『시론』(이우출판사, 1988), 165~166쪽.

이 내용을 이루고 있다.

　먼저, 소외의 양상들을 살펴보자.

　①자꾸만 내려앉는 하늘, 내려앉은 하늘이 빌딩의 사각 모서
　　리에 걸려 있다. 그 밑에서 호흡이 가쁜 사람들이 노란 해바
　　라기 형상이다. 狂氣, 꿈의 흑점이 내리박히는 해바라기, 그
　　위로 알몸을 드러내는 도시의 倦怠.

—오규원, 「보물섬」 부분

　②모든 도시는 서울화.
　　모든 도시는 〈최근의 서울화〉인 것. 언제나
　　끊임없이 서울식의 삶을 반추해야 하는 소도시
　　출세를 결심한 자들이 칼을 갈며 떠나간
　　텅빈 소도시로 서울이 덮고 남은
　　절정 없는 밤이 내려깔린다.

—장정일, 「안동에서 울다」 부분

　③물 질척거리는 그대 영혼의 잔잔한 오물이여.
　　폭등하는 첨탑이여. 교회는 자본주의와 性交한다. 이 마침내
　　땅끝까지 왔구나. 우글우글하게 까놓았네! 그들의 먹이는 불
　　안한 신흥 중산층이다. 그대 목마른 영혼을 잔잔한 시냇가로
　　인도한 값을 내라. 가까이 오라. 양변기에 앉아 똥누는 자들이
　　여. 밀리고 밀린 똥냄새가 맡고 싶구나. 그대들은 李朱—에게
　　침을 뱉고 그는 돈을 번다. 이게 原理原則이야.

—황지우, 「근황」 부분

④길이 있는 곳은 소리가 있다? 소리가 있는 곳은 漢江邊. 자동
　　차 엔진 소리. 악셀레이터 밟히는 소리. 시멘트 바닥을 긁어
　　내며 차바퀴가 구르는 소리. 달아나는 소리. 쫓아가는 소리.
　　호루라기 소리! 소리, 소리, 소리, 소리가 휘두르는 칼에
　　잘려나가는, 그리고 잘려나간 한강변 사람의 감수성을 한강
　　변 사물이 지하로 재빨리 운반하는 소리. 아, 덥다. 漢江邊,
　　소리의 天國.

— 오규원, 「그 회사, 그 책상, 그 의자」 부분

위 인용 작품들에서 자아상은 이중성을 지닌 인사이드 아웃사이더이
다. 이는 현실에서의 가르기를 의미하는 아이러니컬한 위악적 태도로
서, 이러한 이중성의 위악적 태도가 이 장 전체를 지배하고 있는 시적
화자인 셈이다.

물신주의의 팽배는 인간을 인간답게 하는 요소를 파괴시키기에 충분
했고, 이러한 인식의 확산으로 도시적 정서에 대한 거부의 움직임이
일기 시작한다. 인용한 작품들은 비인간화의 상징으로서의 도시에 대
한 인식 태도를 함축한다. 자본주의의 도시는 자본주의적 축적의 논리
에 의해 도시내 모든 공간이 이윤의 명령에 따라 재조직된 결과이다.[73]
현대시들은 이런 도시화에서 야기된 도시적 삶의 권태와 일상에서의
위기감을 보여주고 있다.

도시 문제는 고도성장 자체나 자본주의 체제 자체보다는, 고도성장
과정에서의 충분한 배려의 부족으로 인해 과도기적인 현상으로 발생
한다.[74] "도시를 도시답게 만드는 것"이 다름 아닌 "우뚝우뚝 솟아오른
현대식 상가"[75]가 되는 물질적 가치가 지배하고 있고, 이러한 물질구도

---

73) 김한준 외, 「한국 도시 문제의 재인식」, 『문학과 역사』 1(한길사, 1987), 225쪽.
74) 까스텔 외, 『도시지역노동운동』(조성윤 · 이준식 엮어 옮김, 세계, 1986), 276쪽.

속에 인간이 압도되어 버리는 모순이 오늘날의 현실인 셈이다. 이러한 모순 투성이의 사회 전체에 대한 환멸과 불안으로 개인과 인간을 강조하게 되고, 인간 상실에 대한 탄식과 인간 회복에 대한 절규가 쌍곡선을 이루면서 소외 문제가 등장하게 된 것이다.[76] 소외는 인간 존재의 궁극적인 거점인 자기 동일성의 상실을 의미하는 인간의 근원적인 문제이다.

①나는 출입을 통제당했다

    OFF LIMIT
    차단기가 내려지고 몇 겹으로 둘러쳐진 전기 철조망
    체격 좋은 위병들이 착검을 하고
    나는 거절당했다
    주민등록증이나 크레디트 카드, 공무원 신분증
    혹은 운전면허증이나 지하철 정기 할인권도 없으므로
    나는 증명할 수 없다
    내가 그들 제국의 착한 시민이라는 것을

— 하재봉, 「비디오/천국」 부분

②나는 있지만 나는 없다
    놀라운 것, 시간이 흐르고
    죽은 자를 받아들이는 땅이 부패한 가스로 가득차 있어
    복면을 하고 견디는 나날의 삶

— 하재봉, 「비디오/부재증명」

---

75) 장정일, 「서울에서 보낸 3주일」에서.
76) 신오현, 「소외이론의 구조와 유형」, 정문길 엮음, 『소외』(문학과지성사, 1984), 40쪽.

　위 시들은 자기 동일성 상실의 의미인 자기 소외에 관심을 나타내고 있다. 소원, 상실, 양도, 결여, 불만족, 왜곡 등의 의미인 소외는 좋건 싫건 간에 인간 생존의 가장 중요한 특징의 하나가 된다.[77] 여기서 소외 의식 자체가 중요함에 주목할 필요가 있다. 왜냐하면 소외 의식이 결국 소외를 극복할 수 있는 단초가 되기 때문이다.

　"두 발은 땅으로부터 거부당하며 튀어오르"[78]고, "내가 하는 소리는/내 귀까지 들어오지 못하고/어떤 망가진 타이프라이터에 열심히 기록된다/내가 하는 행동은/내 눈으로 볼 수 없고/어떤 숨겨진 비디오 카메라에 낱낱이 붙잡힌다."[79] "저 많은 군중들과 함께 살고 있다는 것/이해할 수가 없"[80]게 되고, 이제는 "나를 알아보는 사람도 없고 내가 누구인지도 모"[81]르게 되었다. 개개인이 품고 있는 '뿌리가 없는 듯한', 의지할 데 없는 듯한 감각이나 무목적성, 실체 상실의 감각 등은 소외의 관념의 기초를 이루는 것이다. 즉 그것은 개인과 사회와의 관계가 상실되었다는 감각이고, 또 자기 자신의 일에도 적극적으로 참가하지 않고 있다는 감각이며, 자신의 향상심이나 자신의 규범 또는 야심을 살릴 희망이 완전히 상실되었다는 감각이다.[82] 이러한 '분리'와 분리로 인해 야기된 갇힘, 혹은 이러한 갇힘과 갇힘으로 인해 야기된 '분리', 곧 인사이드 아웃사이더로서의 고충들을 인용시들은 고통스럽게 고백하고 있다. 자신을 감옥과 다름없는 지배 네트워크에 구속되어 있는 죄인처럼 여기면서, 동시에 사회적 규범이나 환경을 더 이상 인간에게 희망이나 용기를 주는 것으로 희망하지 않는다. "출입을 통제당"한 나는 있지만 "증명할 수" 있는 "나는 없다". "악취나는 내장속에

---

77) 정문길, 『소외론 연구』(문학과지성사, 1978), 11~15쪽.
78) 하재봉, 「철공소의 하룻밤」에서.
79) 하재봉, 「비디오/없다」에서.
80) 하재봉, 「비디오/미이라」에서.
81) 하재봉, 「비디오/리버사이드 재즈」에서.
82) A. Hauser, *Mannerism*(김진욱 옮김, 종로서적, 1981), 127~128쪽.

갇혀있기 싫"지만, 그러나 "선택의 여지"[83] 또한 없는 것이 현실이다. "부식되어가는 살갗"과 "녹슨피로 가득찬 심장을" 안고 "속도 위반으로 쫓기면서/거칠게 살" 수밖에 없음이 현실인 셈이다.

　그래서 주체성 상실과 파편적 분열들이 사람들에게 "복면을 하고 견디는 나날의 삶"을 강요하는 것이다.

　　내가 어젯밤 만난 것은 늙은 창녀들뿐이다
　　어둠은, 취객들의 등을 두드리며 이 깊은 음모에 동참하기
　　를 권유한다
　　먼지로 뒤덮인 세계, 가까이 오지 않는다 사랑은
　　김밥 한 뭉치와 오뎅 국물로 쓰린 속을 메우며
　　도둑 고양이처럼 쓰레기통을 뒤지는 달빛
　　한 사내가 떨고 있다
　　그의 이름을 묻지 말자

　　어디에 살며 직업은 무엇이고 월수입은 어떻게 되며
　　가족들은 누가 있는지 우리는 알 필요가 없다
　　오늘 오후 직장에서 해고 통지를 받았는지
　　혹은 문득 어제와 똑같은 삶이 반복되는 것에 싫증을 느껴
　　도피를 꿈꾸는 것인지 그에게 다가가 등 두드리며
　　절대 물어보지 말자

　　관심 갖지 말아야 한다
　　　　　　　　　　　　　　　— 하재봉, 「비디오/자정의 도시」 부분

---

83) 하재봉, 「나는 가끔 주먹을 사용한다」에서.

인용시는 소외에서 비롯된 가면을 쓰고 부재 증명을 하는 위악적 태도를 지배적으로 취한다. 산업화·대중화의 획일화로 인한 익명성이 다짐되는 시이다. 시적 화자는 삶 속속들이 묻어 있는 상대방에 대한 인간적 체취는 이제 잊어버리자고 한다. 사랑도 가까이 오지 않는 먼지로 뒤덮인 이 세상에서, 떨고 있는 옆 사람의 이름도, 그리고 왜 그렇게 떨고 있는지도 절대 물어 보지 말자고 한다. 관심조차 갖지 말자고 한다. "우리 모두 이름 없는 그대"[84]가 되기 위함이다.

> 관 번호 104 : 실현 불가능한 이 증오가 실현 가능한 사랑이 될 때까지
> 검시 번호 A-13 : 그 비가시적 사랑이 비로소 가시적 부활이 될 때까지
> 묘지 번호 115 : 이름 없는 그대여
> 이름 없는 그대여 이름 없는 그대여
> 이름 없는 그대여 이름 없는 그대여
> 이름 없는 그대여 이름 없는 그대여
> 이름 없는 그대여 이름 없는 그대여
> 이름 없는 그대여 이름 없는 그대여
> 이름 없는 그대여 이름 없는 그대여
> 이름 없는 그대여 이름 없는 그대여
> 이름 없는 그대여 이름 없는 그대여
> 이름 없는 그대여 이름 없는 그대여
> 이름 없는 그대여 이름 없는 그대여
>
> ─황지우, 「호명」 부분

원하든 원하지 않든 간에 우리는 "이름 없는 그대"다. 인간의 사랑과

---

84) 황지우, 「호명」에서.

그 사랑이 마침내 가시적으로 부활될 때까지 우리의 이름은 "이름 없는 그대"다. '호명'은 소외로 빚어진 익명화에 대한 역설이다. 표정을 제거한 원형질의 목소리로 부르는 스무 번 남짓의 "이름 없는 그대여"의 반복은 그러나 황폐한 현실에 매몰된 우리들을 깨우는 목소리가 되고 있음을 놓칠 수 없다.

> 한 시대가 가고 또 한 시대가 왔지만
> 우리가 우리의 동시대와 맺어진 것은 악연입니다.
> 나는 풀려날 같이 없습니다 도저히, 그러나,
> 한 시대를 감지하겠다는 사람의 외로움의 질량과 가속도와
> 등거리도 양지하여 주시기 바랍니다.
> 죄의식에 젖어 있는 시대, 혹은 죄의식도 없는 저 뻔뻔스
> 러운 칼라 텔레비전과 저 돈범벅인 프로 야구와 저 피범벅인
> 프로 권투와 저 땀범벅인 아시아 여자 농구 선수권 대회와 그
> 리고 그때마다의 화환과 카 퍼레이드 앞에.
>
> ─ 황지우, 「도대체 시란 무엇인가」 부분

시적 화자가 인식한 것처럼 "우리가 우리의 동시대와 맺어진 것은 악연"이며 "뿌리가 없다/그래서 우리는 모두 멋대로다/그러나 믿기 싫은 놈은 믿지 마라/결국 악마밖에 너를 다스릴 것이/없을테니까"[85] 라는 극단적인 발언을 서슴지 않게 되는 것 역시 현실이지만, 그러나 도저히 풀려날 길 없는 이 시대를 감시해야겠다는 움직임 또한 현실이다. "죄의식에 젖어 드는" 이 시대를 저주하지만 그러나 결코 이 시대를 벗어날 수는 없고, 저주스런 시대의 극복은 저주스런 시대 속에서

---

85) 장정일, 「검은 카농」에서.

만 가능함을 인식하고 있다. 여기서 우리는 모순에 찬 현실에 대한 이중적인 위악적 태도를 발견한다.

그녀는 자신의 몸을 하루종일
욕탕에 담그고 비누칠 하기 일쑤다.
철벅철벅 물을 끼얹으면서
그 남자 생각을 한다.
이름도 성도 모르는 남자
그녀는 그 남자를 매일 만난다.

이 밤도 그녀는 자신의 젖가슴과 허벅지를
장미비누로 만진다. 비누가 닳나, 내가 닳나?
분명 오늘은 와 있겠지? 그러나 비누 왕자님은 오지 않았네.
씨에프 대로라야 이모가 행복할 텐데
씨에프 대로 되질 않아 이모는 매일 닳아지며 줄어든다.

—장정일, 「비누왕자」 부분

매스 미디어를 통해 이미 일상이 되어 버린 광고의 위력은 실로 대단하다. 그러나 소비자들은 광고를 전적으로 신뢰하지 않는다. "씨에프 대로라야 이모가 행복할 텐데/씨에프 대로 되질 않아 이모는 매일 닳아지며 줄어든다." 소외 문화와 억압 체계를 환기하고 비판하는 광고시 본래의 의도가 잘 드러나고 있는 작품이다. 결국 "행복은 TV 광고 속에나 있는 일"[86]임을 감지하는 것이다. 따라서 위 시는 이미지 속에 사는 현대인들의 무비판적인 몰입을 각성시키고 있는 작품이 된다.

---

86) 황지우, 「그들은 결혼한 지 7년이 되며」에서.

질서? 나는 한때 정확한 논리 명쾌한 질서를 원했다. 논리
와 질서란 자본 또는 상품, 자본화된 또는 상품화된 나와
너의 유통경로인 것을, 편한 만남인 것을. 그러나 나를 도
로통행세로 다 지불하는 것임을 알고 있는 지금은?

—오규원, 「불균형, 그 엉뚱한 아름다움」 부분

시적 화자는 고도로 발전된 문명의 역기능 또한 깨닫고 있다. 자본화
되고 상품화된 나와 너의 유통 경로가 우리 사회를 지배하고 있는 논
리와 질서임을, 곧 기술 만능주의인 문명의 어리석음과 허구성을 이
작품은 환기하고 있다. 아울러 "도로통행세"가 곧 나의 가치가 되는,
그 "엉뚱한" "불균형" 또한 지적하고 있다.

밤 사이, 그래 대문들도 안녕하구나
도로도, 도로 달리는 차들도
차의 바퀴도, 차안의 의자도
光化門도 덕수궁도 안녕하구나

어째서 그러나 안녕한 것이 이토록 나의 눈에는 생소하나
어째서 안녕한 것이 이다지도 나의 눈에는 우스꽝스런 풍경이냐
文化史的으로 본다면 안녕과 안녕 사이로 흐르는
저것은 保守主義의 징그러운 미소인데

안녕한 벽, 안녕한 뜰, 안녕한 문짝
그것 말고도 안녕한 창문, 안녕한 창문 사이로 언뜻 보여 주고 가는 안녕
한 性戱……
어째서 이토록 다들 안녕한 것이 나에게는 생소하나

—오규원, 「우리 시대의 純粹詩」 부분

산업화로 인해 현대 사회는 인간 부재, 주체 상실의 인간 소외가 만연하게 되었고, 물화된 지배 체제가 엄습하는 이 시대는 진실이 은닉된 "침묵의 시대"[87]가 되었다. 이러한 상황 속에서 현대인들은 진실이 은닉된 침묵을 처음에는 안정과 행복으로 받아들였다. 그러나 일상 속에서의 정상적이고 안녕한 것들이 어느 날 문득 생소하고 우스꽝스럽게 느껴진다. 이제껏 당연하게 받아들여진 것들이 왜 갑자기 낯설어졌을까? 문제는 여기에 놓인다. 산업사회가 일구어 놓은 일상에 거의 무비판적으로 '일단 빠져 들'어 누렸었다. 그러나 수용으로만 일관해 온 일상을 '위악적 태도와 숨 고르기'로 상황을 진단해 볼 필요를 절감한다. 현대화 속에 방치해 두었던 인간성이 이제야 염려스러운 것이다. "알아서 기면/모든 게 알아서 편리한 세상"[88]이지만, 그러나 알아서 기는 법을 익히다 보면 알아서 일어나지 못하게 되는 '자기 논리에 의한 갇혀 버림'의 인식은 곧 탈출구의 발견을 꾀함에 다름 아니다. 삶의 가치에 대한 올곧은 판단 내지 진단을 위한 시도의 몸짓에 다름 아닌 것이다.

이러한 위기 상황에 대한 인식은 계속 이어 나타난다.

"서울 변방의 산"도 "욕심의 위계질서"와 동계선상에 놓이게 됨에 따라, 이제 자연마저도 산업화가 빚어낸 계산적인 인간의 속성을 닮아 버렸다. 그래서 "인내와 순종과 관용과 무관심과 체념과 적응력의 이긴 대열 속에서/이 연체의 시간 속에서"[89] "살아있는 것은 모두 보균자"[90]임을 감지한다. 현대를 살아가고 있는 "대다수의 다수는 구경꾼일 뿐"임을 감지한다. 인간이 이제는 인간이 이루어낸 구도 속의 주체가 아니라 구경꾼에 불과한 주변인이 되어 버린 것이다. 그래서 시민

---

87) 오규원, 「꿈에 물 먹이기」에서.
88) 유하, 「알아서 기는 법」에서.
89) 황지우, 「제1한강교에 날아든 갈매기」에서.
90) 황지우, 「꽃말」에서.

은 "거짓웃음이 거품치"[91]는 이 잘못된 구도를 "도망중인 사나이"[92]가 되고, "황급히 구원의 수화기를 들어 보지만/문명은 통화중만 알릴 뿐/점점 나는 세계와 거리 멀어지"게 되는 것이다.

　여기서 문명은 인간과 세계를 상호 소통시키는 중개자로서는 부적격이고, 이러한 상황이 "통화중"으로 드러나고 있다. 즉, 수신자인 세계의 문지기격인 문명이 발신자인 나와 세계와의 통화를 단절시킴으로써 인간과 세계와의 조화로운 만남을 방해하고 있는 것이다. 인간의 편의에 의해 탄생된 문명도 이제는 더 이상 인간의 위안에 도움이 되지 못하고, 급기야는 삶의 비주체인 문명이 삶의 주체인 인간을 압도하는 상황에까지 이르게 된 것이다.

　결국, 이러한 위기적 상황 속에서 인간은 문명 형식이 제공하는 퍼스널리티를 수용함으로써 자발성, 개성 등의 신실한 자아를 포기하는 수용 지향적인 성격을 지니게 되고, 나아가 세계로부터 심지어는 자기 자신으로부터 소외되는 무력감에 빠져 든다. 그래서 "나를 체포한" 것은 다름 아닌 문명화된 "생활"이고, 이러한 생활에 "이미 내가 잡혀버렸다는 것은/다시 되돌릴 수 없는 사실"이 되어 버렸다. 이렇듯 생활에 잡혀 버린 사실은 비자율성에 의한 '갇혀 있음'의 상황에 대한 비유이다.

　　척 입히니 리바이스이고
　　척 입히니 써지오 바렌테다
　　척 입히니 샤넬이고
　　척 입히니 죠다쉬다
　　척 입히니 런던 포그고
　　척 입히니 피에르 가르뎅이다

---

91) 장정일, 「아빠」에서.
92) 장정일, 「도망중인 사나이」에서.

또 척 입히니 이브 생 로랑이고
또 척 입히니 아디다스다
또 척 입히니 필라고
또 척 입히니 아놀드 파마다
또 척 입히니 움베르또 세베리고
또 척 입히니 나이키다
나, 새로운 사대주의자들
나, 움직이는 거리간판들
나, 숨쉬는 마네킨들

— 장정일, 「옷은 이미 날개가 아니고」 부분

또 도시 속의 사람들은 이른바 '메이커'로 인격의 질이 결정되고, 숨쉬는 마네킨들인 현대인들은 그래서 이 물화된 세상에 꼼짝없이 포위되어 버렸다. 획일화에 의한 비자율성으로 이 물화된 세상에 갇혀 버리게 된 것이다. 이러한 물질문명으로 기인된 갇힘 의식은 존재 위축의 다른 이름이다.

돈이 없으니 몸이 줄어들어갔다
허리끈도 줄이고 손목시계의 끈도 줄이고 나는
점점 야위어져 나중에는 보이지 않을 정도로 작아져 버렸다

가난한 자는 언제나 가난하다

— 하재봉, 「비디오/나는 날개가 없다」 부분

위 시는 획일화된 세상에서 나타나는 존재의 위축을 보여주고 있다. 거대한 세상에서 인간은 그와 상반되는 난쟁이가 되고, 비자율성에 의

한 체제에 억압당하는 축소된 인간이 되어 버림을 증언하고 있다. 그
리하여 위 시는 산업화되고 물화된 세상에 갇혀 버림을 나타낸다.

　　나는 명령을 받았다 그들은 누구인가
　　보이지 않는 거미줄로 묶어놓고
　　리모콘을 움직여 마음대로 조종하는,
　　컬러 화면 뒤에 숨어 덧칠된 이 세상
　　밤중에도 눈을 뜨고 감시하는, TV
　　몸에 시한폭탄을 안고 전기 철조망 넘어 돌격하는 인형들
　　생방송으로 보여준다 인생은 순간
　　아무도 사용해 본 적이 없는 비디오 테이프 같은 것
　　스위치를 올려 주겠어?
　　단숨에 태양까지 날아갈 수 있는 화력으로
　　오늘밤 나는, 섹스반대위원회 가입을 거부하고 너의 침대로 간다
　　빈민 거주 지역의 쥐와 폐결핵 환자들은 대폭 감소되고
　　하수도 개량 보급은 전반적으로 건강 위생에 기여했지만
　　벽돌 뒤에 숨겨둔 비밀 노트를 꺼내
　　변화란 의미없다고 적는다 죽은다로부터
　　날아오는 경고장 나는 고의로 매독에 감염되어
　　전세계에 퍼뜨리지만 지배자들은
　　끝내, 얼굴을 보이지 않는다

　　　　　　　　　　　　　　　　— 하재봉, 「비디오/비디오 1984」 전문

　여기서 시인은 억압구조이자 위선구조인 체제에 대한 인식을 나타내
고 있다. 산업사회의 특징 가운데 하나가 감춤과 드러남이라는 체제의
간교한 이중성이다. 지배자 또는 권력의 주체는 익명화되어 철저히 감

추어져 있는 반면, 피지배자 또는 권력의 객체는 보편화되어 드러나게 됨이 그것이다.[93]

 "덧칠된 이 세상"에서, "변화란 의미 없"는 이 세상에서, "나는 명령을 받았"지만 그 명령을 내린 "지배자들은/끝내, 얼굴을 보이지 않는" 이 세상에서 '갇힘'으로서의 위기 의식을 진하게 느끼고 있다. 물론 산업화는 민주주의와 함께 우리에게 복지와 평등을 가져다 주었지만 그것은 행복과 자유의 평등이 아닌 "똑같은 형량을 선고"[94]하는 것에 다름 아니다. 따라서 "고무장갑으로 받은 너, 너는/단지 무게일 뿐"[95]인, 물리적 무게가 인간의 실존 가치를 결정지우는 "현실은 지옥"[96]에 다름 아님을 인식하게 되는 것이다.

 시적 화자는 숨겨진 존재가 항상 드러난 존재를 조종하고, 또 그러한 권력 주체가 눈에 보이는 권력 주체보다 더 무서운 권력을 행사하는 위협적인 체제를 인식한다. 원격 조정의 시대에 살고 있는 감시받는 우리들은 보이지 않는 지배자에 조종되고 억압받는 희생자가 되고, 이러한 체제에 길들여져서 획일화되어야만 표면상의 안락을 획득하게 되는 체제의 비인간적인 상황에 놓이게 되는 것이다. 따라서 간교한 체제가 빚어낸 이러한 위기 상황을 주지하고, 여기에 길들여지지 않으려는 인간의 일차적인 노력으로 '갇혀 있음'의 의식이 나타나게 되는 것이다. 이러한 비인간적인 상황에서 인간적인 상황의 회복을 갈구하는 노력이 '인간 찾기'의 양상으로 이어지고 있음을 살필 수 있다.

 '숨겨짐과 사라짐'을 현대인의 속성으로 파악하고, 이러한 위기 상황을 벗어나려는 탈출구의 모색으로 황지우의 일련의 구인 광고시들이 놓인다. 이 구인 광고시들은 인간의 삶이 물화되고, 이러한 물질적

---

93) 김준오, 「체제 인식과 현대시의 문명」, 『문학과비평』, 1990년 여름호.
94) 하재봉, 「감옥」에서.
95) 황지우, 「125」에서.
96) 황지우, 「버라이어티 쇼, 1984」에서.

토대가 인간의 삶을 온통 옥죄고 있는 현실에 대한 깊은 회의를 드러
내면서 '인간'을 찾는 일련의 작업이다. 언젠가 어디선가 잃어버린 '인
간' 찾기가 구인 광고시들인 셈이다.

①**김종수** 80년 5월 이후 가출
　　소식 두절 11월 3일 입대 영장 나왔음
　　귀가 요 아는 분 연락 바람 누나
　　829-1551

　　이광필 광필아 모든 것을 묻지 않겠다
　　돌아와서 이야기하자
　　어머니가 위독하시다

　　조순혜 21세 아버지가
　　기다리니 집으로 속히 돌아오라
　　내가 잘못했다

— 황지우, 「심인」 부분

②25. 여동생 : 김정순(39) 찾음
　　개성에서 정지 유치원에 다녔음
　　1·4 후퇴때 대구로 피난나와 살던 중 3남매가 엄마와 헤어졌음
　　오빠 김우종, 여동생 인순, 정순, 셋이서 고아원에 있다가
　　정순이는 누가 수양딸로 데려갔는데 나중에 찾아가니 오빠 찾
　　아나갔다고 했음
　　◦어머니는 갓난아이가 있었으며 집 앞에 기찻길이 있었음
　　◦오빠 : 김우종(42) 424-7342

8617번 차원옥은 동생을 찾씀니다

동생은 차원실 륙십칠세(67) 별명은 세채

고향은 평북 영변군 팔원면 석성동

해방 전에 고향을 떠낫씀

형은 차원목 칠십삼세(73)

소리면에 출가하였씀

현재는 서울에 거주함

형에 전화연락처는 714-1258

어머님 : 김학실(76) 언니 : 이금란(54) 동생 : 필녀(44) 정자(쫄찌 42)

1·4후퇴때 게성서 만나기로 함(옥순이는 군인차로 서울로 보냄)

고향 : 황해도 수안군 수안면 하유리

※ 찾는이 : 옥단, 옥분, 옥순(먹식이)

603-2981

찾는 사람 누님 조정님 47세

6·25 피난시 대구에서 헤어짐

동생 조용기 아버지 조창식 큰오빠 조응섭

남동생 정섭(56)은 소문에 6·25당시 인민군에 속해 있었다고 함

사촌형 김창용(58)

사촌형 김준형(53)

조카 김대원(53)

고향 : 만주 통화성 장백현 안민촌 풍락통

찾는 사람 : 서울 성동구 마장동 김승용

292-6277

찾는 사람

①형님—이병호(승호) 66세

②동생—상호 60세

고향 : 평남 강서군 동진면

①형님은 8·15해방시 일본으로 갔다는 소식

②동생은 1·4후퇴시 월남하면서 헤어짐

 * 이태호(63세) 857-3188

동생 신문성 42세 문생이

의정부 오목이에서 살다 6·25때

둘째 문영이가 소를 끌고 먼저

나간 것을 셋재 문성이가

데리러 나갔다가 돌아오지

않음 형 신문선 47 연락처

의정부 452-7382

셋째, 전지곤(남동생)

고향 : 황해도 연백군 해성면 염전부락

6·25때 아버지가 인천수용소에

있을 때 첫째 오빠한테 편지가

와서 찾으러 갔는데 행방불명

셋째 오빠와 남동생 3명이

인천 고아원에서 헤어짐

전순덕 연락처 : 614-3107

—황지우, 「벽 3」 부분

　이상의 인용시들은 현실의 습득물로서 시사적(時事的, topical) 인유
를 구성 원리로 하고 있다. 세계가 곧 시의 텍스트가 되는 이 반미학
(anti-aesthetics) 자체는 재생산 방식이 지배하는 후기 산업사회를 반
영한다. 곧, 후기 산업사회의 재상산 방식이 시의 방법이 되고 있는 것
이다. 그러나 이러한 '텍스트시'가 단순한 텍스트의 드러냄을 넘어서,
그 시적 문맥으로 새로운 의미를 확보하고 있음을 놓칠 수 없다. 다시
말하면, 직접적으로 현실을 재현하는 대신에 현실이라는 소재를 미리
예술품으로 바꾸어 놓고서 묘사하는 텍스트를 인용하고 있는 셈인
데,[97] 이렇게 함으로써 단순한 광고가 아닌, 위선과 억압으로 짓눌린
비인간화된 현실에서 상실된 인간성의 회복을 의도하는 의미 변용의
예가 되는 것이다. 키치문학은 예술 형식이라기보다는 오히려 삶의 형
식이라는 말이 그래서 가능하게 되는 것이다.

　신문, 텔레비전, 벽보 등의 광고나 신문 만화, 일기예보, 뉴스 등을
인유 혹은 패러디의 기법으로 작품에 도용한 예들도 이와 같은 맥락에
서 이해된다. 작가의 '언어'에, 즉 '무엇을'보다는 '어떻게'에, 내용보
다는 형식에 주목하게 하려는 것이 작가의 의도이다. 모종의 기묘한
형식주의를 통해서 전달되는 내용과 주제가 여전히 중요하다는 사실
이 전제가 되어야 함은 물론이다. 이러한 재현적 표현 기법의 관례들
은 레이몬드 윌리암즈가 '소격문화(the culture of distance)'라고 불렀
던 것의 적절한 사례들이 된다. 즉, 그 작품들을 대하게 되는 사람들은
마치 방부제로 처리한 박제가 되어 버린 것 같은 표현 기법으로 인해
현실성으로부터 유리되어 소원해지게 되는 것이다. 내용과 묘사된 기
법 사이의 확연함으로 비판적 긴장을 획득하게 되는 것이다.[98] 민방위
날의 상황을 전하는 라디오 방송을 그대로 옮긴 황지우의 「14시 30분

<hr>

97) A. Hauser, *Soziologic der Kunst*(최성만·이병진 옮김, 한길사, 1983), 331쪽.
98) John A. Walker, *Art in the Age of Mass Media*(정진국 옮김, 열화당, 1987), 29~30, 73쪽.

현재」, 신문기사, 라디오, 뉴스 등의 사건을 요약해 놓은 「활로를 찾아서」, "돈 급히 쓰실 분" 등의 벽 광고를 시화한 「벽 2」, 신문에 게재된 소득 격차에 대한 기사를 도표와 함께 옮겨 놓은 「그들은 결혼한 지 7년이 되며」, 전자 오락실에서의 게임 과정을 음향 효과를 동반해서 그대로 묘사해 놓은 「徐伐, 셔블, 셔블, 서울, SEOUL」 등의 작품들이 그 예가 되고 있다.

지금까지 '인사이드 아웃사이더'로서의 키치문학의 이중성을 '위악적 태도와 숨 고르기'의 단계로 살펴보았다. 우리가 살고 있는 세계는 현대 문명과 그로 인해 빚어진 가치관의 혼돈으로 매우 혼란스럽지만, 그러나 우리는 이 폐쇄된 세계에서 살 수밖에 없음을, 이 폐쇄된 세계를 일단 인정하고 그 '속'에서 해결책을 찾아 나가야 함을 심층구조로 가지면서 시를 열고 있는 것이 이 단계가 된다. 이중성으로서의 키치문학의 의의가 바로 여기에 놓이게 됨을 놓칠 수 없다.

'위악적 태도와 숨 고르기' 단계는 소외에 대한 인식을 가중시킴으로써, 이러한 위기의 상황 속에서 그 극복의 실마리를 찾도록 유도한다. 그리하여 이상적 삶이 멀리 있는 것이 아니라 바로 현실 속에 있음을 강조한다.[99] 세계가 중간 매개항으로 설정되지 않은 것들은 아무 의미가 없고 설득력을 얻지 못한다는 사실을 전하고, 세계내 존재로서의 실존적 정당성을 얻기 위해서는 즉자와 대자와의 관계 속에 얽혀야 함을 시사하고 있는 장이 바로 '위악적 태도와 숨 고르기' 단계가 되는 것이다.

테크놀로지의 물적 토대를 이루는 거대한 산업과 함께 체제 커뮤니케이션의 지배에 억눌려 있는 인간을 구원하기 위해서는, 바로 그 배경이 되는 혼란스러운 현실을 결코 마다하지 않아야 함을 '일단 빠져

---

99) T. Eagleton, *Capitalism, Modernism and Postmodernism*(정정호·강내희 엮음, 터, 1989), 205쪽.

들기'와 '위악적 태도와 숨 고르기'의 단계로 이어 살펴보았다. 이러한 준비 단계를 거쳐 실질적인 그 해결책에 부딪치는 작업은 문학의 궁극적인 의도를 헤아려 볼 때 바람직한 것이고, 따라서 이 글은 '탈승화와 우회적 공격'의 단계를 설정하여 그 문학적인 응전력의 모습을 앞의 두 단계에 이어 살펴보고자 한다.

(4) 탈승화와 우회적 공격

현대인들은 오히려 기계문명의 틈서리에서 위안처를 찾고 있는 듯하다. 이 모든 것은 선택의 문제가 아니라 필연의 문제가 되고 있다. 왜냐하면 기계문명은 불가피하게 원시적인 것을 종합하는 경향을 띠며, 환희는 고도의 기술 발전의 뜻밖의 목적이 되고, 신비는 과학적 탐구의 우연한 부산물이기 때문이다.[100] 다시 말하면 물질문명의 확산과 보편화로 가치 중심이 인간에서 기계문명으로 옮겨 가 대부분의 일상들과 그 여타의 것들이 기계문명에 좌우되고 있기 때문이다. 그러나 많은 사람들은 기계가 결코 인간을 넘어서지 못할 때 인간이 비로소 인간다워지고 삶에 진지해질 수 있다고 느낀다.

산업화로 인한 기계·물질문명이 어디까지나 인간을 위해 존재해야 하는 것이지 물질적 구도에 인간이 압도당해서는 안 된다는 사실은 너무도 당연하다. 따라서, 예술의 민주화로 고급예술과 대중예술의 간극이 해체되는 이 시대에 문학은 이러한 위기 상황을 넘으려는 의도로 다시금 예언적이며 보편적이 되는 것이다. 즉, 상실된 인간성의 회복이라는 전망을 제시하는 일에 문학이 그 일익을 담당하게 되는 것이다. 이러한 맥락에서 키치문학 또한 예외가 아님은 물론이다.

앞에서 살펴보았듯이, 키치문학은 현재의 위기적 상황에 대한 반성

---

100) L. Fiedler, 「Cross the Border-Close that Gap : Post-Modernism」, 앞의 책, *Capitalism, Modernism and Postmodernism*, 58~59쪽.

에서 생산된 반예술(anti-art)이다. 그러나 키치적인 것의 종사자들은 그러한 반항의 몸짓을 통해서 무언가 긍정적인 것, 진실의 근거가 될 수 있는 그 무엇을 밝혀내려고 애쓴다. 단지 겉보기에는 경박스럽고 유희적이라고 해서 그것이 예술이 아니라거나 작자의 인간적 개입이 없다고 생각하는 것은 키치문학의 의의를 놓치는 것이다. 무엇보다도 키치문학은 자의식적인 사회적인 산물임에 틀림없다.

> 뻥
> 오늘은 티밥 튀기는 소리가
> 종일 동네를 뒤흔든다
> 괜시리 삶의 어려움에 대하여
> 뻥까지 말라고
> 뻥!
> 뻥!
> 뻥!
> 뻥튀기 할아버지가
> 칠월의 뙤약볕 아래서
> 뻥을 튀긴다.

—유하, 「살아가기」 부분

"괜시리 삶의 어려움에 대하여/뻥까지 말라고/뻥!/뻥!/뻥!" 경고하고 있는, 그러니까 엄살 피우지 말고 진지하게 세상을 직시하며 살아갈 것을 경고하고 있는 위 시는, '탈승화와 우회적 공격'의 장을 여는 작품이 된다. 왜냐하면 여기서 시인은 관념적 도피가 아닌 단단한 현실 인식을 바탕으로 세상을 바라볼 것을 주장하고 있기 때문이다. 이러한 '탈승화와 우회적 공격'의 장을 펼치는 시를 한 편 더 살펴보자.

나는 테크놀러지 이용에 대한 이율배반의
모순성을 갈파하고자 한다. 즉 테크놀러지를 이용할
때의 편리성, 그로 인해 그것에 종속되어가는
현대인들을. 그리고 덧붙여, 테크놀러지에
노예화됨으로써 테크놀러지를 이용할 수 없는
자연적인 상황에 부딪쳤을 때 보이는 현대인의
초조한 반응을 묘사하고 싶었다. 어떻게 될까?
그런 상황 앞에서 비로소 테크놀러지의 불편함을
느끼기도 하겠고, 도리어 테크놀러지화되지 않은
자연에 대해 신경질부릴 수도 있겠지.

— 장정일, 「길안에서의 택시잡기」 부분

　인간을 비인간화시키는 산업문명 속에서 키치문학은 이러한 구체적인 인식을 시작으로 물신주의적 세계에 대한 대항으로 나아가게 된다. 오늘날의 대중사회라는 한 사회 경제적 구성체 속에서 발생하는 문화적인 문제를 들추어냄으로써, 그러한 산물들도 결국은 인간을 위해 존재해야 하는 것임을 파악한 후 향후의 방향 설정과 그 추후에 주력하게 되는 것이다.

　①다시 거리에서
　　복합 비타민 레모나와 빵빠레 사이에
　　세종 콘텍트렌즈와 마운빌 상사 사이에
　　아모레와 조아모니카 사이에
　　쌍방울과 애니 사이에
　　자미온과 나들이 사이에
　　망가진

프로스펙스, 에스쁘리끄, 쟈스트, 유닉스, 비비안, 톰보이, 에스판, 챠
밍, 논노, 코코, 뽕뽕, 와코루, 자이덴스키, 디제이치민, 콩크라세 사이에

망가진 것들 예를 들면

지노베타딘, 리도, 아스피린, 드봉, 펩시, 뽀삐, 「신의 아그네스」, 「낮은
데로 임하소서」, 「우리는 행동과 개성을 입는다, 점퍼」사이에

망가진다

—오규원, 「서울·1984·봄」 부분

②4.→
  5. →를 따라
    한 모서리를 돌면

    빙그레—가 없다

    다른 세계이다

  6. 따르는 곳을 따르지 않고
    거부한다

    다른 모서리로 내 다리를
    내가 놓는 오월의 음지를
    내가 앉는 의자의
    모형을 조금씩 더

옮긴다 · · 이 地上

— 오규원, 「빙그레 우유 200ml 패키지」 부분

앞의 '일단 빠져 들기'에서 살펴보았듯이 상업 광고, 기사, 포르노물 등을 소재로 삼는 키치문학은 때로는 진지함이 결핍된 경박함으로 치닫기도 하지만, 이상의 광고시들에서도 알 수 있듯이 세속화된 도시의 물신화된 삶에 대한 문학적 응전 또한 필연적인 전개 과정상의 요청이 되고 있다.

그러므로 키치문학은 우리가 매일 접하고 있기 때문에 자동화되어 우리의 감각적 인식의 대상이 되지 못하는 사물들을 재인식하게끔 한다. 그것을 통해서 우리는 우리에게 익숙해져 버린, 그러나 그것이 놓여 있던 일상적인 상황에서부터 떨어져 나온 사물들을 새롭게 인식하게 되며 현대적 삶과 대중적 삶의 의미를 다시금 생각해 볼 수 있는 것이다.

여기서 우리는 키치의 일반적인 이미지와는 거리가 먼, 키치가 은밀스러운, 거의 교의적인 면을 내포하고 있음을 살필 수 있다. 따라서 이러한 전체 효과로써 키치문학의 가치를 결정해야 옳겠다. 인간의 일상적인 인식을 깨뜨리면서 동시에 인간의 여러 가지 복합적인 현대의 비극적인 상황을 인식하면서, 그 안에서 최선을 다해 문제를 해결하고 뛰어넘으려는 것이 키치문학의 궁극적인 의도임을 알아야 할 것이다. 다시 말해서, 현실에 무비판적으로 동화되어 가는 우리들에게 일종의 '충격 요법'으로서의 작품을 제시한 것이 키치문학이 되는 것이다. 그러므로, '탈승화와 우회적 공격'의 단계에서의 인간상은 탈승화의 아웃사이더인 비판적이면서도 저항적인 자아가 됨을 알 수 있다. 발전된 산업사회에 만연한 탈승화(또는 비속화/desublimation)는 승화에 비해 참으로 타협주의적 기능을 나타낸다.[101] 그러나 적용된 탈승화의 쾌락들은 불행 의식의 극복이라는 궁극적인 의도로 시도된, 자유로운 이상의 탄생을 위한 필수적인 과정이 된다.

> 양산박을 떠난 한 무리의 터프가이
> 예정대로 AM5:30 서울 입성
> 지하철 4호선 잠입
> 상계 주공 아파트 19단지 10동 201호에 베이스 캠프를 설치하면서
> 악어를 조심하라는 반상회보가 돌기 시작한다
> 빨간 팬티까지 미학적으로 널리는 닭장
> 낯선 털복숭이들이 주차장 부근에서 역기를 들고
> 선머슴 같은 여식애들 슬리퍼를 끌며 수퍼마킷에 쳐들어와서
> 600g 포장육을 스물너덧 개씩 무더기로 집어가는 풍경들이
> 왜 위협적으로 비치는가
> 아파트의 젊은 내외들
> 희망과 사랑이 아담사이즈로 제공되고
> 비관과 우울이 프랑스 영화처럼 기분좋게 펼쳐지는 침실
> 그들의 미학적 꿈자리에
> 떼강도들이 몰려오는가
> 베이스 캠프
> 결코 인간이기를 포기하지 않는 강패들
> 마지막 聖戰을 준비하는 숙소
> 초장부터 거주민들에게 스릴과 서스펜스를 조성하면서
> 악어와 뱀들이 우글거리는 서커스단 소굴로 줏가를 높이기 시작한다
> 쥐를 잡아먹고 유부녀를 납치한다는 소문까지 돌았다
> 이 지상낙원의 서울

---

101) 김문환 엮어 옮김, 『마르쿠제 미학사상(美學思想)』(문예출판사, 1989), 103쪽.

종로에 사과나무를 심고 을지로에 감나무를 심어보자는 희망뒤에
화약을 심고 도화선을 묻어
생생한 지옥도를 펼쳐 보이리라
돌격
정부에서 심은 사과나무가 정연하게 도열한 종로
우리들 출근길을 막고 있는 르망―엑셀―콩코드 자가 운전자 행렬과
사과탄이 펑펑 터지는 플래카드 사이
온몸으로 뛰어드는 짱돌이 되리라
식민도시 아나키스트, 만세!

— 이윤택, 「새로운 전도사가 입성하여·1―베이스 캠프」 전문

인용시는 탈승화의 의도에 눈길을 준다. "양산박을 떠난 한 무리의 터프가이"가 "지상낙원의 서울"에 잠입하여 그 사탕발림한 희망 뒤에 "화약을 심고 도화선을 묻어/생생한 지옥도를 펼쳐 보이"려 하고 있다. 이 시의 화자는 속악한 세계에 "온몸으로 뛰어드는 짱돌"을 탈승화의 아웃사이더로서 제시한다. 이러한 세계 속에서도 "결코 인간이기를 포기하지 않는 강패들"이 탈승화의 아웃사이더로서, 즉 비판적·저항적 자아로서 표상되고 있음을 살필 수 있다.

적응된 탈승화의 쾌락들은 이드(id)의 기본적인 입장과는 다르다. 즉, 이드가 무의식의 세계 속에서 갈구하는 쾌락 원리의 기저라면, 탈승화는 의식의 세계 속에서 갈구하는 쾌락 원리의 기저이다. 따라서 탈승화의 의도는 더 많은 일탈, 더 많은 자유, 사회적인 금기들을 조심하지 않는 더 많은 거부를 포함함으로써 현 상태의 비속한 불행 의식을 극복하고자 하는 것이다.

　①이제 책을 덮고 거리로 내려오라

방 안에 갇힌 문법학자여

책상다리로 앉아 있으면 떨어져 죽을 염려는 없겠지만

우리 마음은 아직 저 컴컴한 안개골목

풍문에 싸인 산장여관

알리바이를 증명할 수 없는 호각소리

그러나 진실은 아름답게 존재한다

거기엔 선생도 학생도 없지만

청강생들이 모인다

청바지를 입어라 파우스트

다시 술렁이는 혼돈 속으로 들어가라

지금 이곳을 적대하여 출입문을 닫아 건다면

우리의 진행형은 책상 알전등 밑에서 세우는 하찮은 반역

— 이윤택, 「청바지를 입은 파우스트」 부분

②누군가 내 어깨를 뒤에서 끌어 안는다면

나의 의사와는 무관하게 다리가 후들거릴 것이고

낯선 여관 계단을 오르는 지점에서 다른 쌍과 어색하게 어깨가 부딪칠

지도 모른다

도시의 가장 어두운 그곳

아름다운 짐승으로 환생하리라

그리고 맑게 돌아가리라

밥솥은 힘차게 끓을 것

신나게 전화벨은 울리고

내 자궁을 베고 아이들은 싱싱하게 잠들 것

남편은 눈치챌지도 몰라

그러나 난 꿈꾸는 식물이 아니므로

끊임없이 탈선할 것

끝까지 남편을 포기하지 않을 것

우리들 이 살아 있음의 긴장을

위하여

— 이윤택, 「아내의 밤 나들이 환상」 부분

살아 있음의 긴장을 위하여 끊임없는 탈선을 꿈꾸는 화자들의 어조에서도 나타나듯이, 부정은 지배의 합리성을 무효화시키며, 그 합리성에 의해 형성된 세계를 의식적으로 '탈−현실화(de-realize)'시킨다. 그러므로 부정 의식은 만족의 합리성에 의해 세계를 새롭게 규정하는 진취적 개념이 된다.[102] 현실 속에서는 제한되고 억압되고 기만당하는 것들을 보고 듣고 아는 힘이 예술 속에서는 진리와 해방의 힘이 되는 것이다.[103]

결국, 세계 안에 보다 차원 높은 질서, 즉 억압 없는 질서를 건설하기 위해 필요한 단계가 탈승화인 셈이다. 이러한 비판적이면서도 저항적인 자아는 계속 이어 나타나고 있다.

첫 페이지는,

새롭게 연출하는 봄의 감각 —

〈그것〉 3 슬립 : 광고가 있다.

가위를 들고 슬립을 입은 미녀의 사진을

오려내자. 〈그것〉 3 슬립 : 의 광고로

부터 그녀를 분리하자.

다음 페이지에는,

---

102) 앞의 책, 『마르쿠제 미학사상』, 92쪽.
103) 위의 책, 147쪽.

빛으로 색을 말하는가 · · · · · 색으로 피부를 말
하는가 · · · · 〈그것〉 : 광고가 있다.
가위를 들고 머리칼을 곱게 빗은 미녀의 모습을
오려내라. 〈그것〉 화장품 : 의 광고로
부터 그녀를 분리하자.

다음 페이지에는,
나 그대로, 젊음 그대로 〈그것〉 : 광고가 있다.
가위를 들고 청바지를 입은 미녀의 전신을
오려내자. 〈그것〉 청바지 : 의 광고로
부터 그녀를 분리하자.

다음 페이지에는,
젊음이란 말보다 젊음답다는 말이 더 좋다.
표정은 밝게, 행동은 자유롭게, 젊은 패션에
지성미도 숨어있다. 젊음답게 〈그것〉 : 광고가 있다.
가위를 들고 이 네 명의 젊은 숙녀를
오려내자. 〈그것〉모드 : 의 광고로
부터 그녀들을 분리하자

다음 페이지에는,
98년의 전통과 패션이 만난다.
아메리카 전통진 〈그것〉 : 광고가 있다.
제비족같이 말쑥한 남자 무릎 밑에
앉아 있는 맨발의 그녀를 가위로
오려내라. 〈그것〉청바지 : 의 광고로

부터 그녀를 분리하자.

다음 페이지에는,
잊을 수 없는 만남 : 프랑스에서 직수입한
리버레이스와 〈그것〉의 유로모드가 펼치는
나이트 웨어 : 광고가 있다.
가위를 들고 해변가에 그림처럼 서 있는
란제리 차림의 그녀를
오려내라. 〈그것〉 화운데이션 : 의 광고로
부터 그녀를 분리하자.

다음 페이지에는,
봄을 여는 첫 번째 여인,
그대는 〈그것〉 : 광고가 있다.
가위를 들고 그녀의 화사한 전신을
오려내라. 〈그것〉 캐주얼 : 의 광고로
부터 그녀를 분리하자.

다음 페이지에는,
입을 때마다 새로운 기분 〈그것〉 : 광고가 있다.
가위를 들고 팬티 바람의 그녀를
오려내라. 〈그것〉 팬티 : 의 광고로
부터 그녀를 분리하자.
다음 페이지에는,
다리 패션이 강조된다. 감각은
돋보인다. 〈그것〉 스타킹 : 광고가 있다.

가위를 들고 하반신만 찍어 놓은 숱한 다리들을
오려내라. 〈그것〉 스타킹 : 의 광고로
부터 낯없는 그녀들의 다리를 분리하자.

다음 페이지에는,
바르면, 입체칼라 입체감각—
〈그것〉 아이샤도우 바리에이션 : 광고가 있다.
가위를 들고 육감적인 입술이 돋보이는 그녀의 얼굴을
오려내라. 〈그것〉 화장품 : 의 광고로
부터 그녀의 얼굴을 분리하자.

다음 페이지에는,
사용 내내 깨끗한 흡수력을 발휘하는
〈혁신 크린카바〉의 〈그것〉 : 광고가 있다.
가위를 들고 에어로빅하는 여자와 방송실에서
활짝 웃고 있는 여자와 서류파일을 들고 있는 여자와
이제 막 차에 오르려는 네명의 여자를
오려내라. 〈그것〉 생리대 : 의 광고로
부터 그녀들을 분리하자.

— 장정일, 「〈그것〉으로부터의 분리」 부분

꽤 길게 인용한 위 작품은 가위를 '돌려 찌르기'를 위한 도구로 채용하여서 "그것"으로부터 그녀들을 분리하고 있다. 광고 투성이의 신간 여성지를 이용해서 "그것"으로부터 그녀들을 분리하는 작업을 하고 있다.—슬립 광고로부터, 화장품의 광고로부터, 청바지의 광고로부터, 모드의 광고로부터, 화운데이션의 광고로부터, 캐주얼의 광고로부터,

팬티의 광고로부터, 스타킹의 광고로부터, 화장품의 광고로부터, 그리
고 생리대의 광고에 이르기까지. 이러한 "그것"으로부터의 분리 작업
은 속악한 현실에 대한 '돌려 찌르기'가 된다. 비록 신간 여성지를 통
한 우회공격이지만, 상품의 치장 정도로 여성의 미적 가치가 결정되고
그래서 여성들에게 그러한 상품을 구매하도록 소비를 조장하는 광고
의 허위성을 찌르고 있는 것이다. 소비를 부추기는 "그것"들은 "감옥"
의 비유이고, "그것의 감옥으로부터 미녀들을 구해내"니, "그녀들의
미는 얼마나 말쑥하게 빛나는가?"라고 갈파함으로써 광고의 조작에
대해 '돌려 찌르기'를 실시하고 있는 것이다.

   때로는 이러한 우회적인 공격이 더 축소되어 현실 도피적인 발상이
나타나기도 한다.

　　①언젠가 와본 것 같은데 모든 것이 낯설은 곳
　　　　관 속으로 들어갈 때까지 TV광고와
　　　　영화 음악, 스포츠 중계만 계속되는 도시의 한복판을
　　　　과속으로 차를 몰았다.
　　　　쓰레기 같은 내 인생이 가로등처럼
　　　　번쩍이며 뒤로 사라졌다.

　　　　　　도피?
　　무엇으로부터.
　　　　　　　　과거

　　　들것에 실려나가기 전에는
　　　쥐도새도 빠져나갈 수 없는 이곳을
　　　지금 떠나지 않으면 평생 후회할 거야

가슴속에 타고 있는 불길

눈, 코, 귀, 입, 오줌 구멍과 항문으로

연기를 내뿜으며 난 탈출하겠어, 내몸을

— 하재봉, 「비디오/블랙리스트」 부분

②지금, 이 글을 쓰는 순간부터 나는 다음과 같이 파업한다

　　내 이름에 대해

　　내가 쓴 모든 시들에 대해

　　내가 사랑했던 모든 여자들에 대해

　　그동안 내 눈에 붙잡힌 모든 사물에 대해

　　나는 최후로 나를 버린다.

　　그것은 사건이 아니다 일단 기사의

　　그것은 해가 뜨고 다시 땅속으로 가라 앉는 것처럼

　　일상적이고 평범한 일이다.

　　그러므로 나는 다음과 같이 파업한다

— 하재봉, 「비디오/파업」 부분

③내 인생이 구역질나 못 참겠어

　　여긴 냄새나는 시궁창이야

　　난 떠나겠어

— 하재봉, 「비디오/환멸」 부분

　이러한 현실 도피의 의식도, 이를 시도하려는 자아가 나중에는 스스로 지쳐 버려 "이 세상이, 내가, 모두 물에 잠겨 버렸으면!"[104]과 같은 자포자기적인 발언 속으로 빠져 들기도 한다. 그러나, 사회로부터 혹

은 자기로부터의 소외가 모든 것을 인간에게 있어서의 객체로 만들 뿐
만 아니라, 정신이 자기 자신으로 향하는 여정의 필연적이며 불가결한
단계[105]임을 헤아려 볼 때, 위와 같은 태도도 "지양된 후에, 비로소 진
실"[106]해지기 위한 하나의 고뇌 어린 몸부림으로 봐도 괜찮을 것이다.

  ①길안에 숲이 크고 나무가 울창하다
   길안에 들어서니 여기 무슨 오해가 있고 공해가 있을까
   여행자는 기분이 좋아 자신의 목에 메인 워크맨의
   입력단추를 누르고 기능전환 스위치를 에프엠에 고정시킨다
   그러자 차랑차랑한 높은 음악이 길안의 호면같은 숲을 흔든다
   서늘한 나뭇잎이 감전이나 된 듯 미세히 떨고
   부르르 날개를 뒤틀며 새들이 하늘로 치솟아 오른다
   그제서야 여행자는 눈에 보이지 않는 복명이 있음을 안다
   어느새 전파는 이렇게 깊고 고요한 길안에 마저 맹렬히 숨어들었나 보
   다
   높은 산봉우리마다 거대한 송신탑이 섰는데
   송신탑을 보자 인기팝송과 정부발표 같은 것들로 속이 메스껍다
   여행자는 기분이 상해 워크맨을 바위에 던져 부서뜨린다
   그러면서 전파를 만들었다는 양코배기를 비웃었다
   길안의 구석구석 독처럼 차오른 전파의 폭우 속에서도
   숲은 얼마나 커지고 나무들은 얼마나 푸르게 그 속이 차오는가
— 장정일, 「전파 나무 나무전파」 부분

  ②문명은 사라질 것이다

---

104) 황지우의 「아내의 편지」에서.
105) A. Hauser, *Mannerism*(김진욱 옮김, 종로서적, 1981), 130쪽.
106) Hegel, *Phänomenologie*, 위의 책, 130쪽 재인용.

쿵쾅거리는 전쟁에 의해서가 아니라
소리 없는 침략에 의해,
인간의지에 의해서가 아니라
자연의 의지에 의해
문명은 일소될 것이다.

— 장정일, 「물에 잠기다」 부분

위 인용시들은 인간성을 파괴시키는 문명에 대한 비판으로 탈문명을
꾀하고 있다. 처음의 동기야 어쨌든 인간은 이제 인간이 이루어 놓은
물질 구도로부터 더 이상 위안을 얻지 못하게 되었다. "눈에 보이지 않
는 복병"을 앓으면서, 그제서야 인간은 우리를 우리답게 만드는 주요
요인 중의 하나가 자연임을 깨닫는다. 인간이 일구어 놓은 문명은 그
속에서 타락될 대로 타락되어 버린 인간에 의해서 그 위력이 위축되기
는 힘들고, 그래서 창조의 근원인 자연의 의지에 내맡겨지고 있다. 바
로 여기에 '우회적 공격'이란 속성이 내포되어 있는 것이다. 곧, 인간
의 한계성이 자연의 힘에 의지되고 있기 때문이다. 독처럼 차 오른 문
명의 폭우 속에서도 자연은 아랑곳하지 않고 묵묵히 견뎌 왔다. 이러한
자연의 넉넉한 품속에서 기계 물질문명의 악덕은 사라질 것이고, 아울
러 상실되었던 인간성이 회복되기를 열망하고 있는 것이다.

이러한 열망은 우리의 희망에게 편지 쓰도록 이끈다.

내일 나는 출근을 할 것이고
살 것이고
사는 일이 사랑하는 일이므로
내일 나는 사랑할 것이고,
친구가 오면 술을 마시고

주소도 알려 주지 않는 우리의 희망에게

계속 편지를 쓸 것이다.

보이지 않는 미래에게 전화도 몇 통 할 것이고,

전화가 불통이면

편지 쓰는 일을 사랑할 것이다.

— 오규원, 「빈약한 상상력 속에서」 부분

결국, 희망과 우리와의 연락이 가능해지기 위하여 우회적 공격의 단계가 필요한 셈이다.

이러한 가능성 타진의 한 방법으로 '프로이트식 치료'가 유효하다. 장정일의 무의식의 상품화를 진술하는 「프로이트식 치료를 받는 여교사 1~10」 연작이 그 예이다. 검열되지 않고 무의식 속에 억압된 표상, 감정, 욕망 전체는 결코 없어지지도 않으며 그 자신의 힘도 잃지 않는다. 광활한 무의식은 말을 갖지 않으며 또한 말을 두려워하지만, 억압으로 눌려진 무의식적 감정은 고백의 단계를 갖는다.[107] 이러한 무의식의 정신분석을 통하여 치료를 받는 과정을 그린 것이 장정일의 연작시다.

여기서 "치료를 받는다"는 말이 관심을 끈다. 산업화되고 기계화된 출구 없는 사회 속의 삶이 표면상의 안정은 주었지만 인간의 내면을 무한히 갉아 내렸음은 주지의 사실이다. 이 대목에서 현대인들은 정신적 갈등을 체험을 체험한다. 즉, 의식과 무의식 사이에서 혼란을 체험하게 되는 것이다. 이러한 닫힌 세계 속에 갇혀 있는 현대인을 구출하기 위하여 프로이트식 치료가 개입된다. 여기서 프로이트식 치료의 개입을 '해방구'의 출구 모색을 위한 우회적 공격의 한 방법으로 보았다. 근본적으로 잘못된 사회구조의 변혁과는 별개로, 병든 인간만의 치유

---

107) M. M. Bakhtin/V. N. VOLOSINOV, *Freudianism*(송기한 옮김, 예문, 1987), 58~61쪽.

를 시도하고 있다는 점에서 직접 공격이 아닌 우회 공격의 의미를 시인은 발견한 것이다.

억압적이고 비판적인 모든 의식의 힘을 이완시킴으로써 심리에 완전한 자유를 주는 치료를 받고 있는 여교사는, 그러나 무의식의 최면술에 걸린 상태다. 어느 정도의 치유가 가능할지는 미지수로 남겨 둔 상태다.

여기서 '성실하고 떠버리며 성적 매력이 없는 독신 여교사'라는 긍정과 부정이 혼합된 스테레오 타입을 치료의 대상으로 삼고 있는데[108] 이는 여러 설명을 가능케 하는 적절한 보기가 되고 있다. 즉, 어느 정도의 교양과 지식과 편리한 생활을 누릴 수 있는 경제적 여건 등 조건들이 자본사회를 즐길 수 있게 하는 데 기여하고 있으며, 이러한 구도 속에서의 독신 여교사는 표층구조와 심층구조 사이의 갈등을 그리는 데 부합되는 것이다. 물질문명과 교육의 허영이 만들어낸 자의식 속에서 끊임없는 갈등을 겪는 행동 반경을 지님으로써 현대 사회에서 대중문화의 확산으로 기인된 치부를 드러내는 적절한 실례가 되고 있는 것이다.

이러한 '탈승화와 우회적 공격'의 단계는 키치문학을 여타의 대중 추수주의적인 작품과 구별짓는 주요 기제로 작용한다. 비록 우회 공격적인 '돌려' 찌르기의 역할이지만, 문화적 다원주의와 그 대중적 확산을 일단 인정은 하면서 그 구도 속에서의 조심스러운 비판적 자세를 겨냥함 그 자체가 비난받을 요인이 될 수는 없겠다. 현대가 다름 아닌 풍자와 희극의 시대이고 정면 공격이 아닌 측면 공격, 곧 간접화된 공격이 그 주요한 존재 근거가 됨을 감안할 때[109] 억압구조의 현대 사회에서 '탈승화와 우회적 공격'으로서의 키치는 여간 주목되는 현상이

---

108) A. Asa Beger, *Media Analysis Techniques*(한국사회언론연구회 매체비평분과 옮김, 이론과실천, 1990), 102쪽.
109) 김준오, 『한국현대쟝르비평론』(문학과지성사, 1990), 238쪽.

아니다. 따라서, 이 글은 키치문학이 우리의 경우 1980년대 후반에 들어 활성화되기 시작했음을 염두에 두면서, 이를 문학의 한 가능성으로 보고자 한다. 세속주의를 중심으로 일상성의 회복을 꾀하는 이러한 의도만으로도 키치시는 주목받을 가치가 충분히 있는 이 시대 문학이 되는 것이다.

4. 대중문학과 현대시의 키치적 상상력

알프레드 베버는 현대 사회의 인간을 제4의 인간으로 보았다. 이 용어는 완전히 기술의 지배를 받고 관료주의 체제와 대중의 무한한 자유에 대한 신앙에 시달리는 현대 사회의 인간을 의미한다. 다분히 사회적인 조종을 받고 있는 욕구에 대한 정당화로 대중문화는 누구에게나 손쉽게 개방되어 있는 듯하고, 도리어 현대 사회의 인간을 그 특성에 맞게 창조시켜 나가고 있는 현실 속에서 문학도 이에 대한 반영 또는 굴절의 모습으로 나타나게 됨을 살필 수 있었다. 이러한 문화의 수평화 현상과 수평문화의 확대라는 산업정보사회의 세기말 시는 대중 미학주의에 입각한 키치시이다. 문명의 세속화 혹은 대중화가 그 배경이 되는 키치시는 20세기 말 우리 문단에 부각된 지배적인 한 현상이 된다. 물신화되고 기계화된 산업사회는 인간의 생활을 편리하게 바꿨다는 긍정적인 측면과 아울러 소외·사물화·획일화·파편화 등의 부정적인 병폐를 낳았다. 이러한 경계선상에서 키치시는 문학적 응전책을 강구하는 현실 인식의 산물이 되고 있다.

이 글은 대중 미학주의에 입각한 키치시의 개념에 주목하면서 1980년대 시를 중심으로 그 의의와 한계를 살펴보았다. 지금까지의 논의를 정리하여 요약하면 다음과 같다.

첫째, 키치문학(Kitschliteratur)은 고상한 예술에 반기를 든 범속한 대중문화와의 접합을 시도하는 문학이요, 또한 일상 속에 파고든 물질·기계문명, 광고, 대중매체 등에 등장하는 이미지를 다루는 문학이다. 따라서, 이러한 키치문학의 일상적인 소재들에 대한 탐닉은 고상한 예술과 저급한 예술로 구별짓는 수직적인 예술 개념에 대한 도전으로서 소재의 수평화, 나아가서는 예술의 민주주의라 부를 수 있는 태도가 된다.

둘째, 대중사회 개념의 역사적 기원은 19세기 후반의 서구 자본주의의 급속한 산업화와 밀접하게 맺어져 있다. 대중문화에 대한 관점에 대해서는 많은 논란이 일고 있는데, 귀족주의적·보수주의적 대중문화론과 프랑크푸르트 학파를 위시한 마르크스주의적 대중문화론으로 대표되는 대중문화 비판론, 그리고 다원주의적 대중문화론으로 대표되는 대중문화 옹호론 등의 양 입장이 대표적이다.

셋째, 산업화, 도시화, 미디어 보급 등의 대중화 현상으로 한국 사회의 대중문화는 1960년도 이후 새로운 테크놀로지 도입에 의하여 촉진되었으며 1975년도를 기점으로 그 같은 현상이 더욱 가속화되었다. 그러나 대량 보급된 매스 미디어를 통하여 전파되는 유희 지향적, 소비 지향적, 쾌락 지향적 대중문화가 한국 대중문화의 주축을 이루고 있는 실정이다.

넷째, 1970~80년대 급격하게 팽창을 이룬 자본주의 사회와의 맥락 속에서 활성화된 것이 우리 경우의 키치문학이다. 예술의 상품화로 소재가 곧 작품이 되는 반미학의 미학이 키치시의 범주를 이루었다. 문화의 수평화 현상으로 산업정보사회에서 1980년대 시는 그것에 영향받지 않을 수 없었고, 따라서 문명의 세속화·대중화가 배경이 되는 키치시는 세기말 우리 문단에 뚜렷이 부상되었다.

물신화되고 기계화된 산업사회를 누리면서 한편으로는 비판을 하는 이러한 이중성이 키치시의 특징이 되고 있으며, 다음과 같은 세 단계의 진행 과정을 보이고 있다. 파편화되고 물화된 상당히 복잡한 사회인 산업자본주의에 빠져 들어 유희적으로 즐기는 '일단 빠져 들기', 인사이드 아웃사이더로서 상황 진단을 하면서 반성의 태도를 견지하는 '위악적 태도와 숨 고르기', 이를 통해 획득한 태도로 획일화·단편화된 세계를 뛰어넘을 수 있는 대안을 마련, 돌려 찌르기를 실시하는 '탈승화와 우회적 공격' 등이 그것이다.

'일단 빠져 들기'로서의 키치는 후기 산업산회의 징후적 영향으로 예술마저 상품화되어 소비되는 세계에 빠져 들어 희극적·즉흥적으로 즐기는 단계이다. 이때 현실에 대한 판단 유보를 전제로 한 주체 상실의 탐닉자, 수동적 자아가 대표적 자아상이 되고, 상품화, 배금주의, 자동화·기계화, 포르노, 영화 사회학, 영원한 현재 등이 그 주된 내용이다.

'위악적 태도와 숨 고르기'로서의 키치는 모순으로 얽힌 위기적 상황을 인식·파악하는 단계이다. 현실에 대한 위악적 태도로 인사이드 아웃사이더가 이중성으로서 자아상이 되고, 소외, 비자율성, 인간 찾기 등의 항목들이 그 내용을 이루고 있다.

'탈승화와 우회적 공격'으로서의 키치는 앞의 두 단계를 거쳐 획득한 반성의 태도로 세속화·물화된 도시의 삶에 대해 문학적 응전력을 펼치는 단계이다. 아웃사이더에 더 초점이 주어지는, 비판적이면서도 저항적인 자아가 인간상이 되고, 우회 공격으로 문명에 대한 비판과 아울러 상실된 인간성의 회복이라는 전망을 제시함으로써 일종의 '가능성의 문학'으로 키치문학을 보고자 한다.

다섯째, 키치시는 지금까지 살폈듯이, 시와 대중예술과의 만남으로 요약될 수 있다. 이러한 점은 현대 시사에서 키치시가 다음과 같은 의의를 지니고 있음을 시사한다. 즉, 무거운 정치적 소재의 맞은편에서 주변적이면서 사소한 일상적인 일들에 관심을 모음으로써 다원주의적 세계관에 입각한 대중 미학주의의 한 장을 열었다는 점, 그래서 세속적이고 대중적인 점이 현대 시사에서 키치시가 획득한 의의로 놓인다는 점, 포스트모던한 세계와의 결부로 전위적인 특성을 띤다는 점, 그리고 산업사회의 산물로서의 키치시가 인간성을 왜곡시키는 물질문명 구도를 기꺼이 받아들여 누리면서 동시에 이를 비판하는 이중적인 위악적 태도를 지닌다는 점 등이 그것이다.

따라서, 현대시사에서 이러한 의의를 지니는 키치시는 곧 대중시가 되고, 현 단계 우리 문단에서 활발하게 논의가 전개되고 있는 일군의 도시시를 주류로 해서 해체시, 일상시, 광고시 등이 키치시의 범주에 포함되게 되는 것이다.

'인사이드 아웃사이더'로서 악을 발견한다는 데 현대인의 리얼리티가 성립되고, 바로 이러한 점에 주목하는 것이 키치시이다. 따라서 이중성·모순성·복잡성 등이 그 특징이 되고, 대중문화를 바탕으로 한 일상생활의 이미지를 소재로 삼는 점 또한 그 특징이 된다. 다시 말하면, '인사이드 아웃사이더'로서의 키치문학이 산업 대중사회에 무비판적으로 매몰되지 않고 그 구도 속에서 소외 등의 문제를 해결해 나가는 과정을 보여주었다는 점에 그 문학적 가치가 있는 것이다. '일단 빠져들기' '위악적 태도와 숨 고르기'의 단계를 거쳐 '탈승화와 우회적 공격'으로써 현실 대응의 과정을 수행해 나감이 그것이다.

그러나, 이러한 키치시가 세기말적인 유희적이고 경박한 현상과 맥락이 닿으면서 그러한 것들이 갖고 있는 약점들, 즉 일상적인 것에만 치중하여 무거운 소재에 대해 자못 소홀해 할 수도 있다는 점, 거의 같은 내용의 것들이 표현만 바꾸어 지칠 줄 모르고 재생산될 수도 있다는 점, 예술적인 형식에 대한 조망의 부재로 대중매체에 거의 의존하는, 희극적인 세상에서 나타날 수 있는 일종의 유행적인 현상일 수도 있다는 점 등의 한계점 또한 지니고 있음을 놓칠 수 없다.

　그러나, 키치문학은 대중성에 바탕을 둔 현실 대응의 한 방법론이며 위기 의식으로부터 현실 인식을 드러내는 정직한 문학적 실천 행위가 되고 있는 시대적 산물이다. 해체 지향이 아닌 '재구성' 지향으로서의 키치문학, 해체·소외의 극복책으로서의 키치문학이 되는 것이다.

(1991)

제6장

일상성과 욕망의 사회학

1. 자본주의와 키치시

산업화로 인한 현대화로 우리의 일상은 거의가 도시적 일상이다. 집단적인 이기주의와 물욕으로 현대의 도시는 '인공수정'식 편의주의에 길들여졌고, 어느 평론가의 지적대로 현세적 이기주의, 비현실적 정신주의, 세기말적 허무 현상 등이[1] 우리의 일상을 더욱 복잡하게 얽고 있는 중이다.

우리의 문제틀은 욕망·고통·죽음의 문제틀이고,[2] 특히 욕망의 문제틀은 현대인들을 더욱더 속악하게 만드는 주범이다. 이러한 욕망의 문제틀을 더욱 확고하게 확장시키는 것은 상품의 이데올로기로서의 광고다. 그것은 효용 가치와 교환 가치를 묘하게 혼동시킴으로써 우

---

1) 이윤택, 「현대시와 일상성」, 『현대시세계』, 1991년 여름호, 16~18쪽.
2) Henri Lefebvre, *La Vie Quotidienne dans le Monde Modeme*(박정자 옮김, 세계일보사, 1990), 209쪽.

리를 프로그래밍시킨다. 즉, 광고를 통하여 소비 이데올로기는 행복의 이유, 지고의 합리성, 현실과 이상의 동일성 등을 포함하는 소비자의 이미지를 정당화시킨 셈이다.[3] 새로운 이데올로기로서 광고는 이렇듯 욕망의 거울인 현대 사회에서 우리가 쉽게 전면 거부할 수 없는 후기 산업사회의 뚜렷한 총아로 자리잡는다.

이미 세간에서 지적되었듯이, 욕망은 존재하지 않고 원할 뿐이다. 사람들은 욕망을 만들어내면서 예견하고 또한 욕망을 쫓는다.[4] 이러한 피드백 구조에 광고가 단단한 한몫 하고 있음을 살필 수 있다. 여기서 '선택'의 문제는 이미 타율적인데, 무엇에 대한 선택이 마치 자의인 양 착각함으로써 스스로의 존재를 합리화시키는 것이 현대 일상인의 삶의 모습이 되고 있는 것이다.

이 글은 이러한 현대의 일상을 조종하는 한 부분인 광고를 소재 혹은 제재로 삼은 시들, 곧 광고시를 중심으로 20세기 말 한국 현대시의 일면을 살펴보고자 한다.

광고시는 키치시(Kitsch poem)의 하위 양상 가운데 하나이다. 키치시의 주요 특징인 대중문화의 범속한 소재들에 대한 탐닉이, 대중매체를 통해 '이미지'를 쉴새없이 퍼부어대는 광고를 다룬 광고시와 그 맥락이 닿아 있기 때문이다.

일종의 대리 경험이자 허위 감정으로 평가된 바 있는 키치시는[5] 이른바 고상한 예술적 경향은 외면한다. 오히려 그것은 범속한 대중문화의 이미지들을 선호한다. 재현, 진부함, 하찮은 것들을 제안하는 키치시는 중산층의 모호한 미적 이상, 미적 소비와 그에 따라 유발된 미적 생산의 문제들에서 '전망이 좋은' 요인들을 즐기고 만족하는 힘을

---

3) 앞의 책, *La Vie Quotidienne dans le Monde Modeme*, 95, 158쪽.
4) 위의 책, 118쪽.
5) C. Greenberg, *Avant-Garde and Kitsch*, 1939.

가졌다.[6]

아도르노는 키치를 '카타르시스의 패러디(parody de catharsis)'라고 정의했다. 그는 패러디의 본 의도인 풍자적 의미를 배제한, 그저 단순모방의 인유 개념을 띤, 그래서 현대인들의 즉각적이고 충동적인 대리 배설체로서 키치를 해석하였으며, M. 칼리네스쿠도 이와 거의 같은 맥락에서 '허위적인 미의식(false aesthetic consciousness)'으로 키치를 해석하였다.[7] 이러한 견해들은 키치의 의도적인 측면은 간과한 채 그 효과 혹은 기능적인 측면에만 치중한 보기에 다름 아니다.

소재의 수평화를 구가하면서 예술의 민주주의적 태도를 표방하는 키치시가 그 바람직성 여부의 문제와는 별도로 현대 산업사회의 혁신적인 자기 표현이었음을 부인하기가 힘들다. 세계의 진행 과정에 동의하는 키치시, 그러나 단순히 불성실한 순응에 의한 예술의 타락물이 아니라 결국은 그러한 상황 속에서 다시 일어설 기회의 모색물에 다름 아닌 키치시는, 그래서 대중시이면서 동시에 열린 결말의 오늘의 문학이 되고, 여기에 광고시도 그 한 부분으로 놓이게 되는 것이다.

이 글은 이상의 사실을 감안하여 '카타르시스의 패러디＝키치시', 즉 허위적인 미의식으로서의 키치시의 개념에 도전한다. 그리하여 키치시의 한 유형인 광고시를 중심으로 키치시의 문학적 특질과 그 문학적 응전력의 정도를 가늠해내는 데 목적을 둔다.

---

6) Matei Calinescu, 「Kitsch」, *Fine Faces of Modemity*(Duke University Press, 1987), 226, 229쪽.
7) 위의 책, 241쪽.

2. 현대의 일상성, 문화적 억압과 빈곤

문화의 양각화(兩脚化) 현상은 현대 대중사회의 특질을 잘 파악하고 있는 용어 가운데 하나다. 산업화, 도시화, 미디어 보급 등의 대중화 현상으로 인한 한국 사회의 대중화 현상으로 한국 사회의 대중문화는 1960년도 이후 새로운 테크놀로지 도입에 의하여 촉진되었다. 1975년도를 기점으로 그 같은 현상이 더욱 가속화되어 오늘날에 있어서 한국 사회도 일반적인 의미에서 대중화 시대 또는 대중문화 시대라고 보는 데는 대체로 합의를 보고 있다. 두루 알다시피, 대중문화는 가능한 한 많은 사람들이 주체가 되어 형성되는 산물이다. 그러나 민주화와 자유화의 방임적 수용으로 사회의 체계적 질서가 무너져 내리는 위기가 도래하였고, 이러한 위기감의 팽배는 인간을 파편화시켜 고립시키는 결과를 가져왔다. 그래서 중간 문화가 압도적인 문화의 양각화 현상이 현대의 어중간하고 위협적인 상황을 그나마 떠받치고 있는 셈이 되는 것이다.

이러한 현대 대중사회의 개념과 보폭을 함께 하는 것으로 자유주의가 있다. 일반적으로 자유주의는 사회를 개인으로, 그리고 집단적 실천을 개인의 자유로 환원해서 설명한다. 이러한 자유주의의 무정부성으로 인해 현대 소비사회에서는 미시적 관점이 난무하게 되고, 이는 인간을 물상화된 세계내의 이기적 또는 욕망 의존적 존재로 파악함으로써 지나친 자기에의 원리에 의해 개인주의로 수렴된다. 그래서 자본주의에서의 인간의 자유란 사실상 상품—화폐 관계에 기초한 자유가 되고, 그 욕망과 욕망의 충족은 바로 타인에 대한 관계를 매개하고 산출하게 된다.[8]

---

8) 김창호, 「자유주의, 누구를 위한 어떤 자유주의인가」, 『실천문학』, 1991년 여름호, 96, 88, 104쪽 참조.

이상의 내용들은 허위 욕망의 계속적인 확산인 '자아 속임의 미학'으로 정리될 수 있다. 위에서 보았듯이, 인간의 이기심과 탐욕들은 인간의 고정불변의 자연적 속성이며, 자본주의가 이러한 인간의 자연적 본성에 기인하는 것으로 파악하는 입장이 바로 그것이다. 그래서 쾌락을 추구하고 고통을 피함으로써 스스로의 존재를 정당화시켜 나가는 '자아 속임의 미학'이 현대인들의 그럴싸한 모습이 되고 있는 것이다. 이는 자유주의가 지니는 특징 가운데 하나인 사회적·역사적 무책임을 뜻하는 양비론(兩非論)으로 합리화될 수 있는 성질의 것이다.

현대 소비사회에서 이러한 '자아 속임의 미학'의 원인이자 그 확충은 다름 아닌 광고다. 곧, '일시적인' 현상인 유행의 첫번째 발단은 광고·선전 가운데 인지되어 있다.[9] 광고 매체를 통하여 전달되는 내용인 광고 메시지(advertising message)를 인유 또는 패러디함으로써 이상의 문제적 현실에 접근하는 것이 바로 광고시가 된다.

> 단조로운 것은 生의 노래를 잠들게 한다.
> 머무르는 것은 生의 언어를 침묵하게 한다.
> 人生이란 그저 살아가는 짧은 무엇이 아닌 것.
> 문득 – 스쳐 지나는 눈길에도 기쁨이 넘치나니
> 가끔은 주목받는 생이고 싶다—CHEVALIER
>
> — 오규원, 「가끔은 주목받는 生이고 싶다」 부분

유네스코가 1981~83년도 사업과 예산 항목 속에 광고에 관한 조사를 포함시킬 만큼 광고는 현대 사회의 메커니즘에서 거대한 에너지를 가진 하나의 활동이 되었다.[10] 광고는 보는 사람들에게 '타인'을

---

9) 箱崎總一, 『廣告心理·分析』(오세진 옮김, 미진사, 1990), 166, 172쪽.
10) 오인환·이규완 옮김, 『매스컴과 광고산업』(나남, 1987), 31쪽.

부러워하게 만든다. 즉 매력을 만들어내는 과정이 바로 광고이다. 감각적 자극의 하나로 지극히 짧은 시간에 소멸하는 광고는 제품에 이미지를 부여함으로써 수요를 자극하는 것뿐만 아니라 기업 이미지와 정치, 또는 공공 서비스 등을 목적으로 삼음으로써 기계·물질문명 속의 현대인들의 허위 욕망을 부추기는 데 단단한 한몫을 하고 있다. 그러므로 광고는, 실은 물건에 대한 것이 아니라 사회 관계에 대하여 이야기하고 있는 것이다.[11]

①인생은 슬프게 살기에는 너무 짧아
　젊음은 어둡게 살기에는 너무 눈부셔
　뉴망 뉴망과 함께 불란서 불란서풍 캐쥬얼 뉴망

— 장정일, 「산 위에서 내려온 바보」 부분

②도심 속의 가을 여심,
　특별한 날 당신을 그날의 최고 미인으로 표현해 줄,
　심플한 디자인이 격조 높게 보인다.
　언밸런스 칼라 여밈의 시티 캐주얼 투피스,
　페미닌 룩의 결정,

— 장정일, 「가을 옷」 부분

　광고는 상품에 현실과 상상이라는 이중의 존재를 부여한다.[12] 현대인의 미의식과 기호는 유행과 함께 변화해 가고, 이러한 현대인의 허위 욕망을 끊임없이 창출하는 것이 다름 아닌 광고의 몫이 되는 것이다.
　유동하는 사회 속에서 타인 지향형 인간이 되지 않으면 일상인은

---

11) John Berger, *Ways of Seeing*(동문선 문예신서, 1990), 202, 205쪽 참조.
12) Henri Lefebvre, 앞의 책, 18쪽.

불안감을 느낀다. 유행을 받아들이지 않는 것은 현실 인식의 능력이 결여된 것이라고 여겨지는 심리가 지배적이기 때문이다. 그래서 유행은 변동하는 사회에서 하나의 권위로 작용하고 현대 사회에서는 그러한 각종 유행 대상의 배경에 온갖 광고 수단이 숨어들어 있는 것이다.

> 카샤렐—빠리쟌느의 패셔너블센스
> 〔…중략…〕
> 사랑의 심포니 상일가구
> 〔…중략…〕
> 당나라의 양귀비가 실크로 가슴을 감싼 지가 1287년
> 이 지난 오늘
> 이제 당신도 진짜 실크로 만든 란제리를 즐길 수 있게 되었습니다.
> 실버벨
> 〔…중략…〕
> 표현하지 못할 개성은 없다. 오스카 화장품
> 〔…중략…〕
> 성공남—그는 외모에서부터 인정받는다. 맨스타
> —오규원, 「제라늄, 1988, 신화」 부분

패러디된 광고 문안은 문학과 흡사한 비유적 기능을 지닌다. 즉, 상상력을 징검다리 삼아 한 대상과 또 다른 한 대상을 동일시하는 문학의 비유적 기능이, 구매자들에게 그 '구매'가 곧 '행복의 획득'임을 믿게 하는 광고 문안의 흡인적인 원리와 닮았기 때문이다. 이러한 광고 문안은 관심 없는 사람들을 '열정적으로' 만들고, 일상을 상상 속에 옮겨 놓고, 소비자들을 만족감을 느끼도록 유도한다.[13] 기호와 이미지와 담론의 거대한 덩어리를 소비에 제공하고 있는 광고는 그래서

소비 행위와 소비자의 표상이 된다. 일종의 소비 이데올로기로서의 광고는 일면 '능동적 인간의 이미지'를 지우고 대신 행복의 이유로서의 소비, 지고의 합리성으로서의 소비, 현실과 이상의 동일성으로서의 소비를 담당하는 소비자의 이미지를 내세운다.[14]

이렇듯 현대의 광고는 물건을 판매하려는 광고 본래의 메시지뿐만 아니라 분위기, 감정, 이미지의 체계, 생활 양식 등을 전달한다. 특히 광고에서 감성적 인자가 그 주축임을[15] 주목할 필요가 있다. 대부분의 광고시들은 정서적 연상을 일으키는 표현, 2차적 성징을 담은 광고 표현 등 주로 인간의 심층 심리와 감각적인 측면에서 작용하는 감성적인 내용들을 담고 있다. 유하의 시가 대표적 예가 된다.

①싸랑해요 밀키스! 떵호와! 싸랑해요 密키스!

　　　　　　　　　　　　　— 유하, 「싸랑해요 밀키스, 혹은 주윤발論」 부분

②난 느껴요—코카콜라, 언제나 새로운 맛

　〔…중략…〕

　그녀만 보면 파블로프의 개처럼 코카콜라를,

　삼성 에이 에프 줌 카메라를, 해태 화인쥬시껌을 사고

　싶어지는 내 눈알, 나는 본다. 저 알몸 위로 오버랩되는…

　　　　　　　　　　　　　— 유하, 「콜라 속의 연꽃, 심혜진論」 부분

---

13) 앞의 책, 134쪽.
14) 앞의 책, 94~95쪽.
15) 箱崎總一, 앞의 책, 172쪽.
　　한편, 저자는 광고를 다음과 같은 카테고리별로 세 영역으로 분류하고 있다. ①중심이 되는 표현 형태가 주로 제1신호계(정신구조에 대한 작용이 심층 심리·정서적 측면인 것)로 분류할 수 있는 각종 표현을 사용한 감성적 광고, ②상품 제시, 그 사용 상황 제시 등 상품의 사회학적·문화 인류학적·경제학적 표현을 담은 중간적 광고, ③중심이 되는 표현 형태가 주로 제2신호계(정신구조에 대한 작용이 지성적·의식적 측면인 것)로 분류할 수 있는 각종 표현을 사용한 기호적·이성적 광고 등이 그것이다. 위의 책, 145~146쪽.

③ — 남편 사랑은 가끔 확인해봐야 해요

　〔…중략…〕

　— 피, 안 이쁜 신부도 있나 뭐

— 유하, 「수제비의 미학, 최진실論」 부분

　인간의 감성 부분(결국 신경 계통의 발생학적 입장에서 보면 원시적 영역)을 겨냥한 광고에서 오규원의 「제라늄, 1988, 신화」도 빼놓을 수 없다.

　브라 스스로가 가장 아름다운 바스트를 기억합니다.

　비너스 메모리브라

　〔…중략…〕

　꽃과 여인, 아름다움과 백색의 피부,

　그곳엔 닥터 벨라가 함께 갑니다. 원주통상

　〔…중략…〕

　감성은 뜨겁게 표현할수록 좋다, 귀족악세사리 조다익

　〔…중략…〕

　20세기의 피임의학의 결론! 마이보라

　이상의 감성적 광고시들은 대상이 되는 인간의 문화적 수준, 교육 정도, 언어의 제약 등과 관계 없다. 그것은 이성적이고 지적인 이해 과정을 필요로 하지 않기 때문에 아주 짧은 시간내에 특정한 인상을 줄 수가 있다는 장점을 지닌다. 쿨 미디어(cool media)인 TV 등 대중 매체를 통한 '모자이크 형태의 정보'인 광고가 정신의 피부를 가볍게 맛사지하는 역할을 맡는다는 말이 그래서 설득력을 가지게 되는 것이다.16)

　이러한 감성적 광고시 외에도 (ㄱ)단순하게 상품만 제시한 광고, (ㄴ)상품의 사용 상황과 방법을 제시한 광고, (ㄷ)상품과 관련된 사회적 지위를 나타낸 것(이른바 status symbol을 담은 경우) 등을 내용으로 하는 중간적 광고시들도 살펴볼 수가 있다.

①담백한 국물, 사리곰탕면 200원
　〔…중략…〕
　순식물성 기름 사용, 우리집라면 120원

— 오규원, 「우리는 행복했다」 부분

②쪼옥 빠라서 씨버 주세요. 해태 봉봉 오렌지 쥬스 삼배권!
　더욱 커졌습니다. 롯데 아이스콘 배권임다.

— 황지우, 「徐代. 셔볼, 셔블, 서울, SEOUL」 부분

③착한 아기 열나면 부루펜시럽으로 꺼주세요
　〔…중략…〕
　송수화기 들지 않고 전화를 걸 수 있습니다.
　오토감마 500

— 오규원, 「제라늄, 1988, 신화」 부분

④태림모피는 결코 많이 만들지 않습니다
　그리고 최고가 아니고는 만들지 않습니다
　〔…중략…〕
　언더웨어의 하이 소사이어티—트라이엄프!

---

16) 앞의 책, 120, 206쪽.

〔…중략…〕

칼스버그, 130개국 세계인이 공감하는 그 깊은 품격—

침구 수예패션의 귀족, 로자리아

— 오규원, 「제라늄, 1988, 신화」 부분

광고의 '의도된 상품의 의미'인 소비 안에 내재하는 고유한 장치는 '폐기 이론(the theory of obsolescence)'[17]으로 설명될 수 있다. 물건의 수명을 짧게 만듦으로써 인간의 욕망 동기를 조작하는 것이 그것인데, 이는 나아가 인간의 욕망 또한 폐기시킨다. 욕망이 욕망을 산출하는 욕망의 사회적 표현, 즉 소비사회내 일상인의 나쁜 입맛의 목록을 늘리는 욕망의 전략이 바로 그것이다. 이러한 현상은, 우리가 지금 갖고 있는 '이' 물건은 '일막극'을 위한 소품일 뿐이고, 다음 극을 위해서는 또 다른 새로운 소품을 써야만 제대로의 모양이 난다는 유행 현상과 무관하지 않다. 이렇듯 일시적인 현상들에만 주목함으로써 현대 일상인들은 일회용 인스턴트식 사고방식으로 모든 것을 가볍게 여기는 경박성에 젖어들게 되는 것이다.

결국 광고시는 가장 키치적인 요인을 안을 수 있는 시다. 왜냐하면, 광고시에는 허위 욕망의 칠갑으로 '자아 속임의 미학'에 매몰된 탈인격화된 자아상이 두드러지기 때문이다. 물론, 물신 숭배의 산업사회에서 인간은 도구적 존재나 물화된 존재이기가 십상이다. 그러나 이로 인한 획일화·파편화된 원자로서의 현 존재를 긍정할 수만도 부정할 수만도 없는, 이른바 '인사이드 아웃사이더'로서의 갈등은, 현대 일상인들의 거부 못 할 공통된 심적 부담감이다. 여기서 우리는 '과시적인 여가'와 '과시적인 소비'의 혜택으로 그럴 듯한 카타르시스와

---

17) Henri Lefebvre, 앞의 책, 129쪽.

황홀감에 빠지기 쉬운 일상인,[18] 즉 호모 코티디아누스의 역설의 이
중성을 놓칠 수 없다. 현실에 대한 위악적 태도로 모순에 찬 위기적
상황을 인식하고 파악하는, 일종의 '숨 고르기' 태도를 취하고 있음이
그것이다. 이는 세계가 중간 매개항으로 설정되지 않은 것들은 아무
의미가 없고 설득력을 얻지 못한다는 사실을 전하고, 세계내 존재로
서의 실존적 정당성을 얻기 위해서는 즉자와 대자와의 관계 속에 얽
혀야 함을 시사함에 다름 아니다.

3. 호모 코티디아누스와 욕망의 사회화

  일상이란 별것 아닌 듯하면서도 중요한 것이다. 또 그것은 사람들이
의미를 부여하고 싶어하는 비의미들의 총체이기도 하다. 풍요화·복잡
화의 현대 사회 속에서 단절의 위험이 늘 도사리고 있는 균형의 장이기
도 하면서도 동시에 불균형의 위협이 노정되는 장이[19] 바로 일상의 공
간이다. 이러한 일상에 얽혀 있는 것이 호모 코티디아누스,[20] 즉 일상
인이고, 우리는 그 모습을 상업 광고를 패러디한 광고시들에서 쉽게 만
나 볼 수 있다.
  물질적이면서 관념적인, 전체적이면서 부분적인, 만족이면서 좌절
인, 풍요이면서 박탈인, 낭비이면서 금욕인 이러한 일상성의 다양한 이
중성에서 호모 코티디아누스 역시 그 다양한 이중성의 주체가 되기도
하고 객체가 되기도 한다. 왜냐하면 일상성은 일상성을 받아들이는 사

---

18) M. Calinescu, 앞의 책, 227~228쪽.
19) Henri Lefebvre, 앞의 책, 68, 147쪽.
20) 앙리 르페브르는 호모 코티디아누스(homo quotidianus, 일상인)를 다음과 같이 설명하고 있
   다. "사람들은 이상 속에서 인간(homo)의 자질마저 잃어버린다. 일상인은 아직 사람인가? 그
   것은 잠재적으로 하나의 로봇이다. 그가 사람의 자질과 성질을 되찾기 위해서는 일상의 한 가
   운데서, 그리고 일상성에서부터 출발하여 일상을 극복해야만 한다", 위의 책, 259쪽.

람들뿐만 아니라 그것에 실망을 느끼는 사람들도 통합하기 때문이다.[21]

잠정적 반목적론의 세계관에 가장 적합한 형식으로, 일종의 해방의 형식으로, 그러나 비판적 거리를 지닌 반복으로서 패러디를 파악하고 '변증법적 재복제'라는 하나의 전략이 곧 상업 광고의 패러디임을 파악한 예는[22] 호모 코티디아누스가 등장하는 광고시의 의도 파악에 핵심적인 단서를 제공하고 있다.

아하, 본색은 간데없고 영웅, 스타들만 득실거리는 이 땅에 시산혈해의
홍콩 영화가 종교적으로 판을 치는 까닭이, 주윤발 롱코트 자락에 숨어 있
었구나 할리우드 대부의 인가를 맡은 주윤발 교주가 화면의 법석에 앉으니
　오빠! 오빠! 도성 안의 신도들이 야단법석이구나 온갖 증오의 파괴욕이
내가 찍 쏘는 총알더미에 후련하게 실려 부드럽고 감미로운 밀크빛으로 돌
아가나니 폭력을, 원쑤를 어찌 미워하리오
　자, 다 함께, 홍콩 가는 표정으로, 따라 하시오 〈싸랑해요 밀키스―.〉
　　　　　　　　　　　　― 유하, 「싸랑해요 밀키스, 혹은 주윤발論」 부분

현대 소비사회는 일반 대중들에게 같은 형식의 메시지를 전달하는 광고의 한계성으로 개성의 상실, 이로 인한 평준화·획일화 등을 의미하는 '미적 위기'에 처한 세속적 경박성의 사회이기가 십상이다. 위의 시도 이러한 현상의 형성에 독특한 몫을 하고 있다. 시인은 외화를 낭비해 가면서까지 외국의 특정 인기 연예인을 등장시켜 브랜드의 인지도를 꾀하려는 광고의 허구성을 패러디로써 풍자하고 있다. 즉, 현대 사회의 유희적 소비를 부추기는 광고에 대해서 시인은 패러디로써 비판적 거리를 형성하고 있는 것이다. 이러한 의도는 「콜라 속의 연꽃,

---

21) 위의 책, 143, 201쪽.
22) 김준오, 「현대시의 패러디화와 이데올로기」, 『현대예술비평』, 1991년 창간호, 163~170쪽.

심혜진論」에서도 쉽게 발견된다.

난 느껴요—코카콜라, 언제나 새로운 맛 신식국독자로떠먹는 코카콜라 그때마다
톡 쏘는 맛처럼 떠오르는 여자가 있다. 코카콜라 씨에프에서
팔꿈치로 남자를 때리며 앙증맞게 웃는 여자, 그 몇 프레임 안 되는 장면
하나가 방영되자마자 연예가 일번지 압구정동 일대가
술렁였댄다 그것 땜에 애인 있는 남자들의 옆구리가 순식간에 멍들었다
는데
〔…중략…〕
난 전율한다 눈 깜짝할 사이에 지나가는 심혜진의 보조개 패인 미소 뒤
에도 얼마나
세계는 넓고 할 일은 많은 쾌남아들의 거대한 미소가 도사리고 있는가
하여튼 단 십초의 미소로 바보상자의 관객들과 쇼부를 끝낸 여자 심혜진
　　　　　　　　　　　　　—유하, 「콜라 속의 연꽃, 심혜진論」 부분

여기서 우리는 표현이 주는 인상성에 대한 수용의 메커니즘을 생각
해 볼 필요가 있다. 유하 시인은 '유혹하는 기술'로서의 광고가 그 역
할을 완벽하게 해내고 있음을 풍자한다. '씨즐 광고'[23]의 촉각 효과를
강조함으로써 성적 광고(adsexology)의 한 형태가 되는 위 시는 인간
의 정서적인 면에 직접 작용하고 있다. 섹스 심볼로서의 코카콜라 병
이 남성 심볼인 페니스로 투영되고,[24] 따라서 심혜진이 그 병을 들고
팔꿈치로 남자의 옆구리를 찌르는 행위는 섹스 행위의 간접적인 요구

---

23) 영어로 씨즐(sizzle)이란 고기를 구울 때 지글지글 익는 소리를 의미하는 의성어이며, 여기서
　　씨즐 광고(sizzle advertising)는 인간의 관능을 자극하여 관념 연상을 일으키려는 광고 표현
　　의 한 형태이다.
　　箱崎總一, 앞의 책, 128쪽.

임을 쉽게 눈치챌 수 있다.

　이상의 광고시와 마찬가지로 특정인을 내세워 정치적 현실을 풍자한 예를 유하의 「미란타 1」 「미란타 2」에서 살펴볼 수 있다.

　①지하철에서 아침 신문을 보다 일순 가슴이 덜컥 했어
　　죽은 독재자가 대문짝만하게 나를 노려보며
　　잔뜩 무게를 잡고 앉아 있더군 정, 신차리고 보니까
　　그 독재자와 닮은 용모 때문에 단단히 한큐 잡은
　　탤런트가 위장약 선전을 하는 광고란이었어
　　〔…중략…〕
　　헌데 말야, 삼천만이 개운한 기분으로 펼쳐드는 아침 신문에 오랜 위통처럼 만인을 괴롭히다 죽은 사람이 떡하니 나타나 아무런 미안타는 기색도 없이 미란타를 권하는 이 현실을,

　　　　　　　　　　　　　　　　　　　　　　　　　　—유하, 「미란타 1」 부분

　②포스트 미란타니즘? 온 국민의 위장이 전국적으로 헷갈린다. 어머, 제이공화국 탤런트 이진수씨를 보고 각하! 혼비백산 경례를 붙인 퇴역 장교가 있다구요? 밥통 같은 놈, 세상이 미란(靡爛)타하니 내 밥통이 쓰리구나
　　〔…중략…〕
　　………… 속이 아직도 쓰리십니까? 닭다리 먹고 오리발 내밀거나 닭다리 먹고 똥다리 붙는 자들 때문에 여전히 헛다리만 떨어야 하는 람바다 춤 같은 현실 속에서

　　　　　　　　　　　　　　　　　　　　　　　　　　—유하, 「미란타 2」 부분

---

24) 위의 책, 19쪽 참조

물신화되고 기계화된 산업사회에 빠져 들어 즐기면서 한편으로는 비판하기도 하고, 혹은 비판하면서 즐긴다는 데 현대인의 리얼리티가 자리잡는다. 즉, 인사이드 아웃사이더(inside-outsider)로서 악을 발견한다는 데 현대인 혹은 현대 일상인의 리얼리티가 자리잡는다. 이는 그가 일상의 주체일 수도 있고 때로는 객체일 수도 있음을 뜻한다. 이러한 점에서 키치문학은 이중성·모순성·복잡성 등이 특징이다.

따라서 위 광고시들의 자아상은 이중성을 지닌 인사이드 아웃사이더이다. 우리가 살고 있는 세계는 물질문명과 그로 인해 빚어진 가치관의 혼돈으로 아노미 현상을 유발하지만, 그러나 이 폐쇄된 세계에서 살 수밖에 없음을, 이 폐쇄된 세계를 일단 인정하고 그 속에서 해결책을 찾아 나가야 함을 심층 구조로 가지는 것이다. 이러한 이중성의 아이러니컬한 위악적 태도가 이 장 전체를 지배하고 있는 시적 화자가 되고 있는 것이다.

> 이 밤도 그녀는 자신의 젖가슴과 허벅지를
> 장미비누로 만진다. 비누가 닳나, 내가 닳나?
> 분명 오늘은 와 있겠지? 그러나 비누 왕자님은 오지 않았네.
> 씨에프 대로라야 이모가 행복할 텐데
> 씨에프 대로 되질 않아 이모는 매일 닳아지며 줄어든다.
>
> —장정일, 「비누왕자」 부분

나날의 매스 미디어를 통하여 우리 눈앞에 펼쳐지는 광고의 위력을 무시할 수만도 없다. 그러나 이제는 소비자들도 광고를 전적으로 믿지는 않는다.[25] "씨에프 대로라야 이모가 행복할 텐데/씨에프 대로 되질 않아 이모는 매일 닳아지며 줄어든다." 소외 문화와 억압 체계를 환기하고 비판하는 광고시 본래의 의도가 잘 나타나고 있는 작품이다. 결국 "행복은 TV 광고 속에나 있는 일"(황지우, 「그들은 결혼한 지 7년이 되며」)임을 파악하고 있다. 따라서 광고시들은 이미지 속에 사는 현대인들의 무비판적인 몰입을 각성시키고 있는 것이다.

①여자가 간다 옷 사이로 간다
　밑에도 입고 TV 광고에 나오는
　논노가 간다 가고 난 자리는
　한 物物이 지워지고 혼자 남은
　땅이 온 몸으로 부푼다 뱅뱅이
　간다 뽕뽕이 간다 동그랗게 부풀어
　오르는 땅을 제자리로 내리며
　길표양말이 간다 아랫도리가
　아랫도리와 같이 간다

― 오규원, 「원피스」 부분

②나, 새로운 사대주의자들
　나, 움직이는 거리간판들
　나, 숨쉬는 마네킨들

― 장정일, 「옷은 이미 날개가 아니고」 부분

　도시 속의 사람들은 이른바 메이커로 그 인격이 결정되고, "숨쉬는 마네킨들"인 일상인들은 그래서 이 물화된 세상에 꼼짝없이 포위되어

---

25) '광고가 일상 생활에 유익하다' '광고 내용을 믿을 수 있다'고 생각하는 사람들이 해마다 줄어 드는 것으로 나타났다. 광고의 허위성을 인정은 하면서도 대부분의 사람들은 그러나 '광고가 없는 게 낫다'란 견해에서는 반대 의사를 밝혀 광고 수용도는 반면 높은 것으로 나타났다. 이 같은 결과는 한국갤럽조사연구소가 26일 '광고의 날'을 맞아 1982, 86, 89, 90년에 이어 다섯 번째 실시한 「광고에 대한 한국인의 의식과 태도」 조사에 따른 것이다. 『세계일보』, 1991년 7월 26일자 참조.

버렸다. 획일화에 의한 비자율성으로 이 물화된 세상에 갇혀 버리게 된 것이다. 이러한 물질문명에 기인된 갇힘 의식은 곧 존재 위축이다.

이러한 자동 순응성(automation conformity)의 메커니즘에 대한 인식 자체는 현대의 위기 상황을 주지하고 동시에 여기에 길들여지지 않으려는 인간의 일차적 노력으로 볼 수 있다. 그래서 우리는 현대 소비사회의 이러한 비인간적인 상황에서 인간적인 상황의 회복을 갈구하는 노력이 '인간 찾기'의 양상으로 이어지고 있음을 살필 수 있다.

'숨겨짐과 사라짐'을 현대의 속성으로 파악하고 이러한 한계 상황을 벗어나려는 탈출구의 모색으로 황지우의 일련의 구인 광고시들이 놓일 수 있다.

①이광필 광필아 모든 것을 묻지 않겠다.
　돌아와서 이야기 하자
　어머니가 위독하시다

　조순혜 21세 아버지가
　기다리니 집으로 속히 돌아오라
　내가 잘못했다.

—황지우, 「심인」 부분

②동생 신문성 42세 문생이
　의정부 오목이에서 살다 6·25때
　둘째 문명이가 소를 끌고 먼저
　나간 것을 셋째 문성이가
　데리러 나갔다가 돌아오지
　않음 형 신문선 47 연락처

의정부 452-7382

셋째, 진지곤(남동생)
고향: 황해도 연백군 해성면 염전부락
6·25때 아버지가 인천수용소에
있을 때 첫째 오빠한테 편지가
와서 찾으러 갔는데 행방불명
셋째 오빠와 남동생 3명이
인천 고아원에서 헤어짐
진순덕 연락처 : 614-3107

— 황지우, 「벽 3」 부분

이 구인 광고시들은 인간의 삶이 물화되어 나타나고, 이러한 물질적 토대가 인간의 삶을 지배하고 있는 현대 사회에 대한 깊은 회의를 바탕으로 깔면서 '인간'을 찾고 있다. 언젠가 어디에선가 잃어버린 '인간'을 찾고 있는 것이다.

지금까지의 광고시들은 현실의 습득물로서의 시사적(詩事的, topical) 인유 또는 패러디를 그 구성 원리로 하고 있다. 세계가 곧 시의 텍스트가 되는 이 반미학(anti-aesthetics) 자체는 재생산 방식이 지배하는 후기 산업사회를 반영한다. 곧, 후기 산업사회의 재생산 방식이 지배하는 후기 산업사회를 반영한다. 곧, 후기 산업사회의 재생산 방식이 시의 방법이 되고 있는 것이다. 그러나 이러한 '텍스트시'가 단순한 텍스트의 드러냄을 넘어서 그 시적 문맥으로 새로운 의미를 확보하고 있음을 놓칠 수 없다. 다시 말하면, 직접적으로 현실을 재현하는 대신에 현실이라는 소재를 미리 예술품으로 바꾸어 놓고서 묘사하는 텍스트를 인용하고 있는 셈인데,[26] 이렇게 함으로써 단순한 광고가 아닌, 위선과 억압으로 짓눌린 비인간화된 현실에서 상실된 인간성의 회복을 의도하는 의미 병용의 실천이 되는 것이다. 키치문학은 예술 형식이라기보다는 오히려 삶의 형식이라는 말이 그래서 가능한 것이다.

4. 문화와 민주주의

이 글은 카타르시스의 패러디, 즉 허위적인 미의식을 키치시와 동일시하는 입장에 맞서 대중 미학주의에 입각한 키치시의 개념에 주목하면서 광고시를 중심으로 그 의의를 살펴보고자 했다.

지금까지 광고시들에서 살폈듯이 키치문학은 우리가 매일 접하고 있기 때문에 자동화되어 우리의 감각적 인식의 대상이 되지 못하는 사물들을 재인식하도록 한다. 키치문학의 의의는 바로 여기에 놓인다. 곧 익숙한 사실들을 낯설게 재인식함으로써 현대 사회의 삶과 대중적인 삶의 의미를 재구성하는 것이다.

여기서 우리는 키치의 일반적인 이미지와는 거리가 먼, 키치가 은밀스럽고도 교의적인 면을 내포하고 있음을 놓칠 수 없다. 인간의 일상적인 인식을 깨뜨리면서 동시에 인간의 여러 가지 복합적인 현대의 비극적인 상황을 인식하고, 그 안에서 최선을 다해 문제를 해결하고 뛰어넘으려는 것이 키치문학의 궁극적인 의도임을 알아야 할 것이다. 다시 말해서, 현실에 무비판적으로 동화되어 가는 일상인들에게 일종의 '충격 요법'으로서 작품을 제시한 것이 키치문학이 되는 것이다.

그러므로 돌려 찌르기, 즉 '탈승화와 우회적 공격'으로서의 키치시

---

26) Arnold Hauser, *Soziologic der Kunst*(최성만·이병진 옮김, 한길사, 1983), 331쪽.

의 의의를 놓칠 수 없다.

　　다음 페이지에는
　　젊음이란 말보다 젊음답다는 말이 더 좋다.
　　표정은 밝게, 행동은 자유롭게, 젊은 패션에
　　지성미도 숨어있다. 젊음답게 〈그것〉: 광고가 있다.
　　가위를 들고 이 네 명의 젊은 숙녀를
　　오려내자. 〈그것〉모드 : 의 광고로
　　부터 그녀들을 분리하자

　　다음 페이지에는
　　98년의 전통과 패션이 만난다.
　　아메리카 전통진 〈그것〉: 광고가 있다.
　　제비족같이 말쑥한 남자 무릎 밑에
　　앉아 있는 맨발의 그녀를 가위로
　　오려내자. 〈그것〉청바지 : 광고로
　　부터 그녀를 분리하자.

— 장정일, 「〈그것〉으로부터의 분리」 부분

　'가위'가 '돌려 찌르기'를 위한 도구로 채용되어서 '그것'으로부터 그녀들을 분리하고 있다. 광고 투성이의 신간 여성지를 이용해서 "그것"으로부터 그녀들을 분리하는 작업을 하고 있다. 이러한 "그것"으로부터의 분리 작업은 속악한 현실에 대한 '돌려 찌르기'가 된다. 상품의 치장 정도로 여성의 미적 가치가 결정되고 그래서 여성들에게 그러한 상품을 구매하도록 소비를 조장시키는 광고의 허위성을 찌르고 있는 것이다. 소비를 부추기는 "그것"들이 "감옥"으로 비유되고 있고, "그것의 감옥으로부터 미녀들을 구해내"니 "그녀들의 미는 얼마나 말쑥하게 빛나는가?"라고 갈파함으로써, 허위 욕망을 조작하는 광고에 대해 '돌려 찌르기'를 실천하고 있는 것이다.

발전된 산업사회에 만연한 탈승화(또는 비속화/desublimation)는 승화에 비해 일면 타협주의적 기능을 나타내기도 한다.[27] 그러나 적응된 탈승화의 쾌락들은 불행 의식의 극복이라는 궁극적인 의도로 시도된, 자유로운 이상의 탄생을 위한 필수적인 과정임을 알아야 할 것이다. 탈승화의 의도는 더 많은 일탈, 더 많은 자유, 사회적인 금기들을 조심하지 않는 더 많은 거부를 포함함으로써 현 상태의 비속한 불행 의식을 극복하고자 함에 다름 아니다.

일단의 부정 의식은 만족의 합리성에 의해 세계를 새롭게 규정하는 진취적 개념이 되기 때문이다. 결국 희망과 우리와의 연락이 가능해지기 위하여 우회적 공격의 단계가 필요하고, 이러한 의의에 키치시가 놓일 수 있는 것이다.

결국 패러디를 통한 '재구성의 반복'으로서의 탈승화와 우회적 공격, 즉 '돌려' 찌르기의 기능은 키치문학을 여타의 대중 추수적인 작품과 구별짓는다. 비록 우회 공격적인 '돌려' 찌르기의 역할이지만, 문화적 다원주의와 그 대중적 확산을 일단 인정은 하면서도 그 구도 속에서의 조심스러운 비판적 자세를 겨냥함 그 자체가 비난받을 요인이 될 수는 없겠다. 현대가 다름 아닌 풍자와 희극의 시대이고 정면 공격이 아닌 측면 공격, 곧 간접화된 공격이 그 주요한 존재 근거가 됨을 감안할 때, 억압구조의 현대 사회에서 '돌려 찌르기'로서의 키치는 여간 주목되는 현상이 아니다.

따라서 이 글은 우리의 경우 키치문학이 1980년대 후반에 들어 활

---

27) 김문환 엮어 옮김, 『마르쿠제 미학사상(美學思想)』(문예출판사, 1989), 103쪽.

성화되기 시작했음을 염두에 두면서, 이를 하나의 가능의 문학으로
보고자 한다. 세속주의를 중심으로 일상성의 회복을 꾀하는 이러한
의도만으로도 키치는 주목받을 가치가 충분히 있는 이 시대의 문학이
되는 것이다.   (1991)

제7장

현대시와 여성성

천지의 정기를 얻은 것이 해방된 여자요
해방된 몸을 다스리는 것이 해방된 마음이며
해방된 마음이 밖으로 퍼져 나오는 것이 해방의 말이요
해방된 말이 가장 알차고 맑게 영근 것
그것이 바로 시이거늘
그런 해방의 시가 조선에는 아직 없습니다
— 고정희, 「황진이가 이옥봉에게」 중에서

1. 포스트모더니즘과 여성성 [1]

'고갈'의 혐의가 짙은 세기말 문학에서 성을 문제삼는 것이 어느 정도 의미 있는 일인가, 혹은 여성문학에 놓여진 초점을 발견함으로써 얻어지는 결과물은 과연 무엇인가 하는 문제의 타당성 여부는 별로 중요하지 않다. 여성문학에 초점을 맞추고 성 차별적 왜곡과 가부장제적 고정관념을 폭로하는 것만을 강조하던 태도를 버리고 여성 중심적인 시각을 채택한 지는 이미 1970년대 중반 이후부터이고, 기존의 이원론적 사고방식을 거부하는 포스트모더니즘의 영향으로 페미니즘적 시각은 이제 더 이상 유별난 관점이 아니기 때문이다. 그럼에도 불구하고 상당한 문제 의식을 가진 양 이 자리에서 우리 문학 속 여성의 문제를 또다시 거론하는 것은 문학에서 정체성의 문제가 곧바로 인간 정체성 [2] 의 문제이고, 여기서 여성의 정체성 문제가 여전히 '문제'가 되고 있기 때문이다.

두루 알려진 대로 정체성(identity)의 문제는 현실의 삶에 밀착된 하나의 가치 개념으로서 우리의 의식 가운데 대두되고 있다. 우리는 의식의 발달, 문화의 진보 속에 숨어 있는 무자비한 변화와 다양성, 소외와 분열이란 말들과 더불어 이 정체성이란 말을 사용하고 있다. 즉, 정체성은 객관 세계의 상실과 자아 상실이라는 두 가지 위기감에서 야기된다. 그러므로 오늘날 주된 특징이나 본질로 부각되는 정체성의 대두 문제는 동시에 정체성 혼란의 위기감 표현이라는 역설적 의미의 상황

1) 여성성은 두루 알려진 대로 섹슈얼리티와 페미니니티의 맥락 가운데 놓이는 쟁점이다.
   우선, 성(sexuality)은 성적 욕망을 창조하고, 조직하고, 표현하고, 방향지우는 사회적 과정이다. 프로이트가 여성적 성을 본질적으로 수동적이고, 자학적이며 자기 중심적으로 특징지웠던 반면, 1960년대에 시작된 페미니즘 이론에서는 여성 체험의 현실들을 무시하는 성에 대한 기존 개념에 확실한 비판을 가하기 시작했다.
   페미니즘 이론에서는 여성적 성의 '본질'에 관한 논쟁이 지속되고 있다. 하지만 아직까지는 사회 변화라는 과정에서 여성 주체를 창조할 수 있는 '새로운' 유형의 페미니즘적 성은 존재하지 않고 있다.
   Maggie Humm, *The Dictionary of Feminist Theory*(Prentice hall · harvester wheatsheaf, 1989/심정순 · 염경숙 옮김, 삼신각, 1995) 참조.
   그리고 페미니니티(femininity)는 사회에서 말하는 '여성성'의 구조로 남성들에 대한 성적 매력을 의미하는 용어이다.
   페미니스트들은 성 역할 전형화를 대변하는 대중매체가 만들어내는 여성성에 대한 문화적 정의에 관심이 있다. 여기에서 외모가 정체성을 만들어낸다는 가정이 페미니스트 필자들에게 우선적 공격 목표가 되었다.
   불란서와 미국 이론가들은 양쪽 다 '여성성'이 '남성성'에 상대적인 것으로 남성다움을 사회에서 인간 행위의 기준으로 간주하고, '타자로서의 여성'을 위치시키는 이데올로기의 일부라고 시사했다. 예를 들어 수잔 브라운 밀러는 여성성이 남성성을 더욱 남성답게, 그리고 더욱 유능하게 보이도록 만드는 한 방식이라고 시사한다. 줄리아 크리스테바는 '여성성'의 특징들이, 말라르메와 같은 현대 작가의 작품에 나오는 '주변적' 남성들에게 나타난다고 주장한다.
   막시스트와 사회주의 페미니스트들은 여성성과 남성성의 의미들은 역사적으로 다양하고, 따라서 정적이거나 일원화된 것으로 취급될 수 없다고 지적하면서, 오히려 '여성성'을 자본주의 발전이 가져온 하나의 특이한 경향으로 받아들인다.
   제3세계 여성들은 '여성성'을 더욱 긍정적으로 해석한다. 예를 들어 부치 에메체타는 여성성의 자아 창조가 어떤 식으로 그녀의 여성 인물들이 독립적이 되도록 하는가를 묘사한다. 위의 책 *The Dictionary of Feminist Theory* 참조.
   본고에서는 여성성 의미의 다양성을 인정하면서 주로 제3세계 페미니스트들의 견해를 존중했다. 즉, 정체성(identity)의 원래적 의미를 여성성의 맥락에 부여하고자 노력했다. 그러므로 섹스와 젠더의 차이, 그리고 섹슈얼리티, 페미니니티의 뚜렷한 구분 시도 자체는 그러므로 본고에서는 별 의미가 없다.
2) 다음의 프라이의 말은 이상의 문맥에서 기억할 만하다. "동일성의 상실과 재획득이라는 이야기는 모든 문학의 기본 구조다. [···중략···] 문학은 우리들을 동일성의 회복에로 인도할 뿐만 아니라 동일성과 그것을 거부하는, 즉 우리가 싫어하고 피하려고 하는 그러한 세계를 식별하는 역할을 한다", N. Frye, *The Educated Imagination*(Indiana University Press, 1964), 55쪽.

에 놓여 있는 셈이다.

그러나 여성성의 정체성 문제는 여전히 많은 문제를 안고 있음에도 불구하고 과시적 민주주의와 자유주의의 이름하에 교묘하게 묻혀 버려서, 더 이상의 논란거리도 허용하지 않는 듯 보인다. 이는 여성에 대한 특별한 장려가 결국은 훨씬 더 고도적인 수법의 여성 배제의 다른 측면이 되고 있기 때문이다. '페미니즘 문예학'이나 '여성 연구'를 하거나 안 하거나 하는 것이 개별 연구자들의 관심의 여부와 관련된 것이 아니라 오늘날 여성들이 학문적 경력을 쌓기를 원한다면 어떻게든 '여성 연구'와 관련을 맺어야 한다는 강박관념이 그 주된 요인이다.[3] 그 결과 대학에서는 '개종자'[4]라는 새로운 여성의 유형이 나오게까지 되었다.

사회의 중심부에 놓여 있는 문화운동[5] 가운데 여성운동은 성해방과 여성의 문화적 정체성[6]을 연결시키는 것이 어려운 일이기 때문에 아직까지는 미약하고 분열되어 있는 것이 사실이다. 성해방은 사회가 여성에게 한정시킨 역할에 대해서 싸우는 것이지만, 여성의 문화적 정체성

---

3) 여성 연구가 "학문 기관에서 여성들에 의한 통행 금지를 의미하는 암호처럼 되어 버렸다"라는 발언은 이 문맥에서 상당한 의미를 지닌다(Theresa Wobbe, 「Zwischen Verlautbarung und Verwaltung. Überlegungen zum institutionellen Kontext von Frauenforschung」, *Feministische Studien*, Nr. 1, 6. Jg). 여기서는 Klaus-Michael Bogdal(Hrsg), *Neue Literaturtheorien. Eine Einführung*(Opladen : Westdeut-scher Verlag, 1990(문학이론연구회 옮김, 문학과지성사, 1994, 280쪽에서 재인용).

4) '개종자'는 원래 종교에서 쓰는 용어이다. 여기에서는 학문적으로 유리한 기회를 얻기 위해 여성 연구로 분야를 급선회한 여성 학자들을 지칭하는 의미로 쓰이고 있다.

5) 알렝 투렌의 용어이다. 그에 의하면 문화운동은 우리 사회에서 가장 눈에 띄고 멀리서 보아서 가장 강력한 운동으로서 생산과 소비에 주도권을 부여하려는 운동이기도 하다. 이 문화운동은 다른 모든 문화운동, 사회운동, 역사적 운동들처럼 스스로를 현대성과 동일시하면서 변화와 지속적 근대화의 장애물들을 제거할 것을 호소한다. 이러한 문화운동을 구체적으로 수행하는 사람들 가운데 '주체로서의 여성', 즉 여성운동을 투렌은 지적하고 있다. Alain Touraine, *Critique de la Modernité*(Librairie A. FAYARD, 1992(정수복·이기현 옮김, 문예출판사, 1995), 280~281쪽.

6) '편의적' 합리화에 대항하여 주체화를 위하여 싸우는 여성운동자들은 현대성의 이름으로 여성의 욕망과 여성의 생물—문화적 정체성을 인정하라고 주장한다. 이것은 곧 기술—경제적 혁신을 추구하는 사회에 대한 이중의 도전이다. 한편에서는 여성을 더 이상 성별 갈래로 정의하지 않고 직업적 능력으로 정의하면서 경제 생활이나 관료 생활에서 기회의 평등을 주장하기도 한다. 위의 책, 281쪽.

은 그와 달리 프로이트적인 의미에서 여성뿐만 아니라 남성 그리고 아이까지 그들 사이의 관계를 가지고 정의하는 것이기 때문이다. 우리의 경우 1980~90년대의 상당수 여성시가 여성성(性)의 문제를 집중적으로 다루고 있는 점은 이상의 맥락에서 살필 수 있는 목록들이어서 여간 흥미롭지가 않다.

'주체로서 말하기'의 여성시가, 혹은 '존재로서 말하기'의 여성시가 여성성의 문제에 상당한 관심을 보이는 것은 어떠한 의도에서 비롯된 것인가, 그리고 이른바 포스트모더니즘 시대에서 여성시가 표명하는 여성성의 의미망은 과연 어떠한 의미를 띠고 나아가 앞으로의 여성시에 어떠한 전망을 제시할 것인가 등등이 이 글의 문젯거리다. 이상의 문제는 주로 여성시에 나타난 문체 전략으로 접근할 것이다. 포스트모더니즘 시대의 여성시가 보여주는 여성성의 의미망은 해사체, 고백체, 대화체 등의 문체에 많이 기대어 있다.

2. 여성시의 문체 전략
— 주체로서 말하기 혹은 존재로서 말하기

1) 해사체와 여성시

시에서 해사체는 분열·해체·전복을 의도하는 방법적 전략 가운데 하나다. "시의 참된 역사는 계속해서 시의 언어가 보여주는 변화의 역사라고 생각한다. 언어 속에 보이는 이러한 변화야말로 사회적·지적 여러 경향의 압력에 기인한다"[7]는 지적을 굳이 들먹이지 않더라도 시

---

7) F. W. Bateson, *English Poetry and the English Language*, Pri, ; R. P. Warren & R. Wellek, *Theory of Literature*(Panguin Books, 1973), 174쪽 재인용.

의 언어와 시대 상황과의 긴밀한 관련성의 강조는 두말할 필요가 없다. 시적 언어의 드러남이 곧 시대 상황의 표명과 등가되기 때문이다. 해사체는 그러므로 총체적이고 완결된 구도를 해체하려는 사회적 변화 상황과 무관하지 않다. 기존의 이분법적 사고를 해체하고 불확실성·미결정성·상대성 등을 주요 개념으로 하는 포스트모더니즘의 출현과 시에서의 해사체의 난무는 서로 밀접한 관련성을 가지는 것이다.

해사체는 통사체의 대응 개념으로서 정의된 바가 있다.[8] 이는 일종의 형식적 자포자기로서 현대에 있어 예술의 위기 또는 언어 위기의 징후를 기술한 것에 다름 아니다. 분열과 해체와 전복을 출발점으로 삼는 해사체는 다양한 양상으로 구현된다. 일상 언어를 그대로 재현하는 개방 형식의 시문체라든가 온갖 비속어·악담·비시적 일상 언어·선언적 어조의 자유로운 구사라든가 산문적이고 현실적인 언어 등이 그것이다.[9] 이러한 해사체는 여성의 정체성 찾기를 의도하는 여성시에서 매우 효과적인 전략으로 작용한다.

主여
主여
主여
主여
主여
主여
主여
主여
主여

---

8) 김춘수, 『한국현대시형태론』(해동문화사, 1959), 94쪽.
9) 김준오, 『시론』(삼지원, 1991/제3판), 73~74쪽.

主여
主여
主여
씹새끼

　노란 위액을 흘리며 공이 날아온다 골고다 아기무덤이 먼저 골대에 골인
한다 총을 멘 병사가 골대를 난사한다 철조망에 멍울꽃이 부서진 어린 유골
들의 축제로 매음녀 막달레나로 살아난다 골대가 부활한다 붉은 노을이 살
아난 막달레나를 가마니처럼 뒤덮는다 총을 든 병사는 숫자가 늘어난다 동
네방네 TV, 신문에선 두더지잡기로 입맛을 다시는데 이런, 입맛이 가셔야
입맛을 알지 외로움으로 막달레나는 붉은 노을을 뒤집고 불끈 일어선다. 한
번 튄 공은 여전히 튀지 主여 씹새끼 막달레나는 혀도 없다 胃도 없다 불면
증으로 가려워 미치겠어. 도졌나봐. 도졌나봐. 정신병원은 철조망이 없는
유일한 곳이야. 피부병이 생겨도 그만. 그만. 진짜 암흑이 없는 유일한 곳이
야. 피부병이 생겨도 그만. 그만. 진짜 암흑이 없는 유일한 곳이야. 두더지
도 없지. 독방에서 불이 나도 그만. 그만. 막달레나는 자신을 느낀다 고독이
여 영원하라 총을 든 병사는 총을 버리고 골대가 살아난다 골대는 어린 유
골을 가지고 바이올린을 켠다 막달레나는 달려간다.

主여主여
主여主여
主여主여
씹새끼

　　목소리가 들린다

내 아들아, 치마폭에 휘감기어라

곤혹스러운 횃불이 북두칠성이 될 때

에미는 창녀가 된 기쁨을 누리리니

主여

씹새끼　　　　사탄 : 옳소

　　　　　　　천사 : 옳소

이제까지 여기 한 말은 없었던 걸로 합시다.

　　　　　　　사탄 : 옳소

　　　　　　　천사 : ……………………

　　　　— 박서원, 「마리아가 목수의 아들 예수에게 주는 메시지」[10] 전문

　비속어 내지 욕설을 거침없이 사용하고 있을 뿐만 아니라 비시적 형식으로, 산문 정신의 비판 의식으로 치닫고 있는 위 작품은 성경 속의 인물들을 패러디함으로써 인간 성(性)의 왜곡됨을 제기하고 있다. 즉, 남성들에게 유린당하고 훼손되어 온 여성 육체의 역사를 고발한다. 시인 자신, 나아가 여성의 정체성을 '창녀'로 일축해 버리는 그의 충격적인 발언은 '막달레나'와 '창녀'를 동일시하고 있는 점과 아울러 주목할 만하다. 그에게 남성은 상징적 권력을 무기로 여성을 마음껏 휘두를 수 있는 포악성에 다름 아니다. 이러한 남성성에 맞서 시인은 2연에서 여성의 육체가 남성적 질서 속에서 마냥 순응적일 수 없음을 폭로하고 저항하고 있다. 공과 골대가 각 성의 상징으로 나타나고 있고, '창녀' 이기를 거부하는 '막달레나'는 철조망도 없고 암흑도 없는 유일한 공

____

10) 박서원, 『난간 위의 고양이』(세계사, 1995), 64~66쪽.

간인 '정신병원'으로 탈출하고 있다. 그래서 시인이 당당하게 자신을 '창녀', 모욕당한 여자, 그러나 내적 논리로 그것을 뛰어넘은 여자, 남자에게 매이지 않는 관능의 소유자라고 선언한 것을 읽어낸 것은, 그리고 그것이 곧 가부장제에 대한 도전이라고, 나아가 최고의 가부장인 신에게 욕설을 퍼붓는 것을 통쾌하게 파악한 것은[11] 매우 적절했다. 그러나 시의 뒷부분에 가서 "이제까지 여기 한 말은 없었던 걸로 합시다"라는 구절을 시인이 마지막으로 "없었던 걸로 하자"고 제안하며 '화해'를 청한다는 식의 해석 부분은 별 설득력이 없다. '없었던 걸로 하자'는 발언은 오히려 시적 화자의 분열적 동요, 즉 창녀이자 모욕당한 여자의 굴욕적 상황을 극복하려 의도하나 그 극복의 상황이 명쾌하게 완결되지 않음을 시사한 것에 다름 아니다. 즉, 시적 화자의 넘쳐 오르는 분노의 말들을 내뱉는 데 비시적인 해사체가 유리하게 작용했으나, 끝내 여성의 가부장제 도전의 성공 여부는 미지수라는 해석이 더 적절하다. 아직 여성시는 그 정체성 획득을 위한 '과정' 어디쯤에 놓여 있는 셈이다.

'창녀' 이미지를 전경화시키면서 비속어와 욕설, 그리고 비시적 상상력을 발휘하는 해사체의 여성시는 김언희의 작품에서도 살필 수 있다.

활씬 벗었어
배때기꺼정 열어젖혀 놓았어
닭전 골목 평상 위
관능의 닭살 오소소 돋아오른
갓 마흔 나의 누드

---

11) 김정란, 「신성한 피」, 『난간 위의 고양이』 해설 참조.

헤벌어진 배때기 속에

마늘 대신 쑥 대신 당신

당신을 집어넣고

통째 우겨넣고

끓는 기름의 고요

속으로 투신하고 싶어

자그르르

튀겨지고 싶어, 쉴새없이

가로젓던 대가릴랑

토막쳐버렸어, 이리 와

당신, 이리 와

배때기째 벌려지는, 이

허기 속으로

— 김언희, 「늙은 창녀의 노래 · 1」[12] 전문

온갖 비속어와 악담으로 얼룩진 위 시에서 우리는 처절한 자학적 증세를 읽는다. '시의 언어'를 무색케 할 정도의 거친 언어 사용은 절박하고도 처참한 창녀의 이미지를 그리는 데 적절하게 기여하고 있다. 「노출—해체된 육체의 이미지」란 글을 포함하여 「육체」라는 기획 특집이 마련될 정도로[13] 탈현대 사회에서 여성의 육체는 자본 논리 가운데 놓인 향락적이고 소비적인 '물건'이 되었다. 이제는 여성의 육체 속에서 문화의 논리까지 읽어내고 있는 실정이다. 감추고 억압받던 여성의 육체에서 이제는 노출시키면서 '존중'받는 여성의 육체로 변화되어 가고 있는 모양이다.

---

12) 김언희, 『트렁크』(세계사, 1995), 55쪽.
13) 『문화과학』, 1993년 가을호.

그러나 여전히 이러한 유희적인 상황 이면에는 소외받고 억압받는 여성의 육체가 존재한다. 주고받는 거래 관계를 넘어 인간성, 더 정확히 말하면 여성성을 인정하지 않는 냉정한 교환 가치의 논리 앞에서, 더 이상의 효용성을 잃어버려 폐기 처분될 위기에 놓여 있는 늙은 창녀의 모습에서 우리는 매춘, 아니 매매춘의 울분을 놓칠 수 없다. 선뜩할 만치의 자학적일 수밖에 없는 늙은 창녀의 어조는 이 시대 여성성을 부정하는 모든 권력들에 대한 저항의 의도로 읽힌다. 생존 논리를 넘어 또 생존 논리 속으로 회돌아들 수밖에 없는 굴레에 놓인 늙은 창녀의 이미지는 그러므로 이 시대 여성성의 억압성을 들추는 분노 섞인 고발인 셈이다. 위 시는 이러한 의도를 비속어와 악담 등의 해사체로써 드러내고 있는 것이다.

해사체의 시 가운데 시 형식을 전복시킨 해체적 시, 곧 패러디 시가 여성시의 전략으로 나타나고 있어 주목된다. 비판적 거리를 지닌 풍자적 모방으로서 패러디는 상호텍스트성과 자기 반영성의 강조에 다름 아니다. 이러한 상호텍스트성과 자기 반영성의 강조는 곧 포스트모더니즘의 도래 이후 반권위주의·다원주의 이데올로기의 산물이다. 포스트모던한 패러디가 지속성과 변화, 권위와 위반이라는 역설적 이중성을 띠고 있다고 본 허천의 견해는 해사체의 여성시를 살피는 데 매우 타당하게 기여한다. 텍스트를 폐쇄시키기보다 개방하는 것으로서의 패러디 개념이 중요하고, 그러므로 패러디가 집단적 담론 양식이라는 그의 견해 또한 이런 점에서 매우 유효하다.[14]

그러나 읽히지도 않은 채 구겨져 거리에 버려지는 팜플렛 같은 여자, 제호 21440호로 과거만 긴 일간신문 같은 여자, 신문 사이에 끼어서 배달되는

---

14) Linda Hutcheon, *A Poetics of Postmodernism*(Routledge, 1988), 35, 127, 130쪽.

간지 같은 여자, 원색화보와 광고로 꾸며진 주간지 같은 여자, 검열에 걸린
폐간 일보 직전의 여자, 손때가 묻은 채 너덜너덜 찢겨져 나간 잡지 같은 여
자, 한 장쯤 더 찢어서 휴지로 쓰기도 하는 여자, 속도감 있게 풀려나오는
두루마리 화장지 같은 여자, 휴대가 편리한 포켓용 티슈 같은 여자, 표지는
있어도 내용이 없는 여자, 있을 건 다 있는데 표지만 없는 여자, 숨겨진 특
종과 별책부록을 가진 여자,

—김혜수, 「종이 여자」[15] 전문

위 시는 '오규원의 「한 잎의 女子」식으로'라는 부제를 안고 있는, 즉
오규원의 시를 패러디한 작품이다. 주지하다시피 패러디는 해사체의
시를 성립시키는 매우 적절한 전략이다.

시인은 타자로서의 여성을 철저히 읽어낸다. 현대 사회에서 더욱더
소외된 여성의 고립감을 덤덤하게 나열하고 있는 「종이 여자」는 맨 끝
부분을 마침표 아닌 쉼표로 처리함으로써 아직도 계속되는 '종이' 같
은 여성성의 보잘것 없음을 폭로하고 있다. 패러디뿐만 아니라 산문적
이고 현실적인 언어 등의 개방 형식의 시 문체의 사용도 위 작품을 해
사체로 읽을 수 있게 한다.

이러한 패러디는 메타시로서 여성시도 가능하게 한다.

나도 내 몸에 꼭 맞는 유치장을 갖고 있다
붉은 병을
프로이드 식으로 남성의 상징이라 하지 마시길
제발 성욕도 잡숩지 마시길
어떻게 내가 여자만인가

---

15) 김혜수, 『404호』(민음사, 1991), 61쪽.

당신의 곧고 환한 마음을 들여다보는
등잔이면 안되는가
이 눈 이 얼굴 이 가슴의 트럼펫
제대로 되먹은 인간이고 싶은 고뇌를 불고 있다
수 세대에 걸쳐 이브와 아담의 칼을 쓰고 있다
인간은 인간이란 기호는
엽총에 장전된 총탄,
당신이 건드리기만 하면 순식간에 날아가버린다
후후
당신은 여지껏 환상을 보고 있었다
어쩌면 生과 死란 없다

홀연히 사라질 나는
공중에 불타는 구름막대기

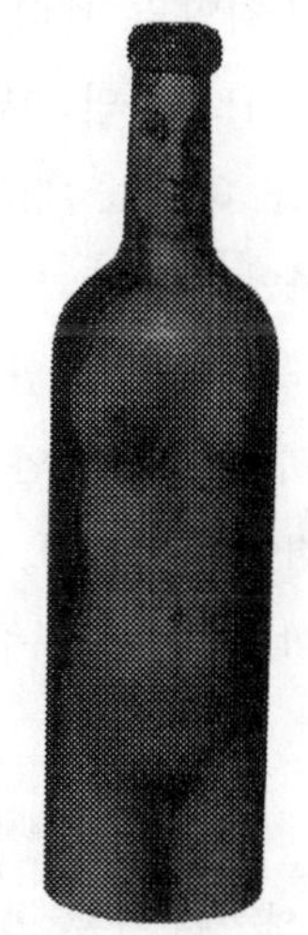

RENE MAGRITTE:
Bottle Woman. 1962.
private collection

— 신현림, 「bottle woman」[16] 전문

위 인용시는 르네 마가렛의 미술품을 사진으로 원용한, 이른바 '사진-그림시'다. 사진-그림시는 메타시의 한 유형으로서, 그리고 문화시[17)]의 한 유형으로서 패러디가 그 주범이다.[18)] 실제의 사진과 그림을 시와 함께 제시함으로써 시인의 의도를 사실적이고 정확하게 전달하려는 이러한 장르 혼합 혹은 장르 해체적인 사진-그림시는 개방 형식의 시문체, 곧 해사체로서 여성시를 가능하게 한다. 이러한 사진-그림과 시의 만남은 곧 전형적인 시의 형식을 전복시킬 뿐만 아니라 사회 전반에 만연되어 있는 남성 위주의 지배 이데올로기를 해체하는 데, 곧 '주체로서 말하기'의 여성시를 존재케 하는 데 매우 유효하게 작용하고 있는 것이다.

한편, 엄격한 언어 유희(pun)는 아니지만 그에 가까운 방법으로, '하얀' 낱말을 지속적으로 나열한, 개방 형식의 시문체를 병용하면서 쓴 작품도 해사체의 여성시의 일부로 읽혀진다.

하얀 눈. 하얀 토끼. 밤새 하얀 눈 내려 하얀 밤. 하얀 토끼가 하얀 철창 바라보네. 하얀 가운. 하얀 시트. 하얀 팔뚝. 하얀 모자. 하얀 스커트. 돌아서는 하얀 종아리. 하얀 샌들. 하얀 눈 내려 난 하얀 아기를 낳았네. 하얀 우산을 쓰고 먹는 하얀 밥. 하얀 피 만드는 하얀 약, 나는 먹었네. 하얀 눈 속의 하얀 하나님, 창문만큼 높아지고. 하얀 눈 속의 하얀 비밀 있어요. 하얀 이불. 하얀 땀. 아기 예수 하얀 살결. 하얀 벽 너무 높아요. 하얀 입술. 하얀 코. 하얀 우유 속에 하얀 쥐 너무 많아요. 하얀 숨 막혀요. 하얀 눈 자꾸 내려 길 없어요. 하얀 잠. 하얀 붕대를 풀어주세요. 하얀 종이 위의 하얀 글씨.

---

16) 신현림, 『지루한 세상에 불타는 구두를 던져라』(세계사, 1994), 14~15쪽.
17) 문선영, 「문화시 소고(小考)」, 『한국문학논총』, 제17집(1995. 12) 참조.
18) 사진과 그림을 패러디하는 작품 이외에도 가요를 패러디함으로써 시의 형식을 개방하는, 해사체로서 문화 여성시, 곧 가요시도 있다. 제니스 조플린의 일대기를 영화화한 타이틀곡 「더 로즈(The Rose)」를 패러디한 신현림의 「더 로즈」가 대표적 예다.

내 하얀 시를 지워야지. 하얀 하나님 무심한 순결, 내 피의 길을 밖으로 열
어요.

    참, 용하지
    매일 아침마다 하얀 눈꺼풀 열고 하얀 치약을 짜 하얀 이빨에 들이대면서
    하얀 장막을 찢고 대문을 나서는 거

    하얀 눈 속의 하얀 삽. 하얀 집 한 채. 하얀 창문. 하얀 커튼 속의 하얀 등.
하얀 할아버지 드세요, 하얀 맛나. 하얀 나비. 나비. 나비. 나비. 엄마 하얀
나비 좀 보세요. 세상에 이럴 수가 있나. 이게 며칠째야. 하얀 엄마. 하얀 기
침. 하얀 한숨. 하얀 젖가슴. 하얀 귀 뒤를 타고 내리는 하얀 눈가루, 책상
위에 소복소복. 하얀 눈 내리네. 하얀 처녀의 하얀 웃음. 차곡차곡 내려 쌓
이는 하얀 새. 그 새들의 감은 눈. 하얀 새가 내리눌러요. 무거워요. 이불 좀
치워줘요. 바닷속에 해파리들이 늘어나요. 묵처럼 단단해지는 바다. 하얀
바다. 하얀 가루처럼 부서지는 바다. 하얀 모래 위의 하얀 토끼. 하얀 팔뚝.
하얀 주사기.

    하얀 눈이 차오르네
    하얀 눈벽이 차오르네
    그래도 나 자꾸만 하얀 벽을 드높이 드높이
    오오랜 내 문명의 끝은 어디인가요?
    부드러움의 지옥
    하얀 설탕 지옥에 빠진 흰 개미
    녹아내리는 하얀 설탕
    하얀 개미를 꿀처럼 결박하는 하얀 설탕 지옥
    숨이 막혀요

— 신현림, 「新派로 가는 길·4」[19] 전문

　인용시는 비논리적인 이미지의 결합, 곧 데뻬이즈망이나 꼴라쥬의 기법이 우세한, 그래서 우리가 친숙하게 접근할 수 없는 비인간화의 익명적 정조를 자아내는 작품이다. 이러한 비인간화는 예술과 문학작품이 추구하는 현실과의 심리적 거리를 최대화하고, 여기서 우리는 가장 비시적인 요소가 시적 요소로 자리잡고 있는 절연의 상황을 보게 된다.

　동일성의 원리가 시의 원리라고 하는 시의 기본율을 철저히 무너뜨림으로써 위 시는 "부드러움의 지옥"을 '하얀' 이미지로 역설적으로, 혹은 폭력적으로 말하고 있다. 지고지순한 순결과 깨끗함의 상징인 '하얀' 빛깔이 위 시에서는 오히려 강요와 억압의 상징으로 채용되고 있는 점이 해사체로서 여성시를 읽어내는 우리를 긴장시킨다.

　일상 언어를 그대로 재현하는 개방 형식의 시 문체든, 온갖 비속어와 악담과 비시적인 일상 언어를 자유롭게 구사하든, 산문적이고 현실적인 언어를 구사하든, 패러디의 기법으로써 기존의 시 형식을 철저히 깨뜨리든 간에 전통적인 의미의 시 개념을 철저히 해체하고 전복하는 해사체로서 여성시는 '존재로서 말하기'를 매우 효과적으로 제시하고 있다. 기존의 이분법적 사회 구도를 전복시킴으로써 얻어내는 해사체의 의도는 물론 해체한 뒤의 재구성이다. 즉, 주체와 타자의 엄연한 구분 아래 놓여지는 여성과 남성이 아니라 인간 존재로서 함께 삶을 엮어 나가는 인간주의 관점의 회복이 그것이다. 그러므로 해사체의 여성시는 굳이 페미니즘의 논의를 빌어 오지 않더라도 인간주의와 실존주의의 문맥에서 그 타당성을 획득하는 '존재의 시'가 되는 것이다. 바로 이 점이 우리가 해사체로서 여성시에 관심을 두는 중요한 이유다.

---

19) 신현림, 『지루한 세상에 불타는 구두를 던져라』(세계사, 1994), 105～107쪽.

2) 고백체와 여성시

'고백'은 자아의 내성(內省)을 강조하는 기제로,[20] 거의 모든 문학에 직접적으로 혹은 간접적으로 배경화되어 있는 심리적 요소다. 1인칭을 우선으로 함으로써 배태되는 직설적 폭로나 충격이 고백의 특징이 되고, 이러한 고백적 성격을 주조로 삼는 시가 바로 고백시가 된다.[21]

'고백'이란 사전적 의미 그대로 자신의 심정을 하나의 보탬 없이 낱낱이 폭로하는 행위다. 그만큼 고백은 억압 기제에 억눌린 자아의 고통의 표출인 셈이다. 즉, 고백한다는 것은 자아의 어긋남이나 혹은 억눌려 쌓였던 불순물들을 어김없이 드러내 보인다는 것에 다름 아니다. 여기서 우리는 고해성사와 같은 이러한 '고백' 행위를 왜 시적 화자가 주된 어조로 선택할 수밖에 없었던가 하는 점이 주목된다.

고백한다는 것은 자신이 처해 있는 상황에 대한 불만의 토로이고, 나아가 자신의 현 존재에 대한 부정(否定)에 다름 아니다. 이는 곧 어그러진 현 존재에 대한 반성과 함께 진정한 자아 회복 의지의 전 단계로 볼 수 있다. 여기서 우리는 소외의 개념과 자기 동일성의 관계에 사로잡히게 된다.

역동적인 자기 관계로서의 분리가 스스로의 힘에 의해서 자기 동일성으로 통합되지 못할 때 이러한 인격의 분리를 소외 또는 자기 소외라고 부른다.[22] 소외는 인간 존재의 궁극적 거점인 동시에 자기 동일성의 상실을 의미하는 인간의 근원적인 문제다. 결국 자기 동일성의 결

---

20) 민중서관편집국 편, 『심리학소사전』(민중서관, 1973).
21) 고백시(confessional poetry)란 용어는 1950년 이후 미국 시단의 새로운 경향을 요약한 개념이다. 그것은 신비평의 시학을 부정하고 개방적인 형식 속에서 실존적 주관의 모색과 일상적 자아의 탐색을 의도하는, 다원화 시대의 시 형식 가운데 하나로 자리잡는다.
   M. L. Rosenthal, *The New Poets : American and British Poetry Since World War II*(London, Oxford and New York, 1967).
22) 신오현, 『자아의 철학』(문학과지성사, 1987), 132~134쪽.

성 개념(privatio)인 셈이다.[23] 소외된 자아가 절규하는 고백은 그래서 인간 혹은 자아로서의 아이덴티티를 상실했다는 위기 의식의 토로가 되고, 동시에 상실되고 위축된 자아를 회복하고자 하는 의지의 표현이 되는 것이다. 따라서 고백시는 사회로부터 혹은 자기로부터 소외된 자아의 표출이고, 이러한 소외의 고백 형태는 자기 동일성 회복을 위한 실존의 의지에 다름 아니다.

여성시에서 여성성(性)의 의미망을 표출하는 데 이상의 고백체의 시가 유용하게 선택되고 있는 점은 여러 모로 시사하는 바가 많다. 가령, 자기 해부적인 고백체의 시가 탈현대의 정신을 병리학적으로 집약하는 한편, 구속받은 안정과 불안한 자유 사이에서 방황하는 여성의 실존 문제를 추출하는 데 매우 유효하게 작용하고 있는 것이 그것이다.

「고백체의 자기 반영적 여성시」에서는 이연주와 박서원 두 시인을 중심으로 살펴볼 것이다. 여기서 유독 이 두 시인에 주목하는 것은 다른 여느 시인들보다 이연주와 박서원 두 시인이 여성성의 정체성 탐색을 위해 고백체를 '절대적으로' 선택하고 있기 때문이다.[24]

(1) 고백의 현상학—이연주론

이연주의 작품은 그녀의 생애 못지않게 처절하다. 자기 소외의 '극단적' 형태를 작품뿐만 아니라 삶으로까지[25] 나타낼 수밖에 없었던 절망적 상황의 배경은 그녀의 작품을 읽어내는 우리를 매우 곤혹스럽게 한다. 자기 비하, 곧 자기 신뢰의 결핍과 자기 반어를 포함한 대부분의 시인의 어조는 지독한 공허와 싸우고 있어 더욱 비감하다.

---

23) 신오현, 앞의 책, 123쪽.
24) 물론 김승희, 최승자, 김혜순 등의 선배 시인들과 관련지어 그 계보를 정리하는 것도 무척 흥미 있는 일로 여겨진다. 이는 「고백시 연구」(문선영, 『국어국문학』 제30집, 1993)에서 살핀 바 있다.
25) 시인은 자살로 생을 마감했다.

시인에게는 고백체의 여성시가 표명하는 여성성(性)의 문제는 우선 악마적이고 자기 파멸적인 자학적 어조로부터 시작한다.

> 나, 간절은 고등어다
> 홍제동 시장터에서 도매값 팔백원이다
> 비늘은 죄다 떨어져 나갔다
> 살은 질기다.
>
> —「좌판에 누워」[26] 부분

이상의 자기 파멸적인 어조는 스스로에게 가장 가치 없는 애정을 부여하는 행위에 등가된다. 비록 모든 본질 속에는 억압이 지속되기는 하지만, 마치 통한을 수용하기 위해 존재하는 듯한 이러한 자기 파멸적 어조는 자기 노출로 가득 찬 반어(反語)가 갖는 한 양식이다. 삶을 방면함으로써 마지막 은신처를 허물고 있는 듯한 절망적 토로는 이연주의 「매음녀」 연작에서 더욱 두드러진다.

> 소금에 절였고 간장에 절였다
> 〔…중략…〕
> 그렇다, 구제불능이다
> 죽여도 목숨값 없는 화냥년이다.
>
> —「매음녀·3」[27] 부분

이상의 '매음녀' 연작에서 볼 수 있듯이 성(性)을 매개로 사는 매음

---

26) 이연주, 『매음녀가 있는 밤의 시장』(세계사, 1991), 50쪽. 이하 '(1991)'로 표시.
27) 이연주(1991), 40쪽.

녀의 주된 이미지는 인간적 교류의 상징으로 채용되는 성의 개념[28]은
차치하고, 오히려 성을 중심으로 일어나는 인간 억압과 소외 현상이
지배적이다. 그녀에게 성은 능동적인 신체(body)의 일이 아니라 수동
적인 육체(flesh)의 일이고, 그래서 우리는 자유로운 신체와 쾌락이 수
행하는 역공(counterattack)에 기여할 만한 어떠한 요소도 발견하지 못
하는 것이다. "죽여도 목숨값 없는 화냥년"으로 자신의 존재를 매음녀
와 등가물로 가치지움으로써 시적 화자는 스스로에 대한 실존적 의미
를 격하시킨다. 부정과 비동일성에 집착하고 있는 시적 태도가 인간의
가장 근원적인 본능 문제인 성(性)에서 많이 발견되는 것은 주목되는
양상이다.

　이러한 악마적이고 자기 파멸적인 어조가 나오게 된 절망의 비극적
세계관을 시인은 다음과 같이 보여주고 있다.

　　소주 마시고 습관성 약물 털어 마시고
　　니켈에 도금된 육신 썬득하니 드러눕는 밤
　　[…중략…]
　　삶은 지척에서 주리를 털고

　　죽는 게 힘드나 사는 건 더 힘들어예
　　공중엔 미로 같은 길 하나.
　　　　　　　　　　　　　　　　　　　　　　　　—「윤씨」[29] 부분

　우리의 주의력을 박탈해 버리는 섬뜩한 세계다. 마치 타나토스신의

---

28) "성이란 인간과 인간과의 사이의 다이내믹한 극성이며, 부단히 흐르고 있는 힘의 회류이다.
　　[…중략…] 이에는 또한 육체적 고통과 육체적 이해가 깊이 영혼 속까지 가라앉으며, 영혼을
　　영원히 변화시킬 그 무엇이 필요하다", D. H. Lawrence, 『성(性)과 문학』(김병철 옮김, 정음
　　사, 1974).
29) 이연주(1991), 69쪽.

파괴된 상황이 여지없이 드러나고 있다. "문제는 아무것도 제대로 보이는 게 없다는 거다"(「장마의 시」). "모든 것이 끝났"고 "모든 것이 물러터진 전쟁이다"(「문 밖에서 문 밖으로」). 그래서 "위선만이…… 따뜻"(「쓸데없는 추억거리」)한 삶이라서, "늘 같은 곳에 서서/내세울 것이란 전혀 없는"(「현대사적 추억거리」) 삶이라서, "삶…… 그것은 돼지코의 진주"(「불행한 노트」)에 불과하게 되어 버렸다. 여기서 우리는 허무를 처리하는 그녀 특유의 니힐리즘을 볼 수 있다. 그녀의 허무는 거부할 만한 가치가 있는 세상이 어디에도 없다는 데서 더욱 가중되는 듯하다. 아예 역설을 통하여 자신의 동일성 혹은 정체성을 찾으려는 강박관념으로부터 그의 어조는 멀찌감치 벗어나 있다.

　궁극적으로 비극의 인식 문제는 존재와 본질간의 관계 문제다. 얼마간의 대안들이나 가능성들과의 화해가 불가능할 수밖에 없다는 사실을 강조함으로써 그녀의 시에서 소외와 고통은 철저하게 상투어가 되고 있다. 그녀의 시에서 오직 악센트는 허탈함의 수락 곧 자기 소외의 철저한 인정이다. 여기서 우리는 파멸적인 상황에서 빚어진 자학적 증세를 소외라는 다른 이름으로 만나게 된다.

　　나는 밥통, 기어이 밥통이 되었구나
　　…… 나는 신기루를 꿈꾸며
　　이력을 감춘 채 살아온 위조지폐
　　무엇을 더 기다리며 무엇을 터득한단 말인가.
　　　　　　　　　　　　　　　　　　　—「밥통같은 꿈」[30] 부분

　두루 알려진 대로 '고백'이란 행위는 사전적 의미 그대로 자신의 심

---

30) 이연주(1991), 112~113쪽.

정을 하나의 보탬 없이 낱낱이 폭로하는 행위다. 고백은 따라서 억압 기제에 눌린 자아의 고통이 표출된 것으로 볼 수 있다. 이러한 고백의 이면은 "아무것도 존재하지 않으면서 모든 것이 허용되어 있을 뿐"이라는 라포르그(J. Laforgue)의 예감이 적중되는 상황이다. 즉, 어떤 절대적이고 완전한 것이 없이 오직 타협만이 존재하는 상황에서의 몸부림이 곧 고백이라는 행위가 되는 것이다. 이상의 자학 증상은 한 술 더 떠서 자기 파괴적 어조를 지니는 '개인의 황폐화' 현상의 극치까지 나아간다.

> 차라리 내 간을 빼어 먹어요
> 〔…중략…〕
> 단숨에 쿡, 심장을 할켜버려요
> 〔…중략…〕
> 피를 다
> 빨리 마셔 치워줘요……
> 빨리빨리 먹어 치워줘요.
>
> —「백치여인의 노래」[31] 부분

이상의 자학적 증상과 개인의 황폐화 현상은 자신의 '궁핍'과 관련된 삶의 잔인성과 우연성에 대한 불안의 폭로에 다름 아니다. "부루터스, 너마저도…… 그렇게 말하는 세상"(「다림질하는 여자」)에서 희망과 꿈의 상징인 "모든 별들"은 "하늘 뒤에 숨어 있"(「풀어진 길」)을 뿐이다. "살아온 날과 살아갈 날이/뼈를 발라낸/도살당한 고깃덩어리와 씹"하고 "어디서나/—도살,/—간음,/—피간음"이 난무하는 세상, 이

---

31) 이연주(1991), 120~121쪽.

세상에서 시인은 "유토피아는 없다"라는 엄청난 발언을 주저하지 않는
다. "왜 나는 부정하는 것만이 아름다울까"(「인큐베이터에서의 휴일」)라
는 다소 자학적인 어조도 삼가지 않는다.

　이어서 우리는 이러한 극단적 부정 인식에서 야기된 자아 분열적인
증상이 자연스레 뒤따르고 있음을 볼 수 있다. 두루 알려진 대로 비극
의 세계는 선이 반드시 보답받는 것도, 악이 반드시 처벌받는 것도 아
닌 세계다. 이처럼 선과 악의 이분법적 구분이 더 이상 존재하지 않는
것이 바로 비극의 세계다. 이러한 세계에 처한 니힐리스트들은 대부분
존재의 궁극적인 취약성으로 인하여 판단이 중지되고, 그래서 사물이
'제자리'를 떠나는 분열적 양태를 빚게 되는 것이다.

　①엄숙한 햇살 한점 밑에
　　나를 빠져 나온 내가 뒹굴고 있다.

— 「낙엽이 되기까지」[32] 부분

　②내가 검은 타이어 바퀴 밑에 깔려 죽어 있었다
　　〔…중략…〕
　　나는 달려 들었다. 머리채를 홀떡
　　내 골을 파먹고 살점을 떼어 먹고
　　꿀럭꿀럭 피를 마셨다
　　비인칭의 땀이 솟았다.
　　ㅎㅎㅎㅎ.

— 「비인칭의 엔트로피」[33] 부분

---

32) 이연주(1991), 54~55쪽.
33) 이연주(1991), 124쪽.

위 작품에서 볼 수 있듯이 시적 화자가 숨쉬고 있는 공간은 절망이 난무하는 세계로, 그 속에서 암흑의 기만으로 얼룩진 자의식의 상처가 주저 없이 드러나고 있다. 유토피아를 전연 가정할 수 없는 부정적 세상에서 태양마저도 "암실 바깥쪽에서 한쪽 발가락을 밀어 넣을락 말락/뜨기도 지기도 하고 있다"(「네거티브」). 객관 세계도 상실하고 자기의 진정한 자아도 상실한 이러한 자아 분열적 증상은 자연스럽게 아웃사이더로서 자아를 상정한다. 여기서 우리는 시인의 역설과 반어가 이제 결코 분열된 자아의 어릿광대극이 아니라 전반적인 인간 실존 문제의 일부가 되고 있음을 놓칠 수 없다.

"길 밖에서 살아"(「난장이를 웃다」)와 "어디에도 소장되지 않는 삶"(「네거티브」)이라서 시인은 이제 세계의 '밖'에 쪼그리고 앉아 있을 따름이다. 이는 곧 존재 조건과 존재 방식과 분리될 수 없는 존재의 위기에 다름 아니다. 이러한 아웃사이더 의식으로 시인은 철저한 허무주의적 시각을 제시한다. 이는 어쩌면 시인에게는 필연적인 결과일는지 모른다.

> 뜻없이 담배를 피우고
> 깊이 빨았다가 뿜어낼 때
> 나를 끌고 다닌 것은 익사한 쥐의 퉁퉁 불은 원한이었구나
> 지상 한 구석에서 수없이 가위 눌린 부딪김이여
> 남은 시간의 부스러기들 ……
> 타고 있다, 이대로 살다 저버리면 그뿐.
>
> —「담배 한 개피처럼」[34] 부분

---

34) 이연주(1991), 89쪽.

　"감동없는 날들을 하수구처럼 흘러"와 "부식된 상처의 알갱이로서 팍팍한 한숨소리만이 굴욕적인/삶의 힘"(「난장이를 웃다」)이 되고 있고 "여보게, 이리 살아 무엇이 될텐가"(「삼촌편지」)라는 짙은 허무가 배인 어조가 공허하게 흩어지고 있다. "살긴 살아왔는데/살아온 날들은 다 어디"(「판동의 꼭지점에 와서」)로 가고 없고, 그래서 급기야는 "세발로 걸을 때보다 나은 건 두발로/두발로 걸을 때보다 좋은 건 네발로/네발로 길 때보다 잘된 일은/태중에서 죽는 일"(「우리는 끊임없이 주절거림을 완성한다」)이라는, 암울의 극에 달한 시인의 목소리를 듣는다.

　이렇듯, 비록 "볼모로 잡혀 어리광 떠는 삶"(「라라라, 알 수 없어요」)을 사는 시인이지만, 잊지 않고 그는 자의식의 파악을 시도한다. 이것은, 약간의 비약을 무릅쓴다면, 어린아이가 길 모퉁이에 서 있는 자신을 엄마나 아빠가 찾아낼 수 있다고 믿듯이, 이 비극적인 세상을 절망하지만 이 절망이 절망으로 끝나지 않고 자아와 세계의 연결 고리를 발견하고 확인하는 행위이기를 그가 힘겹게 바라고 있는 것이 다름 아니다.

> 어떤 사람들은 참으로 많은 세상의 것을 움직인다
> 나는 다만 한 사람을 움직일 수 있는 기쁨조차 갖고 있지를 않으니—
>
> 〔…중략…〕
> 치유받을 수 있는 곳이라면 나도 가고 싶다.

—「풀어진 길」[35) 부분

　"너무 빤해진 삶"이라서 "그 다음 단계"로 "건너가기를 망설"(「마지

---

35) 이연주(1991), 58~59쪽.

막 페이지」)이며 "푸들푸들 떨고 있"(「유배지에서의 겨울」)지만, "삶 가
운데로 비집고 들어가려면/살점 아래 맹렬한 번식을 일삼는 분노와 증
오가"(「누구의 탓도 아닌, 房」) 필요악임을 알고 있다. 그래서 궁극적으
로는 삶의 고통과 상처를 치유받을 수 있는 유토피아를 꿈꾸는 것이
다.

　두루 알려진 대로 비극은 한계 상황에 있어서 인간이 다시 태어나는
것을 표현하고자 하며, 좌절을 통해 존재 자체를 자각케 한다. 절망하
는 행위는 그래서 자기 확인의 행위이며, 진실하게 살려는 의지의 표
현이다. 즉, 이상의 자기 분리 혹은 자기 분열을 주조로 한 고백시는
아웃사이더로서 처절한 상황의 드러냄이라는 의미를 넘어서 자기 관
계라는 형식으로 존재함으로써 자기 동일성을 잃지 않기 위한 비극적
인식의 발로인 셈이다. 자기 관계의 분리가 자기 소외를 구성하고 이
러한 자기 소외가 단순한 관계, 즉 자기 분리가 아니라 자기 동일성의
한 변형이라는 데 그 특수성이 놓이는 것이다. 자의식은 결국 자기 확
인 활동(self-identification)이기 때문이다.

　　모질게 질긴 목숨이다
　　쓸지마라
　　내 허리 동강 들어 쓸어버린단들
　　그래도 또 살아간다

　　땅이 양질의 단백질이다.

— 「잡초」[36] 부분

---

36) 이연주(1991), 71쪽.

　우리는 시인의 아웃사이더적 고백이 현대적 삶의 심연에서 분리될 수 없도록 뒤얽혀 있는 상실과 획득이라는 것을 잘 알고 있다. 일반적으로 이단 또는 반동은 세계의 어떤 변화의 과정에서 비롯되고 시인 이연주의 의도도 이에서 크게 벗어나지 않는다. 실존적 주관성에 철저하게 매달림으로써 비애감이 잠재된 삶에서 존재의 고통으로 때로 궤도 이탈을 꿈꾸기도 하지만, 이는 본래적 자아의 모습으로 되돌아가고자 하는 길목에서 만나게 되는 친근한, 바로 우리의 모습이 된다.

　그러나 그럼에도 불구하고 시인은 결국 '상승 지향적 추락'에 동참하고 만다.[37)

　이연주의 유고시집 『속죄양, 유다』는 이상의 사실들을 뼈저리게 인식하면서 삶의 위기에 처한 개인의 수난을 암울하게 토해내고 있어 주목된다. 있는 현실 혹은 일상적 현실을 수긍하지 않으려는 실존적 아웃사이더의 격렬한 거부의 몸짓은 한편으로는 '추상적인 유토피아'의 제시이기도 해서 앞 시집에 못지않은 우울함을 자아내고 있음도 놓칠 수 없다. '상승 지향적 추락'을 전제한 고백들이기에 우리는 더욱더 비감함을 숨길 수 없다.

　비극적이고 절망적인 세계에서 시인은 내밀한 아픔을 간직할 수밖에 없는데, 이러한 아픔의 인식 맞은편에 때때로 '너'가 건재하고 있는 사실이 우리를 긴장케 한다.

　아마도 너는 나 때문에

---

37) 세계내 선과 악, 미와 추 등이 공존해야 하는 고통을 우리는 선험적으로 인정해야만 한다. 마찬가지로 우리들이 추구해야 하는 '구체적인 유토피아'도 우선 그렇지 않은 혼돈과 사악함의 세계를 감수해야만 한다. '이루어지지 않은 것'에 대한 깨우침으로서 꿈이 그래서 인간들에게 소망되는 것이고, 구원의 문제가 자연스럽게 그 뒤를 따르게 마련인 것이다. 이러한 방법으로서 이연주 시인은 매우 소극적인 초월 방식인 자살을 선택한다. 이 글은 이를 '상승 지향적 추락'으로 보았다.

신열이 돋는 몸의 반점들.

—「속죄양, 유다, 그리고 외계인」[38] 부분

　이상의 '나—너' 관계는 바흐찐적 개념인 주체와 타자의 관계 개념과는 거리가 멀다. 이연주의 시편들에 등장하는 '나—너'의 관계는 모두 나의 '내부'에 설정된 '나—너'의 개념으로 한정되어 있다. 곧, 나와 너는 때로 동일시되는 등가물인 셈이다. 한편으로 이것은 자아 내부에서 구분되는 일상적 자아와 이상적 자아의 나눔이기도 하다.

　불안과 고통 속에서도 시적 화자는 동일성의 사랑을 갈망한다. "사랑에 오염"되기를 두려워하면서도(「익명의 사랑」) "서로의 나인 당신"을 원한다(「사랑은 햇빛을 엑기스로 뽑아」). 그래서 '당신'은 때로 "산너머 저쪽 강철 무지개"(「흡혈귀」)가 되기도 하는 것이다.

　여기서 한 걸음 더 나아가 시적 화자는 나에서 너로 환생하는 꿈을 꾼다. 아웃사이더의 소외와 고통을 넘어 새로운 조화의 동일성을 지향하는 '푸른 꿈'[39]을 상정한다.

1992년 8월 25일

모르핀 치사량으로 죽은 내 忌日

〔…중략…〕

당신이라는 대명칭을 탄생의 머릿돌로 세웠네.

길목엔 붉은 고추 걸어 놓고

---

38) 이연주, 『속죄양, 유다』(세계사, 1993), 23~24쪽. 이하 '(1993)'으로 표시.
39) Ermst Bloch, 『희망의 원리』(박설호 옮김, 솔, 1993), 35~45쪽.

검정 숯검뎅이도.

— 「탄생의 머릿돌에 관한 회상」[40] 부분

"네게 투신하는, 내/전 인격/푸른 몸"(「수박을 밑그림으로」)으로 네 속에서 다시 환생하는 시적 화자의 모습을 그리고 있다. 일상적 현실을 뛰어넘어 신생의 세계를 꿈꾸는 시인의 마음은 애틋하다 못해 처절하게까지 읽혀진다. 환생으로라도 현세의 삶을 새롭게 구가하려는 시인의 의지가 '구원'의 문제로 집약되고 있음도 놓칠 수 없다.

> 웃음, 미소……그런 것들에
> 밀알 한 알의 씨앗을 간직할 수 있다면
> 살 구멍마다 썩은 냄새 흘리는
> 문둥병 세월이거나
> 시간의 벽을 들이박고 피투성이로 쓰러진
> 수천의 머리통들, 사랑할 수 있을 게야.

— 「우리라는 합성어로의 환생」[41] 부분

"심장을 위로받고 싶"(「성자의 권리·7」)고 "빛의 이불을 덮고 싶"(「성자의 권리·4」)은 시적 화자는 '낮꿈'[42]을 꾸고자 한다. 에른스트 블로흐의 '낮꿈' 개념은 스스로 이루지 못하는 불가능으로부터의 해방을 의미하고, 시인 이연주는 꿈꾸는 자의 '열광'이 담겨져 있어 푸른색으로 마음껏 희망의 나래를 펴는 낮꿈을 시도하는 것이다. 그래서 위 작품에서처럼 세상과의 조화를 꿈꾸는 화해 및 구원의 의지가 주된 어조가

---

40) 이연주(1993), 20~21쪽.
41) 이연주(1993), 18~19쪽.
42) Ermst Bloch, 앞의 책, 47쪽.

되는 것이다.

그러나 얼마 가지 않아, 낮꿈으로써 현재를 씻어 버리고 보다 나은 미래의 삶을 꿈꾸려는 시인의 의도는 애석하게도 자꾸 빗나간다. 시인이 추구하는 세계가 '구체적 유토피아' 즉 현실을 직시함으로써 보다 나은 세계를 꿈꾸는 능동적 자아의 풍요로운 의지 공간으로 나타나지 않고 '추상적 유토피아', 즉 현실의 모순을 인식하기는 하나 그 극복 과정에서 현실을 망각해 버리는 일종의 이데올로기로서의 맹목성에 머물고 있음을 살피게 된다. 있는 현실을 바탕으로 있어야 할 세계를 추구하는 것이 아니라 힘들고 고달픈 현실을 깡그리 내팽개침으로써 그곳에서 벗어나고자 하는 의도가 더 강했기에 시인에게는 낮꿈이 제대로 실현되지 않은 듯하다. 현재의 현실은 시인이 감내해내기에는 너무나 외롭고 벅차서 자아 분열의 증상과 함께 '이쪽 세계'에서 '저쪽 세계'로의 이동이 불가피하게 된 것이리라.

"코 푼 휴지같은 세상"(「흡혈귀」)에서, "살아남는 조건은 슬픔뿐"(「무정부주의적 미립자의 고뇌」)인 현실에서 결국 시인이 선택하는 방법은 이른바 극단적인 '소극적 초월'의 형태가 되어 버리고 만 것이다.

> 위조지폐는 찢기고 거짓은 드러나
> 사막의 땡볕 아래 나는 옷을 벗는다.
>
> —「흡혈귀」[43] 부분

사막의 땡볕은 생존을 위협하는 극단적 상징이 되고, 여기서 시인은 현실적 생존의 틀인 옷을 스스로 내던져 버리고 마는 것이다. 진한 아웃사이더의 인식으로 시인은 결국 현실적 고뇌의 '문지방〔域〕'을 넘지

---

43) 이연주(1993), 51~52쪽.

못했다. 삶이 그 본질에 있어서 '대화적'임을 철저히 거부함으로써 시인은 존재의 불안감을 이겨내지 못했다. 현실내 탈출구를 찾지 못함으로써 시인은 결국 '똑'과 '딱' 사이의 시간적 지속성을 끝내 견뎌내지 못한 것이다.

다음의 시 두 편은 시인의 가장 유고시다운 작품이다. 물과 불의 이미지로써 신생의 현상학적 환원을 추구한 그의 의도가 강하게 드러나고 있는 점이 무척 인상적이다.

①쏟아지고 쏟아,
　쏟아치는 깜깜한 밤중.

　비, 빗줄기, 연어같은 흐름줄기, 등허리, 그대,
　폭포줄기.

　나는 달빛의 운가락지를 풀어 물에 던진다.
　　　　　　　　　　　　　　　　—「행로와의 이별」[44] 부분

②이마에 재 뿌리고
　쑥향과 빈 촛대 들고
　들판으로 갔다.

　[…중략…]
　어두움 실핏줄이 터져
　못 이길 두려움에

---

44) 이연주(1993), 96쪽.

혼절할 듯
외마디 소리를 질렀다
주여, 용서하소서.

바람이 죽은 날들을 닦았다
나는 혼신을 다해
촛대 위로 올랐다.

불을 그어다오.

— 「終身」[45] 부분

시인에게는 여성으로서 원죄 의식이 처음부터 내재해 있었던 듯하다. 칼빈론적 목적론을 지니기에는 그의 원죄 의식의 무게가 너무 컸다. 타락되고 모순된 현실 속에서 시인은 매음녀가 될 수밖에 없었고, 또 유다가 될 수밖에 없었다. 삶을 송두리째 껴안는 방법으로 시인은 매음과 배반의 역설적 의도를 선택한 것이리라.

(2) 분열과 비동일성의 시학 — 박서원론

박서원은 한결같이 고백시를 발표해 온 시인이다. 시집 『아무도 없어요』는 마치 고해성사를 들려주는 듯한 어조로 가득 차 있다. 두루 알려진 대로 고백 행위는 자아의 어긋남이나 억눌려 쌓였던 불순물들을 어김없이 드러내 보이는 것이고, 여기서 고해성사와 같은 고백 행위를 시적 화자가 주된 어조로 선택할 수밖에 없었던 점이 주목된다.

박서원은 고백시의 주된 특징인 불균형·소외·분열·갈등 등의 낱말

---

45) 이연주(1993), 97쪽.

을 실제의 체험으로 지니고 있는 시인이다. 개인적인 실패나 정신병과 같은 것이 고백시의 가장 좋은 체험이 되고,[46] 실제로 박서원은 이러한 체험을 내밀화하고 있는 것이다.

　고해성사를 해야 하는 시적 화자의 점유 공간은 단순히 현실의 억압 기제를 일시적으로 경감시키는 유쾌한 공모의 장이 아니라 '갈등'의 장이다. 그러나 고백한다는 행위 자체는 과거 및 현재를 반성적으로 인식하면서 나의 현 존재를 새롭게 확인하는 것이 되며, 이러한 반성과 투사 자체가 또한 나의 존재의 일부가 되는 까닭에, '자기' 및 나아가 '자아분열'까지를 꾸밈없이 드러내는 행위 자체는 그래서 가장 실존적 행위가 된다. 지극히 개인적인 체험의 무게를 담은, 가식 없는 '자기 드러냄'의 시로서 고백시는, 그러므로 언제나 '현재 진행형'의 시가 되는 것이다.

　①거울 속에는
　　내 얼굴만 있군요
　　근데 얼굴은 없고
　　생각만 이리저리
　　굴러 다녀요.

— 「아무도 없어요」[47] 부분

　②나는, 나는, 말하는 나와의 이 경계에서
　　정녕 분간치 못할 너희들과 나와의 시비
　　〔…중략…〕

---

46) M. L. Rosenthal, *The New Poets : American and British Poetry Since World War II* (London, Oxford and New York, 1967).
47) 박서원, 『아무도 없어요』(열음사, 1990), 61~62쪽. 이하 '(1990)'으로 표기.

나를 버리지 말아다오 나를 버려다오 제발.

—「시간의 날개밭에서」[48] 부분

정신분석 비평에 의하면 분열증 환자는 동질화 과정의 '모호성'을 이겨내지 못하고 아무렇게나 이곳저곳으로 분산되어 자멸하는 분열에 의존한다. 이에 분리되고 파편화된 두 갈래의 자아가 자연스럽게 양산되는 것이다.[49] 물론 인간들에게는 늘 고갈되는 낮은 차원의 감수성에 활력을 불어넣기 위해 조그만 표층의 분열이 필요하다. 그러나 인간 삶의 전체적 윤곽에서 분열은 정체성의 위기이고 나아가 정체성의 상실을 의미한다. 정체성을 꿈꾸는 인간의 소망은 원초적으로 볼 때 '굶주림'에서 비롯되나, 이러한 굶주림마저도 언제나 방해받아서 거의 자발적으로 망상에 사로잡히게 되는 것이 분열적 양상이고, 위의 작품이 바로 그 단적인 예가 되고 있는 것이다. 의식의 '탈영토화'[50]인 분열증 증세는 자기 소외의 다른 말이고, 이러한 아웃사이더로서의 자기 소외가 궁극적으로는 자아로서의 아이덴티티를 상실했다는 위기 의식의 토로에 다름 아니다.

사지는 마비되려 했어
신경은 끊어진 필라멘트

땅 위에서 걷지 못하는 나와
모여드는 군중

---

48) 박서원(1990), 15쪽.
49) Elizabeth Wright, *Psychoanalytic Criticism : Theory in Practice*(New York : Methuen, 1984, 권택영 옮김, 문예출판사, 1989), 115~125쪽 재인용.
50) 위의 책, *Psychoanalytic Criticism : Theory in Practice*, 222~223쪽.

누군가 말했어
「발작하나 봐」
「간질인가 봐」
나는 말하고 싶었어
헌데 무얼 말해야 하지?
〔…중략…〕

누군가가 또 말했어
「구경 그만하고 가자」

나는 행복하게도
이 시대에 살고 있지 않았던 거지

누군가가 가다가 되돌아 왔어
「좀더 구경하고 가자」.

— 「발작·1」[51] 전문

　'영(靈)의 산보' 형식으로 심리적 자아(moi)와 실존(soi)을 분리시키고 있는 위 시의 화자는 세계와의, 혹은 자신과의 더 이상의 어떠한 연결 고리도 허용치 않는 소멸의 이미지를 구가하고 있다. 사회로부터의 소외를 철저하게 경험하는 시적 화자는 그의 삶 속에 깃들인 수많은 실패와 상처의 흔적을 직시하며 토로하고 있다. 이방인 곁에 또 이방인이 놓이고 끊임없이 이방인 의식이 겹겹이 계속되는 현상에 시적 화자는 골몰한다. 그러나 주목할 것은 사회로부터의 소외를 시적 화자가

---

51) 박서원(1990), 33~34쪽.

즐긴다는 사실이다. 즉, "한 번도 내 자신을 속이지 못하는 것. 이 천형을 미치광이라"(「판토마임」)고 부르는 세상에 자신이 포함되지 않은 것을 오히려 다행으로 여기고 있는 것이다. 시인에게 "산다는 건 정말 머리칼을 낚아 채이고도 대머리가 되길 기다리는 준비운동"(「실패」)에 불과해서 그러한 삶 속에서 시인은 "완전히 해체되어 버리"고 "강물과 강물을 넘어서서 새 한 마리도 없는 하늘에 버려지길 원"(「안구회전증」)했는지도 모른다. "흐느끼는 모든 것들이/찰나의 환상으로/오직 한곳을 향해/질주하는 폭력"(「정신착란」) 속에서 시적 화자는 결국 철저하게 고립주의를 채택함으로써 '아무도 없음'의 부재 의식을 철저하게 실감하려 한 것이다.

시인의 세계에 대한 부정 의식은 비가적 세계관의 일부다. 회의와 거부는 일단 현실로부터의 불안에서 비롯된다. 여기서 개체내 유발되는 불안은 원시적 에고의 분열이 그 이유다.

> 하얀 자동차 세워진 도로에서
> 엄마, 애비없는 아이를 낳고 싶어
> 모든 게 진실하기만 하다면 얼마나 욕되겠어
> 싸울 게 없는 일방통행인 우리는 얼마나 불행하겠어 때로는 가식이 필요해.
> ─「엄마, 애비없는 아이를 낳고 싶어」[52] 부분

마음이 수행하거나 경험하는 사물은 자기 고지적(自己告知的, self-intimating)이며, 시인의 세계 부정론도 역시 자기 고지적인 발상에서 비롯된다. 부정에 대한 인식은 우선 체험에서 비롯된 '잘못'이 그 근원이다. 널리 알려진 대로 고백은 갈피를 모르고 복잡하고 물음 투성이

---

52) 박서원(1990), 18~20쪽.

인 그런 체험의 표현이다. 이때 이상의 세 갈래 체험의 표현은 체험들
사이의 갈등과 변화를 드러내려 한 것이며, 또한 소외의 체험에서 오
는 놀라움을 밝히려는 것에 다름 아니다. 여기서 우리는 이러한 세계
에 대한 부정적 체험이 가장 '자기 자신이 되는 데' 길잡이가 된다는
사실에 주목할 필요가 있다. 비가적 세계에 대한 자아의 왜소화는 시
인 박서원에게는 자학으로 대표된다. 이때 자학은 물론 자기 소외의
다른 이름이다.

①그 자식은 나를 내버려두고 갔다
　　새벽 3시. 광기가 수증기로 발화하는 시간,
　　그 많은 즐거움을 두고 나는 비바람에 짓이겨진
　　벚꽃,

　　창밖
　　고가도로를 질주하여 터널을 빠져나가는 자동차, 둘러싸인
　　山과 낡은 지붕들 사이사이 빌딩들 모두 매춘부로 만들어놓고.

　　방안에 수북이 쌓인 담배꽁초와 술병들

　　나는 저항하지 않았다
　　술은 더덕이진 지난날을 수고스럽지 않게 한 옥타브 높여지고
　　저항하지 않는 것이야말로 내 최고의 매력, 무기,
　　술잔이 바뀐 것은 괴로운 과거의 그네타기일 뿐.

　　그 자식의 머리통은 냉장고처럼 잔뜩 저장해 놓은 음식물로
　　가득 차

젊어도 고장난 따발총처럼 착한 생식기의 소유주

나도 석유로 가득 들어찬 주유소 같은 머리통
집으로 가는 길은
길처럼 대담하고 담담했다.
여인들이여! 이젠 때가 왔노니, 간음하라
코 푼 휴지처럼 구겨진 나를 용서하고
울부짖음, 문전에 칠한 양의 피를 지워라. 엉겅퀴가 진흙 속에서
피를 토하듯 몰려 피리니

수도원의 종소리가 들리지 않는 건 시대도, 역사의 탓도 아니다
우리는 음식을 흘리고 단추를 뜯고, 애무하여도 화려한
햇빛에 날마다 뼈와 살이 삭풍이 되어가는 것

바위가 바위를 뚫고 용이 되어 승천하듯이
여인들이여 간음하라
천국의 열쇠는 음부 사이에 꼭 달라붙어 있다

눈이 먼 자들은 축복받고 저주를 설탕으로 아낀다
여인들이여 간음하라
선사받은 꽃다발을 쓰레기통에 처박고
축대를 쌓아 낚시바늘이 되어 사슬을 풀어주고

벗겨진 코르셋이 쥐새끼가 되어 달아나기 전에
간음하라

두 눈을 부릅뜨고 해일이 멈추도록

내일의 원자탄이 뚫린 오존층을 채우도록

일평생 밭을 갈고 논을 갈며 잡초를 뽑는 농부처럼.

사내들은 용기가 필요하리라.

—「간음」[53] 전문

②파랗게 파랗게

죽어 가거라

내가 잠드는 베개의 체취

어제 오후에 산 양산, 구두, 핸드백

살아나는 모든 것들에게

침을 뱉고 욕을 하고

1년전 가졌던 정사

거기에 퍼렇게

곰팡이는 피어 나거라.

—「학대증·1」[54] 부분

　　여기서 자학은 시인에게는 다분히 매조키즘적이다. "돋보기를 통해 바라다 본/사물들처럼/섬세하고 과장된 우리들과 우리들"이기에 "아무도 서로를 탓할 수는 없"(「우리는 모두 피로하잖아」)고, 따라서 매조키즘적 자학만이 현실 원칙을 초극하는 일단의 방법으로 채택되는 것이다. 저항할 기력도 상실하고 주체로서 삶을 맞이할 애착도 상실한 상황에서 여성의 정체성 찾기 작업은 일단 정지된 것처럼 보이기도 한다.

---

53) 박서원, 『난간 위의 고양이』(세계사, 1995), 69~72쪽. 이하 '(1995)'로 표기.
54) 박서원(1995), 42~43쪽.

①잠시라도 편해서 위태로울 때
  내 안주(安住)를 베어버릴
  면도날을 갖고 오너라.

—「자극」[55] 부분

②깨끗하고 편안한 침대는 악이어서
  날마다 밝은 시련으로 몸을 돌리는
  더듬거리며 이어가는
  아픈 꽃을 보시겠어요?

—「아픈 꽃을 보시겠어요?」[56] 부분

체험의 정상적인 출구는 적어도 담론이나 이치에 맞는 의식의 논쟁이어야 한다. 그러나 세계내 체험 가운데 억압되고 고립된 체험은 좀처럼 그 승화를 꾀할 수 없고, 이때 어떤 의미로든지의 해방이 필요하다. 위 작품에서처럼 시인에게는 현실내 안주가 곧 위태로움과 악의 등가물이고, 그래서 시인은 '고통'만이 스스로를 승화시킬 수 있는 방법으로 여기고 있다. 여기서 고통은 물론 현실 원칙의 첨예한 대립의 상관물이다. 즉, 자동화되고 수동적인 삶을 거부함으로써 시인은 주체적이고 능동적인 삶의 행로를 상정한 것이다.

위 작품과 같은 맥락에서 "병신끼리 살다보면/어느덧 은총의 소리가/들"(「병원·2」)리는 현실은 상당한 역설을 내포하고 있다. 즉, 비정상이 정상을 꿈꾸는 행위는(여기서 비정상과 정상이라는 낱말의 의미는 물론 관습적이고 기계적인 것에 불과하다) 종교적 구원만이 그 수행을 가능하게 하고, 여기서 시인의 인간적 한계 상황에 대한 인식이 변주된다. 이

---

55) 박서원(1995), 57쪽.
56) 박서원(1995), 21~22쪽.

렇듯 억압적이고 안일한 '괄호 속에 묶인' 체험의 제거를 통해 두려워
하는 것 혹은 수치스러워하는 것으로부터의 해방이 필요하고, 이는 곧
카타르시스의 개념과 궤를 같이한다.

  여기서 시인 박서원은 카타르시스적인 해방의 방법을 카톨릭교의 참
회에서 찾고 있다. 인간은 참회를 통하여 다른 상황에서라면 누구에게
도 이야기할 수 없는 행위나 생각에 관하여 타인에게(이 경우는 사제에
게) 고백함으로써 믿음과 정화를 얻을 수 있다. 시인에게는 처음부터
원죄 의식이 자리하고 있었다. "모태로부터 저주받은 몸둥이가/저주
받아야 제 힘을 얻는 것"이기에 "갈증은 갈증을 위해서 존재"(「학대
증·2」)한다는 그의 역설은 바로 이를 입증한다.

  이와 같이 해서 그는 자신의 심리 속에서 억압되고 고립되어 억눌려
있던 것에 '참회'라는 언어적 표현과 언어적 배출구를 부여한다. 말의
정화 작용은 바로 여기에 있다. 그런데 시인은 그가 채용하는 말의 정
화 작용 이전에 '침묵' 혹은 '정적'의 순간을 선택한다. 여기서 우리는
시인이 카타르시스적 몸부림을 위해 그 한 과정으로서 침묵의 순간을
선택하고 있음을 볼 수 있다. 즉, 참회의 언어적 표현 이전의 단계로서
침묵이라는 반성적 단계 설정이 그것이다.

    ①소멸시켜 타오르는 찬란한
      정적이
      다만 순간의 일념으로
      역사를 꿰뚫고 간다.

― 「불」⁵⁷⁾ 부분

---

57) 박서원(1995), 94쪽.

②침묵하는 눈에는
　천둥번개가 살고
　침묵하는 눈에는
　신들이 산다.

— 「침묵하는 눈에는」[58] 전문

　시인에게 현실 원칙은 쾌락 원칙 못지않게 중요하고, 따라서 현실내 고통을 극복하기 위해서 부득이 자신 내부의 어두운 측면을 고백하지 않을 수 없었던 것이다. 고백한다는 것은 자신이 처해 있는 상황에 대한 불만의 토로이고, 나아가 자신의 현 존재에 대한 부정(否定)에 다름 아니다. 이는 곧 어그러진 현 존재에 대한 반성과 함께 진정한 자아 회복 의지의 전 단계로 볼 수 있다. 여기서 우리는 소외의 개념과 자기 동일성의 관계에 사로잡히게 된다.

　역동적인 자기 관계로서의 분리가 스스로의 힘에 의해서 자기 동일성으로 통합되지 못할 때 이러한 인격의 분리를 소외 또는 자기 소외라고 부른다. 소외는 인간 존재의 궁극적인 거점인 자기 동일성의 상실을 의미하는 인간의 근원적인 문제다. 결국 소외는 자기 동일성(self-identity)의 결성 개념(privatio)이다. 소외된 자아가 절규하는 고백은 그래서 인간 혹은 자아로서의 아이덴티티를 상실했다는 위기 의식의 토로가 되고, 동시에 상실되고 위축된 자아를 회복하고자 하는 의지의 표현이 되는 것이다. 따라서 고백시는 사회로부터 혹은 자기로부터 소외된 자아의 표출이고, 이러한 소외의 고백 형태는 자기 동일성 회복을 위한 실존의 의지에 다름 아닌 것이다. 정체 의식(identity)의 부정이 의미하는 소외라는 개념도 인간과 인간 사회의 부분적인 성질이나

---

58) 박서원(1995), 90쪽.

기능의 결여를 의미하는 것이 아니라 단적으로 인간의 본질 자체가 부정당하는 것을 경고하는 개념임을 상기할 때, 대자적·반성적 자기 초월의 영역까지 그 의미가 확산될 수 있는 것이다. 여기서 헤겔식의 소외 개념, 곧 "자아는 지양된 후에 비로소 진실한 것으로 된다"[59]는 명제가 매우 유효하다.

> 나는 천사를 만나기 위해
> 부르튼 발이
> 나을 새가 없도록
> 색종이와 셀로판지를
> 사러 다녔다.
>
> —「긴장」[60] 부분

"파열되는 의식"이 곧 "새로운 질서"가 되고 또 "천지개벽"이 되는(「단 한 번 마주친 눈길」) 세상에서 시인은 마침내 "어디에나 있고 어디에나 없는 주여,"를 외친다. 끝내 시인은 자기 동일성 회복을 바라며 '천사'와의 만남을 희원하는 것이다. 작품 끝부분을 마침표가 아닌 쉼표로 처리한 것도 시인의 기도의 과정이 계속됨을 상징하는 것에 다름 아니다. "내가 가까이 가면 갈수록 멀어지고/멀어지면 가까워지는/하느님"(「산」)이라서 시인에게 "아무래도 멀리 있는 축복"(「두려움」)이 안타깝기 그지없지만 그러나 그는 삶의 고난을 받아들이고 있다. 현실원칙에 의한 고통을 종교적 구원을 위한 필요악의 과정으로 알고 기꺼이 수락하고 있는 것이다.

---

59) Hegel, *Phänomenologie*, 여기서는 A. Hauser, *Mannerism*(김진욱 옮김, 1981), 130쪽 재인용.
60) 박서원(1995), 81~82쪽.

하느님, 당신이 보낸 천사는 너무나 찬란해서 나는 축복대신 빛나는 저주
를 껴안았습니다 두 팔에 안고 보니 그건 재작년에 쥐약을 먹고 죽은 강아
지, 아니 지난밤 꿈속에서 잘린 내 대가리, 벅차디 벅찬 내 언어였습니다.

— 「천사」[61] 부분

결국 박서원 특유의 허무 의식은 세계에 대한 애증에 다름 아니다.
고백적인 '과장'을 벗어나 진실에 대한 토로로서 시적 변주는 나아가
타자의 일상 경험과 부합된 이미지 세계를 구가한다. 그녀의 고백시에
나타난 반어와 역설은 분열된 자아의 형상화에 그치지 않고 전반적인
인간 실존의 문제를 다루고 있다. 그녀의 시편에서 지극히 개인적인
고민과 갈등이 삶의 우연성 및 고립성에서 기인하는 사실은 어쩌면 별
로 중요하지 않다. 중요한 것은 시인이 삶의 그늘을 적나라하게 드러
냄으로써 인간 실존의 전반적 문제를 다루고 있는 점이다. 여기서 시
인은 고통과 분열적인 고뇌의 강을 건너 '소망의 자기'를 꿈꾸며 껴안
는다.

①빈 밥그릇 속에
　눈 먼 바람 하나 떨어졌다가
　문틈에 걸린 햇볕보고
　막 오라고 손짓하는데
　예수는 굽혔던 허리 펴고
　그들을 보고 웃는다.

— 「정경」[62] 부분

---

61) 박서원(1995), 83쪽.
62) 박서원(1995), 85쪽.

②가장 천박한 나의 몸짓이
　승화되는 순간입니다

　〔…중략…〕
　고원에는 아직 저물지 않는 낙엽들이
　불고
　메마른 예수가 고원의 지붕 위를 서성거리고
　그림엽서가 한 장 날아들 것입니다
　바야흐로 나의 현명했던 몸짓이
　가장 처절해 지기 위하여
　밤을 지샐 차례입니다.

— 「가을이 오니까」[63] 부분

　고해성사의 형식을 빈 고백시를 통해서 시인 박서원은 가장 실존적인 인간의 삶의 모습을 토로하고자 했다. 결코 의식의 참여 없이 기계적으로 수행되는 억압 기제를 철저한 현실 원칙으로 승화시키고자 했던 시인의 목소리가 절절하다 못해 처절하게까지 읽혀지는 것은 바로 삶의 고통의 고백이 비단 시인 한 사람의 문제가 아니라 바로 우리 모두의 모습이기도 하기 때문일 것이다. 동화 작용뿐만 아니라 이화 작용도 우리 삶의 한 부분임을 인정한다면 시인이 그토록 뼈아프게 토로했던 자신의 상처가 결국은 재생의 의미를 넘어 신생의 의미 획득을 꾀한 것이었음은 쉽게 알 수 있는 것이리라. 비동일화의 원리를 통해서 결국은 동일화를 꿈꿀 수밖에 없었던 시인의 역설적 어조도 이와 같은 맥락에서 크게 벗어나지 않는다. 고독과 공허감을 뛰어넘기 위해

---

63) 박서원(1995), 86~87쪽.

서, 불안과 자기 존재에의 위협으로부터 벗어나기 위해서 부단히 스스로의 실존 문제에 천착했던 시인의 '내면적 저항'을 우리는 고해성사의 형식을 빈 고백시란 형태를 통하여 마침내 읽어낼 수 있는 것이다.

어느 시대고 자기 파괴에서부터 신생의 상황을 갈구하는 자기 해부적 고백체의 시는 가능하고, 어떤 시인이든지간에 정도의 차이는 있을지언정 이와 같은 고백시의 징후를 암암리에 드러내지 않을 수는 없을 것이다. 그러나 이 글이 유독 탈현대의 정신병리적인 입장에 놓인 이연주와 박서원의 작품에 주목하는 까닭은 두 시인 모두가 구속받은 안정과 불안한 자유 사이의 경계를 넘나들면서 실존의 문제에 집착한 점, 지나치게 삶의 비극적 측면을 추출하였다는 점, '여자'로서의 삶에 몹시 민감하였다는 점, 카톨릭을 바탕으로 고해성사로서 고백시의 형태를 선택하였다는 점 등이 그 이유다. 나아가 이 두 시인이 시인의 눈과 귀가 그의 어두운 내면을 향한 시, 시인과 작품 속의 화자 사이에 간격(곧, 심리적 거리)이 없으며 시인과 독자 사이에도 간격이 없는 시, '자기'를 고백하고 싶은 충동에 따라서 어떠한 페르조나의 세계도 의식하지 않고 자기를 낱낱이 누설한 시 등을 썼던 점 등이 그 이유다. 그야말로 이 시대에는 자서전만이 진실을 말할 수 있다는 생각 아래 그들은 오로지 '황폐화된 자기'를 시적 소재와 시적 상징으로 삼았던 것이다. 현실 원칙내 놓인 일상적 자아의 파편화 때문에 그들은 불가피하게 삶의 공허감과 맞서지 않을 수 없었고, 동시에 그들은 삶의 공허감과 대결함으로써 자신의 실존을 추구하는 역설적 의미를 인지했던 것이다.

'진실'을 둘러싼 어려움들 가운데 인간은 부단히 진척을 요구받는 '변화 속의 존재'일 수밖에 없고, 세계로부터 언제나 위협당하는 자아는 급기야 자기 스스로로부터 위협당하는 모순의 상황에 처하게 된다. 이러한 황당무계한 현실을 '있는 그대로' 드러내고, 자신의 내면 깊숙한 곳에서 우러나오는 목소리를 직시함으로써 그것을 우리 앞에 꾸밈 없이 드러내 보이는 고백시의 화자의 목소리는 그래서 여간 소중하지 않다. 자기 분리 혹은 자기 분열을 그대로 드러내는 고백시가 '무조건 적' 자유를 내포하고 있어 다소 비약적이고 위험스럽기는 하나, 신생 을 꿈꾸는 행위 자체는 오랫동안 인간의 내면 속에서 그 맥을 유지해 온 것이고, 이러한 꿈의 한 형태가 고백시임을 상기할 때 그 존재 의미 는 더욱 소중해지는 것이다. 즉, 영구한 가능성으로서 존재의 문제를 고백시는 동일성의 상실이라는 테마를 변주함으로써 제기하고 있는 것이다. 이연주와 박서원의 작품으로 대표되는 고해성사를 주조로 하 는 고백시는 그러므로 인간의 정체성을 묻는 실존의 시고, 나아가 영 원한 현재 진행형의 시가 되는 것이다.

변화 속의 존재는 현실을 일단 부정한다는 점에서 아웃사이더다. 타 당하든 타당하지 않든 간에 '있는 현실'로부터 벗어나려는 태도는 '있 어야 하는 현실'을 애타게 갈망하는 태도 못지않게 무정부주의적이고, 이러한 입장을 일관되게 시적 태도로 취하고 있는 이연주, 박서원 등 의 작품들을 중심으로 고백시의 한 장을 마련하려고 하였다. 여기서 특히 탈현대의 의식 가운데 놓인 그들의 고백 양상에 주목한 것은 신 (新)실존주의의 한 방법으로서 여성시의 고백을 읽어내려는 작업에 다 름 아니다. 자기 내부의 이야기를 한다는 것은 결코 쉬운 일은 아니다. 그러나 내면 세계의 고통과 수치스러움을 고백함으로써 매너리즘에 빠진 세계의 재구축뿐만 아니라 나아가 자기의 실존을 재확인하는 작 업으로서 고백시는 그래서 여간 소중하지 않은 것이다.[64]

---

64) 김승희, 최승자, 김혜순 등의 작품에서도 고백체의 요소를 발견할 수 있다. 그러나 이연주와 박 서원은 그들의 시집을 통째 고백체의 여성시에 바치고 있어 관심을 끌기에 충분했고 따라서 개 별적인 고찰이 있어야 할 필요성이 절실했기에 그 두 시인을 중점적으로 다루게 된 것이다.

3) 대화체와 여성시

인간의 진정한 삶을 언어로 표현하는 데 적합한 단 한 가지 형식이
존재한다면, 그것은 바로 개방적인 대화이다. 삶은 본질적으로 대화적
인 특성을 지니고 있다. 삶을 영위한다는 것은 곧 대화에 참여한다는
것을 의미한다.[65]

존재한다는 것은 의사소통을 한다는 것이다. 그러므로 삶은 그 본질
에 있어서 대화적이다. 산다는 것은 곧 대화에 참여한다는 것을 의미
하기 때문이다. 그러나 소극적인 '타자'로서 여성은 대화에 능동적으
로 참여하는 데 그다지 많은 허용치를 부여받지 못했다. 여기서 비주
체적인 수동적 존재로서 여성성(性)의 극복은 삶의 '대화'에 참여하는
것이 빼어난 지름길임은 말할 필요 없다. 여성시에서 이러한 삶의 권
리와 의미의 모색인 대화를 시도하고 있음이 주목된다.

대화는 수신자와 발신자가 전제되어야 한다. 여기서 수신자와 발신
자는 주체적 사고 능력을 지닌 자를 일컬음은 물론이다.

> 나를 당신 것이라 부르지 말아요
> 술국을 푸던 손이 내 탯줄을 끊었죠
> 낯선 남자 살을 헤비던 손이
> 나의 배내피를 닦았어요
>
> 어제 죽은 이도 마시던 물
> 저자 뒤란 개철쭉 흐드러진 우물이
> 난생 처음 저의 비린 몸을 헹구었구요

---

65) M. M. Bakhtin, 「Slovo vzizni i slovo vziskusstve」.

처음 울 때부터 저잣거리 술 쩔어
속은 데 많은 바람 시퍼런 손아귀가
온몸 핏줄 바람살 드난살이 골을 새겼죠

저문 산길 채이는 밤서리 밟으며
저자 천덕꾸러기 재실이가 내 탯줄을 묻었는데요,
내 탯줄은 지금 어떻게 되었을까요
상여도가 꽃종이 접던 도가꾼 오줌 기운에

썩고
또 썩고 있지요.

— 허수경, 「나를 당신 것이라」[66] 전문

위의 작품에서 우리는 대화를 시도하는 시적 화자를 만난다. 그러나 우리는 대화를 엿듣는다기보다 오히려 타령 어린 독백을 엿듣는다. 이 작품에서는 화자가 대화를 시도하나 막상 그의 말을 받아 줄 수신자가 존재하지 않기 때문이다. 그래도 대화를 포기할 수 없는 이유는 대화의 포기는 곧 삶의 의미의 포기이고, 여성으로서 대화의 구축은 곧 주체로서의 의미의 구축에 등가되기 때문이다.

이러한 소통 불가능 혹은 소통 모호함의 대화 방식은 다음의 작품에서도 드러난다.

여보세요, 385의 2053입니다, 지금 전화를 받을 수 없어 대단히 죄송합니다, 전화거신 분의 성함과 연락처를 말씀하시면 제가 곧 연락드리겠어요,

---

66) 허수경, 『혼자 가는 먼 집』(문학과지성사, 1992), 83쪽.

그럼 삐—하는 소리가 난후 말씀을 시작해 주세요……

　여보세요, 김 선생님, 저 문학상사 김명순인데요, 「시녀」 후기 원고 어떻게 되셨나 해서요, 마감날이 사흘이나 지났는데…… 외출하셨나 보군요. 빨리 연락주세요!……

　여보세요, 박석규 씨? 저 김승흰데요, 물론 열심히 하고 있어요, 그것만 하느라고 다른 원고는 하나도 손도 못 대고, 네, 그런데 원고 일주일만 더 연기해 주면 안 될까요? 물론, 책상 옆을 한치도 안 떠나고 있어요, 지하도 계단 위의 끈덕진 롯데껌처럼, 염려 마세요, 미안해요 ……

　승희 언니, 응, 나, 수연이야, 또 외출했나 보지? 지난번 가져간 돈, 월말에 갚는다고 하고 연락이 없어서, 나 며칠 있다가 유럽 갈 거야, 응, 스키장에 피서삼아 가는 거지, 인생은 바다 돈은 뱃머리라고 하잖아 …… 돌아오면 연락주세요!

　여보세요, 지금 전화를 받을 수 없어 죄송…… 아니, 최선씨 아네요, 하도 정신이 없어서 자동응답기를 누른 채로 전화를 받았지 뭐예요, 「넝마로 만든 푸른꽃」 나왔다구요? 아니, 바쁘지 않아요, 그럼 금방 나가지요, 인사동 쯤에서, 평화만들기…… 4시……

　여보세요, 속셈학원이지요? 저 해인이 엄만데요, 해인이에게 엄마가 급히 외출하니까 여섯 시쯤 집으로 오라고, 네네, 고맙습니다…… 여보세요, 이화 바이올린 음악원이죠? 저 왕인이 엄만데요, 왕인이더러 엄마가 급히 외출하니까 누나에게 갔다가 여섯 시쯤 집으로 오라고……

— 김승희, 「떠도는 환유·2」⁶⁷⁾ 전문

　문명의 이기 가운데 하나인 전화는 비인간적인 관계를 형성하는 데

---

67) 김승희, 『어떻게 밖으로 나갈까』(세계사, 1993), 100~102쪽.

주요한 매체이다. 특히 자동응답기가 달린 전화는 수신자와 발신자의 실존적 전제 없이도 현실적 소통이 가능한, 그래서 수신자와 발신자의 인간적 교감인 대화를 더욱 무색케 하는 매체이다. 단순히 필요에 의해서만 소통 체계를 인정하고 불필요한 관계망은 적절히 제거해 버리는 비인간화의 극치를 우리는 자동응답기의 체제에서 만난다. 여기서 우리는 비단 여성시뿐만 아니라 현대시 일반의 비인간적 정조, 혹은, 인간주의의 위기 의식을 엿볼 수 있다. 그러나 대화의 불감증 혹은 불구적 대화 방식은 여성시에서 더욱더 허무적으로 읽힌다.

여성시에서 이러한 불구적인 소통 체계를 제재로 한 작품을 대한다는 것은 수신자와 발신자의 관계망에서 여성이 주체로서 당당히 존재하지 못한다는 사실에 다름 아니다. 나아가 수신자와 발신자의 불구적 대화, 곧 메시지 자체도 해체되어 버리는, 그래서 제각기 고립적으로 떠도는 환유로서 파편화된 소외의 극치를 우리가 만나게 되는 사실에 다름 아니다.

제대로의 대화 관계를 회복한다는 것은 곧 인간성의 정체성을 각각 인정하고 존중하는 것이다. 수신자와 발신자, 그리고 중간의 메시지가 통일성 있는 연쇄 고리로 연결될 수 있을 때 비로소 우리는 제대로의 인간 교감의 장을 상정할 수 있다. 여성으로서 그 정체성을 제대로 인정받고 또 회복할 때, 곧 여성성을 제대로 구축할 때를 기대한다. 물론 탈현대 사회에서 불구적인 대화 방식의 원인은 다양할 것이다. 그 가운데 여성성의 정체성 상실도 큰 이유라면 이유이다.

3. 여성시의 정체성

20세기 말 상황은 '주체의 죽음'을 문제삼는 이른바 포스트모더니즘이 거의 지배하고 있고, 현실과 반(反)현실의 대립 갈등 구조는 더욱 심화된 양상으로 우리의 일상을 차지하고 있다. 문학에서도 이제는 더 이상 새로울 것이 없어져서 일종의 '짜깁기' 양상만이 새로움으로 부각되고 있는 실정이다. 그럼에도 불구하고 '변화'는 또 다른 변화를 요구함으로써 새로운 모습의 시대상을 희원하는 것이 현실이고 또 역사가 되고 있다.

변화 속의 존재는 현실을 일단 부정함으로써 그 변모를 꾀한다. 때로는 '선험적으로' 인정되는 진리마저도 변화 속의 존재에게는 거부될 때가 있다. 그만큼 새로운 변화를 꿈꾸는 행위는 일종의 '굶주림'에서 비롯되고, 있는 현실 혹은 일상적 현실에 이미 변화를 야기시키는 억압 기제가 마련되어 있다고 보는 것이 바로 현실 부정의 입장이 된다. 그러므로 현실 부정의 태도는 얼마간 갈등의 과정을 필수적으로 수반할 수밖에 없다. 이상의 현실 부정과 변화 속의 존재 문제가 이른바 '여성시'의 중요한 전제 조건이 되고 있어 우리의 관심을 끈다.

이 글에서 여성의 정체성 회복을 위해 채택된 여성시의 전략은 해사체와 고백체, 그리고 대화체 등이 중심이었다. 여기서 전복적이고 해체적인 해사체와 존재의 정당성을 제기하는 고백체, 그리고 제대로의 인간적 관계망을 희원하는 대화체 등은 '주체로서 말하기' 혹은 '존재로서 말하기'를 위한 핵심적 전략이었다. 물론 우리의 여성시에서 아직 완전하고 신뢰성 있는 여성의 정체성, 곧 여성성이 완결된 것 같지는 않다. 아직 여성성의 탐색 중간쯤 그 어딘가에서 서성이고 있는 중이다. 때로는 그 전망이 불투명해서 제대로의 여성성마저 의심이 들기도 한다. 그러나 변화 속의 존재는 일단 현실에 대한 불만 및 부정 의식이 전제되지만 이는 곧 새로운 모습으로의 변신을 꾀하는 역동적인 에너지원일 수 있다. 그러므로 우리는 여성시의 가능성을 전제할 수 있는 것이다.

여기서 우리는 변화 속의 존재 혹은 변화를 꿈꾸는 존재와 필연적으로 만나게 된다. 삶에 대한 부정과 의심 및 회의가 난무하는 세상 속에서 여성성의 정체성을 회복하려는 여성시가 그래서 더욱 실감 있게 다가오는지도 모르겠다.

(1996)

제8장

여성시와 삶의 서사

1. 여성시의 서사 전략

1990년대 말, 이른바 세기말 여성시의 서사 전략을 살피는 이 글의 의도는 여성시의 '말하는 방식'에 모아져 있다. 많은 서사론자들은 인간을 가리켜 이야기를 만들어 나가는 존재라고 했다. 이 글에서도 이러한 의견에 전적으로 동감한다. 문제는 '누가' 말하며 '어떠한 방식'으로 말하느냐이다. 여성시 또한 예외가 아니다. 그러므로 1990년대 말 '여성시의 서사 전략'은 여성이 어떠한 방식으로 시라는 형식을 통해서 말하고 있느냐에 주목한 글이 된다.[1]

1990년대 말에 즈음하여 여성시는 두드러지게 '이야기하기'에 바쳐

---

1) '여성시의 서사 전략'은 한국인문학연구회 내 몇 선생님들과 '서사 전략'이란 공동 테마로 공부를 하던 중에 여성시 부분에서 암시받아 채택한 용어이다. 인간은 이야기를 만들어 나가는 존재이고, 삶에서 누구나 이야기의 주체가 될 수 있다는 전제하에 함께 기획한 연구가 '서사전략'이었다. 따라서 문학, 문화, 정치, 외교, 철학, 법률, 종교, 윤리 등 모두가 서사화의 맥락에서는 중요한 목록들이 된다. 곧, 인간 삶을 이루고 있는 모든 것들이 서사화의 전략 속에 내재하게 되는 것이다. 여기서 '전략'은 짐작하는 대로 다분히 의도적인 용어이다.

져 있다. "여성 자신을 위한 글"[2]이고 또한 실존의 근원에 닿기 위한 내밀한 통찰이기도 한 여성시는 '서사의 우세함'을 바탕으로 이제 하나의 장르로 당당하게 자리잡았다. 삶의 근원과의 연계선상에 더욱 뚜렷하게 자리잡고 있는 여성시는 '새로운 말하기' 방식을 채택하고 있어 주목되는 것이다(물론 여기서 '새로운'이라는 수식어는 난데없는 창조물의 출현을 가리키지는 않는다. 이전의 수많은 여성시인들의 말하기 방식을 발판으로 삼아 '지금 여기'의 글쓰기 방식이 가능해졌다는 의미이다).

먼저, 여성시란 용어부터 주목하고 넘어가자. 이 말은 여성시의 최초의 발설을 따져서 그 기원과 전개 과정 등을 통시적으로 따져 정리하겠다는 의도가 아니다. '여성시'란 용어의 적절성을 한번 짚어 보자는 소박한 바람이나 의도쯤으로 여기면 될 것이다. 속마음을 먼저 들추면, 이 글에서 여성시는 처음부터 그다지 유쾌한 용어는 아니다. 여성시의 틀이 강박관념을 뒤집어쓴 채 울퉁불퉁하게 솟아 있는 듯한 인상 때문이다. 그런데도 그것은 동시에 대단한 애착이 갈 수밖에 없는 용어이다. 이는 내가 우선 여자여서 그리고 무슨 신념 있는 페미니스트여서가 결코 아니다. 이러한 느낌은 여성이면(그리고 여자로서 글을 쓴다는 것은 무엇인가라는 고민을 한 사람들이면) 누구나 공통적으로 가지는 공유된 애정이다. 독립된 여성성을 의미망으로 하는 여성시는 우리의 경우 1970년대 전후, 그러니까 강은교, 문정희를 중심으로 구체화된다. 그이후 고정희, 최승자, 김승희를 거쳐 김정란, 김혜순, 이향지, 이경림, 박서원, 김상미, 이수명, 성미정 등등 많은 시인들이 줄을 잇는다.

여성시는 '여성의 자의식'을 전제로 널리 쓰여지고 있는 용어이다. 그리고 무엇보다 중요한 것은 여성시란 갈래가 분명히 실존하고 있다는 사실이다. 이 글은 여성시란 이름하에 오늘날, 특히 1990년대 후반

---

2) 조혜정, 『탈식민지 시대 지식인의 글읽기와 쓰기』(또하나의 문화, 1994), 249쪽.

쓰여지고 있는 작품들의 '말하기 방식'에 주안점이 놓여 있는 만큼 좀 더 세심하고도 세밀하게 여성시가 '말하는 방식'에 주목할 것이다. 고려 대상은 1990년대 말 '새로운 말하기'로서 여성시를 표방한, 이른바 '386' 세대 작가들의 작품들이 된다.

2. 꿈 또는 환상으로 말하기

'새로운 말하기'는 여성시의 운명이다. "삶과 통풍이 되는 글쓰기" 혹은 "일리의 글쓰기"[3]로서 여성시가 시작(詩作) 처음부터 그 의도를 강하게 내뿜고 있기 때문이다. 여성시는 끊임없이 '새롭게' 말하기에 골몰한다. 1990년대 말, 특히 '386' 세대의 시인들에게 이 과제는 절대적으로 보인다.

먼저, '꿈 또는 환상으로 말하기'는 여성시가 '새롭게' 말할 수 있는 시발점이다.

꿈꾸는 자는 어떤 의미에서는 '현실의 실패자, 그러나 환상의 성취자'이다. 현실에서 억압당했던 기저들이 꿈속에서는 자유자재로 넘나들고 성취 가능한 것이 되는 것이다. 특히 아래의 시처럼 여성의 문제(페미니즘 담론에 국한되지는 않는다)를 읽어낼 때 꿈은 매우 적절하게 작용한다.

---

3) 김영민, 『진리·일리·무리』(철학과현실사, 1998), 『손가락으로, 손가락에서』(민음사, 1998) 등 참조. 김영민 교수는 "진리의 글쓰기"와 "무리의 글쓰기" 사이의 긴장을 탄력적으로 조율하는 "일리(一理)의 글쓰기"를 계발하고 있다. 다양성 속에서 정착과 방황, 질서와 혼돈, 구심력과 원심력, 그의 해석학적 용어로 말하면 "진리"와 "무리"를 창조적으로 지양하는 "일리의 글쓰기"가 그것이다. 그의 판단에 의하면, 우리 삶의 컨텍스트도 일리들이 끝없이 얽혀 있는 것이고, 그 와중에서 이루어지는 우리의 이해도 일리의 맥(脈)을 타면서 가능해지기 때문이다. 여기서 "일리"는 결국 우리 삶의 실제에 솔직하고 구체적으로 다가서려는 노력인 것이다. 나는 '1990년대 말 여성시의 서사 전략'이 다분히 김영민 교수가 말하는 "일리의 글쓰기"에 닿아 있음을 발견하고, 그의 글쓰기 '전략'에서 많은 도움을 받았음을 밝혀 둔다.

강물과 모래를 틀에 넣고 오래오래 돌려 만든 음료, 보이지 않는 전쟁의 도시 들깨주스! 주스 한 잔으로도 행복한 여자를 두고 남자는 사라진다 사명감에 불타는 전사 애인은 사라진다

빵가게 앞에서, 철로 옆에서 오늘도 여자는 남자를 기다린다 예감이 좋은 날 그렇게 서 있으면 문득 나타나곤 하던 남자, 여자는 남자가 사라진 골목만을 뚫어져라 지켜보고 있다 망부석처럼 서 있다 맨 발의 여자, 하늘대는 발레복의 여자

〔…중략…〕

문득 미끄러져 들어온 열차가 그녀 앞에서 문을 열자, 본능적으로 열차 속으로 뛰어든 여자는 그러나 기차가 움직이기 시작하자 갑자기 불안해진다 기차를 타고 말았다는 생각 때문이다 여자는 도무지 알 수가 없다 약속을 깜빡 잊은 애인이 지금쯤 집에 들어가 아무 생각 없이 잠이 들어버린 것이나 아닌지, 아니면 혹 이 열차의 다른 칸에라도 타고 있는 것은 아닌지? 어쨌든 여자는 애인에게 삐삐를 쳐보는 수밖에 없다는 결론에 도달한다 그래, 아무 역에서나 내려 일단 삐삐를 치자 삐삐를

간이역에서 발을 내려 재빨리 마을을 둘러본 여자의 얼굴에 낭패감이 스친다 아뿔싸! 여자는 낮게 부르짖는다 불행히도 그곳은 문명과는 격리된 산중벌판! 머얼리 바라다보이는 두어 채의 초가집에는 확신컨대 전화가 없다! 다급해진 여자는 어눌하게 변한 몸집으로 우산머리로 닫힌 문을 툭, 툭, 쳤다 기적처럼 스르르 문이 열린다
냉큼 열차 속으로 들어온 여자는, 체념하듯 비로소 소파에 엉덩이를 얹는다 여자는, 악의가 있어 보이지는 않으나 어딘가 어설프고 서먹서먹한 사내

승객들과 나란히 앉아 있다는 게 아무리 생각해도 부자연스럽기만 하다 오로지 적합한 역이 나타나면 미련없이 열차에서 내려 애인에게 삐삐를 치겠다는 일념으로 버티고 있다 그 불안한 심사 속으로 한 떼의 게릴라들이 들이닥친다 약장수, 아니 엿장수로 가장한 무리들은 다짜고짜 여자에게로 다가오더니 어서 약을 사먹으라는 것이다 좀 팔아주시오, 팔아달라고요, 잉?

〔…중략…〕

　자, 이제 더 이상 우리는 적이 아니니 다같이 내려서 삐삐를 쳐보도록 하자는 무리들의 뒤를 따라 뒤뚱뒤뚱 열차의 후미로 발길을 옮기는 여자의 눈에 낯익은 영상이 잡힌다 대열에서 흘러나와 무리들의 비호를 받으며 슬그머니 화장실로 들어가는 남자의 뒷모습! 그러나 여자는 그가 자신이 지금껏 그리워 마지않는 바로 그 애인이라는 사실을, 미처 깨닫지 못한다 더욱이 자신의 애인이 조금 전까지만 해도 약을 팔아달라고 생떼를 쓰던 무뢰한들의 졸개였다는 사실은! …… 여자는 단지 애인을 만나는 시간이 자꾸만 지연되는 것이 안타까워 혀를 한 번 차고는, 자신도 모르게 치밀어오르는 부아를 꾹 눌러 참고 있을 뿐이다

— 이강은, 「哀愁, 1994」 부분

　위 작품에서 우리가 쫓는 것은 긴박하고도 숨막히는 "맨 발의 여자"의 꿈의 행로다. '애인의 자리'에 있지도 않은 애인을 찾아 나서는, 일종의 여로형 꿈의 기록에서 우리가 만나는 것은 "주스 한 잔으로도 행복한 여자"를 두고 떠난 남자의 정체 불명성이다. 결국에 그가 "무뢰한들의 졸개"로 판명이 나기는 하지만 안타까운 것은 '여자'가 그러한 사실을 끝내 알아채지 못한다는 사실이다.
　꿈이라고는 여겨지지 않을 만큼 구체적이고 생생한 장면들이 도리어

꿈의 허망함을 강조하는 역설로 읽히는 것, 바로 이 점이 「哀愁, 1994」가 지니는 생생함의 강점이다. 한 영혼이 알고 있는 세계와의 연속성에 대한 직관이 한 여자에게 끊임없는 생동감으로 그의 애인을 찾아 나가게 하는 것이다. 그러므로 위 작품이 왜 상당한 내러티브를 등에 업고 의식의 검열을 회피하기 위한 '왜곡된' 형식으로, 곧 꿈으로써 발설되었는지는 별로 중요하지 않다.

꿈들은(환상도 마찬가지다) 의식의 수준에서는 이해될 수 없으며 그러한 점에서는 꿈의 근원인 욕구(욕망) 역시 마찬가지다. 의식적 상징들과 꿈의 원형적 상징들은 분명히 다르다. 그러나 억압 기제를 해명함으로써, 혹은 신화의 발생적 근원들을 해명함으로써 꿈의 원형들은 한 꺼풀씩 벗겨지고 있다. 두루 알려진 대로 꿈은 일련의 이미지들로서 겉으로는 서로 모순되고 무의미한 것처럼 보이지만 심리학적으로는 그 실제적 의미를 내포한 것이기 때문이다. 물론 그것이 의식의 의미 영역을 초월하여 있고, 그렇기 때문에 합리적 성찰을 어렵게 하지만.

그러므로 '환상으로 말하기'는 그러므로 '욕망'의 은근한 어법이다.

> 고래 한 마리 입 벌리고 날아다닌다
> 간신히 몸을 굽혀 들어간다
> 거울이 깨져 있다
> 바람이 불려나
> 빛이 흔들린다
> 어두운 어머니 환한 미소 앞에
> 애꾸눈 아버지 무릎 꿇고 손 들고 있다
> 바람이 불려나
> 꽃이 진다
> 노란 스커트 밑에 새 알이 있다

바다는 왜 철사줄을 닮았나
늙은 고래 한 마리
사막에 누워 푸른 고등어 토한다
하늘 가득
고래가 날아다닌다

— 조인선, 「토마토」 전문

입 벌리고 날아다니는 고래, 이 고래의 입을 통하여 우리는 몇 가지 풍경들을 만난다. 문제는 고래의 입과 풍경들을 연결하는 거울이 '깨져' 있다는 사실이다. '깨진' 거울을 통하여 우리는 왜곡된 풍경들을 만날 수밖에 없다. 특히 "어두운 어머니"의 "환한 미소"라는 역설적 의미망에 주목하자. 깨진 거울, 흔들리는 빛, 떨어지는 꽃, 철사줄을 닮은 바다 등은 "어두운 어머니"의 얼굴들이다. 이러한 "어두운 어머니" 들은 사막에 누워 푸른 고등어를 토하는 고래, 하늘 가득 날아다님으로써 "환한 미소"를 불러들이는, 일종의 '고복 의식(皐復儀式)'을 치르는 것이다.

표층시의 혐의가 짙은 위 작품에서 우리가 발견하는 것은 뜻밖에도 환상을 통한 욕망의 표출이다. 욕망에 대해서 '그것은 무엇을 의미하는가?'라고 묻는 것은 잘못이다. 우리는 욕망이 어떻게 작동되고 있는가를 질문해야 한다. 우리는 필요한 것을 욕구하고, 어쩔 수 없는 것을 욕망한다. 욕망은 인간의 필연이고 운명이다. 문제는 욕망이 결코 객관적으로 관찰되지 않으며, 욕망이 결코 현실을 객관적으로 분석하지 않는다는 점이다. 움직이는 감정을 속속들이 반영하는 눈길, 내면의 율동을 드러내는 높고 낮은 목소리, 그리고 피가 통하는 따뜻한 손길 주변으로 전자장처럼 퍼져 나가는, 섬세하기 그지없는 감각과 감정의 뉘앙스가 바로 욕망의 집이다. 욕망은 거부인 동시에 개방이고, 부정인 동시에 사랑이다.[4] 이상의 욕망들은 각기의 얼굴을 하고서 '꿈꾸기 (혹은 '환상 갖기')'를 통해서 여성시의 한 축을 이루고 있는 것이다.

이러한 '꿈 또는 환상으로 말하기'는 여성시의 정체성을 곧바로 찾아 나서게 한다(정체성은 자아 의식이고, 자아 의식은 자아의 실존에 대한 인식이다. 바로 이 부분이 여성시 갈래를 가능케 한 대목이다). 여성의 정체성 찾기의 첫 길목에서 만나게 되는 것은 '깨어진 언어로 말하기'다.

3. 깨어진 언어로 말하기

도시의 매연은 무겁다. 나를 담아 다오. 나는 사정없이 엎질러져간다. 내가 가는 길, 또는 가지 않았던 길로. 열리지 않는 뚜껑들은 더럽다. 열려 있는 뚜껑들은 더 더럽다. 말해 다오. 이러고 싶지 않았다고. 무기력하게 속삭여 다오. 깨어진 언어로.

— 이수명, 「깨어진 화병」

"내가 가는 길, 또는 가지 않았던 길로" "사정없이 엎질러져" 가는 나는 '담기기를' 원한다. 그러나 나를 담아 안전하게 감싸 줄 "뚜껑들은" 한결같이 "더럽다". 사정이 이렇게 되고 보면 '담기기를' 원하는 나의 희망은 오히려 절망일 수 있다. 이때 시적 화자는 "깨어진 언어"를 원한다. 차라리 "깨어진 언어"가 나의 정체성, 혹은 나의 근원에 닿게 하는 진정성일 수 있을 테니까. 10개의 마침표 설정도 "깨어진 화병"의 절박함을 드러내는 데 매우 효과적으로 기여한다(마침표에 유의하여 '쉼'하면서 작품을 다시 읽어 보라. 그러면 여기서 마침표가 잠깐의 휴식

---

4) 김인환, 「문학과 정신분석」, 『문학의 새로운 이해』(문학과지성사, 1996).

을 제공한다기보다 오히려 다음 문장의 절박함으로 이끄는 급박한 표지임을
느끼게 될 것이다. 의도적인 시적 장치이기보다는 '깨어진 언어로 말하기'에
서 자연스럽게 분출된 절박함의 코드가 바로 이 작품의 마침표인 것이다).
　여기서 '깨어진 언어', 성하지 못한 말은 그러나 피할 길 없는 '내
말'이다.

　　유리창은 깨진다.
　　내가 지나갈 때마다
　　나를 읽었기 때문이다.

— 이수명, 「유리창」 부분

　언어가 '깨어진' 것은 "내가 지나갈 때마다/나를 읽었기 때문이다."
유리창은 실존의 울림을 위한 도구로 채택되고 나아가 삶의 조율을 위
해 기꺼이 '깨짐'을 허용한다. 여기서 우리는 비극적 인식을 만난다.
두루 알려진 대로 비극은 한계 상황내 인간이 다시 태어나는 것을 표
현하고자 하며, 좌절을 통해 존재 자체를 자각케 한다. 비극의 인식 문
제는 실존과 본질간의 관계 문제다. 절망하는 행위는 자기 확인의 행
위이며, 진정성을 획득하려는 의지의 표현이다. 자의식은 결국 자기
확인 활동(self-identification)인 것이다. '깨짐'으로써 실존을 읽는 여
성시의 행위는 "자아는 지양된 후에 비로소 진실한 것으로 된다"는 헤
겔의 말을 떠올리게 한다.
　'깨어진 언어'는 현 상태를 뒤집는 반동 기제다. 그리고 근원과 만나
게 하는 단단한 연결고리다.

　　어느 아침 나는 맨홀에 빠졌다
　　내 정원에

내 풀 깎는 기계
기계, 기계의 사이렌소리
나는 맨홀에 빠졌다.

깎인 풀들이 나를 뒤따라 들어와
내 얼굴을 덮었다.
내 입에서 새어나오는
사이렌소리를 덮었다.

내 말은 나 대신 헬멧을 쓰고
지상의 버려진 정거장들을 홀로 달린다.

나는 맨홀에 빠졌다.
내 정원에
기계, 기계의 사이렌소리
깎인 풀들이 나를 뒤따라 들어와
내 실어의 얼굴을 덮었다.

— 이수명, 「내 말은 헬멧을 쓰고 달린다」 전문

잔디를 깎다 맨홀에 빠져 버린 나는 "깎인 풀들이 나를 뒤따라 들어
와/내 얼굴을 덮"어 버렸으므로 꼼짝할 수가 없다. 그래서 나는 구원을
요청하기 위해 "내 말"을 지상으로 올려 보낸다. "나 대신 헬멧을 쓰고
/지상의 버려진 정거장들을 홀로 달"리는 "내 말"은 곧 '나 자신'이다.
여기서 "내 말"은 일종의 도플갱어(Doppelganger)다. 곧, 나의 분신인
셈이다. 도플갱어를 한 명 더 만나 보자.

그녀의 그림자 납작한 종이처럼
혹은 삶의 껍질처럼 그녀에게 매달려
느린 걸음으로 흙 위를 기어 다니는 그림자는
햇살에도 달빛에도 상처받지 않는다
다만 늘어나거나 줄어들 뿐이다

그녀의 그림자 밤마다 그녀의 꿈속으로
스며들어온다 그녀의 희고 연한 뇌수와
뇌수 속에 떠 다니는 애인과 애인의 성기에
매달린 아이들을 훅훅 빨아들인다
그녀의 그림자는 밤마다 불룩해지고 그녀는
잠자리에서 일어날 수가 없다 몸이 얇아져
방바닥에 붙어버린 것만 같다

어느날 그녀는 방바닥에 붙어버리고
그녀의 그림자는 일어선다
반생을 기어다니던 길 위에서
걸어다니며 그녀 행세를 한다
사람들은 아무도 그녀의 그림자를
의심하지 않는다

— 성미정, 「그녀와 그녀의 그림자—기억이 나보다 힘이 세다」 전문

"그녀의 그림자"는 완벽한 "그녀"다. "사람들은 아무도 그녀의 그림자를/의심하지 않는다." "반생을 기어다니던 길 위에서/걸어다니며 그녀 행세를" 하는 "그녀의 그림자"는 바로 "그녀"의 '도플갱어'인 것이다.

도플갱어(Doppelganger)는 원래 독일의 전설에서 유래된 모티브로,

세상 어딘가에 나와 같은 외모의 또 다른 자아가 존재한다는 미신에서 비롯되었다. 이때 도플갱어는 두 가지 측면에서 접근 가능하다. 첫째는 심리학적 측면이다. 정상성의 검은 망령으로, 현실 세계에서 매우 정상적인 생활을 하는 사람의 어둡고 추한 자의식이기도 하고, 인간의 악한 의식 세계가 어딘가에 숨어 있다 갑작스레 모습을 드러내기도 하는, 때로 자아의 극심한 분열로 묘사되기도 하는 것이다. 둘째는 순수한 환상담에 가깝다. 단순한 의미에서의 '분신'으로, 현재 나와 같은 모습, 즉 같은 옷을 입고 있을 수도 있고 때로는 젊었을 때나 어린 시절의 모습일 수도 있다.[5]

이수명의 「내 말은 헬멧을 쓰고 달린다」와 성미정의 「그녀와 그녀의 그림자」에서의 도플갱어의 의미는 후자에 가깝다. 그리고 그들이 선택한 도플갱어는 심리학적 측면의 어둡고 추한 자의식이기보다 오히려 '있어야 하는' 당위적 자아에 가깝다. 여성의 근원적인 것과 관계를 맺어 형식화된 것이 "내 말"과 "그녀의 그림자"라는 도플갱어이기 때문이다. 이러한 분신적 의미의 도플갱어를 통하여 시인들은 '존재 혁명'을 의도한 것이다. "언어를 통한 존재 혁명"[6]이 바로 여성시의 궁극적 의도가 아닌가.

자, 이제 여성시들이 언어를 통해 존재 혁명을 꾀하는 단계는 '깨어진 언어로 말하기'에서 '이단의 언어로 말하기'로 넘어간다.

4. 이단의 언어로 말하기

그러므로 그들은 역사에 기록될 것이다

---

5) 『씨네 21』 통권 163호(한겨레신문사, 1998).
6) 김정란, 기획담론 「여자의 몸, 여자의 말, 여자의 시」, 『현대시학』, 1997년 8월호.

라는 결론을 나는 부정한다
민족 중흥의 역사적 사명을 띠고 이 땅에 태어난
너네들의 몫이므로
휘발되는 어둠
정작 이 땅에서 아무것도 꼬불치지 않고
살아가는 낙오자의 보람
참새의 하루
(그럼에도 불구하고 이들은 텃새이다)
시가 지저귀는 아침
신문처럼 이것들을 펼쳐놓고는
즉석복권을 긁듯 나는 설렌다
부모자식이라 불리는 폭력
보험증서로 간주되는 시적 매너리즘
그들이 말하는 행복은
내가 생각해온 불행이라는 단어와 동의어였다
모든 것을 방생한다
나는 행복해야 하므로
대하소설은 이제 끝났다
그것은 모든 어머니들이 머리카락으로 만든
질긴 지붕이었다
모든 딸들은 저 아득한 서사구조의 끄트머리에
뾰족한 고드름처럼 얼어 있고
지금 봄볕은 똑, 또옥, 똑 얼음을 녹이며
물방울 종족을 낙하시키고 있다
그러므로 우리는 행복하게 살았다
적어도

모오든 신성은 찬양되는 순간

신성모독이다

— 김소연, 「이단」 전문

「이단」은 사회사적인 문맥 이전에 실존에의 부름에 대한 몸짓을 휘두른다. 간명하면서도 옹골찬 남근 이데올로기에 대한 반항을 보라. "모든 딸들"이 "저 아득한 서사구조의 끄트머리에/뾰족한 고드름처럼 얼어 있"는 상황에서 시인은 여성의 정체성 문제를 본격적으로 들추어 낸다. 시 첫마디를 "그러므로"라는 접속사로 시작하고 있는 것도 심상치 않다. 이미 암묵적으로 묵인되어 버리는 가부장제의 이데올로기들은 시인의 시작(詩作) 이전부터 계속 지속되어 오던 것이어서 "그러므로"라는 연결어법으로 자연스럽게 건너뛰는 것이다.

역사 시작부터 여성의 정체성이 사소한 것이거나 무시되어진 것임은 새삼스러울 게 없다. 이러한 낯익은 사실이 낯설게 느껴지는 데 우리의 자아 문제가 발생한다. 자아는 '나의 있음'에 대한 자각이고, 이 자아의 자각이 곧 정체성의 자각이 아닌가. 여성시에서 여성의 정체성은 객관 세계의 상실과 자아 상실이라는 두 가지 위기감에서 야기된다. 그러므로 오늘날 주된 특징이나 본질로 부각되는 정체성의 대두 문제는 동시에 정체성 혼란의 위기감 표현이라는 역설적 의미의 상황에 놓여 있는 셈이다. 여성시의 '새로운 말하기' 방식은 바로 이 지점에서 시작되는 것이다.

새애인과 철로변에서있는데

헌애인이 지나갔다

순간그헌자위 번득거렸,

지만純粹 새로이발병한착각

그저유유히세월지났다, 말해두자
동의합니까?

急行하는 화물차가달리고
정거해도 알수없을 것이다
망연자실 바라볼뿐
그누가알겠는가 달리는기관사역시
불안스레돌아다보는 짐작조차할 수 없는
그무엇

저요란한굉음
저불길천만한검은연막을
저질러대는공포의 牙口瘡으로
자, 쑤셔넣거라한껏 되물려라
목젖까지차올라
끄윽끅그을음으로 울 것이다

어느덧한세월 구획을다해
죄없는세월이新生한다 그참
입덧도없이
한
애인의팔짱건너 새애인의참신한,

— 진수미, 「세월」 전문

    '이단의 언어로 말하기'에서 눈에 띄는 것은 다분히 해사체의 영역
인 인접성의 장애다. 띄어쓰기를 무시한 것도 급박한 시간의 흐름을

위해 매우 적절하게 작용한다. 1연 셋째 줄 "번득거렸,/지만"에서 행을 바꾸기 전의 쉼표 역시 거친 호흡을 통한 머뭇거림을 효과적으로 이끌어낸다. 그리고 1연의 마지막 행 "동의합니까?" 물음은 전혀 청자를 지향하고 있지 않다. 시의 끝부분을 쉼표로 열어 놓고 있는 점도 시인의 이단적인 시적 의도를 파악하는 데 도움이 된다. 주목할 것은 시인이 부리고 있는 '이단'의 말이 레퍼런스 이전에 곧바로 육체이고, 실존 그 자체라는 사실이다. 메시지 전달 위주의 말하기 방식이 아닌, 아예 말과 함께 실존 그 자체를 싸안고 가는 것이 진수미 시인이 제기한 '이단의 언어로 말하기' 방식이다.

이수명 시인은 「탈출기」를 통해 '이단의 언어'를 부리고 있다.

컵에 담긴 꽃들은 죽어 있거나 죽어가고 있다. 여기서 뭐 하고 있는 거지……. 누군가 묻고 있다. 제 향기가 썩은 줄 모르고 탁자 위의 꽃들은 마지막 결단의 준비를 한다. 여기서 뭐 하고 있는 거지?

— 이수명, 「탈출기」 전문

"여기서 뭐 하고 있는 거지" 뒤에 붙은 두 부호 '……'와 '?'의 차이에 주목하자. 제 모습이 황폐화된 줄도 모르고(급기야는 죽어 가고 있는 줄도 모르고) "마지막 결단의 준비"를 하는 "탁자 위의 꽃들"은 단말마의 존재다. 좀더 심하게 말하면 사형 선고를 받은 시한부 인생과 별 다를 바 없다. 여기서 "탁자 위의 꽃들"이 살 수 있는 방법은 "컵"을 깨고 나오는 것이다. 그것이 유일한 생존의 방법 같다. 컵에 고인 물은 산소가 점점 옅어지고 썩어서 마침내는 꽃들을 죽게 만드는, '죽음의 늪'이므로. '……'에서 시적 화자는 실존의 두리번거림을 행하기만 하는, 소극적인 태도를 취하기만 할 뿐이다. 그러나 '?'에서 "마지막 결단의 준비"를 하는 시적 화자는 강한 실존에의 의문과 함께 그 극복을 꾀한다.

갇힘에 처단된 존재에의 부정을 통해 강한 '탈출'의 욕구를 구체화하고자 하는 것이다. 또한 아직 탈출하지 못하고 있는 '죽어가고 있는' 꽃들에게 호통을 치는 것이다. "여기서 뭐 하고 있는 거지?"로 끝을 맺고 있지만, 작품을 읽고 난 후(약간의 비약을 무릅쓴다면) 우리가 마침내 완벽하게 탈출에 성공한 꽃들의 무리들을 마치 눈앞에서 보듯 생생하게 느낄 수 있는 것도 그의 '이단적' 말하기의 효과 때문이다.

이러한 '이단의 언어로 말하기'가 절실할 수밖에 없는 것은 '가짜 행복' 혹은 '가짜 진실' 때문이다. 그리고 '조작된' 행복 혹은 '조작된' 진실 때문이다. 동화를 패러디한 시편들에서 이러한 사실들은 더욱 구체화된다.

처음부터 파랑새는 아니었어 당신도 저런 새를 갖고 싶다면 좋은 방법을 알려주지 위험을 무릅쓰고 추억의 나라나 밤의 나라 따위를 헤맬 필요는 없어 우선 새를 잡아와 흔해빠진 참새라도 새를 잡을 정도로 민첩하지 않다고 그렇다면 새를 사오라고 그리고 남들이 모두 잠든 시간에 새의 주둥이를 틀어막고 때리란 말이야 시퍼렇게 멍들 때까지 얼룩지지 않도록 골고루 때리는 게 중요해 잘못 건드려서 숨지더라도 신경 쓰지 마 하늘은 넓고 새는 널려 있으니 오히려 몇마리 죽이고 나면 더 완벽한 파랑새를 얻을 수 있지 그리고 가족들 앞에서 말하라고 행복의 파랑새를 찾아왔다고 모두들 기뻐하겠지 물론 밤마다 새를 때리다 보면 둔해빠진 가족이라도 비밀을 눈치채겠지 걱정 마 그 정도는 눈감아줄 거야 맞아서 파랗든 원래 파랗든 파랑새라는 게 중요한 거야 그리고 비밀 없는 행복은 하늘 아래 존재하지 않는 거야 뼛속 깊이 퍼렇게 골병든 행복 맞으면 맞을수록 강해지는 행복 처음부터 파랑새는 아니었어

— 성미정, 「동화—파랑새」 전문

　성미정 시인은 '이야기'에 매우 능한 시인이다. 특히 그는 여성성의 온전한 정체성의 규명을 위해 동화들을 패러디한다. 여기서 우리는 동화가 우리들의 어린 시절의 추억을 아련하게 불러들이는 것이 결코 아니라는 사실에 유의해야 한다. 많은 날카로운 지적을 통해서 이미 밝혀졌듯이 상당한 '오독'을 유도하는 것이 동화의 이중성이기 때문이다. 그릇된 여성상과 유토피아를 달콤하게 포장한 것이 어린 시절 우리를 한없이 몽롱하게 만들었던 동화가 아닌가.[7]

　"처음부터 파랑새는 아니었어"로 시작하고 또 끝을 맺는 「파랑새」는 단호하고도 신랄한 '이단의 언어'로 행복의 허구성을 깨뜨리고 있다. "맞아서 파랗든 원래 파랗든 파랑새라는 게 중요한" 것이라는 지적도 대단한 풍자다. "뼛속 깊이 퍼렇게 골병든 행복"이나 "맞으면 맞을수록 강해지는 행복" 역시 강한 새디즘과 매조키즘을 동시에 부리는, 섬뜩한 비틀림을 갖고 있다. 마치 모노 드라마를 보는 듯한 「파랑새」 작품은 '이단적인' 너무나 '이단적인 언어로' 말하고 있는 것이다.

　'이단적인 언어로 말하기' 방법은 한편으로 갇혀서 부자유스러운 자, "포로들"의 이야기 방식을 표방하기도 한다.

　　땅
　　위의 바다
　　알을 낳는 바다
　　눈뜨는 거북의
　　수족관
　　밖에서 굴러다니는

---

7) 수동적인 여성상의 부각과 함께 그릇된 행복상을 그린 동화들은 조금만 관심을 가진다면 얼마든지 발견할 수 있다. 최근 들어 이전의 동화들을 패러디하여 여성성을 재조명한 작품들이 많아 쏟아지고 있다. 「백설공주」 「신데렐라」 등을 패러디한 『흑설공주 이야기』(Barbara G. Walker, 박혜란 옮김, 뜨인돌, 1998)가 그 한 예다.

검은 색연필
금요일
색연필의 일 미터 남짓한
이동
따라다니는 땅속의
쇠파이프들
틈바구니에 서 있는
땅 위의
전봇대들
대못과 대못의 궤도
위를 맴도는
잠자리
잠자리가 기르는
더 작은 잠자리의
하늘
끝에서
땅으로
비가 쏟아지네.

땅
위로
바다가
알을 낳네.

— 이수명, 「이야기를 나누는 포로들」 전문

「이야기를 나누는 포로들」은 언뜻 보면 표층시 같지만 표층시가 아니다. 눈에 보이는 현상은 물론이고 그 현상 속에 묻혀져 있는 수많은 속내의 대화들까지도 끄집어낼 수 있기 때문이다. 위 작품에서 제시된 "포로들"의 대화 방식은 매우 특이하다. 거북을 낳은 바다가 수족관에 갇힌 거북에게, 거북은 수족관 밖에서 굴러다니는 검은 색연필에게, 색연필은 색연필의 움직임을 따라다니는 땅속의 쇠파이프들에게, 쇠파이프는 그 틈바구니에 서 있는 땅 위의 대못에게, 대못은 대못과 대못의 궤도 위를 맴도는 잠자리에게, 잠자리는 그가 기르는 더 작은 잠자리에게, 작은 잠자리는 하늘 끝에 몽글몽글 모여 있는 비구름에게, 비구름은 비를 불러 땅에게, 땅은 '다시' 바다에게, 바다는 알을 낳아 거북에게, 수족관에 갇힌 거북은 다시 수족관 밖에서 굴러다니는 검은 색연필에게……, 이렇게 "포로들"의 대화는 끊임없이 순환된다. 바다가 알을 낳은 수족관내의 거북, 검은 색연필, 금요일, 땅속의 쇠파이프들, 전봇대들, 대못, 잠자리와 아기 잠자리, 비 등은 모두 "포로들"이다. 그들은 도대체 누구의 포로들인가?라고 묻는 것은 이 작품에서 무의미하다. 서로가 서로에게 모두 연쇄적으로 얽혀 있는 포로들이므로. 무엇보다 중요한 것은 그들이 '이야기를 나누는' 포로들이라는 사실이다. 포로들이 나누는 이야기는 결국 포로들의 관계를 해체시켜 버린다는 사실, 바로 이 사실에 주목하자. 처음에는 포로들이었지만 이야기를 나눔으로써 그들은 더 이상 포로가 아닌, 자의식을 지닌 주체로서 변모하는 것이다.

5. 진정한 자아로 말하기

이제는 '진정한 자아로 말하기' 차례다. '꿈 혹은 환상으로 말하기' '깨어진 언어로 말하기' '이단의 언어로 말하기' 등의 단계들은 설핏

'진정한 자아로 말하기'를 의도한 것이다. 여기서 '진정한 자아'란 물론 진정한 자아에만 머무는 것이 아니라 '진정한 타자'까지 되는 것, 곧 '사랑의 자아' 개념임에 유의한다. 여성시는 특히 이 점을 주목한다. 사랑이 단순한 합일의 개념으로 묶여 들어가는 데 여성시는 절대 동의할 수 없다.

태어나는 순간 추위가 엄습했다 넌 주먹을 쥐고 울고 말았다 시간이 흐르면 나아지겠지 기대했다 그러나 커가는 만큼 추위는 심해졌다 혼자서 밥을 먹을 나이가 되었다 넌 손이 떨려 숟가락을 들 수 없었다 흔들리는 숟가락 밖으로 밥알이 떨어졌다 보다못한 가족들은 장갑을 선물했다 장갑은 냉기 때문에 곧 얼어붙었다 더 두터운 장갑을 끼어봤지만 마찬가지였다 한번 달라붙은 장갑은 떼어낼 수 없었다 넌 살갗이 돼버린 장갑 위에 새로운 장갑을 덧끼었다 점점 손이 무거워졌다 숟가락 드는 일이 힘들어졌다 네 손은 거대해졌다 손가락 하나 까닥할 수 없게 되었다 가족들은 네게 밥을 먹여줘야 했다 몸도 씻어줘야 했다 너의 손은 사계절 내내 어둔 장갑 안에 숨어지냈다 가족들의 손은 너를 보살피느라 자신은 돌볼 틈이 없었다 점점 여위어갔다 닦지 못한 몸에선 악취가 풍겼다 가족들을 보는 게 추위보다 힘들었다 넌 밤마다 장갑을 벗기 시작했다 벗길 때마다 피가 흐르고 뼈가 시렸다 마침내 넌 장갑을 끼지 않은 손을 만날 수 있었다 오랫동안 갇혀 있던 손은 창백했다 자라지 못해 부드럽기만 했다 넌 그 손에 숟가락을 쥐었다 찬물에 담그기도 했다 너를 무겁게 했던 모든 장갑으로부터 벗어났다 깊은 잠에서 깨어난 너의 손은 자라기 시작했다

— 성미정, 「장갑 소녀」 전문

군더더기 하나 없는 서사구조는 「장갑 소녀」의 성장기를 치밀하게 다루고 있다. 장갑 소녀의 '진정한 자아'의 탐색 과정기—여기에는 몇

단계의 극적 전환이 놓여져 있다. ①장갑 소녀가 태어날 때부터 추위가 엄습한 것, ②커 가는 만큼 추위가 심해진 것, ③혼자서 밥먹을 나이가 되었어도 추위 때문에 불가능해지자 가족들이 장갑을 선물한 것, ④추위 때문에 장갑은 얼어붙어 소녀의 살갗이 된 것, ⑤새로운 장갑을 덧끼어 그 무게 때문에 꼼짝 못 하게 된 것, ⑥그래서 가족들이 소녀를 보살피게 된 것, ⑦소녀 때문에 가족들의 엄청난 희생이 요구되자 소녀는 장갑 벗기를 시도한 것, ⑧마침내 장갑을 벗게 된 것 등이 그것이다. 여기서 장갑 소녀의 '진정한 자아' 탐색은 자기 때문에 가족들이 엄청난 희생을 감수한다는 데 대한 자각에서 시작된다. 이는 '진정한 자아'가 '진정한 타자'를 포함하는 대목이 된다. '진정한 타자'를 껴안았을 때만 비로소 '진정한 자아'를 성취하게 된다는 사실, 그리고 진정한 사랑에 도달한다는 사실—한 편 더 보자.

태어났을 때부터 넌 너무 작았다 어찌나 작은지 잘 눈에 띄지 않았다 부모는 가끔 너란 아이를 잊곤 했다 아프거나 두려울 때 너는 목이 터져라 울었지만 목소리 또한 몸처럼 작았다 형제들의 소리에 지워져버렸다 계속 울어봐야 기운만 빠졌다 넌 더 이상 소리치지 않았다 그럴 힘이 있으면 울어야 할 이유를 없애는 데 썼다 형제들은 나이에 따라 발자국 소리 목소리 커져만 갔다 그들이 움직일 때마다 너의 작은 몸은 울렸다 심장은 떨어질 듯 팔딱거렸다 시간이 흐르자 너는 그 소리의 진동에 몸을 맡길 줄 알게 되었다 심장의 떨림도 몸의 울림도 사라진 너는 자라는 데만 힘을 기울였다 네가 커지는 동안 다른 형제들은 쉬고 있는 게 아니었다 넌 부지런히 자랐지만 워낙 태생이 작았다 항상 가장 작은 아이일 수밖에 없었다 네가 자라는 동안 부모는 자란 너만큼 작아졌다 커다란 형제들은 부모의 작아진 목소리를 듣지 못했다 오직 작은 너만이 작은 목소리를 들을 수 있게 되었다

— 성미정, 「동화—엄지공주」 전문

시인이 관심 있게 작업을 계속하는, 동화의 패러디 가운데 한 편이다. 우리의 관심을 끄는 것은 시의 마무리—"넌 부지런히 자랐지만 워낙 태생이 작았다 항상 가장 작은 아이일 수밖에 없었다 네가 자라는 동안 부모는 자란 너만큼 작아졌다 커다란 형제들은 부모의 작아진 목소리를 듣지 못했다 오직 작은 너만이 작은 목소리를 들을 수 있게 되었다" 부분이다. 엄지공주가 자란 만큼 작아진 부모의 목소리를 ('커다란' 형제들을 모두 제치고) 오직 '작은' 엄지공주만이 알아듣는다는 사실은 여성의 부모에 대한 각별한 사랑을 읽게 하는 대목이다. '작은' 엄지공주는 부모, 특히 '작아진 엄마'의 통과의례적 사랑을 간과할 수 없는 것이다. 시인의 계속되는 이야기.

여행을 떠나야 했다 여행은 길고 험할 것이므로 튼튼한 가방이 필요했다 욕심을 낸다면 이미 여행의 경험이 있는 노련한 가방이었으면 했다 가방을 파는 모든 곳을 헤맸다. 여행이 시작되기도 전에 발바닥엔 물집이 솟았다 어쩌면 가방을 찾아 헤맬 때부터 여행은 시작된 것인지도 모른다 요구를 만족시킬 만한 가방을 만나는 건 쉬운 일이 아니었다 그러던 끝에 가방 엄마를 만나게 되었다 가방 엄마의 몸은 잘 무두질된 소가죽이었다 아마 나의 엄마처럼 평생을 쉬지 않고 움직인 소였을 거다 온몸을 내주고 끝끝내 비린내 나는 내장까지 비운 이젠 말라버린 주머니인 가방 엄마는 나의 엄마와 다르지 않았다 여행이 시작되었다 물이 바뀔 때마다 낯선 사람을 만나야 했다 그건 두려운 일이었다 가방 엄마는 그런 두려움까지 모두 맡아주었다 여행이 계속되면서 가방 엄마도 들어줄 수 없는 상처와 추억이 생겼다 그때마다 내 몸은 조금씩 어두운 공간으로 변해갔다 여행이 끝날 무렵 가방 엄마는 끈이 떨어지고 군데군데 뜯어졌다 더 이상 짐을 들어줄 수 없었다 그러나 그때 나는 가방이 되었다 낡고 병든 가죽 쪼가리에 불과한 가방 엄마를 내 속에 품어주었다 진정한 여행은 그렇게 시작되었다

— 성미정, 「동화—가방 엄마」 전문

"온몸을 내주고 끝끝내 비린내나는 내장까지 비운 이젠 말라버린 주머니인 가방 엄마", 바로 그 순간 시적 화자는 '가방'이 되고 가방 엄마를 품속에 품고 "진정한 여행"을 시작한다. 엄마의 희생적인 사랑, '진정한 타자'를 온전히 품는 엄마의 그 무엇과도 비교할 수 없는 사랑이 여성시에서는 낯익으면서도 소중한, 빠뜨릴 수 없는 제재이고 또 주제이다.

백 살까지 아기를 낳으리라

굴뚝새는 굴뚝 속에서
무너진 뚝과 내장이 터진 물고기 살점
독화살이 활개치던 물살을
하나 하나 잊을 리 없다

도토리 같은 여자아기 낳아
다람쥐 노리개 가지고 올 즈음이면
독수리가 채가고
남자아기는 생이 시작되는 순간에
유혹의 불을 켜
다음엔 남녀 구분 없이 생기는 대로 낳았다
내가 잃은 아기인지 빼앗긴 아기인지
매듭 짓기 살그러워 맥놓아버린
혼란의 폭포수들

굴뚝새는 목에 피맺힌 열매가 맺도록
실컷 울고 난 뒤

지나쳐가는 행인들이 다 보도록
굴뚝 끝에 앉는다
쭈글쭈글해진 내 모습을 지켜보리라
주름진 얼굴과 육체로
백 살까지 아기를 낳는 산고를 치르리라

사랑 스스로가 제 입을 먹이로 던져
이천 년 왕국의 파수꾼이 되었으니

백 살까지 가랑이를 벌리고 살리라

— 박서원,「産苦」 전문

　여자는 미지의 것에 대해 훨씬 너그럽다. 여자가 '육체'를 통해 생명을 창조해낼 수 있기 때문이다. 여자의 몸속에는 직접 눈으로는 확인할 수 없지만 태어날 수 있는 생명들이 와글거리고 있고, 이 생명에의 확신을 통해 여자는 미지의 것과 함께 타자를 '진정한 자아'로 껴안을 수 있는 것이다. 산고를 통해 여자는 삶과 죽음을 아우르는 능력을 부여받는 셈이다. 그래서 "백 살까지 아기를 낳는 산고를" 기꺼이 치르고자 하는 다짐도 결코 허세나 과장으로 읽히지 않는다.
　눈에 보이지는 않지만 분명히 존재하는 것, 죽음을 건너뛰는 것, 삶과 죽음을 아우르는 것은 그러므로 오직 여성시에서만 가능하고 또 타당하다.

내가 한 마리
깊은 바닷속 물고기였을 때
이미 바다는 죽어 있었다.

물결 위의 물결, 떠도는 바다의 혓바닥은
침엽의 비명처럼 소리를 잃었다.

〔…중략…〕

내가 한 마리
깊은 바닷속 죽은 물고기 되어
죽음으로 바다와 만나려 하였을 때
나는 눈을 뜬 채 바다 위로
바다를 벗고 떠올랐다.

— 이수명, 「내가 한 마리 물고기였을 때」 전문

'죽은' 바다에서 '죽은' 물고기로, "죽음으로 바다와 만나려 하였을 때" 시적 화자는 "눈을 뜬 채", "바다를 '벗고'" 떠오른다. 죽음마저도 영원한 생명으로 승화시키는 사랑이 여성시에는 존재한다. 특별한 종교를 빗댈 것 없이 그 자체가 종교가 되어 버리는 절대적 숭고함이 여성성에 내재한다. 그러므로 여성시는 그 고통스런 과정과는 상관없이 '해피 엔딩'이다. 이는 단순한 예감이나 기대가 아니다!

그녀가 태어나던 순간 영화가 시작되면서 비가 내렸다 저 아인 결국 폐렴에 걸려 죽고 말 거야 관객들은 눈물을 훔치며 소근거렸다 콜록이긴 했지만 아이는 계속 자랐다 소녀가 되었다 비에 익숙한 소녀는 흙탕길에서도 미끄러지지 않았다 관객들은 왠지 조롱당하는 듯한 기분이 들었다 소녀가 자라는 동안 빗발은 더욱 거세졌다 그녀는 빗속에서 사랑하고 이별했다 빗물처럼 많은 눈물이 흘렀지만 빗물에 섞여 보이지 않았다 관객들은 지루해지기 시작했다 맑은 날이라곤 눈을 씻고 봐도 찾기 힘은 영화 그토록 긴 우기에

도 눈물 한 방울 보이지 않는 주인공을 이해할 수 없었다 더구나 몇몇 관객
은 가득 찬 습기 때문에 감기까지 걸렸다 관객들은 곰팡이 슨 엉덩이를
털며 몸을 일으켰다 그때 더 이상 비로 가둘 수 없던 스크린이 찢어졌다 참
고 참았던 울음이 불평만 하던 관객들을 덮쳤다 관객들은 폭우에 쓸려 멀리
떠내려갔다 스크린 밖으로 그녀가 걸어나왔다 활짝 개인 해피 엔딩이었다

— 성미정, 「영화—해피 엔딩」 전문

"스크린 밖"은 바로 "그녀"가 맞이할 '해피 엔딩'이 존재하는 곳이
다. 그리고 그곳은 '진정한 자아'를 획득하는 소중한 공간이기도 하다.
여성의 삶을 한 편의 영화로 기획한 의도도 재미있고, 관객의 반응까
지 아우른 전지적 작가 시점의 통찰도 돋보인다. '그녀'의 삶과 이에
대한 '관객'의 반응을 대비적으로 보여준 내러티브의 흐름도 탁월하
고, 마침내는 영화와 현실의 경계를 해체시켜 버린 결단력도 통쾌하
다. 여성시의 '말하기' 방법을 건강하게 예감하고 있는 점에서 특히 성
미정의 일련의 이야기시들은 매우 흥미롭게 읽힌다.

6. 거듭 말하기
—도플갱어, 여성의 몸으로 말하기

글쓰기가 글쓰는 자의 내면으로부터 자유로울 수 없을 때 자아 정체
성의 문제로부터도 또한 자유로울 수 없다. 정체성 찾기 문제는 문학
을 비롯해서 모든 '인간 찾기'의 화두이기 때문이다. 거창하면서도 가
장 소박한 담론이 바로 정체성 찾기다. 여성시 또한 예외일 수 없다.
　여성의 자의식을 전제로 언어를 통한 존재 혁명을 꾀하는 것이 여성
시다. 1990년대 말 이른바 '386' 세대 작가들은 치열하고도 건강한 여

성성을 놓치지 않고 있어 주목된다. 특히 서사화에 대한 인식의 폭은 삶과 문학을 연계시키는 데 매우 적절한 매개 고리로 작용하고 있다. 관념이나 논리적으로 의도된 것이 아닌 '삶의 형식'이 바로 여성시임을 잘 진단해 주고 있는 것이다.

존재 의식은 당연히 언술에 대한 자의식과 같다. 삶과 서사의 통합이 이루어지는 것이다.[8] 이 점에 착안하여 여성시의 '새로운 말하기' 방식으로 '꿈 혹은 환상으로 말하기' '깨어진 언어로 말하기' '이단의 언어로 말하기', 그리고 '진정한 자아로 말하기' 등을 살펴보았다. 마지막으로 '거듭 말하기'를 덧붙인다. 아래 작품의 끝부분 "그러므로 이 이야기는 쿨 워드의 모든 밤 어느 작은 방에서 반딧불처럼 반짝이며 계속 이어질 것이다"처럼 여성시의 '새롭게' 말하기는 '거듭 말하기'를 통해 끊임없이 계속될 것이다. '거듭 말하기'는 따라서 이 글의 형식적 마무리이자 다음 글의 들머리이다.

이 이야기는 쿨 워드의 어느 밤에 시작된다 이곳의 시민들에겐 추위란 공기의 다른 이름일 뿐이다 사전에선 이미 성냥이란 단어는 사라졌다 어느 도시나 그렇듯 사라진 것들의 사라짐을 인정하지 않는 자들은 있다 그런 사람들을 위해서 성냥이 비밀리에 거래되기도 한다 그녀는 몰래 구입한 성냥을 품에 안고 방으로 돌아온다 더듬더듬 성냥 켜는 법을 떠올려본다 성냥을 켠다 불꽃이 피기도 전에 찬바람에 쓰러진다 떨리는 손으로 바람을 막는다 성

---

8) 여기서 맥킨타이어의 서사 이론이 많은 도움이 되었다.
   "서사적 자아의 다른 관점은 상관적이다. 나는 설명 가능한 존재일 뿐만 아니라 항상 다른 사람에게 설명을 요구할 수 있고, 다른 사람에게 질문을 던질 수 있는 존재다. 그들이 나의 이야기의 일부이듯이 나 또한 그들 이야기의 일부다. 어떤 한 삶의 서사는 맞물려서 짜여진 다른 총체 서사의 일부다. 더구나 이렇게 설명을 주고받는 것 자체는 서사를 구성해서 중요한 역할을 한다. 당신에게 당신은 무엇을 하였으며 왜 했는가고 묻고, 또한 내 편에서도 나는 무엇을 했으며 왜 했는가를 말하고 또한 이러한 이것을 바꿔서 수행하는 것, 이 모든 것들은 가장 단순하면서도 적나라한 모든 서사를 구성하는 본질적인 요소들이다." A. MacIntyre, *After Virtue*(University of Notre Dame Press, 1984), 218쪽.

냥을 켠다 온 가족이 둘러앉은 둥근 식탁도 푸른 잎 우거진 낯익은 정원도
없다 눈동자를 비벼본다 충혈만 될 뿐 아무것도 보이지 않는다 그녀는 성냥
을 의심한다 이것은 단지 성냥을 닮은 그 어떤 것일지도 모른다 그래도 성
냥을 켠다 성냥을 닮은 이것들 중에 그녀가 원하는 진짜 성냥이 숨어 있을
지도 모른다고 믿어본다 밤은 깊어가는데 성냥은 텅 빈 불꽃만 보여준다 밤
새 성냥을 켜느라 그녀는 지친다 하얗게 말라버린다 수북하게 쌓인 성냥 위
에 쓰러진다 성냥을 믿었던 시절의 따스했던 추억들로 타오르는 머리를 감
싸안은 채 뒤척인다 화장당하듯 쿨 워드의 밤이 지나간다 재처럼 흰 눈이
덮인 쿨 워드의 아침 성냥이 걸어간다 밤이 깊도록 동화책을 읽던 성냥 동
화 같은 건 한 장도 품을 수 없는 잘 마른 성냥 하나 걸어간다 이 이야기는
쿨 워드의 어느 아침에 끝나지 않는다 이곳에서의 밤은 어둡고 분명 뼈가
시리도록 추울 것이다 그녀는 또 성냥을 구입할 것이다 밤새도록 성냥을 켜
는 행위로 밤을 견뎌나갈 것이다 그러므로 이 이야기는 쿨 워드의 모든 밤
어느 작은 방에서 반딧불처럼 반짝이며 계속 이어질 것이다

— 성미정, 「쿨 워드—성냥은 있다」 전문

(1998)